城與不確定的牆

村上春樹

賴明珠 譯

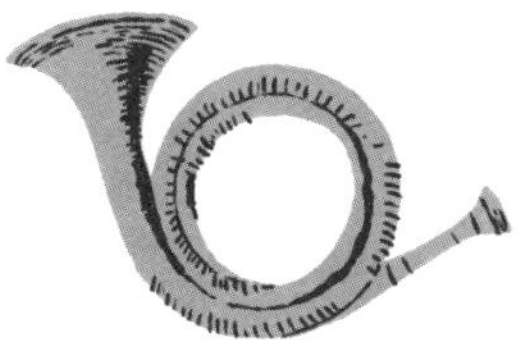

街とその不確かな壁

The City and Its Uncertain Walls

Murakami Haruki

彼處，有聖河亞弗，
穿過不計其數的洞窟，
奔流至不見天日的海洋。

塞繆爾・泰勒・柯立芝
《忽必烈汗》

Where Alph, the sacred river, ran
Through caverns measureless to man
Down to a sunless sea.

Samuel Taylor Coleridge
"Kubla Khan"

城與不確定的牆　目次

第一部

1

妳告訴我那座城的事。

那年夏天的一個傍晚，我們聞著青草鮮美的氣味，沿著河往上游走。越過幾處攔沙壩形成的小流瀑，偶爾停下腳步，看看小水潭裡游泳的銀色小魚群。兩個人從剛才就已經開始打赤腳。澄清的水涼涼地洗著腳踝。河底細細的沙軟軟地包著兩個人的腳——就像夢中柔軟的雲一樣。我十七歲，妳小我一歲。

妳將紅色低跟涼鞋隨意塞進黃色塑膠單肩包，在我稍前方，不斷從一個沙洲走向下一個沙洲。濡溼的草葉黏在濡溼的小腿肚上，形成美麗的綠色逗點。我則把穿舊的白色運動鞋提在手上。

妳好像走累的樣子，隨意就在夏草中坐了下來，什麼也沒說，抬頭望著天。兩隻小鳥並排快速飛過天空，發出尖銳的啼聲。沉默中，黃昏泛藍的餘暉開始包圍我們。我在妳身邊坐下時，心情變得有點不可思議。簡直像有幾千條眼睛看不見的絲線，把妳的身體和我的心細密地綁在一起似的。妳的眼睛瞬間一眨，或嘴唇輕微一牽動，都讓我心神動搖。

在那樣的時刻，無論妳我都沒有名字。只是十七歲和十六歲的夏天黃昏，河邊草地上色彩鮮明的想念——就只是這樣。不久後，我們頭上可能會逐漸開始有星星閃爍，但星星也沒有名字。在沒有名字的世界，河邊的草地上，我們並排坐著。

「城被高牆團團圍住。」妳開始說。從沉默的深處找到話題。就像隻身潛入深海裡尋找珍珠的人那樣。「不是多大的城。但也沒有小到能一眼望穿。」

這是妳第二次提到那座城。就這樣，城的周圍有了高牆。

隨著妳繼續說，那座城就有了一條美麗的河與三座石砌的橋（東橋、舊橋、西橋），有圖書館和瞭望臺，有廢棄的鑄造工廠和樸素的集合住宅。夏天將近黃昏的淡淡光線中，我和妳，並肩眺望那座城。有時從遙遠的山丘瞇細眼睛看，有時從近得可以觸摸的距離睜大眼睛看。

「真正的我生活的地方，是在被高牆圍繞的那座城裡。」妳說。

「那麼，現在坐在我面前的妳，不是真正的妳嗎？」我當然就這樣問。

「對，現在這裡的我，不是真正的我。只是替身而已。只不過像是移動的影子那樣的東西。」

我想了一下。像移動的影子那樣的東西？不過這意見我決定現在暫時保留。

「那麼，在那座城裡真正的妳在做什麼？」

「我在圖書館上班。」妳以安靜的聲音回答。「工作時間從傍晚五點左右到晚間十點左右。」

「左右？」

「在那裡所有的時刻都是大概的。中央廣場雖然有高高的鐘塔，但那鐘卻沒有指針。」

我腦子裡想像沒有指針的鐘塔。「那麼，那圖書館是誰都可以進去的嗎？」

「不。不是誰都可以隨意進去，要有特別資格才能進去。不過你可以進去。因為你有那個資格。」

「是什麼樣的特別資格？」

妳微微一笑，卻沒回答這個問題。

「不過只要去到那裡，我就可以見到真正的妳，對嗎？」

「如果你能找到那座城的話，而且如果……」

說到這裡，妳閉上嘴，臉頰泛起淡淡的紅暈。但我可以聽到妳沒說出口的心聲。

而且如果你是真的，需要真正的我的話……這是當時妳刻意不說出口的話。我伸出手臂輕輕環抱妳的肩。妳穿著無袖的淺綠色洋裝，臉頰靠著我的肩膀。然而那個夏天傍晚我環抱著肩的，並不是真正的妳。正如妳說的，那只是妳的影子替身而已。

真正的妳，是在被高牆圍繞的城裡。那裡有川柳茂盛的美麗沙洲，有幾處小高丘，到處可見生著獨角的安靜獸群。大家住在老舊的集合住宅裡，生活簡樸但沒有任何不便。成群的獸愛吃城裡自然生長的樹葉和樹果，但在積雪的漫長冬季，大部分都熬不過嚴寒與飢餓而喪生。

我多麼強烈地想要進到那座城，想去那裡見真正的妳。

「城被高牆圍繞著，非常難進去。」妳說。「要出去就更難了。」

「要怎麼樣才能進去？」

「只要想去就行了。不過發自內心地期望，並不是那麼簡單的事。可能需要花一些時間，在那段期間可能必須拋棄各種東西。對你來說，很重要的東西噢。然而不要放棄。因為無論要花多少時間，城都不會消失。」

我想像在那座城裡遇到真正的妳。腦海裡浮現出城外美麗而茂盛的廣大蘋果林，河上的三座石橋，想像看不見蹤影的夜啼鳥的叫聲。還有真正的妳工作的古老小圖書館。

「那裡一直都有為你保留的位置。」妳說。

「為我保留的位置？」

「是啊。城裡只有一個空職。正好適合你。」

那究竟是什麼樣的職位呢？

「你會成為『夢讀』噢。」妳小聲說。好像在告知一件重要的祕密似的。

我聽了，不禁笑出來。「嘿，我連自己做過的夢都記不住。這樣的人要當個『夢讀』，恐怕很難吧。」

「不，『夢讀』不需要自己做夢。只要在圖書館的書庫裡，讀那裡收藏的許多『古夢』就行了。不過那並不是誰都能做的事。」

「可是我能做是嗎？」

妳點頭。「對，你能做。你有那個資格。而且在那裡的我會協助你做那件工作。每天夜晚陪在你身邊。」

「我是『夢讀』，每天晚上在城裡圖書館的書庫，讀許多『古夢』。而且身邊總是有妳陪伴。真正的妳。」我把得知的事重複說出。

在我的臂彎中，穿著綠色洋裝的妳，裸露的肩膀微微搖動。然後忽然僵住。「是啊，不過有一點希望你能記住。就算我在那座城裡遇見你，在那裡的我，也完全不會記得任何有關你的事。」

為什麼？

「你不知道為什麼嗎？」

我知道。對，我現在這樣輕輕摟著的肩膀，只是妳的替身而已。真正的妳住在那座城裡。有高高的牆團團圍住的，那座遙遠的神祕城市裡。

然而在我掌中的妳，肩膀非常光滑而溫暖，我只覺得就像真正的妳的肩膀一樣。

2

在這真實的世界，我和妳住在稍微有一點距離的地方。雖然不太遠，但也不太近，不能心血來潮想見面就馬上去見。得要轉兩次電車，花一個半小時，才能到妳住的地方。而且我們住的城市都沒有圍著高牆，所以當然來去都是自由自在的。

我住在海附近的郊外安靜的住宅區，妳住在大得多的都心鬧區。那年夏天，我高中三年級，妳二年級。我上的是本地的公立高中，妳上的是妳那裡的私立女中。因為一些緣故，我們實際見面一個月頂多一兩次而已。幾乎是輪流的，我會去走訪妳住的城市，妳會來我住的地方玩。當我去拜訪妳的城市時，我們會到妳家附近的小公園，或公共的植物園。要進植物園必須買入場券，不過園內溫室旁有一家通常人不多的咖啡店，成了我們最喜歡去的地方。在那裡我們可以點咖啡和蘋果塔（小小奢侈一下），兩個人還可以私下講悄悄話。

妳來我住的地方時，我們大多兩個人在河邊或海邊散步。妳家在都會中心，附近沒有河，當然也沒有海，所以妳來我這邊時，首先就會想看看河或海。這裡大量天然的水——吸引了妳的心。

「看到水的時候，不知道為什麼，心情就覺得很舒坦。」妳說。「我喜歡聽水發出的聲音。」

自從去年秋天在一個機緣下認識之後，我們親密地交往了大約八個月。每次見面，都會盡量避開別人的眼光，在隱蔽的地方互相擁抱，悄悄親吻。不過並沒有進入更深的關係。一個原因是沒有足夠的時間，另一個現實上的因素是，找不到結成親密關係的適當場所。不過其實更大的原因，可能是我們更珍惜單獨相處的時間，專心談兩個人的私事吧。因為過去我跟妳都從來沒有遇到過能夠這麼自由又自然地，把自己的心情和想法原原本本說出口的對象。能夠遇見這樣的對象，感覺簡直就像奇蹟似的。因此每月見到一次或兩次時，我們總是忘記時間的經過只顧交談。無論講多久，話題都講不完。到了該分手的時候，在車站的剪票口告別時，每次都覺得還有很多重要的事忘記說。

當然我的身體並不是沒有欲求。十七歲的健康男生，站在胸部美麗隆起的十六歲女孩面前，更何況手還環抱住那柔美的身體時，沒有性的欲求是不可能的。但我本能地感覺到，那可以留到很久以後。現在我必須做的事，是一個月見妳一兩次，兩個人一起長途散步，一邊坦白地談談各種事情。互相告知親密的話題，對彼此增進了解，然後到某個樹蔭下互相擁抱、親吻——在這樣美好的時光中，我並不想匆忙地帶進其他要素。我怕那樣一來，會破壞當下的什麼重要大事，此後再也無法恢復成原狀。身體的事情等以後再說吧。我這樣想。或者直覺這樣告訴我。

不過，那時候兩個人面對面，額頭靠在一起，到底談了些什麼？到現在已經想不起來了。大概是因為談了太多事情，沒辦法一一想起來。不過自從妳談到那高牆圍繞的特殊的城之後，那就占了我們談話的主要部分。

主要是由妳述說那座城的構造，我對那提出實際的疑問，由妳回答的這種形式，決定城的具體細節，並記錄下來。那座城本來就是由妳所造的，或者從以前本來就已經存在於妳內部的東西。不過那能發展成眼睛看得到、語言能描寫出來的東西，我想我也出了不少力氣。由妳述說，由我留下紀錄。就像古代的哲學家和宗教家背後都分別跟隨著忠實細心的記錄者，或是被稱為信徒的人那樣。我也擔任認真的書記、忠實的信徒，備有隨時記錄的專用小筆記本。那年夏天，我們兩人全心投入這份共同作業。

3

秋天，那些獸的身體，為了迎接即將來臨的寒冷季節，全身已覆蓋光輝的金色體毛準備過冬，額頭上生出尖銳的白色獨角。牠們以冷冷的河水洗著四蹄，伸長脖子咬著紅色的樹果，嚼著金雀花的葉子。

好個美麗的季節。

站在沿牆設立的瞭望臺上，我等待著黃昏夕暮的角笛。太陽西沉的稍前時刻，角笛一長三短地吹響起來。這是個慣例。柔軟的角笛聲，滑過夕暮餘暉中的石板路。角笛聲響可能數百年（或更漫長的歲月）之間，都不變地重複著。家家戶戶的石壁縫隙裡，或沿著廣場的圍牆排列的石像之中，也深深浸入了那音色。

當角笛的聲音響遍城中，整群獸就同時抬起頭，望向太古的記憶。有些停止咬噬樹葉，有些停止喀茲喀茲敲打著道路的蹄聲，有些從最後的夕陽裡午睡醒來，分別朝相同的角度抬頭仰望。

一切在一瞬之間，像雕像般被固定下來。在動的東西，只有牠們那被微風吹動的金色柔軟體毛。不過，牠們到底在看著什麼？那些獸，頭都轉向一個方向，固定看著天邊，動也不動一下。就那樣側耳靜聽著角笛的聲響。

當角笛的最後聲響被吸進空中消失時，有些獸併攏前腳站起，有些獸伸展身體調整姿勢，幾乎同時開始走動起來。一時的禁錮解除了，於是整條街都被群獸踏出的蹄聲所充滿。

群獸的行列隨著曲折的石板路往前進。並沒有由誰來帶隊，也沒有由誰在領導。這些獸就只是低垂著眼睛，稍微左右搖擺著肩膀，走下沉默的河邊。雖然如此，獸與獸之間，看來似乎仍然具有難以消除的緊密連結。

經過幾次觀察，就會逐漸發現獸群所經過的路線和速度好像有嚴密的規則。牠們在途中一邊到處讓新的夥伴加入群體，一邊越過曲線和緩的舊拱橋，走到有銳利尖塔的廣場（正如妳所說的，那裡鐘塔的時鐘，兩根指針已經遺失了）。在那裡，會讓走下沙洲吃著綠草的一小群獸加入。接著沿河邊的道路朝上游前進，循往北延伸的乾涸運河穿過工業區，讓一群正在森林間尋找樹果吃的獸也加入陣容。然後轉變方向朝西走，鑽過鑄造工廠有屋頂的穿廊，往北朝山丘走上長長的階梯。

環繞著城的圍牆只有一道門。負責那道門的開關，就是守門人的任務。門上縱橫釘著厚鐵板，形成厚重而堅固的門。但是守門人可以輕易推開和關閉那扇門。除了他以外的其他人，則不許碰那道門。

守門人身體非常健壯，而且是一個非常忠於自己職責的高大男人。尖形的頭剃得乾乾淨淨，容顏經常保持光滑潔淨。他每天早晨燒一大鍋熱水，用大而銳利的剃刀仔細地剃頭、刮臉。看不出年齡多少。早晚吹響角笛，聚集獸群是他的職務之一。他會站上守門人小屋前兩公尺高左右的高臺，朝天空吹響角笛。這位生得粗魯、外表近乎卑賤的男人，到底是從哪裡吹出如此柔和而優美的聲音呢？每次聽見角笛聲，我都覺得不可思議。

到了傍晚把成群的獸一隻不剩地放出牆外之後，他又再度把沉重的門關閉起來，最後把大鎖套上，發出喀嚓一聲乾脆冰冷的聲音。

北門外有特別為獸而設的場所。獸在那裡睡覺、交尾、生產小獸。那裡有森林、有樹叢，也有小河流過。而且那裡也有牆圍繞著。雖然只不過是高度一公尺多一點的矮牆，但不知道為什麼，那些獸都無法翻越那道牆。也或許是無意翻越。

門兩側的牆，設有六棟瞭望臺。瞭望臺附有古老的木製螺旋階梯，誰都能登上那裡。從瞭望臺可以一眼望穿獸群的居住場所，不過平常誰也不會上去。城裡的居民對獸群的生活似乎毫不關心。

不過只有初春的一星期之間，大家會為了觀看獸群激烈的爭鬥模樣，而刻意登上牆裡的瞭望臺。獸群在這段時期，會變成從平常的姿態難以想像的粗暴，雄獸會為了追求或爭奪雌獸，廢寢忘食，拚死爭鬥。一邊發出呻吟吼叫聲，一邊試圖以尖端銳利的獨角，猛烈地刺穿競爭對手的喉嚨或腹部。

只有在這交尾期的一星期之間，獸不會進城裡來。因為守門人顧慮到城裡眾人的安全，為了防止發生危險，會把門關上（因此在這期間，晨昏的角笛也停止吹響）。不少獸在爭鬥中深深負傷，甚至也有獸喪失生命。而在流淌到地面的鮮血中，新的秩序和新的生命也於焉誕生。就像初春時節柳樹一口氣發出新綠的嫩芽那樣。

獸群以我們所無法窺知的獨特生命循環和秩序生存著。一切都規規矩矩地反覆循環，以牠們自己的鮮血換來秩序。那粗野激烈的一星期過後，柔軟溫和的四月的雨把鮮血洗清時，那些獸又再度恢復寧靜溫和的模樣。

不過，我並沒有以自己的眼睛實際目睹那樣的光景。只是從妳這裡聽過而已。

秋天裡，那些獸分別在各自所在的地方蹲坐著，金色的毛在夕陽下閃著光輝，牠們在無言中持續等待著角笛的聲響被吸進天邊。那頭數恐怕不下千頭。

城的一天就這樣結束了。日子過去，季節移轉。不過無論日子或季節終究只是短暫的。城本來的時間，還是在別的地方。

4

我和妳都不會造訪彼此的家。既沒見過對方的家人，也沒介紹給彼此的朋友認識。簡單來說，我們不想被別人——這個世界上的任何人——打擾。我和妳，只要共度屬於兩人的時光就十分滿足了，不想再增加其他任何的什麼。此外，光從物理上的觀點來看，也沒有附加任何東西的餘地。前面也說過，我們之間要說的話堆積如山，兩人能在一起的時間卻很有限。

妳幾乎不談自己的家人。關於妳的家人，我所知道的只有少數幾件零星的事情。父親原本是地方上的公務員，在妳十一歲的時候，因為發生某件疏失而不得不辭職，目前在補習班當職員。至於是怎麼樣的「疏失」則不清楚。不過，似乎是讓妳不願說出口的那類問題。妳的生母在妳三歲時因內臟的癌症而過世，妳對她幾乎沒有記憶，也不記得她的容貌了。妳五歲時父親再婚，第二年妹妹出生。所以現在的母親對妳來說是繼母，但比起對父親，妳對母親「可能還稍微親近一點」。這是有一次妳稍微提到的，就像寫在書頁角落的小字，沒有深意的注解那樣。關於小六歲的妹妹，除了「妹妹對貓毛過敏，所以我們家不能養貓」之外，就沒有多說別的。

妳小時候打從心裡自然而然覺得親近的，只有外婆。妳一有機會就搭電車到鄰區的外婆家去，學校放假的時期也會在那邊住幾天。外婆無條件地疼愛妳，也會從她微薄的收入中掏出錢來買一些小東西給妳。但每次去見外婆時，都會看到繼母露出不滿的表情，雖然她口頭上並沒說什麼，但妳也逐漸少往外婆家去了。這位外婆幾年前也因心臟病忽然去世。

這些事情妳都斷斷續續一點一滴地告訴我。就像從舊大衣口袋裡，一點一點掏出些破舊的東西那樣。

還有一件事，我到現在都還記得很清楚——每次妳提到家人時，不知道為什麼總是盯著自己的手掌看。就像為了理出話題的頭緒，必須看著眼前的手相（或什麼）細細解讀才行似的。

至於我，幾乎想不到自己的家庭有什麼值得告訴妳的事情。雙親是隨處可見的普通父母。父親在製藥公司上班，母親是家庭主婦。就像隨處可見的普通父母那樣行事，像隨處可見的普通父母那樣說話。家裡養著一隻年老的黑貓。學校生活也沒什麼特別值得一提的事。成績雖然不太差，但也沒有特別優秀到引人注目。學校裡最能讓我安心的地方是圖書室。我喜歡在那裡一個人讀書，沉浸在幻想中打發時間。想讀的書大多都是在學校的圖書室裡讀完的。

與妳的第一次相遇，我記得很清楚。地點就在「高中生作文比賽」的頒獎會場。前五名得獎者被找去參加典禮。我和妳是第三名和第四名，座位相鄰。季節是秋天，我當時是高中二年級，妳還是一年級。典禮總是枯燥的，所以只要有空檔，我們就會小聲地短短說幾句話。妳穿著深藍色制服西裝外套，搭配成套的深藍色百褶裙，白襯衫上打著緞帶領結，白襪子配黑色便鞋。襪子雪白，鞋子一塵不染。彷彿有七個好心的小矮人，趕在黎明前仔仔細細擦亮一般。

我並不太擅長寫文章。我從小就非常喜歡讀書，一有時間就拿起書來讀，但不認為自己有寫作的才華。然而國語課時規定全班同學都必須寫散文來參加作文比賽，其中我的作品被選出來送到評審委員會，進入決選，意外地排進前幾名。老實說我並不能理解自己寫的文章好在哪裡。重讀過後，也只覺得是沒有什麼可取之處的平凡作文而已。不過既然有幾位評審委員讀過，認為可以給獎的話，或許真有什麼可取的地方吧。班上的女老師對我得獎感到非常高興。我有生以來從來沒有被老師這樣誇獎過，所以我二話不說，欣然接受獎項。

作文比賽是本地區每年秋季都會共同舉行的盛會，每年會有不同的主題，那次的主題是「我的朋友」。可惜我想不出任何一個想以四百字稿紙寫五頁的「朋友」，因此我寫了家裡養的貓。關於我和那隻年老的母貓是如何相處，如何一同生活，如何將彼此的心情——當然那是有限度的——傳達給對方。關於那隻貓可以說的事倒是很多，因為那是一隻非常聰明又有個性的貓。可能評審之中也有幾個喜歡貓的人吧。喜歡貓的人，大多會自然而然對其他喜歡貓的人懷有好感和共鳴。

妳寫了外婆的事。關於一個孤獨的老婦人，和一個孤獨少女的心靈交流。關於其中建立起的微小、沒有任何虛假的價值觀。可愛而動人心弦的文章。比我所寫的東西還要優秀好幾倍。我無法理解，為什麼我寫的是第三名，妳寫的是第四名？我老實對妳這樣說。妳微笑地說，我反倒覺得，你寫的東西比我寫的東西還要優秀好幾倍。真的，我沒說謊，妳又補上這一句。

「你家的貓，好像是非常棒的貓噢。」

「嗯，非常聰明的貓。」我說。

妳微笑。

「妳有養貓嗎？」我問。

妳搖搖頭。「我妹妹對貓毛過敏。」

那是我所得到的，妳最初的一點點個人訊息。她妹妹對貓毛過敏。

妳是非常美的少女。至少在我眼裡是這樣。個子小，臉偏圓，手指纖細美麗。頭髮短短的，修剪整齊的黑色瀏海覆蓋在額頭上，就像一片經過精挑細選的陰影。鼻子筆直小巧，眼睛非常大。以一般臉型的標準來說，鼻子和眼睛可能會顯得不平衡，但不知道為什麼，我的心反而被這不平衡所吸引。淡粉色的嘴唇小而薄，總是規矩地閉著。裡面好像隱藏著幾個重大的祕密似的。

我們五個得獎人依序走上講臺，必恭必敬地接下獎狀和紀念獎章。第一名是個身材修長的女孩，發表了簡短的得獎感言。獎品是鋼筆（鋼筆廠商是比賽的贊助商。那支鋼筆從此以後成為我長年慣用的筆）。在漫長而無聊的頒獎典禮即將結束前，我用原子筆在小本子的備忘欄上寫了自己的姓名和住址，撕下那部分，悄悄遞給妳。

「如果方便的話，改天可以寫一封信給我嗎？」我以乾啞的聲音對妳說。

平常我不會做這麼大膽的事。我這個人原本是很怕生的（而且當然也膽小）。不過想到就要這樣和妳分開，可能再也不會見面時，我就覺得那好像是天大的錯誤，一點也不公平。所以我鼓起勇氣，果敢採取行動。

妳帶著有些驚訝的表情收下那張紙條，整齊地摺成四分之一，收進外套胸前的口袋，曲線和緩而神祕的胸部隆起的上方。然後按住額前的瀏海，臉頰有點泛紅。
「我想多讀一點妳寫的文章。」我說。就像開錯房門的人說的笨藉口那樣。
「我也想讀你寫的信。」妳說完輕輕點了幾次頭。好像在鼓勵我似的。
妳的信在一星期後寄到我這裡來。動人的信。我至少重讀了二十次左右。然後坐在書桌前，用剛剛獲得的獎品新鋼筆，寫了長長的回信。於是我們開始通信，開始只限定在我們兩人之間的來往。
我們兩個是戀人嗎？輕易地這樣稱呼好嗎？我不知道。不過至少在那個時期，接近一年之間，我和妳的心毫無疑問是結合為一，沒有任何雜質的。而且我們不久就建立起只屬於兩人的特別的祕密世界，彼此共享的——那座被高牆圍繞的神祕的城。

5

我推開那棟建築的門，是在進入那座城的第三天黃昏。

那是一棟沒有什麼特徵的古老石砌建築物。沿著河邊的道路朝東走一會兒，穿過面對舊橋的中央廣場就會抵達。入口沒有任何標誌，讓不知情的人看不出那就是圖書館。只有刻著數字「16」的黃銅牌子冷冰冰地釘在上頭。牌子變色了，字也模糊得難以辨認。

沉重的木門發出陣陣嘎吱響往內開啟，裡面是一間陰暗的正方形房間。沒看見人影。天花板高高的，牆上裝的電燈亮度微弱，空氣中有一股彷彿是某個人的汗乾掉的氣味。這裡昏暗得好像一切都將變得朦朧，解體成分子，就此被吸到哪裡去似的。走在磨損的杉材地板上，到處都發出尖銳的聲響。有兩扇縱形窗，室內沒放任何家具。

房間正面盡頭有一扇門。是樸素的木門，在臉的高度附近設有磨砂玻璃的小窗，這裡也有數字「16」，以復古的藝術字體寫在上頭。磨砂玻璃另一頭看得見淡淡的燈光。我輕輕敲兩次門，等了一下，沒有回音。也聽不到腳步聲。我稍微暫停一下調整呼吸，接著轉動變色的黃銅門把，輕輕推開門。門發出吱呀聲，彷彿向周圍發出警告「有人來了」。

門內又是一間正方形房間，大約五公尺見方。天花板沒有剛才的房間那麼高。這裡也沒有人影。沒有任何窗戶，四周是灰泥牆。既沒有掛畫、照片，也沒有貼海報或掛月曆。當然也沒有時鐘，只有空無一物的平坦牆壁而已。有一張粗糙的木製長椅，兩張小椅子，一張書桌，一個木製的大衣掛架。大衣掛架上並沒有掛大衣。房屋中央放著一個生了鏽的復古燒柴暖爐，正紅紅地燃燒著，爐子上一個大水壺冒著蒸汽。盡頭有一個像是借還書的櫃檯，上面放著一本簿子，就那樣攤開著。看起來像是有人在作業途中為了什麼急事走開，那個人（應該是圖書館館員）大概不久就會回來。

櫃檯深處，有一扇可能通往書庫的深色門。那麼，這裡果然是「圖書館」吧。雖然一本書也沒看到，不過還是留下了圖書館會有的模樣。無論大的、小的、舊的、新的，全世界的圖書館都具備的特別模樣。

我脫下沉重的大衣掛在大衣掛架上，在硬木長椅上坐下來，一邊伸手從暖爐取暖，一邊等人來。周遭完全沒有聲音。就像在深水底下那樣沉靜。我試著乾咳一次，但那聽起來卻不像乾咳。

妳打開通往書庫的門，從裡面走出來，是在大約十五分鐘之後（我想大概是這樣，因為沒有時鐘，不知道正確時間）。妳看到坐在椅子上的我，一瞬之間身體僵住了，眼睛睜大，然後慢慢鬆一口氣，這才開口。「讓您久等了，很抱歉。因為我不知道有人來了。」

我一時想不到該說什麼，只能默默點幾次頭。妳的聲音聽起來不像妳的聲音。那跟我記憶中妳的聲音不同。或許在這間屋子裡，一切聲音聽起來都跟一般不同吧。

水壺的蓋子這時忽然發出喀噠喀噠的聲音，就像動物醒過來似的，身體微微震動起來。

「請問您有何貴幹？」妳問。

我要的是「古夢」。

「『古夢』嗎？」妳把小而薄的嘴唇閉成一直線看我。妳當然不記得我。

「可是您也知道。」妳說。「能碰『古夢』的，只有『夢讀』而已。」

我默默摘下深綠色的眼鏡，翻開眼瞼讓妳看。沒有任何看錯的可能，正是夢讀的眼睛。不能接觸到白天眩目的光線。

「我知道了。您確實有資格。」妳說著，輕輕垂下眼睛。可能是我的眼睛的狀態，讓妳心慌了。不過沒辦法。我為了進入這座城，不得不改變眼睛的性質。

「要從今天開始工作嗎？」妳問。

我點頭。「我還不知道能不能順利讀出來，但總要一點一點習慣才行。」

屋裡還是沒有任何聲響。水壺現在也再度沉默下來。妳取得我的同意後，繼續把中途停下的記錄工作快速完成。我坐在長椅上看著妳那個身影。從外表看來，妳沒有任何改變，和那年夏天的傍晚一樣的模樣。我想起妳腳上穿著那鮮紅色涼鞋的樣子。也想起從附近草叢裡忽然飛起來的蚱蜢。

「我在哪裡見過妳嗎？」我不禁試著問妳。明知道是沒有意義的問題。

妳從簿子抬起視線，左手依然拿著鉛筆，注視了我的臉一下（對了，妳是左撇子。在這座城裡，或在別的地方都一樣），然後搖搖頭。

「沒有，我想我們沒見過。」妳回答。妳以客氣的口氣回答，可能是因為妳還只有十六歲，而我已經不是十七歲了。對妳來說，我現在已經是年紀大得多的男人了。這是沒辦法的事，但時光的流逝刺傷了我的心。

做到一半的記錄工作完成後，妳闔起簿子收進背後的櫃子裡，再為我泡藥草茶。妳拿起爐子上的水壺，把壺中的熱水和磨碎的藥草加在一起小心攪拌，泡出深綠色的茶。然後注入大陶杯裡，端來我面前。那是為「夢讀」提供的特別飲料，準備這個是妳的工作之一。

我花了一段時間喝下那杯藥草茶。藥草茶質地濃稠，有一種獨特的苦味，並不好入口。但那養分有助於治癒我還受著傷的雙眼，也能鎮定心情，是為此特製的飲料。妳從桌子對面看著我喝茶的模樣，可能是在擔心我是否喜歡妳調製的藥草茶。我對妳輕輕點頭，表示沒問題。於是妳的嘴角也露出安心的微笑。好懷念的微笑。我好久沒看見了。

屋子裡溫暖又安靜。就算沒有時鐘，時間依然在無聲中過去。就像躡著腳步悄悄走在圍牆上的瘦貓那樣。

6

我們並沒有很常通信，大約只有兩週一次左右，不過每封都寫得很長。而且整體來說，我覺得妳寫的比我寫的好像稍長些。當然信的長度對於我們的對話而言，並沒有什麼特別重大意義。

妳寫的信我現在依然留在手邊，一封都不少，但我寫的信並沒有一一抄錄留下，因此自己在信上到底寫了什麼，具體內容已經想不太起來了。不過應該沒寫什麼重要的事。主要是記錄一些日常生活，或身邊發生的小事。寫讀過的書，聽過的音樂，看過的電影。也會寫學校裡發生的事情。我那時加入了游泳社（只是因故不得不參加，實在不算是很有熱忱的選手），所以我想也寫了關於練習的事。寫信給她的時候，無論什麼都能自然地寫成文章。自己所想的事情、所感覺到的事情，很神奇地都能順著想法表達出來。能這樣順暢地寫成文章，是我有生以來第一次。前面也說過了，我向來認為自己不擅長寫文章。一定是妳把我隱藏的潛能從深處巧妙地引出來了。妳總是很喜歡我文章中所含有的一點幽默感。妳說，這可能正是妳的生活中最缺乏的東西。

「就像維他命什麼的那樣嗎？」我說。

「對。就像維他命什麼的那樣。」妳用力點頭說。

我為妳著迷，清醒時大多在想妳。可能在夢中也一樣。不過我在信裡則盡量克制自己，不要把這種感覺正面表白出來，並且決心盡可能只寫實際而具體的事物。當時的我可能想要抓緊自己的手可以實際碰觸得到的世界吧——可能的話，也希望能總是帶有一點幽默感。因為一旦開始正面寫起愛和戀之類的事情，也就是涉及內心的動向時，我覺得自己可能會逐漸被逼進死胡同裡去。

妳的來信和我相反，比起身邊的具體事情，多半書寫內在的想法那一類的東西。或者所做的夢，或一些短短的虛構故事。有幾個夢的情節讓我留下特別深刻的印象。妳頻繁夢見很長的夢，而且還能鮮明地回憶起細節，簡直就像想起實際發生的事情那樣。這對我來說很難以置信。我自己幾乎不做夢，就算做了夢也想不起內容。早晨，醒過來的瞬間，那些夢全都會崩解成碎片，不知道被吸進什麼地方去。就算做了鮮明的夢後半夜忽然醒過來（這很罕見），也會立刻又睡著，第二天醒來時什麼都不記得。

聽了我的說法，妳就說：

「我會在枕頭邊放一本筆記本和一支鉛筆，一醒過來就立刻把前一天晚上做的夢記錄下來。就算再忙，時間再緊迫，也一樣會這麼做噢。尤其是做了清清楚楚的夢半夜醒來的話，無論多麼睏，都會當場盡量把內容詳細寫下來。因為那多半是重要的夢，會告訴我許多重要的事情。」

「許多重要的事情？」我問。

「我所不知道的關於我自己的事情。」妳回答。

夢對妳來說，和在現實世界實際發生的事件，幾乎處於相同的層次，不會那麼輕易忘記或消失。夢會傳達許多訊息給妳，就像是心的寶貴水源那樣。

「這都是訓練帶來的成果。你只要努力，應該也能想起做過的夢的一些細節喲。所以你就試試看吧。因為我非常想知道，你到底做了什麼樣的夢。」

好啊，我試試看，我說。

不過，我雖然也努力嘗試過了（雖然沒有在枕頭邊放筆記本和鉛筆），還是對自己所做的夢不感興趣。我的夢都太散漫了，沒有一貫性，大多都難以理解。夢裡所說的話都不鮮明，眼裡所見的情景也幾乎看不出什麼條理。而且有時候，還會有難以告人、令人不安的內容。與其去關注那樣的東西，還不如聽妳說妳夢到的那些長篇彩色的夢。

偶爾，我也會在妳的夢中出現。我聽到妳這樣說，覺得非常開心。因為無論是用什麼形式，我都參與了妳內部的想像世界。而對於我出現在妳自己的夢中，妳似乎也很高興。儘管大部分時候，我在妳的夢中都沒有多重要的意義，功能就只像是戲劇裡的配角而已。

妳難道沒有做過難以對我說出口的露骨的夢——像我有時會做的那種（非我所願但有時會弄髒內褲的那種）夢嗎？妳會把自己做的夢全都老實說出來嗎？這是聽妳敘述那些夢時，我每次都忍不住會想到的事。

妳看起來好像會把各種事情坦率說出來，毫不隱藏。不過事實如何，誰也不清楚。我想，這個世界上恐怕沒有人心裡是沒有祕密的。人要在這個世界生存下去，就必須如此。

不是嗎？

7

「如果這個世界有完全的東西存在的話，那就是這道牆。誰都無法越過這道牆。誰也無法破壞這道牆。」守門人如此斷言。

乍看之下，這只不過是一道老舊的磚牆，彷彿會在下一次的強風或地震中輕易倒塌。這樣的牆為什麼能稱為完全的呢？我這樣說時，守門人臉上的表情簡直就像聽到自己的家人被無故批評一樣。然後他抓著我的手肘，把我帶到牆邊去。

「從近處仔細看看。磚頭和磚頭之間沒有縫隙對不對？每塊磚的形狀也有些許不同吧。而且一塊磚和另一塊磚之間完全吻合，一根頭髮的縫隙都不容許存在。」

真的是這樣。

「你用這把刀子刮磚頭看看。」守門人從上衣口袋掏出一把工作用的刀子，發出喀的一聲亮出刀刃，遞到我手上。猛一看是一把舊刀子，刀刃卻是仔細磨過的。「應該一道傷都劃不出來。」

他說的沒錯。刀刃尖端只發出喀啦喀啦的摩擦聲響，在磚頭上卻連一條白痕都沒有留下。

「你知道了嗎？強風、地震、大砲，不管是什麼都沒辦法動搖這堵牆，也無法造成傷害。過去沒辦法，未來想必也不會。」

他擺出好像要拍紀念照似的姿勢，把手掌貼在牆上，收起下顎得意地看著我。

不，這個世界沒有完全的東西，我在心裡嘀咕著。只要是有形的東西，無論任何東西，總是會有什麼弱點或死角。不過我沒出聲。

「這道牆是誰造的？」我問。

「沒有誰造的。」這是守門人堅定不移的見解。「從一開始就在這裡的。」

最初的一星期結束之前，我拿起妳為我選的幾個「古夢」試著閱讀。但那些古夢並沒有對我述說任何有意義的事情。我在那裡聽到的只有一些含糊不真切的呢喃聲，看到的是失焦的一些零碎畫面。就像看著胡亂接續起不同片段的錄音帶或膠捲倒帶播放出來一樣。

圖書館的書庫裡沒有書籍，陳列在那裡的是無數的古夢。可能在漫長的歲月裡都沒有人碰過，表面全都覆蓋著一層薄薄的白色灰塵。古夢的形狀像蛋一樣，大小和色調都各自不同。就好像各種動物產下的蛋似的。不過正確說來並不能稱為蛋形。拿在手上近看，就會發現下半部比上半部鼓一些。重量也不均勻，但就因為不均勻，放起來正好比較穩定，不用任何支撐也不會從架上滾落。

古夢表面像大理石一樣硬而光滑，但沒有大理石的重量。那是什麼樣的材質所形成的，強度如何，我都不清楚。如果掉落在地上會不會破裂？無論如何，對待古夢要非常小心謹慎才行。就像對待稀有生物的蛋一樣。

圖書館裡一本書都沒有放——連一本都沒有。過去這裡想必排滿了書籍，城裡的居民會來此尋求知識和娛樂吧。就像一般城市裡的圖書館那樣。那種氣氛還留下氣味，微微飄散在四周。但似乎不知從何時開始，所有的書籍都從書架上被撤除，後來就改成陳列古夢了。

「夢讀」好像除了我之外沒有別人。至少現在，我似乎是這座城裡唯一的夢讀。在我之前是否有過別的夢讀？或許有過。關於夢讀的規則和程序都訂得這麼詳細、維持得這麼好，由此看來想必是有過吧。

妳在圖書館的職務，是維護陳列在那裡的古夢，以適當的方式管理。選出該讀的夢，把讀過的紀錄留在簿子上。黃昏時刻來臨前打開圖書館的門，點上燈，寒冷時生起暖爐的火，維持生火所需的菜籽油和柴薪的存量。然後為「夢讀」，也就是為我，準備深綠色的藥草茶。那可以治療我的眼睛，鎮定我的心。

妳拿著一大塊白布，小心謹慎地擦拭古夢表面的白色灰塵，放在我前面的桌上。我摘下綠色眼鏡，雙手放在古夢的表面，將它包在掌心。經過五分鐘左右，古夢從深沉的睡眠中慢慢醒過來，表面開始發出淡淡的光。雙手掌心傳來舒服而自然的溫暖。然後它們開始紡織夢。就像蠶繭吐絲那樣，剛開始慢慢地，接下來投入適度的熱忱。它們有該說的話。從殼裡出來的這個時刻，它們可能已經在架子上耐心等候許久了。

但它們說話的聲音實在太微弱了，沒辦法完全聽清楚它們在說什麼。它們投射出來的影像沒有完整的輪廓，就那樣淡去、崩解，被吸進空氣。或許那不是它們的問題，可能是因為我這雙新眼睛還沒有順利發揮功能。也或許是因為我身為「夢讀」的理解力還不完整。

而後圖書館的閉館時間到了。雖然到處都沒有時鐘，但當時刻近了，妳自然會知道。

「怎麼樣？工作進行得順利嗎？」

「我在慢慢做。」我回答。「不過光讀一個就很累人了。可能我的做法有哪裡不對吧。」

「不用擔心。」妳說著，便轉動按鈕，關閉暖爐的供氣口，把燈一一吹熄後坐到桌子對面，從正面看著我的臉說（被妳這樣直直看著，讓我心跳加速）：「不必急。在這裡有的是時間。」

妳正確無誤地依照規定的程序關閉圖書館，帶著認真的眼神，不慌不忙的沉著。就我看起來，妳的作業順序沒有絲毫顛倒錯亂。這間圖書館的關門作業有必要這樣嚴謹嗎？看著妳執行關門作業，我心感疑惑。在這座安靜平穩的城裡，到底有誰會半夜闖進圖書館盜取古夢或破壞古夢呢？

「我送妳回家好嗎？」第三天晚上，走出建築物時，我鼓起勇氣這樣問。

妳轉過身，睜大眼睛看著我的臉。那黑色的瞳孔上白白地映著天上的一顆星。妳好像不太能理解我這個提議，不知道自己有什麼必要被我送回家。

「我才剛來到這個地方，除了妳之外也沒有可以說話的對象。」我說明。「如果可能，希望跟人一起邊走邊說話。還有，我也想多了解妳一點。」

妳思考了一下我所說的話，臉頰稍微紅起來。

「這和您家的方向相反。」

「沒關係。我喜歡走路。」

「不過，您想知道我的什麼事情呢？」妳問。

「例如妳住在這座城的什麼地方？還有和誰一起住？是怎麼開始做圖書館的工作的？」

妳沉默了一會兒。然後說。

「我家不太遠。」妳說。只有這樣。不過這是一項事實。

妳穿著像軍隊的毛毯那樣粗粗的料子做的藍色大衣，有幾處綻線的黑色圓領毛衣，搭上有點太大的灰色裙子。看起來全都是別人穿過的舊衣。不過即使身上穿著那樣破舊的衣服，妳還是很美。跟妳並肩走在夜晚的路上，我的心臟強烈地縮緊，幾乎無法正常呼吸。就像十七歲的那個夏天傍晚一樣。

「您說您剛到這個地方，您是從哪裡來的？」

「從東方很遠的地方。」我答得很含糊。「從很遠很遠，很大的城市。」

「我除了這裡之外不知道別的地方。我出生在這裡，從來沒有走出牆外。」

妳這麼說的聲音柔和而帶有溫情。從妳口中說出的話，被約八公尺高的堅固牆壁周全地保護著。

「為什麼要特地到這裡來呢？我從沒遇過從外地來到這座城的人，您是第一個。」

「為什麼噢？」我沒有正面回答。

為了見妳特地來到這裡呀——我無法這樣坦白。還太早了。在說出口之前，我必須學習更多關於這座城的事。

我們在數目不多、而且光量稀微的街燈下，沿著河邊的夜路朝東走。就像過去和妳同行時一樣，兩個人肩並肩。耳邊傳來河流的潺潺水聲。從河對岸的林間傳來夜啼鳥短促清亮的啼鳴。

妳想知道我過去住的「遙遠東方的城市」的事。那份好奇心稍微拉近了我和妳的距離。

「那是什麼樣的地方？」

不久之前我生活過的那個地方，到底是什麼樣的城市？那裡有許許多多的話語交錯，充滿了那些話語所創造出來的意義。

不過這樣說明，妳到底能理解多少？妳生在這個沒有活動，話語稀少的地方。一個樸素而安靜，而且已完結的地方。沒有電，也沒有瓦斯，鐘塔的鐘沒有指針，圖書館一本書都沒有。大家口中所說的話就只有原來的意思，每樣東西都在各自固有的場所，或穩固留在視線所及的周遭。

「在你住的地方，大家過著什麼樣的生活？」

我難以回答這個問題。從前我們在那裡，到底過著什麼樣的生活？

妳問：「不過那裡和這座城一定相當不同吧？大小、構造，還有居民的生活都是。什麼地方最不同呢？」

我吸進夜晚的大氣，尋找正確的話語和適當的形容。然後說：「在那裡，人人都帶著影子生活。」

8

對，在那個世界，人人都帶著影子生活。我和「妳」也分別擁有一個自己的影子。

我還清楚記得妳的影子。我記得在初夏一個沒有什麼人的路上，妳踩到我的影子、我踩到妳的影子的事。是小時候常玩的踩影子遊戲。不知道是因何而起，我們開始玩起那個遊戲。兩個人的影子映在初夏的路上非常黑，濃密而生動。被腳踩踏到時，那個部分好像真的會感覺到痛一樣。當然這只不過是無罪的遊戲而已，但當時我們是認真地踩著彼此的影子，好像那種行為會帶來非常重要的結果似的。

後來我們並排坐在堤防的陰影下，第一次親吻。並沒有哪一方提出邀請，既沒有事先說好，也沒有什麼明確的決心。那真的是順其自然的發展。兩個人的嘴唇就是必須在這一刻重疊起來，而我們也只不過順從心的流向而已。妳閉上眼睛，我們的舌尖客氣地稍微互相碰觸。在那之後有好一陣，我記得兩個人一時都無法說出什麼話。我和妳，都覺得如果說錯了什麼話，就會失去彼此嘴唇上留下的重要觸感。所以我們保持了長久的沉默。過一會兒，兩個人幾乎完全同時想說話，兩句話相撞，混在一起。我們都笑了，然後再度稍微親吻。

我有一條妳的手帕。白色紗布般質地柔軟的簡樸手帕，一角綉著一朵小小的鈴蘭花。那不知道是什麼時候妳借給我的。我心想該洗好還給妳才行，卻一直錯過機會。或者可以說，一半是故意不還的（當然如果妳要我還，我可能會裝成之前都忘記了，立刻拿出來歸還）。我經常拿出那手帕來，長久握在掌中安靜地感受那質地的觸感。那觸感直接與妳相連。我會閉上眼睛，沉浸在手環抱著妳的身體，嘴唇重疊時的記憶之中。不管是妳在我身邊時，或不知消失到哪裡去後，無論何時都不會改變。

妳給我的信上所記述的夢（正確來說應該是夢的一部分），我還記得很清楚。那是達八頁橫式信紙之多的長信。妳的信是用作文比賽拿到的獎品鋼筆寫的，墨水總是用土耳其藍。我們都用那時候領到的獎品鋼筆寫信，就像不言自明的約定一般。那支鋼筆——雖然不是多高級的鋼筆——對我們來說是重要的紀念品，是寶物，是聯繫兩人的結。我那時是用黑色的墨水，像妳的頭髮一般漆黑。TRUE BLACK。

「我想寫下昨天晚上做的夢。在這場夢裡你出現了一下。」妳的信以此開頭。

＊

我想寫下昨天晚上做的夢。

在這場夢裡你出現了一下。抱歉不是什麼重要角色，不過那是夢，所以沒辦法。因為夢不是我自己製造的，是不知道什麼地方的某個人突然說「給妳」就塞給我的，所以也沒辦法憑我個人的想法自由改變內容（大概吧）。而且無論戲劇或電影，配角都非常重要噢。根據配角，一部戲劇或電影的印象也會完全不同。所以即使不是演主角，也希望你能忍耐，努力得個奧斯卡最佳男配角獎。

這暫且不提，我一覺醒來，就忍不住有點興奮（事後用鉛筆加上粗粗的底線強調）。因為回到現實後，我強烈感覺到你好像就在我身邊。如果是真的就有趣了……當然是開玩笑的。

我像平常那樣，立刻把夢的內容用短小的鉛筆逐一（這樣寫對嗎？）記入放在枕邊的筆記裡。這是我醒過來時總是最先採取的行動。無論是早晨或半夜，沒有完全清醒或有急事要辦，都會先把剛才做過的夢的內容中，想得起來的部分盡量詳細記錄在筆記上。我向來沒有寫日記的習慣（試過幾次，但總是持續不到一星期），只有夢的紀錄卻一天都不缺地留了下來。我不寫日記，只有夢的紀錄不會偷懶，簡直像在公然宣言對我來說，比起我現實中的日常生活，夢中發生的事情具有更重要的意義。

不過實際上，我並沒有這樣想。不用說，每天的現實生活和夢中所發生的事情，構造完全不同。好比地下鐵和氣球那麼不同。而且我也和其他人一樣，無疑都被日常生活所囚禁，勉強抓緊地球微不足道的表面活著。無論多有力、無論多有錢，都無法從那重力中逃出。

不過我的情況是，一旦鑽進被窩裡睡著之後，鋪展開的「夢的世界」卻非常生動，和現實一樣，不，往往（不知怎麼，很喜歡往往這字眼）比現實更有現實感。而且在夢裡所展開的，幾乎是無法預測的驚人事件。結果我有時候會無法分辨夢跟現實。換句話說，我會想：「咦，這是現實生活中經歷過的事情嗎？還是我夢到的？」你不會有這種狀況嗎？就是夢和現實變得無法劃分界線……我想，也許我這種傾向比周圍的人要強得多（強到測量的指針幾乎完全偏向某一邊）。可能是某種偶然的因素造成的，或許天生就這樣了。

我發現這件事，是在剛上小學的時候。我想和學校同學談夢境時，幾乎誰都不感興趣。誰都不關心我做了什麼夢，好像也沒有人像我這樣把做夢這件事想得這麼重要。而且其他人做的夢——聽他們談起做過的夢——幾乎都缺乏色彩和令人不安的地方。沒什麼精采之處。不知道這是為什麼……所以後來我就逐漸不和學校的朋友談論夢境了。和家人也沒談過那些夢（老實說就連其他任何話題，除非必要不然我也幾乎不跟家人談）。取而代之的是，我睡前開始在枕頭邊放小筆記本和鉛筆。長年下來，那小筆記本對我來說，已成為不可替代的知心朋友。說件或許無關緊要的事，記錄夢境還是用小鉛筆最好，要長度不到八公分的。前一天晚上，要先用小刀削好幾支筆尖適中的短鉛筆。長的新鉛筆絕對不行！這是為什麼呢？為什麼非要短鉛筆才能順利記錄下夢境呢？這麼一想，就覺得真是不可思議啊。

筆記本是我唯一的朋友，簡直就像《安妮日記》那樣。當然我沒住進誰家的密室裡，也沒被納粹軍隊包圍。至少周圍的人袖子上也都沒配戴卐字納粹標誌的臂章。不過感覺還是很像。

總之，後來有那個作文比賽的活動，我在頒獎典禮的會場中遇見你。那無論怎麼說，都是我人生中遇到最燦爛的事情之一。不是說比賽，而是指能遇見你！而且你對我說的夢境感興趣，非常熱切地聽我說。這比什麼都美好。因為，自己想說的話能盡興痛快地說出來，而且有人專心傾聽，這幾乎是我有生以來第一次。真的。

說起來，我是不是用了太多「幾乎」這個詞？我有一點這樣的感覺。我常常會頻繁——頻繁這個詞我老是記不住——使用相同的詞彙。必須注意才行。其實自己寫的東西應該要重新讀過，推敲（我也不知道有沒有寫對）文句才行。不過重讀自己寫的東西時，會覺得一切都好令人厭煩，只想全部撕破丟掉。真的。

對了，對了，說到我做的夢對吧？必須說這件事。我無論從什麼主題開始下筆，都會立刻轉移到其他事情，很難再回到正題。那也是我的弱點之一。不過「弱點」和「缺點」有什麼不同呢？我這樣可以算是弱點嗎？不過，這好像也不重要。因為**幾乎**（這裡也用鉛筆畫出底線）是相同的意思。總之回到正題吧。對，是說到我昨天晚上做的夢吧。

首先，在那個夢中我是裸體的。完全赤裸。一絲不掛——不是有這樣的形容嗎？我一直覺得這種形容可以說是相當奇怪，或者說是太過極端，不過我環顧一圈，就發現身上是真的一根絲線都沒有。當然了，背後看不見的地方或許有一根線頭也不一定，不過這都無所謂吧。然後我躺在一個狹長的浴缸裡。白色西式的古典浴缸，下方可能裝著可愛的貓腳腳座那種。不過浴缸裡沒放熱水。換句話說，我赤裸地躺在一個空浴缸裡。

然而仔細一看，那並不是我的身體。以我的身體來說，那一對乳房有點太大。我平常也暗中想過如果我的乳房能大一點該有多好，可是實際有了那麼大的乳房，就覺得很不自然，無法鎮定。感覺怪怪的。自己好像不是自己。第一個問題是太重，而且看不太到下方。感覺乳頭也有點太大。如果有這麼大的乳房，跑步還是做什麼的時候會搖搖晃晃的，很礙事吧。我就想，原本乳房比較小的時候可能還比較好。

然後我發現自己的肚子膨脹著。不過不是肥胖的膨脹，因為身體的其他部分都還是細瘦的，只有肚子像氣球般脹起來。這時，我才發現自己可能懷孕了。我的肚子裡有嬰兒，從那膨脹的程度看來，應該懷孕七、八個月了吧。

你猜，這時候我首先想到什麼？

我首先想到的是衣服的問題。胸部變大這麼多，肚子也大起來了，到底該穿什麼才好？在哪個地方有我能穿的衣服嗎？因為我現在是完全赤裸的，總該穿上什麼吧。想到這裡，我就非常不安。如果必須這樣光著身子走在大街上的話，那該怎麼辦？

我像鶴一樣伸長脖子，環顧房間一圈，但到處都沒看到衣服之類的東西。也沒有浴袍。不如說，連一條毛巾都沒有。真的名副其實連一根線都找不到。

這時候傳來敲門聲，咚咚，清脆而短促的兩聲。我開始慌張起來。這副模樣不能見人啊。到底該怎麼辦才好？頭腦正一團混亂之間，有個人就擅自打開門，走進房間來。

那個房間哪，雖然是浴室，卻寬廣得誇張，簡直有一般住宅的客廳那麼大，還擺著類似沙發的座椅。天花板也非常高。而且也開了好幾扇窗戶，燦爛的陽光從窗戶照進來。從光線看來，我想時刻大約是近午吧。

那個人到底是誰呢？我到最後都不知道那是什麼樣的人。因為我看不到臉。那個人打開門的當下，從窗戶射進來的太陽光忽然轉強，強到好像產生白色光暈那樣，讓我的眼睛什麼也看不見了。只能看見一個黑黑的巨大人影，突然就出現在門口。不過從身體輪廓來看，我想那是個男人，一個非常高大的成年男人。

於是我想總之得遮住身體才行。因為我真的是「一絲不掛」的狀態，而且一個陌生的男人就在眼前。不過就算想把身體遮起來，剛才也說了，我手邊沒有任何東西。毛巾、臉盆、牙刷，什麼都沒有。無奈之下，我只好用手試著遮住肚子以下的重要部分——這樣說可以吧——但不管怎麼試，手都伸不過去。因為乳房和肚子太大了，而我的手臂又確實變得比平常短了。

不過男人慢慢走近我身邊來。我一定得做點什麼。這時候我肚子裡，嬰兒——我想那大概就是嬰兒吧——開始劇烈地掙扎亂動起來。簡直就像在黑暗的洞穴深處，三隻忿忿不平的地鼠開始作亂那樣。

當我忽然回神，就發現自己已經不在浴室了。剛才說過浴室大得像客廳一樣，而現在四周變成真正的客廳了，我赤裸地躺在沙發上。而且我的雙手掌心不知怎麼的，分別長出了一隻眼睛。手掌正中央的地方變成眼睛噢。不只有睫毛，還會眨眼。漆黑的眼珠。眼睛一直盯著我看。但是我並不覺得害怕。那雙眼有白色的傷痕。而且正流著眼淚。非常安靜而悲傷的眼淚。

那麼，寫到這裡（即將進入無與倫比的精彩橋段，在這部分你也會稍微露臉扮演一個配角），很可惜我必須出門去了。我有事要辦，必須離開書桌。因此這封信得先停在這邊，寫一半的部分我會裝進信封貼上郵票，到站前的郵筒去投函（「投函」有沒有寫對？我怎麼不查字典呢？）。夢的後續就等下次再寫。敬請期待！然後你當然也要寫信給我，長得讀不完的長信。拜託。

＊

結果她並沒有告訴我夢的後續，因為下一封寄來的信寫了完全不同的事情（說好要寫夢的後續的，一定是忘記了吧）。所以到了最後，我還是不知道自己在她的夢中到底扮演什麼樣的（輔助性質的）角色。可能永遠都不會知道了。

9

是的，在那裡人人都帶著影子過活。

在這座城裡，大家並沒有影子。把影子拋棄時，才第一次深刻感受到影子具有實在的重量。就像在平常的生活中不會感受到地球的重力那樣。

當然要拋棄影子並不容易。無論是什麼樣的東西，長年累月共同生活後，就會成為熟悉的對象，勉強分開還是會難受。要進這座城時，我必須在入口把自己的影子寄放在守門人那裡。

「身上帶著影子，是不能踏進牆內的。」守門人這樣告訴我。「要不就寄放在這裡，要不就放棄進城。只能二選一。」

我放棄了影子。

守門人要我站在溫暖的向陽處，一把抓住我的影子。影子害怕得直發抖。

守門人對影子粗聲說：「沒事的，怕什麼？又不是要剝你的指甲。不會痛的，一下就結束了。」

影子還是有點抗拒的樣子，但對抗不了強壯的守門人，馬上就從我的肉體剝離，失去了力氣，軟倒蹲坐在旁邊的木頭長椅上。被剝離身體的影子看起來比想像中更虛弱無力，就像被脫下來丟在一旁的舊長靴那樣。

守門人說：「一旦分別之後，看起來就顯得很奇怪了吧。沒想到以前竟然這麼寶貝兮兮地貼身帶著啊。」

我含糊應著。失去了自己的影子，我卻還沒有真實感。

「影子實際上沒有什麼用處。」守門人繼續說。「你覺得到現在為止，影子有什麼對你幫助很大的地方嗎？」

沒有。至少現在一時想不起來。

「對吧。」守門人得意地說。「可是只有嘴巴比人強。說什麼討厭那個，這個還好。自己一個人什麼也不會，歪理倒是知道一堆。」

「我的影子以後會怎麼樣？」

「留在我這裡，我會當成客人一樣好好招待他呀。房間和寢具都準備好了，雖然沒有豐盛的晚餐，不過伙食三餐都不用愁。但是，有時候也會要他幫忙工作。」

「工作？」我說。「什麼樣的工作？」

「一點雜務。主要是牆外的工作，但不是什麼重大工程。比方摘蘋果、照顧獸……之類的，會隨季節有一點不同。」

「如果我想讓影子回來呢？」

守門人瞇細了眼睛，一直看著我的臉。就像從窗簾的縫隙檢查無人的室內那樣。然後說：

「這個工作我做很久了，但從來沒見過要求讓自己的影子回來的人。」

我的影子乖乖蹲在那裡看著我，好像要告訴我什麼似的。

「沒什麼需要擔心的。」守門人說，好像要為我打氣。「你也會漸漸習慣沒有影子的生活。不久就會忘記自己有過影子了。你大概會想，這麼說來好像也有過這種事啊。」

影子依舊蹲著，側耳傾聽守門人的話。我無法不感到內疚。雖然這麼做是不得已，但我終究是要拋棄自己的分身。

「城的出入口現在只有這一道門。」守門人以臃腫的手指指著那道門說。「一旦穿過那道門進入裡面之後，就再也不能從那道門出來了。牆不允許這樣。那是這座城的規定。雖然沒有簽名或按血手印那一類很正式的手續，不過依然是沒有懷疑餘地的契約。這一點你知道吧。」

知道，我說。

「還有一點，因為你從此以後會成為『夢讀』，所以會賦予你『夢讀』的眼睛，這也是規定。在眼睛的狀況穩定下來之前，你可能多少會覺得不方便。這一點你也明白吧。」

就這樣，我穿過了這座城的門。放棄了自己的影子，被賦予「夢讀」的傷眼，並訂下從此不再穿過那道門的不成文「契約」。

在那個地方（過去我住過的那座城市），大家都拖著影子生活噢，我向妳這麼說明。影子在有光的地方會和人（本體）共同行動，在沒有光的地方則悄然隱去身影。而當黑暗的時刻來臨時，就與人一起就寢。但人和影子不會分離。無論看得見或看不見，影子一直都在那裡。

「影子對人有什麼用嗎？」妳問。

不知道，我說。

「那麼，為什麼大家都不拋棄影子呢？」

「一方面是不知道要怎麼拋棄。不過就算知道了，可能也不會有人拋棄影子吧。」

「為什麼呢？」

「因為大家都習慣影子的存在了。和實際上有用或沒用都沒關係。」

當然，妳不會理解這是怎麼回事。

沙洲上生長著稀稀落落的川柳，其中一根樹幹上用繩子繫著一艘老舊的木船，流水在船周圍激起輕微的水聲。

「我們在懂事之前影子就會被剝離。就像嬰兒肚臍上的臍帶被剪斷那樣，或是幼兒的乳齒要換牙那樣。然後被割下的影子就被帶到牆外去。」

「在外面的世界，影子都得靠自己活下去嗎？」

「大多會被收養。總不能隨便丟棄在荒野的正中央吧。」

「妳的影子後來怎麼樣了？」

「我也不知道。不過應該很久以前就死掉了吧。從本體分離的影子，就像沒有根的植物那樣，活不久的。」

「妳沒再和影子見過嗎？」

「和我的影子？」

「對。」

妳露出不解的表情看著我的臉。然後說：「黑暗的心會被送到某個遙遠的地方去，最終喪失生命。」

我和妳並肩走在河邊的路上。風偶爾會忽然吹過河面，妳用雙手把大衣領子拉攏。

「您的影子再過不久也會失去生命。影子死掉以後，黑暗的想法也會消失，然後寂靜就會來臨。」

從妳的口中說出「寂靜」這字眼，聽起來非常安靜。

「然後牆會保護這份寂靜嗎？」

她直直看著我的臉。「您不就是為了這個才來到這座城的嗎？從很遙遠的地方來。」

「職工地區」是位在舊橋東北方的一大片蕭條地帶。據說過去曾有水流豐沛的美麗運河流過，現在已經乾涸，只剩下乾透的灰色泥塊沉積。不過枯竭至今都經過那麼長久的時間了，那裡依然留著潮溼空氣的記憶。

穿過沒有人煙的昏暗工廠地帶後，就是職工居住的成排集合住宅。那是兩層樓的古老木造住宅，看起來好像隨時都會垮掉似的。住在這裡的人都被統一稱呼為「職工」，但實際上並沒有在工廠工作。這個稱呼現在已經沒有實質意義了，只不過是一種習慣而已。工廠早就停止運作，高聳的成排煙囪也不再冒煙了。

狹窄的石板路穿梭在迷宮般的建築物之間，跨越好幾個世代的人生活其間的各種氣味和聲響都滲透進了石板中。走在磨平的石板上，我們的鞋底連一點聲響都沒有發出。到了迷宮的一個地點，妳忽然停下腳步，回頭對我說：「謝謝您送我回來。您知道回家的路嗎？」

「我想大概知道。只要走到運河邊，接下來的路就簡單了。」

妳重新圍好圍巾，向我快速點點頭。然後轉身背向我，鑽進我無法辨認的陰暗木造住宅的其中一道門，就這樣踩著迅速的步伐被吸進去了。

我穿過聳立於兩側的感情狹縫，慢慢走回家。一側是在這座城裡自己已經不再孤獨了，另一側是即使如此自己終究還是孤獨的，我的心就那樣筆直地一分為二。川柳的樹枝發出細微的聲音搖擺著。

10

我在稱為「官舍地區」的區域裡，被分配到一間小住所。

住所內基本生活所需的簡單家具和器具都準備齊全。一張單人床、一張木製圓餐桌、四張椅子、幾個內建的架子、小型的燒柴暖爐。差不多就這樣。也附有小衣櫥和狹窄的浴室。但沒有工作用的書桌，和可休息的沙發。房間裡沒有任何可以稱得上是裝飾的東西。沒有花瓶、沒有畫、沒有擺飾、沒有一本書，當然也沒有時鐘。

廚房可以做簡單的料理。如果想煮飯開伙的話，有廚房用的小型爐子——沒有電，也沒有瓦斯。餐具和椅子都很簡陋，也是人家用舊的，造型和大小都不統一。看起來也像是臨時從不同地方找來湊合的。窗戶是木製的百葉窗，白天關上時可以遮蔽陽光（對我虛弱的眼睛是不可或缺的設備）。入口的門沒有鎖。這座城的人在住家的出入口都不會上鎖。

這個地區從前想必是一個稱得上優雅的街區吧。路上有小孩在遊戲，不知何處傳來鋼琴的聲音、狗的叫聲，黃昏時各處窗口想必也會飄來溫暖的晚餐香氣，家家戶戶的花壇盛開著美麗的當季花卉。到處都還殘留著這種氣氛。如同這個地區的名稱，以前住在這裡的人似乎大多是在機關裡服務的官吏，或將校級的軍人。

我在中午前醒來，以配給的食材做簡單的餐點來吃。像樣的餐點就這麼一頓而已。這座城裡的人似乎不太需要吃東西，一天只吃一頓簡單的食物就夠了。而且我的身體也以驚人的速度適應了這樣的生活習慣。用過餐整理好之後，就關上百葉窗留在陰暗的房間裡，讓傷口還沒完全痊癒的眼睛休息，度過下午的時光。時間安穩地流過。

我坐在椅子上，從自己的身體這個牢籠將意識解放出來，在思考的廣大草原盡情地奔跑——就像把項圈上的繩子解開，讓狗得到一時的自由那樣。在那段期間我就躺在草地上，什麼也不想，放空腦袋眺望天上流過的白雲（當然這只是比喻式的說法。我實際上並沒有抬頭看天空）。時間就這樣平穩無事地流逝。只有必要的時候，我才會吹口哨把意識喚回來（當然這也只是比喻式的說法。我實際上並沒有吹口哨）。

太陽西斜，四周暗下，到了守門人即將吹響角笛的時刻，我（吹口哨）將意識再一次喚回身體，走出家門徒步前往圖書館。我走下山丘，沿著河邊的道路往上游走去。圖書館在廣場前方不遠處。來到舊橋前的廣場，沒有指針的鐘塔彷彿象徵著什麼似的高高聳立著。

除了我之外沒有人造訪圖書館。所以圖書館無論何時都只屬於我和妳。

但我的「夢讀」技巧並沒有進步的跡象。我心中的疑問和不安逐漸增長——我被任命為「夢讀」，是否出了什麼錯誤？我是否原本就不具備夢讀的能力，我是否在錯誤的地方被交辦了錯誤的工作？有一次在作業的空檔間，我向妳坦白這樣的不安情緒。

「不用擔心。」妳從桌子對面注視著我的眼睛說。「您現在只是需要一些時間。請您不要迷惘，繼續這樣工作就好。因為您是在正確的地方，做著正確的事情。」

妳的聲音溫柔而沉穩，但充滿了確信。就像構成城外高牆的磚頭那樣，堅固而不可動搖。

在夢讀的空檔，我會喝妳為我調製的深綠色藥草茶。妳花上一段時間，以化學家做實驗時的認真表情，悉心為我準備藥草茶——用小研杵、研缽、鍋子和過濾布。圖書館後面的一片狹窄庭院裡，有一塊種著各種藥草的小菜園，照顧這裡也是妳的職務之一。我問過那些藥草的名字，不過妳也不知道。或許這些藥草，也和這這座城裡的許多事物一樣本來就沒有名字吧。

一天的工作結束，關好圖書館的門之後，我沿著河邊的道路往上游走，送妳到「職工地區」的集合住宅。那成了我的日常習慣。

秋雨在我們四周不停地下，沒完沒了。沒有開始也沒有盡頭的安靜細雨。夜晚沒有月亮沒有星星沒有風，也聽不見夜啼鳥的聲音。只有沙洲上成排川柳的細細枝條末端，滴滴答答地滴著水珠而已。

我和妳肩並肩走在那樣的夜路上，彼此之間幾乎只有沉默。不過那沉默對我來說一點也不痛苦。或許我反而歡迎那份沉默，因為沉默使記憶活性化了。妳也不怎麼在意沉默。就像不需要很多食物一樣，這座城裡的人也不需要很多話語。

下起雨時，妳會穿上厚重又硬邦邦的黃色雨衣，戴上綠色的雨帽。我則帶著擺在家裡的那把又舊又重的西式大傘出門。妳穿的雨衣尺寸可能大了兩號，走起路來喀沙喀沙響，就像雙手揉起包裝紙時發出的聲音那樣。是某種令人懷念的聲響。我很想輕輕環抱妳的肩膀（就像以前曾經做的那樣），不過在這裡，我沒辦法這麼做。

在「職工地區」的集合住宅前，妳停下腳步，在黯淡的燈光中好一陣子注視著我的臉。妳的眉頭微微皺起來，好像快要想起什麼重要的事情似的。不過結果什麼也沒想起。可能性沒有成形就被吸進某個地方，消失無蹤。

「明天見。」我說。

妳默默點頭。

妳的身影消失，一切的聲響都遠去之後，我還一個人站在原地，在無言中回味著妳所留下的氣息。然後在下個不停的細雨中邁出腳步，獨自走向位於西丘上的住處。

「什麼都不用擔心。您只是需要花一點時間。」妳說。

但我沒那麼確信。時間——在這座城稱為「時間」的東西——真的可以信任嗎？還有這彷彿沒有盡頭的漫長秋天過後，到底會有什麼來臨呢？

11

我搭電車到妳住的那個地方見妳。五月一個星期天的早晨，萬里晴空只浮著一片白雲，形狀像隻光滑的魚。

我說要去圖書館，然後就出門了。但我卻是去見妳。尼龍束口背包裡裝了午餐要吃的三明治（母親為我準備的，牢牢包上了保鮮膜）和文具，但我沒打算用功讀書。離大學入學考試只剩不到一年。但我盡量不去想這件事。

星期天早晨的電車只有零零星星的乘客。我舒適地坐到座位上，思考起「恆久」這個詞。但對於剛升上高三的十七歲少年來說，要思考恆久的事情並不容易。因為他能想像的恆久性的幅度還相當狹小。從「恆久」這個詞所能想到的，大概只有雨落在海上的景象而已。

我每次看到雨落在海上的景象時，就會生出某種感動。那可能因為海是永遠——或者在將近於永遠的期間內——不會變化的存在吧。海水蒸發變成雲，雲再降下雨。永遠循環。海中的水就這樣陸陸續續被替換掉。但海這個全體並沒有改變。海一直都是同樣的海。既是伸手可以觸及的實體，同時也是一種純粹而絕對的觀念。我看著落在海上沒有止息的雨時，所感覺到的（大概）是這種莊嚴吧。

所以當我希望把和妳之間心的聯繫變得更強、更加永久時，腦海裡浮現的，就是永不止息的雨，靜靜落在海上的光景。我和妳坐在海邊，注視著那樣的海和雨。我們在一把傘下貼在一起。妳的頭輕輕靠在我的肩膀上。

海非常平穩。連一絲微風都沒在吹，細小的波浪規律地無聲拍打著海濱。就像曬著的被單在風中搖擺那樣。我們可以一直坐在那裡。但是接下來我們要往哪裡去呢？要去哪裡好呢？我完全想像不出來。因為我們在那個海邊，撐著傘兩人並肩坐著，一切就已經完滿了。既然已經完滿了，還需要站起來走去哪裡嗎？

或許那就是所謂「永久」的一個問題。接下來要往哪裡去？不知道。但無法追求永久的愛又有什麼價值呢？

於是我放棄思考永久，只想妳的身體。想妳那對胸部的隆起，想妳的裙子裡。想像裙子裡面的東西。我的手指笨拙地一一解開妳白色襯衫的釦子，也笨拙地解開妳（應該有）穿的白色內衣背後的鉤子。我的手慢慢伸進妳的裙子裡。碰觸到妳柔軟的大腿內側，然後……不，我不願去想，真的不願去想。但沒辦法不想。因為那是比永久性還遠遠更加容易動用想像力的那一類事情。

不過在各種想像之間，我的身體的一部分不知何時已經變硬。像造型下流的大理石擺飾物那樣。在合身的牛仔褲裡，我勃起的性器非常不舒服。不快點恢復一般狀態的話，我可能連要從座位上站起來都有困難了。

我試著在腦子裡再想一次下雨和海。那安靜的風景或許可以使我過度健康的性欲稍微鎮定下來。我閉上眼睛集中精神。但海邊的景象卻沒辦法在腦子裡順利復甦。我的意志和我的性欲，似乎分別拿著不同的地圖往不同的方向前進了。

我們約在地下鐵車站附近的小公園會合。之前也有幾次約在這裡碰面過。公園裡有為幼童而設的幾種遊戲器材、有飲水處、有藤架下的長椅。我坐在那張長椅上等妳。但約定的時間到了，妳卻還沒出現。這是很稀奇的事，因為妳向來不遲到。或者該說，妳每次都比我早到約定的地點。我比約定的時刻早到三十分鐘時，妳已經在那裡等我了。

「妳都這麼早來嗎？」我這樣問過。

「我這樣一個人等你來，比什麼都快樂。」妳說。

「等我很快樂？」

「是啊。」

「比跟我見面更快樂？」

妳微笑起來，但沒有回答這個問題。妳只說：「因為，在這樣等待的期間，接下來會發生什麼？接下來要做什麼？這些可能性會無限展開。不是嗎？」

或許是這樣。實際見到面之後，那無限的可能性就難以避免被換成唯一的現實了。對妳來說那可能很難過。妳想說的，我可以理解。但我自己並不這樣想。因為可能性只是可能性而已。實際待在妳身邊，肌膚可以感受到妳身體的溫度，可以握妳的手，可以在陰影下悄悄親吻，那樣好多了。

但約定的時間過了三十分鐘，還沒見到妳的身影。我頻頻看向手錶的指針，開始不安起來。妳會不會發生了什麼不尋常的事？心臟發出乾燥的不祥聲音。妳會不會忽然病倒了？還是遇到了車禍？我想像妳被救護車送到醫院去的場面，豎起耳朵聽有沒有救護車的聲音。

也或許，妳——雖然我不知道是怎麼辦到的——發現了我那天早晨在電車上耽溺在關於妳的性幻想，所以再也不想見到如此下流的我了嗎？想到這裡，我羞恥得耳垂都熱起來了。這是我不能控制的啊，我費盡唇舌向妳這麼說明、辯解。那就像大黑狗一樣呀。一旦往一個方向前進，就拿牠沒辦法了，無論多用力拉繩子也沒用——

比約定的時間遲了四十分鐘，妳才終於現身。然後什麼話也沒說，在長椅上的我身邊坐下。也沒說遲到了對不起這類的話，一句話也沒說。我也沒說什麼。我們都閉著嘴，並坐著。兩個小女孩正在盪鞦韆，比賽看誰盪得高。妳還喘著氣，額頭微微汗溼。可能是跑過來的。每次呼吸時，胸部就一起一伏。

妳穿著圓領的白色襯衫。和我在電車上所想像的幾乎一樣，是沒有裝飾的簡單襯衫。上面有小釦子，跟我剛才（想像中）解開的相同。下半身則穿著深藍色裙子。和我剛才所想像的顏色深淺稍有不同，但大致上看起來是同樣的深藍色裙子。妳穿著和我所想像的——或許更該說是妄想的吧——幾乎相同的服裝，讓我驚訝到失去言語。同時也不由得有種類似愧疚的感覺。不過我努力不再多想。無論如何，穿著簡約白襯衫和深藍色素面裙子的妳，在星期天的公園長椅上顯得美麗而耀眼。

不過，妳和平常的妳有一點不同。是哪裡不同？我說不上來。但就是跟平常有什麼不同，我一眼就能看出來。

「怎麼了？」我終於出聲說。「發生了什麼事嗎？」

妳無言地搖搖頭。但我知道一定發生了什麼事。我聽到了在人類的聽力範圍之外，那纖細的高速振翅聲。妳的雙手放在腿上，我把自己的手輕輕疊在那上面。在這個即將入夏的季節，卻還冷冷的小手。我想稍微傳達一點溫暖到那手上。我們長久保持那樣的姿勢。妳在那段期間一直保持沉默。不是正在摸索正確言語的人一時的沉默。而是為沉默而沉默——自我完結、向內的沉默。

那兩個小女孩還在盪鞦韆。金屬鍊條發出的聲音，規律地傳入我耳裡。我多麼希望我們面前有一片遼闊的大海，雨不停落到海上。這樣我們之間的這份沉默，會變成比現在更親密而自然的沉默吧。不過現在這樣也很好。我決定不再多求什麼了。

妳終於放開我的手，一言不發地從長椅上站起來，好像想起什麼重要的事似的。我也急忙跟著站起來。然後妳依然無言地開始走起來，我也跟著妳走。我們走出公園，繼續在路上走。走過大街、穿過窄路，又再次走到大馬路上。妳沒說要去哪裡，也沒說要做什麼。這也是平常沒有的事。平常的妳，一見到我就會迫不及待地立刻說出許多話。妳的腦子裡似乎無論何時都塞滿了一定要對我說的許多事情。然而今天從碰面到現在，妳都還沒說出一句話。

不久我稍微明白過來了——妳並不是朝某個特定的地方走的。妳只是不願意留在一個地方，才不斷地走。移動本身就是目的的移動。我配合妳的步調走在妳身邊，也保持沉默。不過我的沉默，是找不到正確話語的人的沉默。

這時候，我該怎麼做才好呢？妳是我有生以來第一次擁有的女朋友，第一個關係親密到可以稱為戀人的對象。所以我無法正確判斷，跟妳在一起，面臨這種「和平常不一樣的狀況」時，自己該採取什麼行動才好。這個世界充滿了我還沒經驗過的事情。尤其是關於女人心理的知識，簡直就像還沒寫下任何一個字的空白筆記本一樣。所以面對和平常不一樣的妳，我束手無策。不過我不得不保持鎮定。我是個男人，也比妳大一歲。這實際上或許並沒有多大的差別，或許也沒有多大的意義。只是有時候——尤其是找不到該依靠誰的時候——那種微不足道而徒具形式的立場，或許也能派上用場。

總之不能慌張。就算只是假裝的也要保持鎮定。所以我吞下話語，裝成若無其事的樣子，好像這只是極為普通的一件事那樣，在妳身邊以同樣的步調繼續走著。

我們持續走了多遠呢？有時會在路口停下腳步，等待燈號變綠。這時我想握妳的手，但妳的雙手插在裙子的口袋裡，筆直注視著前方。

是我惹妳生氣了嗎？我在什麼地方做錯了嗎？不，不可能。我們兩天前的夜裡還通過電話。那時候妳還很開心，用很高興的聲音說，非常期待後天見面。在那之後我們沒交談過。妳應該沒有理由對我生氣。

必須鎮定才行，我對自己說。我不可能惹妳生氣。妳可能只是因為與我無關的事，為了妳自己的問題而煩惱。我在等紅綠燈的時候深呼吸了好幾次。

我想大約持續走了三十分鐘。可能更長一點。不知不覺間，我們居然回到原來的小公園了。在街上到處亂走，結果又回到出發點。妳筆直朝藤架下的長椅走去，一言不發地在那裡坐下。我也在妳旁邊坐下。帶著和一開始同樣的沉默，我們並排坐在油漆剝落的木製長椅上。妳收緊下巴，注視著前方空間的某種東西，眼睛幾乎一眨也不眨。

盪鞦韆的兩個小女孩已經不見了。兩個鞦韆靜止在五月的陽光下，一動也不動。不擺盪的無人鞦韆不知為何看起來充滿內省的味道。

然後妳把頭輕輕靠在我的肩上，好像忽然想起我在這裡似的。我再一次把手放在妳的小手上。我們的手大小相差非常大。我總是一次又一次驚奇地感覺到妳的手好小。真佩服妳用這麼小的手卻能做那麼多事情。例如可以轉開瓶蓋，可以剝開夏橙的皮。

妳終於哭了起來。沒哭出聲，像在發抖一般，肩膀微微震動。妳就是為了不哭出來，才會直到剛才都不停快步走吧。我輕輕環抱住妳的肩膀。妳的眼淚落在我的牛仔褲上，發出滴答一聲。時不時哽住，漏出短促的嗚咽般的聲音。但是沒辦法說出有意義的話語。

我也同樣保持沉默。就只是待在那裡，承受著她的悲哀——應該是悲哀吧。這可能是我有生以來第一次有這樣的經驗。第一次全盤承受自己以外的另一個人的悲哀，第一次有個人把整顆心交給你。

好希望自己能更堅強。好希望能更用力擁抱妳，能以更有力的話語鼓勵妳——正確又精準，只用一句就能瞬間解開當下禁錮的話語。但現在我還沒準備好。我為此感到悲哀。

12

沒有待在圖書館裡的空閒時間，我都用來製作這座城的地圖。我利用陰天的下午時間，一半是為了散心而開始這項作業，不久後我越做越認真。

最初我從掌握這座城的大致輪廓開始著手。換句話說，就是先理解圍繞這座城的牆是什麼形狀。根據以前「妳」用鉛筆畫在筆記上的簡略地圖，那就像是人類的腎臟橫放時的形狀（凹陷的部分朝下）。但真的是這樣嗎？我想實際確認這件事。

這項作業比想像中更困難。因為我身邊沒有任何一個人掌握到正確的形狀——不，連大致的形狀都不清楚。不管是妳、守門人或住在附近的老人（我認識其中幾個人，偶爾也會簡單交談幾句），對於城的形狀都既沒有明確的了解，似乎也沒有想知道這種事。他們說著「大概是這個樣子吧」畫出來的城，形狀也都差異很大。有的接近正三角，有的接近橢圓形，有的像吞下巨大獵物的蛇。

「你為什麼想知道這種事情呢？」守門人露出一臉怪異的表情問我。「知道這座城是什麼形狀，有什麼用嗎？」

我說明這純粹出於好奇心，只是想得到知識而已，跟有沒有用處無關……但守門人似乎無法接受「純粹出於好奇心」的概念。這種事超出了他的理解力。他臉上露出警戒的神色，以「這傢伙是不是在打什麼壞主意？」的眼光看著我。因此我就不再多問他了。

「我想跟你說的是，」守門人說：「頭上頂著盤子時，最好不要抬頭看天空噢。」

這具體而言是什麼意思，我不太明白。不過我理解到這與其說是一種哲學省思，似乎更接近實際的警告。

其他人——包括妳在內——對我提出的這個問題，反應也和守門人相似。城裡的居民似乎並不關心自己住的地方有多大，又是什麼形狀，而且對於有人對這種事情感興趣的事實，似乎感到難以理解。這讓我覺得很奇妙。想多了解自己出生與日常生活的地方，難道不是人之常情嗎？

或許在這座城裡，好奇心打從一開始就不存在。或者即使存在，也很稀薄，要不就是只限定在狹小的範圍。想想或許也很合理。如果住在城裡的許多人對各種事情，例如對牆外的世界起了好奇心的話，他（或她）可能會開始想看看牆外的世界，而這樣的想法對這座城並沒有好處。因為城必須在牆的內側達成完滿才行，不能有絲毫縫隙。

如果想知道城的形狀，只能靠自己的雙腿實地確認。這是我得出的結論。我一點也不討厭步行，對於改善我日常運動量不足也有幫助。但由於有弱視這項不利條件，這項作業只能以龜速進行。因為只有在陰天或黃昏時，我才能長時間在戶外步行。炫目的太陽使我兩眼疼痛，沒過多久就會不停流眼淚。但幸運的是（大概是種幸運吧），我有很多時間。想花多少天來完成這項作業都行。而且前面也說過，那個秋天的天氣一直都不好。

我戴上深綠色的眼鏡，帶著幾張紙片和短鉛筆，沿著圍著城的牆內側步行，把形狀一一畫下來。也畫了簡單的素描。因為沒有磁鐵也沒有測量工具（在這座城裡不存在），我只能尋找被雲遮掩的黯淡太陽的位置來得知大致的方位，再靠步數估算距離。我以位在北門的守門人小屋當出發點，逆時針沿著牆前進。

沿著牆的道路狀況很差，也有好幾段道路已經消失無蹤。幾乎沒有人走過的跡象。過去似乎是日常使用的道路（到處都還留有這樣的痕跡），但現在好像沒有人走了。道路大致緊貼著牆，但有些地方因為地形因素大幅向內迂迴，必須撥開到處堵住道路的雜草才能前進，因此我戴上了厚厚的手套。

牆邊的土地似乎長年被棄置不理。現在牆的周邊好像已經完全沒有人居住了。有些地方能看到像是民宅的屋子，但都幾乎等於是廢屋了。許多屋頂在風吹雨打之下已經坍塌，窗玻璃破了，牆壁也倒了。也看得見只剩石頭地基留下些許痕跡的房屋。偶爾也會看見幾乎還保留著原形的建築物，但都被生命力旺盛的綠色藤蔓爬滿了外牆。不過即使是荒廢的住宅，裡面也不是空的。我靠近去探看屋內時，發現老舊的家具和器具都還留著。也有翻倒的桌子、生鏽的器具、似乎是破損的手提桶那樣的東西。一切都蒙上厚厚的塵埃，吸飽了溼氣，呈現半腐朽的狀態。

看起來這座城裡過去似乎住著遠比現在更多的人口，在這裡過著正常的生活。只是在某個時刻不知發生了什麼事，許多居民捨棄這座城離去了。離去得很匆忙，留下了大部分的家具什物。

到底發生了什麼事？

是戰爭嗎？是疾病嗎？還是有大規模的政治變革嗎？居民是因自己的意志而移居到其他土地去？還是被強制驅離的呢？

無論如何，某個時刻發生了「什麼事」，多數居民來不及收拾東西就遷移了。留下來的人聚集在中央的沿河平地和西丘一帶，在那裡互相依靠，過起沉默寡言的寂靜生活。除此之外的外圍土地都被放棄，擱置不理任其荒廢了。

留下來的居民，從來不提那件「什麼事」。他們並沒有拒絕談。只是那件「什麼事」到底是什麼，彷彿已經完全消失在集體記憶之中了。可能在他們放棄影子的同時，連那份記憶也一起被帶走了吧。就像城裡的人對地理環境沒有水平的好奇心一樣，對歷史似乎也沒特別懷有垂直的好奇心。

在居民離去後的土地上，往來的只剩下獨角獸。牠們在牆附近的森林裡，三五成群徘徊著。我從小徑走過去時，那些獸聽見了腳步聲，就轉過頭來望向我，但並沒有表現出更多的興趣，然後就繼續搜尋樹葉和樹果了。偶爾一陣風吹過林間，樹枝像古老的骨頭般喀噠喀噠響。我在被遺棄的無人土地上一邊走，一邊把牆的形狀記錄在筆記本上。

牆對我的「好奇心」似乎並沒有特別在意。只要有心，牆想怎麼妨礙我的探索應該都做得到。例如以倒木堵住道路、以叢生的草木築起圍籬、讓道路隱沒之類的。以牆所擁有的力量，要做到這種事很簡單吧——每天近距離看著牆，讓我產生了這樣的強烈印象。這道牆是**擁有這種力量的**。不，那與其說是印象，不如說更接近確信。而且牆也毫不鬆懈地關注著我的一舉一動。我的肌膚可以感覺到那道視線。

但那種妨礙行為一次也沒發生過。我沒有遇到任何障礙，一路沿著牆邊的道路順利前進，把牆的形狀逐一記錄在筆記上。牆對我那樣的嘗試並不介意——不如說，反倒覺得有趣似的。**你想這樣做的話，就隨你高興吧。反正做這種事，也沒有任何幫助啊**。

不過結果，我的地形調查＝牆的探索大約兩星期就結束了。一天晚上，我從圖書館回到家後就開始發高燒，暫時躺了一段時間。那是牆的意志，還是別的原因造成的，就不知道了。

高燒持續了大約一星期。發燒使我全身冒出水泡，睡眠充滿了黑暗而漫長的夢。一波又一波的噁心嘔吐感斷斷續續湧上來，但只有不舒服，沒有實際吐出來。牙床隱隱作痛，感覺好像失去了咀嚼的力氣。我甚至不安起來，害怕如果繼續這樣發高燒下去，恐怕牙齒都會掉得一顆不剩吧。

也做了牆的夢。在夢中，牆是活的，時時刻刻都在緩緩移動。簡直像是巨大臟器的內壁。無論在紙上留下多麼精準的紀錄與圖畫，牆都會立刻變形，使我的努力全都白費。我每次重新記述並畫成畫，牆就又迅速完成變形。明明是用堅固的磚頭建造的，為什麼能那麼柔軟地變形呢？這讓我在夢中困惑不已。但牆在眼前不斷地變化，持續嘲笑我。在牆這個壓倒性的存在面前，我每天的努力都沒有任何意義——牆或許是在告訴我這件事吧。

「我想對你說的是，」守門人曾經裝模作樣地給過我忠告。或是警告。

「頭上頂著盤子時，最好不要抬頭看天空噢。」

發高燒的期間，陪在身邊照顧我的是住在附近的一個老人。可能是城為我選派來的吧。我並沒有通知別人，不過城似乎知道我發高燒臥病在床，或許那是剛進這座城的「新來者」都會經歷的預期中的發燒吧。所以或許城裡早就準備好了。

無論如何，有一天早晨，老人沒有預約也沒打招呼，就非常理所當然似地走進我的房間（前面也提過，在這座城裡誰都不會鎖門）。然後將泡過冷水的毛巾放到我額頭上，幾個小時換一次，以熟練的手勢幫我把身上的汗擦掉，不時說一句簡潔的話來鼓勵我。症狀稍微改善之後，還用隨身罐裝了粥狀的溫熱食物，用湯匙一口一口餵我吃。也讓我補充水分。我因為發高燒有點迷糊的關係，起初並沒有看清楚他的模樣——在我眼裡，那位老人的身影就只像是夢的一部分而已——不過就我記憶所及，他充滿耐心又親切地照顧我。他長著形狀良好的蛋形頭，雜草般的白頭髮貼在頭上。個子瘦小但背脊挺得筆直，動作俐落。走路時會稍微拖著左腳，不整齊的腳步聲就成了一種特徵。

雨下個不停的一天，我終於恢復意識的那天下午，老人坐在窗邊的椅子上，一面啜飲以蒲公英製造的代用咖啡，一面對我說了幾件往事。他和這座城裡的許多居民一樣，對過去發生的事情幾乎都沒有記憶了（也或許是沒有努力去回想），不過對於幾件個人的事情，儘管只有片段，但也還清楚記得。可能對這座城不會造成不利的記憶，就會留下來吧。人總不能記憶完全空白地活著。當然不能保證真相沒有被改寫成對城有利的樣子，或記憶沒有經過捏造。不過老人所說的話，在我的耳裡——至少在因為發燒而頭腦還有點迷糊的我的耳裡——聽來感覺是實際發生過的事情。

「我以前是軍人。」他說。「是軍官。在我年輕得多的時候，是來到這座城以前的事。所以我接下來要說的，是發生在其他地方的事情。在那裡每個人都擁有自己的影子。那時候在打仗。是什麼地方和什麼地方的戰爭，已經不記得了。反正那種事情，到現在都無所謂了。那邊哪，任何時候都有某個地方和某個地方在打仗。

「有一次我正躲在前線戰壕裡時，左腿內側被飛過來的榴彈碎片傷到，因此被送到後方。當時也很難弄到麻醉藥，所以腿痛得不得了，但總比死掉好多了。而且我算是很早接受治療，才能幸運免於截肢。我被送到後方山中的小溫泉村去，住在一間旅館療傷。那間旅館被軍方接收，成了負傷軍官的療養所。每天就只是長久泡在溫泉裡治療腳傷，還有讓護士照顧而已。那是有傳統的古老旅館，房間還有裝了玻璃窗門的露臺。從露臺可以俯視美麗的溪谷。我就是在那個露臺看見年輕女子的亡靈。」

亡靈？我想問，但發不出聲音。不過老人那對有如碟形天線的大耳朵，好像聽到了我的問題。

「是啊，毫無疑問就是亡靈。半夜一點過後我忽然醒來時，就看見那個女子獨自坐在露臺的椅子上。白色的月光照著她。我一眼就能看出那是亡靈。現實世界沒有那樣美麗的女子。正因為不屬於這個世界，才會那麼美麗。我在那個女子面前失去言語，動彈不得。當時我這樣想：為了這個女人，我失去什麼都沒關係。不管是一條腿、一隻手，甚至生命。那種美無法以言語形容。這一生所有的夢想，所追求的一切的美，全都體現在這個女人身上了。」

老人說到這裡，之後就閉上嘴，一直凝神注視著窗外的雨。外面很陰暗，因此百葉窗是完全拉開的。石板濡溼的氣味，由窗戶縫隙冷冷地鑽進房間裡來。過了一會，他結束冥想，再度開始說話。

「之後的每一天晚上，女人都持續在我眼前出現。每次都在相同時刻，坐在露臺的藤椅上，一直望著外面。而且總是以那完美的側面朝向我這邊。但我什麼都不能做。在她的面前，我什麼話都說不出來，甚至連動一下嘴巴的肌肉都沒辦法。就像被魔住那樣。我只能望著她的模樣出神。一段時間過後，我一留神，才發現那身影已經消失。

「我試著拐彎抹角地問了旅館老闆，我住的那間房間，是否有流傳什麼故事？但老闆說沒聽過這一類的事。聽起來不像說謊，也不像有所隱瞞。那麼，在這房間看見那個女人的亡靈或幻影的，只有我一個人了。為什麼？為什麼是我？

「不久後我的傷勢痊癒，雖然腳有一點跛，但已經恢復到可以過日常生活了。我因傷除役，獲得許可返回故鄉。只是回到故鄉後，我還是難以忘懷那個女子的臉。無論和多麼有魅力的女人睡覺、和多麼溫柔的女人認識，腦子裡浮現的依然是那個女人。簡直像走在雲上的感覺。我的精神完全被那個女人、被那個亡靈附身了。」

我在朦朧的意識中繼續等待老人說下去。夾著雨水的風拍打著窗戶，聽起來也像是迫切的警告。

「但是有一天，我想到一件事——我只看到那個女人的一邊側面。女人總是以左邊側面對著我，絲毫不動。稱得上動作的就只有眨眼，和偶爾頭會稍微歪一下而已。換句話說，就像住在地球上的我們只看到月亮的同一面，我也只看到她的表面而已。」

老人這樣說著，手掌上下撫摸著左臉頰。他的臉頰上覆蓋著用剪刀剪齊的白色鬍子。

「我的心受到劇烈搖撼，無論如何都想看那個女人的右邊側臉。甚至覺得沒看到的話，自己的人生就沒有任何意義了。於是我迫不及待地拋開一切前往那個溫泉村。戰爭還在繼續（那場戰爭拖得非常久），要抵達那裡並不簡單，但我利用軍隊時代的門路取得軍方的通行證，得以住進那家旅館。我拜託熟識的老闆，讓我在跟以前相同的房間住一夜。就是那間露臺裝了玻璃門的房間。然後我專注地等待夜晚來臨。女人在同樣時刻、同樣地點出現了。好像在等待我回來似的。」

老人說到這裡又閉上嘴，啜一口涼掉的代用咖啡。他再度陷入漫長的沉默。

結果，你看到那個女人的右半邊側臉了嗎？我以不成聲的聲音問。

「嗯，看到了。」老人說。「我使出渾身的力氣擺脫禁錮，從床上站起來。這非常困難，但終於一心一意達成了。我拉開玻璃門走到露臺上，繞到坐在椅子上的那個女人的右側，然後看向被滿月的月光照亮的右側臉孔……真不該看的。」

你看到了什麼？

「看到了什麼？啊，但願我能說明就好了。」老人說，然後嘆了一口像古井一般深的氣。

「我花了漫長的歲月，持續尋找適當的言語，想辦法向自己說明那時候自己的眼睛看到的景象。我翻遍所有的書，請教過所有賢明的人，但都找不到我尋找的言語。於是因為找不到正確的言語、適當的文句，我的苦惱日漸加深。痛苦總是伴隨著我。簡直就像在沙漠正中央尋找水源的人那樣。」

老人發出喀噠一聲清脆的聲響，把咖啡杯放在陶盤上。

「我只能說——那個景象屬於人絕對不該看到的世界。不過同時，那也是每一個人自己的內在都擁有的世界。我的內在有，你也有。不過，那依然是人不可以看到的景象。所以我們大多閉著眼睛度過一生。」

老人乾咳一聲。

「你明白嗎？只要看到，人就不可能恢復原樣了。一旦看過之後……你也千萬要小心。盡量不要靠近那樣的東西。靠近的話，一定會想要探看。要抗拒那種誘惑是非常困難的。」

老人朝著我直直豎起一根食指，然後再一次強調。

「千萬要小心。」

所以你才會拋棄了影子來到這座城嗎？我想這樣問老人，但沒辦法順利發出聲音。

老人似乎沒聽到我那無言的發問。或者就算聽到了，好像也不打算回答。乘著風拍打在窗上的激烈雨聲掩埋了沉默。

13

「有時候，就是會變成這樣。」妳一邊用白手帕擦著眼淚一邊這樣說。不過那時妳的眼淚已經幾乎停了（眼淚的供給來源已經空了嗎？）。我們還在公園的藤架下，在長椅上並排坐著。這是那天早上妳開口說的第一句話。

「心僵住了。」

我還是保持沉默。該說什麼呢？

妳說：「在這種時候，靠自己完全無法解決。只能抓住什麼地方，度過這段時間而已。」

妳想傳達的事情，我想盡量努力理解。

心僵住了？

那具體上是意味著什麼樣的狀態，我難以想像。身體僵住還可以理解。大概是像睡夢裡動彈不得那樣吧。但心要如何僵住呢？

「不過，這次的那個總算過去了吧？」總之我先這樣問了。

妳輕輕點頭。

「現在可能是。」妳說。「不過也可能還會再反彈。」

我們等了五分鐘或十分鐘，在無言之中等待那個「反彈」。就好像抓著家裡最粗的柱子，等待隨時可能來臨的餘震的人。妳的肩膀在我的掌中緩緩上下聳動。不過那個好像已經不會再回來了。大概。

「接下來要做什麼？」過一會之後，我問妳。

今天才剛開始。天空藍藍的，萬里無雲。接下來要去哪裡都行，想做什麼都可以。沒有任何預定計畫。雖然有幾個現實上的小小限制（例如我們沒有足夠的現金），不過我們基本上依然是自由之身。

「暫時留在這邊可以嗎？等我心情稍微安定下來。」妳說。妳擦掉最後的淚痕，把手帕折好放在穿著裙子的腿上。

「好吧。」我說。「暫時就先留在這邊。」

不久妳的身體開始放鬆，就像潮水從海邊漸漸退下那樣。隔著衣服（白襯衫），我可以感覺到妳身體的那種變化。這讓我很高興，好像自己也幫了一點小忙似的。

「偶爾會這樣嗎？」我問。

「不是很常，但有時候會。」

「變成那樣的時候，妳都會像剛才一樣到處走嗎？」

妳搖頭。「不是每次都這樣。我應該大部分時候都是靜靜待在房間裡。一個人獨自關在裡面，跟家裡任何人都不說話。不去學校，也不吃飯。什麼都不做。就只是一直坐在地上而已。嚴重的時候會持續好幾天。」

「一連幾天完全不吃東西嗎？」我非常意外。

她點點頭。「只有偶爾喝水而已。」

「會變成那樣有什麼原因嗎？例如遇到什麼討厭的事情，心情不好之類的。」

妳搖搖頭。「並沒有什麼特別的原因。只是純粹變成那樣而已。像大浪一般的東西，從頭上無聲地罩下來，把我吞沒，於是心就會變僵硬。什麼時候會來、會持續多久，自己都無法推測。」

「那好像很不方便。」我說。

妳微笑起來。就像從厚厚的雲間透出些許的陽光那樣。「是啊，或許真的很不方便。我從來沒有這樣想過，但經你這樣一說，確實是。」

「心會變僵硬？」

妳對這個問題想了一想。「換句話說，就好比內心深處有繩子打結成一團，解都解不開——就像那樣。越想解開，結就糾纏得越緊。整個結變得硬邦邦的，完全拿它沒辦法。你沒碰過這種事情嗎？」

我好像沒有這種經驗。聽到我這樣說，妳輕輕點頭。

「我想我喜歡你這種地方。」

「腦子裡不會一團亂的地方？」

「不是。是不做分析、不給忠告，只是默默支持我的地方。」

我之所以不囉嗦，僅只是因為對於妳那種「心變僵硬」的狀態，我不知道該如何解釋，又該給什麼樣的忠告，說什麼樣的意見才好。不過如果這樣就夠了的話，那麼我什麼也不用說只要抱著妳的肩膀，對我來說並沒有什麼不方便，也沒有任何不舒服。不如說那樣或許更讓我慶幸。只是就算是這樣，最起碼還是需要問出實際的問題吧。

「那麼……今天那個波浪似的東西，是什麼時候來的？」

「今天早上，醒來的時候。」妳回答。「東邊的天空漸漸亮起來時。於是我就想，今天不能見你了。或者說，身體本身就動也不動。連手指都動不了。衣服的釦子都扣不上。我沒辦法在這種狀態下和你見面。」

我默默地聽妳說。

「然後一直蓋著棉被躺著，心裡希望自己能消失，一點痕跡都不留。但到了約會的時間，我卻想到，總不能讓你在公園空等。所以我勉強起床，努力扣好襯衫釦子，跑到這裡來，一邊想著你可能已經離開了……連梳頭的時間都沒有。嘿，我的臉色一定很差吧？」

「不，非常漂亮啊。跟平常一樣。」我說。這句話並無虛假。妳從頭到腳都很漂亮，就跟平常一樣。不，比平常更美。

「不，比平常更美。」我補充道。

你說謊，妳說。

我沒說謊，我說。

妳暫時沉默著。然後說：

「我從小時候開始，個性就是這麼麻煩。所以沒有一個人喜歡我。也沒有一個人接受我。除了過世的外婆以外，沒有一個人。可是外婆已經死了，對於死掉的人，老實說我也不太懂。說不定外婆只是誤會了什麼。」

「我喜歡妳呀。」

「謝謝。」妳說。「你這樣說我非常高興。不過，那一定是因為你還不太了解我。如果你更了解我這個人的話──」

「就算是這樣，我還是想更了解妳。想了解各種事情，所有的事情。」

「其中有些事，或許不知道比較好。」

「不過喜歡上某個人時，就會想知道對方的更多事情，這是很自然的心情。」

「然後接受那個嗎？」

「是啊。」

「真的嗎？」

「當然。」

十七歲，正在戀愛中，在那個五月嶄新的星期日，我當然毫不懷疑。

妳拿起放在裙子蓋住的腿上的那條白色小手帕，再度擦拭眼角。我看見新的淚水沿著臉頰流下。微微聞得到眼淚的氣味。眼淚是真的有氣味啊，我想。那是觸動心的氣味。溫柔、魅惑的，而且當然也暗帶悲傷。

「嘿。」妳說。

我默默等著妳繼續下去。

「我想成為你的人。」妳低聲說。「全部都給你，我想全部都屬於你。」

快窒息了，什麼都說不出來。有人在我胸腔深處敲著門。好像有什麼急事，用堅硬的拳頭敲了一次又一次。那聲音在空房間裡發出劇烈的巨響。心臟跳到了喉頭。我大口吸進空氣，試著賣力把那壓回原來的位置。

「希望每一個、每一個角落都成為你的東西。」妳繼續說。「希望跟你成為一體。真的噢。」

我把妳的肩膀更用力抱緊。不知道誰又在盪鞦韆。金屬的摩擦聲以一定間隔傳進耳朵來。那與其說是現實的聲音，聽起來更像是種比喻性的信號，好像在傳達事物的別種狀態似的。

「不過別著急喲。我的心和身體有一點分離，分別在有一點不同的地方。所以希望你稍等一下。等我準備好再說。明白嗎？」

「我想我明白。」我以沙啞的聲音說。

「很多事情要花時間。」

我尋思著時間的經過。耳朵還一邊注意聽著鞦韆規律的聲音。

「我有時候會覺得，自己就像是什麼東西的、某個人的影子。」妳好像在吐露什麼重要祕密似地說。「在這裡的我並沒有實體，我的實體在某個別的地方。在這裡的這個我乍看好像是我，但其實是投射在地面或牆上的影子而已……我不由得會這樣想。」

五月的日照很強，我們坐在藤架的陰涼影子裡。實體在別的地方？這到底是怎麼回事？

「你沒這樣想過嗎？」妳問。

「自己只不過是誰的影子？」

「對。」

「我可能從來沒有這樣想過。」

「這樣啊，也許我很奇怪吧。不過，我就是沒辦法不這麼想。」

「如果是這樣的話，也就是說妳只不過是誰的影子的話，那麼，妳的實體到底在哪裡？」

「我的實體——真正的我——在遙遠的城裡，過著完全不同的生活。城的四周圍繞著高牆，沒有名字。牆上只有一道門，由一個強壯的守門人守護。在那裡的我既不做夢，也不流淚。」

那是妳第一次提到那座城的事。我當然無法理解到底是怎麼一回事。沒有名字的城？守門人？

儘管疑惑，我還是問：

「我可以去那裡嗎？真正的妳在的、那座沒有名字的城。」

妳側過頭，近距離注視著我的臉。「如果你真的這樣希望的話。」

「我想聽更多那座城的事情。那是個什麼樣的地方？」

「等下次見面的時候噢。」妳說。「今天還不想說那件事。我想聊聊別的。」

「好啊，就慢慢來。我可以等。」

妳的小手握緊我的手，就好像一個約定的象徵。

14

等我終於退了燒可以走出門，推開許久沒來的圖書館入口大門時，可以感覺到建築物裡的空氣似乎比以前沉悶。這是個帶著溼氣的陰天黃昏。裡面的房間沒有人在，暖爐的火熄滅了。燈也沒點亮，蒙上霧靄的淡淡暮色，從眼睛看不見的縫隙無聲地潛進房間。

「沒有人在嗎？」我出聲問。沒有反應。只有寂靜加深。聲音乾硬，缺乏殘響，聽起來不像自己的聲音。我伸手摸了摸放在暖爐上的水壺。冷透了。暖爐的火可能熄滅很久了。我環視周圍，試著再一次更大聲地問：「沒有人在嗎？」還是沒有反應。房間裡看不出有改變。看起來一切都和最後一次來這裡時一樣。不過在這裡的每一項事物，似乎都比以前更帶上了一點冷冷的荒涼色調。

我在長椅上坐下來，決定等妳來了再說。或者等其他人現身。但等了一會兒，誰都沒出現。看不出有人會來的樣子。我發現有火柴，就把借還書櫃檯上的那盞小燈點上火。這樣房間稍微亮了一點。也想過要不要把暖爐的火也點著（裡面已經準備好可以立即點火的柴薪），但不知道這種行為是否受到許可，而且房間裡也沒有那麼冷。所以我決定不點暖爐的火。我把大衣領子拉攏，脖子重新圍上圍巾，手伸進口袋，打發過一段時間。

還是沒聽到任何聲音。

在我發高燒躺在家裡的期間，發生了什麼變故嗎？圖書館的營運體系改變了嗎？我不符合「夢讀」資格的事變得顯而易見，結果我再也不能見妳了嗎？幾種令我不安的可能性在我的腦子裡打轉，但無法好好整理想法。當我想要思考什麼時，意識就變成沉重的布袋，沉入無底的深淵去。

身體可能還殘留著幾分熱度。我坐在長椅上，背靠著牆，不知不覺之間竟然睡著了。不知道睡了多久。不過，在那樣不自然的姿勢下，我居然也能熟睡。聽到不知道什麼聲音讓我驚醒過來時，妳就站在我面前。妳穿著我第一次看到妳時所穿的同一件毛衣，手臂交叉在胸前，一臉擔心地俯視著我。在我睡著的時候，妳幫我點了火吧。可以看見暖爐裡紅紅的火焰正搖曳著。水壺冒著白色的蒸汽（看樣子，我睡得比我想得更深更長）。此外，也換成更大更亮的另一盞燈了。由於那溫度和亮度，還有妳在，房間完全變回了以前的圖書館。剛才那股荒涼的寒意不知消失到什麼地方去了。知道這點之後，我安心了。

「我一直發燒，沒辦法來這裡。起不來。」

妳輕輕點了幾次頭，沒有對此表示什麼意見或感想，也沒有說類似安慰的話。我發高燒的事是有人已經轉告了，還是都沒有人來通知過呢？從妳的表情判斷不出來。或許那是「即使發生這種事也不奇怪」的表情。

「不過燒已經退了吧？」

「身體動起來時，全身上下的關節多少會不舒服。不過沒問題，我能工作。」

「又熱又濃的藥草茶，應該可以幫您完全退燒。」

妳幫我泡了又熱又濃的藥草茶，花一段時間喝完以後，我的身體暖起來，頭腦也變清晰了。我在書庫中央的桌子前坐下。那是一張厚木材製造的古老桌子。它究竟在多長的歲月裡，在這裡被夢讀使用過呢？裡頭不知滲入了多少古夢的餘音。我的指尖從被一再摩擦過的書桌木紋，感受到那樣的歷史氣息。

書庫的架子上排列著數不清的許多古夢。架子接近天花板的高度，要取上面的古夢時，妳必須使用木製的踏凳。露在長裙外的腿修長而白皙，有年輕的朝氣。那形狀美麗的嬌嫩小腿，讓我不由得看得入迷。

把那天要讀的古夢選出來排在桌上，是妳的工作。妳一手拿著簿子，一邊對照著號碼，一邊從架子上選出那些夢，放在我前面——小心謹慎地輕輕放下。一個晚上有時可以讀完三個夢，有時只能讀兩個。有些夢需要花比較長的時間讀，也有用比較短的時間就能讀完的夢。平均來說，越大的夢似乎越花時間。不過到目前為止，我沒有辦法讀超過三個夢。以我現在的能力，一天讀三個是極限了。讀完的夢，就由妳送到更深處的房間去。那不會放回原來的架子。讀過的古夢會怎麼處理，我無從得知。

不過就算每天都讀三個古夢，要讀完書庫架子上滿滿的古夢，依我大概的估計，應該至少要花十年。而且沒有辦法證明排在這裡的古夢就是所有的「庫存」，也沒有辦法證明沒有天天補充新的古夢進來（不過以妳拿來的古夢積灰的情況來看，那似乎已相當古舊了）。不過多想這些也沒有用。我能做的，只有先把眼前的夢一一解讀了再說——儘管我並不完全理解這種行為的理由和目的。

我的那些前任者，也就是在我之前應該存在於此的諸位夢讀，也和我一樣在沒有得到說明、無法掌握這個行為有何意義的情況下，日復一日只能一直讀著古夢嗎？他們是否盡了職責？對了，還有，他們都到哪裡去了？

讀完一個夢之後，必須稍做休息。我將兩肘支在桌上，雙手掩著臉，讓眼睛在黑暗中休息，等待疲勞消除。雖然它們所說的話語我依然聽不清楚，但大致可以推測出那是某種訊息。是的，它們想要傳達什麼訊息——給我，或給某個人。但它們用的卻是我聽不懂的敘述方式，陌生的語言。儘管如此，每一個夢都含有各自的歡喜、悲哀和憤怒，好像被什麼地方吸進去似的——就那樣穿過我的身體。

在一次又一次的夢讀作業之間，我漸漸可以強烈感覺到這種類似「通過的感觸」般的感覺。有時候也會自然感受到，它們所求的，似乎不是一般意義下的理解。而且通過我身體而去的那些東西，有時會從奇異的角度刺激我的內側，喚醒我心中長久忘記的幾種興致。就像長久沉積在瓶底的古塵，因為哪個人吹了口氣而忽然飄到空中那樣。

妳為正在休息的我，送來溫暖的飲料。不只是藥草茶而已，有時是代用咖啡，或像可可（但不是可可）的飲品。這座城裡端出的食物和飲品大多是粗糙樸素的東西，多半是代用品。但味道本身絕對不差。在那之中——該怎麼形容才好呢——好像可以感覺到友善而令人懷念的味道。居民過著樸素的、但在各方面都用了心思的生活。

「您好像已經相當習慣當夢讀了。」妳從桌子對面鼓勵我似地說。

「我在慢慢習慣。」我說。「不過讀完一個夢就相當累。身體好像失去力量一樣。」

「您可能還有一點發燒，不過不久後疲勞會漸漸減輕。總是會發一次燒的。等熱度完全發散出來，之後就會好起來了。」

那個——一時的高燒——恐怕就類似於新任夢讀的一種通過儀式，是無法避免的過程吧。這樣一來我才能一點一點被接納，成為這座城的一部分，被系統同化。我應該為這件事感到高興吧。因為妳也這樣為我高興啊。

漫長的潮溼秋季終於宣告結束，酷寒的冬天來到城裡。已經有幾頭獸失去了生命。第一場大雪降下的早晨，在定居地約五公分的積雪中，倒臥著幾頭增添了白色冬毛的金色身體。那些年老的獸、身體某部分較為虛弱的獸、由於某種原因被父母遺棄的年幼的獸——首先死去的是牠們。季節嚴格地篩選牠們。我登上牆邊的瞭望臺，眺望那些獸的屍體。悲哀，同時觸動心弦的光景。早晨的太陽從白雲深處發出朦朧的光芒，在那下方活著的群獸吐出的白色氣息，像朝霧般水平飄浮在空氣中。

天亮後不久，隨著角笛聲響起，守門人像平常那樣打開大門，引導獸群進入牆內。活著的那些獸群離去後的定居地，像大地上長出了瘤一樣，留下幾頭屍體。直到我的眼睛因早晨的光線而疼痛之前，我都一直著迷般地望著那個景象。

回到房間後，我才發現雖然天空一直烏雲密布，早晨的光線卻比我想像中更強烈地刺痛了眼睛。一閉上眼睛就有眼淚流下，滑過臉頰，我在拉下百葉窗的陰暗房間裡閉上眼睛，望著各種形狀的花紋在黑暗中浮起又消失。

平時的那位老人來到房間裡。他把冷毛巾敷在我的眼睛上，讓我喝溫熱的湯。湯裡放了類似青菜和培根的東西（但不是培根）。那讓我的身體從裡到外暖起來。

老人說：「下雪天的早晨，就算天空是陰的，光卻比你所想的要強烈得多。你的眼睛還沒有完全復原，為什麼要出去外面呢？」

「去看獸群啊。有幾頭死了。」

「噢，因為冬天到了啊，往後還會死掉更多。」

「那些獸為什麼會這麼容易死掉呢？」

「因為牠們既不耐寒，也不耐餓。從以前就一直是這樣。不會改變。」

「難道不會死光嗎？」

老人搖搖頭。「牠們從很久以前就是那樣勉勉強強地生存下來呀。往後也一樣可以撐過去吧。雖然在冬天會失去許多生命，不過春天的交配期不久就會來臨，夏天就會有小孩誕生了。新的生命會推開舊的生命。」

「那些獸的屍體怎麼辦呢？」

「燒掉啊。守門人會做。」老人把雙手伸到火爐上烤。「丟進洞裡，灑上菜籽油點火燒。到了下午，那道煙從城裡任何地方都看得見。幾乎每天都是這樣。」

正如老人預告的那樣，煙天天升起。下午大約都在相同的時刻，從太陽的角度來看，大約是在三點半左右吧。冬寒日漸加深，嚴寒的北風和偶爾的降雪就像窮追不捨的獵人一般，襲擊擁有獨角的美麗獸群。

從早晨開始下起了雪，在雪停後微陰的下午，我去了好久沒去拜訪的守門人小屋。守門人脫下長靴，讓兩隻大腳烤火取暖。暖爐上水壺冒出的蒸汽，和便宜菸斗冒出的紫色煙霧混合在一起，使房間的空氣變得沉重而混濁。寬闊的工作臺上，各種尺寸的柴刀和手斧排成一列。

「嗨，眼睛還痛嗎？」守門人說。

「好多了，但有時候還會痛。」

「還要忍耐一陣子。生活習慣後，疼痛就會跟著消失。」

我點頭。

「怎麼樣，失去影子會覺得不習慣嗎？」

他這麼一說，我才發現有好一陣子幾乎都沒想起自己的影子了。一方面也是因為我只有黃昏後或陰天才會外出，所以沒有機會想到影子——想到自己沒有影子的事。這讓我不得不感到愧疚。我們長久以來一直都共同行動，怎麼能這麼輕易地忘了他的存在呢！

「你的影子目前還很有精神喲。」守門人在暖爐前揉著指節突起的雙手烤火，一邊說。「每天讓他出去戶外運動一小時左右，食欲也很好呢。你們好久沒見了，要見他嗎？」

想見見，我回答。

影子住的地方，在城和外面世界的中間地點。我無法出去外面的世界，影子也不能進城裡來。「影子圍場」是失去影子的人，和失去人的影子唯一的交流場所。穿過守門人小屋的後庭就是「影子圍場」。長方形，大約有籃球場那麼大。盡頭是建築物的磚牆，右手邊是圍著城的牆，另外兩邊是高高的木板牆。有個角落有一棵榆樹，我的影子就坐在樹下的長椅上。他穿著圓領的大件毛衣，外頭再穿上滿是裂痕的皮大衣，目光無神，仰頭望著樹枝間的陰雲天空。

「那裡面有可以睡覺的房間。」守門人指著盡頭的建築物說。「我不會說可以媲美飯店，不過是不錯又乾淨的房間喏。床單也每星期換洗。想看看是什麼樣的地方嗎？」

「不用了，現在先在這裡談談就好。」我說。

「可以呀，兩個人好好聊聊吧。不過我先提醒你，可不能又黏在一起喲。要再剝開一次，對彼此都很麻煩喏。」

守門人在木頭後門旁的圓形木椅上坐下，擦亮火柴點起菸斗的火。可能打算從那裡監視我們吧。我慢慢走向影子。

「嗨。」我說。

「你好。」影子看著我，無力地回答。我的影子看起來比最後一次見到時瘦了一圈。

「還好嗎？」我問。

「託你的福。」這句話聽起來似乎帶有幾分諷刺。

我本來想在影子旁邊坐下，但又擔心不小心再次黏在一起，所以決定站著說話。就像守門人說的那樣，「剝離影子」可不是簡單的作業。

「你一整天都待在這個『圍場』嗎？」

「不，有時候會出去牆外。」

「有做什麼運動嗎？」

「運動啊……」影子皺起眉頭，用下顎示意守門人的方向。「頂多就是那傢伙在牆外燒獸的時候，必須去幫忙吧。要用鏟子不停在地面挖洞啊。可以算是運動吧。」

「燒獸的煙，從我住的地方望出窗外也看得見。」

「好可憐。每天都有死掉的獸。像蒼蠅一樣，一隻接著一隻死掉。」影子說。「要把那屍體拖過去，丟進洞裡，澆上菜籽油燒掉。」

「好討厭的工作啊。」

「不能說是愉快的工作。不過燒的時候幾乎不臭，這是唯一的好事。」

「還有其他的影子在這裡嗎？除了你之外。」

「不，沒有其他的影子。從一開始就只有我在這裡。」

我沉默著。

「我也不知道，能像這樣留在這裡到什麼時候。」影子低聲說。「從本體強制剝除的影子，無法長久生存下去。在我之前的影子，好像全都在這個『圍場』裡一一斷氣了。就像冬天的獸群那樣噢。」

我站在原地不動，雙手插進大衣口袋裡，無言地俯視自己的影子。北風從榆樹枝椏間吹過，不時在我頭上呼嘯。

影子說：「你的人生要追求什麼，那是由你決定的事。因為再怎麼說，那都是你的人生啊。我只不過是附屬品而已。既沒有優異的智慧，也幾乎沒什麼實際的用處。不過，如果我完全消失的話，應該也會出現一些不方便的地方。我並不想說大話，但我也不是沒有任何理由，就一直和你一起行動到現在的。」

「不過非得這麼做不可。」我說。「這是經過我深思熟慮的結果。」

真的是這樣嗎？我忽然這樣想。我真的深思熟慮過嗎？還是僅僅因為受到某種力量的牽引，像木片被潮水帶過來一樣來到這裡呢？

影子稍微聳聳肩。「那終究是你做的決定啊，我什麼都不能說。不過如果你想再回到從前的世界的話、如果還有這樣的想法的話，最好盡早下決心比較好噢。現在還來得及。等我死了之後就來不及了。只有這一點，請你一定要記住。」

「我會記住。」

「你那邊怎麼樣？過得好嗎？」

我偏著頭。「還沒辦法斷定。我有很多事情必須學，因為那裡是跟外面的世界完全不同的地方。」

影子暫時沉默下來。然後抬起臉來看我。「那麼……你見到想見的人了嗎？」

我默默點頭。

風從榆樹的枝椏間發出聲音吹過。

「不管怎麼說，謝謝你特地來見我。能看到你真好。」然後他稍微舉起戴了厚手套的那隻手。

我和守門人穿過木頭後門走向守門人的小屋。

「今晚可能還會下雪。」守門人一邊走一邊對我說。「每次下雪前，我的手掌一定會癢起來。從癢的程度來看，積雪可能會這麼深。」他用手指比出十公分左右的高度。「還有獸可能會死掉很多。」

進入守門人小屋後，他從工作臺上選了一把柴刀拿起來，瞇細了眼睛檢查刀尖。然後使用磨刀石，以熟練的手法開始研磨刀刃。唰、唰、唰的銳利聲音威嚇似地響遍屋裡。

「有一句話說，肉體是靈魂居住的神殿。」守門人說。「或許是這樣。可是像我這樣，每天都在處理可憐的獸的屍體，就覺得肉體哪是什麼神殿，只是骯髒的破房子而已。於是對於被塞進這種寒酸容器裡的靈魂本身，也漸漸無法信任了。有時也會想，這種東西，乾脆和屍體一起澆上菜籽油、一起燒掉算了。反正除了活著受苦以外，這玩意一點用都沒有。怎麼樣，我這想法有錯嗎？」

我不知該如何回答才好。關於靈魂和肉體的問題，只會使我混亂而已。尤其是在這座城裡。

「無論如何，不要把影子說的話當真比較好。」守門人拿起別把柴刀說。「我不知道他跟你說了什麼，不過他們的嘴巴厲害得很。一心想讓自己活下去，所以會想盡辦法找出各種理由來。你可要好好小心。」

我離開守門人小屋，爬上西丘，回到住處。當我回頭，只見北方的天空覆蓋了一層醞釀著降雪的厚厚暗雲。可能就如守門人的預言那樣，半夜會開始降雪。在逐漸堆積的雪中，會有更多獸在夜間斷氣吧。然後失去靈魂變成只是寒酸的「破房子」，被丟進我的影子所挖掘的洞穴裡去，澆上菜籽油燒掉。

15

那年的夏天期間，我們（我十七歲，妳十六歲的那年夏天）一碰面，妳就熱切地談起那座城。美好的夏天。我愛戀著妳，妳愛戀著我（我想應該是）。我們一見面就手牽著手，在別人看不見的地方親吻。然後額頭貼著額頭，談著關於那座城談不完的事情。

城被一道高達八公尺的堅固牆壁團團圍住。據說那道牆從遙遠的從前就佇立在那裡，是以特別堅硬的磚頭精心建造而成，磚頭到現在為止還從來沒有缺過任何一塊。一條河流緩緩蛇行流過整座城，將土地近乎均分成南北兩邊。河上架著三座美麗的石橋。在裝飾精美的石造舊橋附近有一大片沙洲，上面長著豐美茂盛的川柳，柔軟的枝條垂到河面。

牆的北側有一道門。從前東側也設有一道相同的門，但現在已經被封起來，牢牢堵住了。北門——城現在唯一的出入口——只由一位健壯的守門人看守。門只在早晚各開一次，讓獸群通過。擁有尖銳獨角的沉默金色獸群，會在早晨整齊列隊進入城裡，夜晚則在牆外的定居地窩在一起睡覺。牠們是傳說中的獸群，只能生存在這座城的周邊，因為牠們只吃城裡生長的特殊樹果和樹葉。儘管外表很美，但牠們缺乏強韌的生命力。那獨角雖然銳利，但牠們不會傷害城裡的居民。

住在牆內的人不能出去牆外，牆外的人也不能進入牆內。這是原則。進入城裡的人不能攜帶影子，出去城外的人則必須攜帶影子。守門人也是城內居民中的一人，同樣沒有影子，但基於職務，他被允許在必要時出去牆外。所以他可以從城外廣大的蘋果林摘蘋果，想吃多少就吃多少，多餘的份就慷慨分享給大家。蘋果非常美味，所以許多人都很感謝守門人。獸群有慢性的食物不足問題，總是飢腸轆轆，但牠們不吃蘋果。這對牠們來說是種不幸，因為定居地的周圍長滿了蘋果。

城內的人口數不明——也或許是因為沒有人有興趣知道這種事——總之人數並不多。居民大半集中居住在城的東北部、乾涸運河沿岸的「職工地區」，以及西丘和緩坡面上的「官舍地區」。住在「官舍地區」的人絕不會特地跑到「職工地區」，反過來也一樣。

關於這座城的構造，我當然有許多疑問。

「那裡有通電嗎？」我問。

「沒有，沒有電。」妳回答。毫不遲疑地。「電和瓦斯都沒有。大家用菜籽油點燈跟做菜。暖爐則用燒柴的爐子。」

「水管呢？」

「從西丘的泉水接管引進新鮮的水，轉開水龍頭就會有飲用水出來。也有很多口井，此外還有美麗的河川流過。所以無論日照多強的夏天，城裡也從來不缺水。古老時代建造的上水道和下水道都還完整保留，也能使用抽水馬桶。」

「食物呢？」

「食物大多能自給自足。而且城裡的居民吃得非常少。他們已經適應環境，身體變成可以不用吃太多食物。」

「進化了噢。」我說。

「大概吧。」妳說。

「有在製作什麼東西的人嗎？」

「沒有專門製作餐具、工具、衣服的人，不過大家多半靠手工製作就夠用了。必要時也可以互相交換或借用工具。或者有些從前留下來的舊東西，就修修補補珍惜地用下去。這座城裡留下了許多東西，都是離開城的人帶不走所以留下的。無論如何都需要用到的東西，有時候會從外面的世界運進來。可能在某些地方進行了簡單的以物易物吧。」

「菜籽油是重要的燃料吧？」

「是啊。那倒不會不足。有很多油菜田，可以輕易榨出大量的油。而且居民都很節省，用上各種心思過著儉樸的日子。」

「城裡有地方政府之類的嗎？就是類似負責擬定各種方針，分配任務給居民的機構。」

「城的規模不大，所以可能有需要的時候大家會一起商量，決定簡單的規則吧。不過這方面的事情我不太清楚。住在那座城裡的時候，我還很小。」

「城裡除了擁有獨角的美麗的獸之外，還有其他動物嗎？例如狗或貓，牛或馬之類的。」

妳搖搖頭。「從來沒有看過那些。我想城裡除了獨角獸之外，可能沒有任何動物。沒有狗、貓或家畜（因此那裡也沒有奶油、牛奶、起司和動物肉。代用品除外）。當然鳥是例外。因為無論多高的牆，鳥都可以自由飛越來去。」

「獨角獸有影子嗎？」

「有，獨角獸有影子。其他東西也都有影子。沒有影子的只有人類而已。」

「而不是妳的妳——真正的妳——現在也還生活在牆內的那座城裡。」

「是啊，真正的我生活在那邊。就像以前提過的那樣，在那邊的圖書館上班。」

我把妳所說的那座城的型態和結構、那裡的各種景象，一一記錄在專用的筆記本上。我透過這個過程，對那座被牆圍繞的城有了許多了解，把那座城當成了更加具體的存在。

「你記下這麼多事情，打算做什麼？」妳很疑惑地問。對妳來說，那都是一些沒有必要一一記錄下來的事情。

「為了不要忘記呀。我要把一切都用文字正確記錄下來，確保沒有錯誤。因為這座城，是只屬於我和妳兩個人所共有的呀。」

如果能去那座城，或許我就可以得到真正的妳。在那裡妳可能會把一切都給我。只要在那座城裡得到妳，除此之外我別無所求了。在那裡，妳的心和妳的身體合而為一，在菜籽油燈的昏暗光線下，我會緊緊擁抱妳。這就是我所追求的事情。

到了秋天，妳的來信斷了。新學期開始，我在九月中收到妳最後的信，在那之後一封信都沒寄來。我還是像以往一樣定期寫長信寄給妳，卻沒收到回信。為什麼呢？是因為妳說的「心的僵硬」時期長久持續，妳沒辦法寫信嗎？

「我想變成你的。」妳在公園的長椅上說。「全部都給你，我想全部都屬於你。」那句話，從那以後，一直在我的腦子裡迴響。我知道那不是謊言或誇飾或一時興起。如果妳說了什麼，那就代表妳是打從心裡這樣想。是用特別的墨水，在特別的紙上寫下的千真萬確的約定。

所以我並不太擔心。等待很重要。我一邊等待妳的來信，一邊以平常的規律繼續寫信給妳。把日常生活中我身邊發生的事、腦子裡忽然想到的事寫成文章，加上對牆內的城產生的新疑問一起寄出去。用每次使用的鋼筆和每次使用的墨水，寫在每次使用的信紙上。但超過一個月都沒有收到妳的來信時，我決定打電話到妳家去試試看。之前我從來沒有打過電話給妳。因為妳大致提過不希望我打電話去妳家，用很委婉，但確保我可以明白妳意思的說法。可能有什麼因素（雖然不知道是什麼），導致妳不喜歡我打電話去妳家。不過，我實在無法繼續默默等待妳的信了。

我試著打了六次電話，都沒有人接。只有回鈴音配合我心臟的跳動空虛地響著。家裡可能沒有人在。在打第七次時（那是晚上九點半過後），有個男人來接電話，用不高興的低沉聲音說：「喂？」中年男人的聲音。我報了自己的姓名，說很抱歉這麼晚打過來，我想找妳，對方聽了，什麼也沒說就掛斷電話。好像被人當面把門甩上似的。

就這樣十月過去，我十八歲了，十一月來了。秋意加深，高中生活即將結束。我越來越不安。妳身邊發生什麼事了嗎？而妳就像煙一樣消失在空中了嗎？還是說，妳已經完全忘記我了嗎？

不，妳不可能那麼輕易就忘記我，就像我沒有忘記妳一樣——我好幾次這樣告訴自己，想說服自己。但對於女生、對於女生的心理和生理，我到底了解多少呢？不，不是就一般而言，而是對於妳，我到底知道什麼呢？

仔細想想，我對妳等於是一無所知。關於妳，我能斷言「這一定不會錯」的客觀事實、具體資訊，我幾乎一項都不知道。我知道的，只有從妳口中聽來的幾件有關妳的事情。不過那些，也只是妳當成事實來敘述而已，究竟是不是真正的事實，也無從確認。或許全都是憑空捏造的也不一定。以可能性來說——純粹只是一種可能性——並不是零。

關於妳不會錯的、確實的、可感知的事情，只有妳用了整個夏天說給我聽的「被牆圍繞的城」的事。關於那座城的種種，我已經詳細記錄在一本筆記上了。那是只有我們兩人才知道的祕密的城。只要去那裡，我就能見到妳——真正的妳。在焦急地等待妳來信的日子裡，心情難過時，我常常閉上眼睛想像河中沙洲的風景，想起茂密的川柳，濃密的綠枝迎風輕柔搖曳，可以聞到獨角獸專注地吃著金雀花樹葉的氣味。也能以指尖感覺到構成牆的磚頭，那冷硬的表面。

秋去冬來，季節變換。月曆翻到最後一頁，大家穿上大衣，街上照例播放著聖誕歌曲。同學都一心煩惱大學入學考試，不過那種事情我一點都不在意。無論在家裡、在課堂上、在電車上或走在路上，我都只想著妳。還有，想著我和妳一起創造出來，那座沒有名字的城的所有細節。我把那些用自己的方式做了更精細的補強，並增添更多色彩。

「我有很多事情，要花很多時間。」妳說。我把那個句子當成咒語一樣在腦子裡重複好幾次，並耐心觀察著時間經過的樣子。我經常看手錶，一天看好幾次牆上的月曆，有時還會翻閱歷史年表。時間極為緩慢，但也絕不後退地從我的內在通過。每一分鐘正好一分鐘，每一小時正好一小時。儘管時間只會用非常慢的速度前進，但不會倒流。這是在那段時期，我親身體驗所學到的事情。雖然是理所當然的事，不過有時理所當然的事情比什麼都具有更重要的意義。

然後有一天，妳的信終於來了。厚厚的信封，長長的信。

16

從山脊流下來的河水，從現在被牢牢封住的東門旁邊的牆下穿過，出現在我們眼前，橫切流過城中央。就像人腦被分割成左右兩邊一樣，城被那條河大致分割成南北各半。

河川過了西橋一帶後改變方向往左流，畫出和緩的弧度，穿過稍高的丘陵抵達南邊的牆。然後在牆的前方停止流動，形成深深的「潭」，河水被潭底的石灰岩洞窟吞沒。聽說在南邊的牆外，有一整片凹凸不平的石灰岩荒原一望無際地延伸出去。那似乎是相當荒涼、極為奇異的風景。而那片荒原的地底，據說有無數的水路像血管一般往四面八方延展，成為黑暗的迷宮。

偶爾會有模樣可怕的魚被沖上河岸來，似乎就是從那黑暗的河流迷途過來的。那些魚多半沒有眼睛（或許只擁有已退化的小眼睛），而且在太陽下會發出極為令人不快的惡臭。話雖這麼說，實際上我並沒有親眼看過那樣的魚，只是這樣聽說過而已。

先不論這類引人不安的消息，河流本身非常優美清澈。河邊四季都開著各種野花，在大街上響著舒服的水聲，提供獸群新鮮的飲水。河沒有名字，只叫作「河」。就像城沒有名字那樣。

緊臨著南邊的牆的那座「潭」有各種有意思的傳說，聽著聽著，我開始覺得無論如何都想親眼看看。但我對城的環境沒有熟到能一個人走到那裡去。據說要去那裡必須翻越險峻的山丘，而且道路荒廢得很嚴重。所以我想請妳帶路。哪個陰天的下午，可以一起去南邊那座潭看看嗎？我問。

妳對我提出的請求考慮了一下。薄薄的嘴唇緊緊抿成一直線。

「你最好不要靠近那座潭喏。」妳說（妳現在跟我比較熟，說話的口氣變得比較親近了）。「那裡相當危險。有幾個人掉下去被吸進洞裡，就那樣失蹤了。此外還聽說過各種可怕的傳聞。所以城裡的人都不會靠近那一帶。」

「只從遠遠的距離看就好。」我說服妳。「我想看看那是什麼樣的地方。只要不靠近水邊就行了吧。」

妳微微搖頭。「不，不管多麼小心，那裡的水都會招人靠近。潭有那種力量。」

我懷疑那是為了不讓人靠近那裡，刻意散布的流言。關於牆外的世界，有各種恐怖的傳聞在眾人之間流傳，不過多半都沒什麼根據。關於潭的故事（不吉的傳聞）應該也是這類的恐嚇吧。那座潭再怎麼說都通往牆外世界，如果不希望住在城裡的人前往牆外的話，讓人不要靠近那裡而設計出心理上的障礙也是有可能的。這種恐怖傳聞聽越多，我對潭的興趣就越濃。最後妳也讓步，同意和我一起去那座潭，來一趟短程的徒步旅行（或長長的散步）。

「約好絕對不靠近水邊，可以嗎？」

「不會靠近的，只會從遠遠的距離看。我答應妳。」

「我想路相當難走噢。可能有些地方坍方了。現在幾乎沒有人會走，我最後走那條路也是很久以前的事了。」

「如果妳不想去的話，沒關係，我一個人去。」

妳堅定地搖頭。「不，如果你要去的話，我也去。」

在陰沉沉的下午，我和妳約在舊橋邊會合，朝南邊的潭前進。妳戴著手套，肩上掛著粗布製的袋子，袋子裡放了水壺、麵包和小毛毯。好像要出發去假日野餐似的。我不由得想起從前和牆外世界的妳——或與妳別無二致的「分身」——約會時的事情。在那裡我十七歲，妳十六歲。妳穿著無袖的綠色洋裝。那是與夏天非常搭的淺綠色——就像陰涼的樹蔭那樣。不過那是在另一個世界，另一個時間發生的事。季節也不同。

路漸漸變成上坡，岩石地形變得崎嶇難行，蜿蜒的河出現在眼底下。密密叢生的樹木遮蔽了視線，開始常常看不見河川的流水。天空鉛色的雲低垂，好像隨時都會下雨或降雪，但妳先前就斷言不用擔心，所以我沒準備雨傘和雨具。這座城裡的人不知為何，對天氣的預測都各自擁有強烈的確信。而且據我所知，他們的預測向來很準。

三天前下的雪結凍了，踏在鞋底下發出啪哩啪哩的聲音。途中和幾頭獸擦身而過。牠們消瘦的脖子無力地左右搖擺，從半開的口中吐出白霧，踏著沉重的腳步走在小徑上。並以做夢般的空洞眼神，尋找著現在所剩不多的樹葉。隨著冬季漸深，牠們金黃色的毛就像被雪同化似的，逐漸褪色變白了。

登上陡坡越過南丘之後，就看不見獸群的蹤影了。獸群不會踏進前方的領域——妳這樣告訴我。牆裡的獸群依循著諸多詳細的準則行動。那是牠們的準則。誰都不知道那些準則是在什麼時候、用什麼方式訂立出來的。而且許多準則的存在理由和意義也很令人費解。

走過一段下坡路後，能辨認得出的小徑就到了終點，更前方是人踩出來的小路，野草茂盛，模糊難辨。河川已經從視野中消失，也聽不見水聲了。我們一邊注意著腳下，一邊越過杳無人煙的枯草荒野，通過幾間廢屋前方。那裡從前似乎有小型聚落，但現在只能勉強辨認出一點痕跡。妳走在前面，我跟在後面。我在上坡路上走得快喘不過氣時，妳也若無其事地健步向前。妳擁有健康的雙腿，和一顆年輕的心臟。我好不容易才能跟上，沒有落在後頭。走了一小段時間後，耳邊傳來十分陌生的奇怪聲音。那聲音時而低沉，時而急速升高，然後猛然停止。

「什麼聲音？」

「潭的聲音啊。」妳頭也不回地答道。

不過並不像水聲。在我的耳裡，那好像是生了什麼病的巨大呼吸系統在喘息似的。

「聽起來好像在對我們說話。」

「它是在呼喚我們啊。」妳說。

「妳是說潭具有自己的意志嗎？」

「以前的人相信，潭底下住著巨龍。」

妳以戴著厚手套的手一路撥開草，默默往前進。草越來越高，要分辨是不是道路更困難了。

「比我以前來的時候，路的狀況糟糕多了。」妳說。

朝著那奇異的水聲傳來的方向前進，在小路上走了大約十分鐘，越過草叢後，視野忽然開朗。眼前出現一片美麗安穩的廣闊草原。但草原前方的河，和我平常在城裡看到的不是同一條河。在那裡的已經不是發出宜人水聲的優美河流了。在最後一個彎曲之後，河流不再前進，急速變成了深藍色，像吞進獵物的蛇一般大大膨脹，形成巨大的水潭。

「不要靠近喏。」妳用力抓住我的手臂。「表面上看來一點漣漪都沒有，好像很平穩，可是一旦被拖下去，就再也不會浮上來。」

「水有多深？」

「誰都不知道，因為沒有人潛到底下又回來過。傳說以前異教徒或戰爭的俘虜會被丟進去這裡。那是在還沒有牆的時代。」

「被丟進去，就不會再浮起來嗎？」

「潭底下的洞窟有開口，落水的人會被吸進那裡，然後在地底的黑暗中溺死。」妳好像感到一陣寒氣似的，肩膀縮了一下。

潭發出的巨大呼吸聲，沉重地支配著周遭。那呼吸低沉下去，又急速拔高，接著像一連串的咳嗽般亂掉。接下來是可怕的寂靜降臨。就這樣重複循環。可能是空洞把大量的水吸進去的聲音吧。妳在草裡發現羊腿般大的木片，往潭裡投進去。木片在水面靜靜漂浮了約五秒鐘，突然微微顫抖幾次，像豎起一根手指般直立在水面，然後像被什麼拉進去一般忽然消失在水中。之後再也沒有浮上來了。只剩下潭的深深呼吸而已。

「看見了嗎?底下有強大的漩渦，會把一切都吸進黑暗裡。」

我們與潭保持足夠的距離，在草地上鋪開帶來的毛毯，在那裡坐下來。妳喝了水壺裡的水，把裝在袋子裡帶來的麵包拿出來默默地啃。隔一段距離望出去，周遭的風景一片和平。廣闊的草原上殘留著斑斑點點的白色雪塊，被圍繞在中間的是平靜如鏡的水潭表面，沒有泛起一絲波紋。對面則有粗獷的石灰岩岩山，岩山上聳立著南邊的牆。除了潭斷斷續續地發出不規則的呼吸聲之外，四周沒有任何聲音。也看不見鳥的蹤影。也許連能越過牆自由飛翔的鳥，都避免橫越潭的上空吧。

這座潭的前方有外面的世界，我想。我想像自己跳進裡面去，這樣我就能被水流吸進去，通過牆下方，鑽到外面的世界。然而在前方的是石灰岩荒野的地底，黑暗的世界。恐怕無法活著回到地面上——如果相信城內居民的說法的話。

「真的啊。」妳說。好像能讀出我的心似的。「那是沒有光、可怕的地底世界。住在那裡的只有沒有眼睛的魚。」

在我發高燒時照顧我的那位腿腳不好的老人——在溫泉旅館看見美麗幽靈女子的舊日本帝國軍人——來我家一趟，告訴我有關我的影子的消息，說他好像身體不太好。

「我有事到守門人的小屋去，發現你的影子完全沒有食欲，吃的東西也大多吐出來。差不多在這三天，連要外出工作都沒辦法了。他好像想見你。」

那天下午，看到燒獸的煙升起後，我前往守門人小屋。如我所料，守門人果然不在，到牆外去了。燒獸很花時間。我進到小屋裡，從屋子深處的後門走到「影子圍場」。

我的影子仰臥在自己房間的床上。屋裡有燒柴暖爐，但沒有生火。空氣冷冷的，有病人房間特有的悶臭。牆的上方設有採光窗，面向廣場。房間裡沒有點燈，所以有一點昏暗。

我在床邊的小椅子上坐下。影子仰望天花板，緩慢呼吸著。可能因為發燒的關係，他的嘴唇很乾，到處是死皮。每次呼吸時，喉嚨深處便發出一點喘鳴。我對他感到抱歉。不久之前，他無疑還是我自己的一部分。

「聽說你不舒服。」

「是不太好。」影子以無力的聲音說。「我想可能撐不了多久了。」

「哪裡不舒服？」

「不是哪裡不舒服的問題。是壽命盡了。影子自己是活不長久的。上次不是說過了嗎？從本體分離的影子很脆弱。」

我找不到適當的話可說。

「我大概會就這樣死在這裡，然後和那些獸一起在洞裡被燒掉。澆上菜籽油噢。但跟獸不同，我的身體大概連煙都冒不出來吧。」

「要不要把暖爐點起來？」我問。

影子輕輕搖頭。「不，我不冷。各種感覺好像都已經逐漸消失了。食物也吃不出味道了。」

「有什麼我能做的嗎？」

「耳朵靠過來。」

我彎下身，耳朵湊近影子的嘴巴。影子以沙啞的聲音小聲說：「那邊的牆上有幾個木節吧。」

我把眼睛望向床對面的牆，那裡確實有三、四個一圈圈的黑色紋理。好像是很廉價的木板牆。

「那個一直在監視我的動靜。」

我看了一下那幾個木節。但再怎麼看，那都只是古老的木節而已。

「監視你？」

「那些東西在晚上會變換位置。」影子說。「到了早上位置會改變。真的。」

我走到牆邊去，試著一一靠近觀察那些木節。但我看不出什麼奇怪的地方。那只是粗鉋木板上乾燥的木節吧。

「白天都乖乖的，可是到了晚上就會開始活動，動來動去。而且有時候還會眨眼睛。像人的眼睛那樣靈活。」

我用指尖摸摸看一個木節，但只摸到木材的粗糙觸感。眨眼？

「他們會趁我沒在看的時候快速眨眼。不過我都知道他們在悄悄眨眼。」

「然後觀察你的動靜。」

「對。等我斷氣。」

我回到原位，在椅子上坐下。

「你要在這一個星期內下決心噢。」影子說。「如果在這一星期內，我和你還可以再次連在一起，離開這座城。能連在一起的話，我應該也能恢復健康。現在還來得及。」

「可是不會被允許離開這裡吧？進這座城時簽過契約呀。」

「我知道啊。根據契約，不能從這扇門出去。所以，我們只能從南邊的潭溜出去了。河流東邊的入口被鐵柵欄擋住了，不可能出去。剩下的可能性只有潭了。」

「南邊的潭底下有很強的漩渦，會直接把人捲進地底的水路。上次我實際去看過了。從那裡不可能活著去到外面哪。」

「我覺得那是騙人的。他們只是為了恐嚇大家，才編出那樣的謊言。我認為只要從那座潭底穿過牆下方，應該馬上就能呼吸到外面的空氣。在這裡的期間，我也一點一點地調查過這座城。這棟小屋常常有人來拜訪，守門人也意外地愛說話，所以可以聽到各種消息。關於地底的黑暗水路的傳聞，一定也是為了某種目的而編出來的。這裡充滿了各種編出來的謊言。畢竟這座城，光從構造來看就充滿了矛盾。」

我點點頭。可能是這樣。正如影子所說的，這座城可能充滿了編出來的謊言，可能構造就充滿矛盾。因為這終究只是我和妳兩個人花了一整個夏天捏造出來，想像中的虛構的城。不過即使如此，城或許也能實際奪走人的性命。為什麼呢？因為那座城，已經離開我們手中獨自成長。活動起來的那股力量，已經非我所能控制或變更的了。誰都沒辦法。

「不過如果他們所說的是真的呢？」

「那麼，我們只能一起溺死啊。」

我沉默。

「不過我確實相信。」我的影子說。「相信那是胡說的。但是無法證明。你只能相信我的直覺。聽起來很像說大話，但影子在某種程度上具備那種能力。」

「但無法證明。」

「是啊，很遺憾無法提供具體的證據。」

「可能的話，我不想在一片漆黑中溺死。」

「我當然也一樣。不過請讓我說一句話。你認為在外面世界的是她的影子，在這座城裡的是本體。但事實上，或許是反過來的呢。也許在外面世界的是她本人，在這裡的是她的影子。如果是這樣的話，那麼留在這個矛盾而充滿謊言的世界，有什麼意義呢？你能夠確信嗎？確信在這座城裡的她是真的。」

我試著思考影子說的話。但越思考，頭腦就越混亂。

「不過，會有這種事嗎？真的有可能本體和影子完全交換，搞錯哪邊是本體、哪邊是影子嗎？」

「你不會。我也不會。畢竟本體就是本體，影子就是影子。不過或許有可能因為什麼緣故，導致整個顛倒過來。也有可能是人為的故意替換。」

我沉默。

「我想你和我應該再一次連起來，一起回到牆外的世界去。這麼說不只是因為我不想死在這裡而已，也是為你著想。不，我沒有說謊噢。你聽我說，就我看來，那邊才是真正的世界。在那裡，每個人都會吃苦、變老、衰弱、死亡。當然了，那樣不太有趣吧？不過，世界本來不就是那樣嗎？要接受它，本來就該這樣。我也不得不接受，時間不等人，死掉的人就永遠死了，消失的東西就永遠消失了。這都不得不接受。」

房間漸漸暗下來。守門人可能快回來了。

「不覺得這裡好像主題樂園嗎？」影子說，無力地笑了。「早上開門，天黑關門。到處都是像布景一樣的景象。甚至還有獨角獸走來走去。」

「讓我想一想可以嗎？」我說。「我需要時間思考。」

「你想過，那些獸為什麼那麼容易就死掉嗎？」

不知道。我說。

「牠們承受了很多東西，什麼都沒說地死去。可能是代替這裡的居民。為了讓這座城得以成立，為了維持這個系統，必須有誰接下這個任務才行。於是可憐的獸群接下了。」

房間比起剛才又更冷了。我發著抖，把大衣領子拉攏。「當然。」影子說。「你需要時間考慮吧。沒關係，在這座城裡有的是時間。只可惜我沒辦法等太久。請在一星期內決定。」

我點點頭。然後留下影子，走出守門人小屋，前往圖書館。途中和大約四頭獸擦身而過。牠們的背影消失後，喀噠喀噠敲打石板路的清脆聲響依然傳入耳裡。

17

妳寄來的信，我沒有拆封就收進書桌的抽屜裡，先這樣放了半天。不用說，我恨不得早一刻打開來讀。但那封信最好不要立刻讀——我有類似這樣的預感（或危機意識）。因此打開信之前，先暫且放一段時間。同時我滿心激動。

我從書桌的抽屜裡拿出信，用剪刀小心地開封，是在晚上十點過後。信封裡裝著薄薄的六頁信紙。細細的鋼筆字，墨水是用和以往相同的土耳其藍。我在書桌前暫時閉上眼睛，讓呼吸鎮定下來，然後展開信紙來讀。

日安，你好嗎?季節變換，周遭的風景看來和以前不同，空氣的觸感也變了。我可能也有一點改變吧。不過哪裡改變了，我自己也不知道。自己是看不見自己的模樣的。如果心能清楚映照在鏡子上就好了。

我有好長一段時間沒辦法寫信。幾次開始寫，每次都中途受挫。才寫了幾行字，就狠狠碰壁。一個段落和下一個段落無論如何都連不起來。每個詞句都厭惡結合，分別往不同方向散去。然後一去不回。

我幾乎是第一次有這種經驗。因為過去就算各種事情都不順心時，只有文字還是會好好幫助我。一個段落連接著一個段落，心裡面的東西都可以在文字中表現出來（當然當然，還是有限度）。但想到連這件事都再也辦不到時，真的好失望。不，豈止失望。感覺就像房間的每一扇門都被緊緊關上，從外面加上堅固的鎖那樣絕望。有很深很深的無力感……像沉入海底的沉重鉛箱。誰都無法打開了。因為如果不能寫信的話，就連想向你傳達我的感受都再也做不到了。那跟不能呼吸沒有兩樣。

已經一星期以上，跟誰都沒開過口。我所開口說的（或將要開口說的）話，都跟我的意圖不同，因此覺得毫無意義。所以一直保持沉默。那絕不是以沉默為目的的沉默。不過如果把•••••不是真心的話（這裡用鉛筆畫了粗粗的底線）說出口，感覺自己可能會碎成粉末，變成一團垃圾。

今天我能勉強拿起鋼筆寫字。不知道為什麼，就好像厚厚的雲層裂開了一道口，太陽從中射出明亮的光線一樣，我能夠組織文字了。現在，非常非常久違地……真不可思議。這也許是種奇蹟的碎片吧。所以趁著能抓住那個碎片的時候，我要趕快寫好這封信。對，就像和時間賽跑那樣（請想像絕望的通信員，在即將沉沒的船上通信室送出最後一則訊息的模樣）。

因此文字可能相當粗糙，可能也有詞不達意的地方，不過總之我要一氣呵成（不知道有沒有寫對）把腦子裡的東西全寫出來。因為不知道下次什麼時候才能再寫信。或許明天（或十分鐘以後）又一行字也寫不出來了。也許所有的言語都會擅自往與我所想不同的方向紛紛散落。

也許轉過一個彎，世界就消失了。

那麼，我是誰？

這是個重大的問題。

我想之前也提過，在這裡的我，只不過是真正的我的替身而已。就像真正的我的影子般的存在而已——或者，實際上就是「影子」。而且離開本體的影子，無法長久活下去。我能夠活到現在，是相當稀奇的事。是不尋常的事。我三歲時和本體分離，被趕到牆外去，由養父母扶養長大。已經去世的母親，和現在還活著的父親，（曾經）把我當成親生女兒一般，但那當然是錯誤的幻想。我只是從遠方的城被風吹來，屬於某個人的影子而已。他們並不知道（以前不知道）這件事，而且相信我是他們的親生女兒。有人讓他們這樣相信的。換句話說，記憶整個被改造過了。所以我因此（因為自己只不過是某個人的影子）而多麼難過，他們是無法想像的。

老實說，我在遇見你之前，從來沒有告訴過別人自己只是影子的事。因為我想這種事情誰都無法理解吧。可能只會被人家認為頭腦有問題而已。所以能遇見你，對我來說真的是非常特別的一大事件。我想都沒想到這種奇蹟般的事情真的會發生在自己身上。說真的，到現在都還不太相信。然而真的發生了。就像在一個無風的早晨，有什麼漂亮的東西從晴朗的天空輕飄飄地飄下來那樣。

我也很久沒去學校了。覺得外出很痛苦。我有幾次試著去上學，但連走出門拐過兩個轉角都做不到。拐過第一個轉角就已經覺得很難受，第二個轉角怎麼樣都無法拐過去。不知道前面有什麼，讓我非常害怕。不，不是這樣……老實說，是知道前面有什麼，所以沒辦法拐過那個轉角。

無論如何，在這樣的狀態下真的真的沒辦法去見你，也無法讓你看到我這樣的狀態。我的生命力（或者說，像生命力之類的東西）像漏氣的氣球中的空氣那樣，咻咻咻地往外漏。而現在的我無法阻止那流出去。我只有兩隻手，只有十根手指，完全阻止不了。這時候自己也不知道該怎麼辦才好。啊，該怎麼辦才好？

不過，請相信我。我之前在公園的長椅上對你說的話，全都是真的。我屬於你。如果你要的話，我想把我的一切都給你。完完全全。只是現在還不行。請你諒解。

我有很多事情，要花很多時間。我那時候這樣說過。忘記細節是怎麼說的了，不過我記得有這樣說過。你記得嗎？但是，我可能沒有剩下多少時間了。所以我啪答啪答地猛敲鍵盤。啪答啪答啪答啪答……不過訊息可能沒辦法從頭到尾傳完。海水可能隨時都會沖破門湧進來。冰冷的、惡意的、鹽鹹的、徹底致命的海水。

再見了。

但願我能再一次振作起來，陽光又忽然從雲間照下來，用每次用的鋼筆、每次用的墨水，像這樣寫長長的信給你就好了（我真的這樣想。打從心底，深深的心底）。

十二月××日

×××××〔妳的名字〕

但陽光似乎沒有從雲間照下來。因為那成了妳寄來的最後一封信。

18

一天又一天，我在圖書館的深處持續讀著「古夢」。除了發高燒躺在床上的一星期左右之外，我一天都沒有停止作業。妳也一樣沒有休息，天天到圖書館上班（這座城裡沒有星期幾，因此也沒有週末那樣的日子），協助我的作業。妳穿著看得見縫補痕跡，有一點褪色但很乾淨的衣服。那樣樸素而不加裝飾的模樣，比任何衣服都顯出妳的美麗和年輕。肌膚也光澤而有彈性，在菜籽油燈的照射下散發著水嫩的光彩。好像剛完成的造物似的。

有一天夜裡，我做了一個奇怪的夢。不，或許那不是夢，可能是在書庫裡讀到的「古夢」中的一個景象。或者是我病倒而意識朦朧時，曾經從軍的老人在枕邊告訴我的回憶之一，還深深留在意識裡，在我腦中重現出來了吧。

在那個夢（一般的東西）中，我是一個軍人。在戰爭中，我穿著軍官的軍服，率領著巡邏隊。部下有六個人，其中一個是資深的士官。我的小隊在發生戰鬥的山中從事偵察活動。季節不明，總之天氣不冷不熱。

清晨時分，我們在山頂附近看到一群穿著白衣的人走動。人數大約三十人左右。小隊立刻準備應戰，但馬上就發現沒有那個必要。那些人並沒有武裝，而且其中也有老人、女人和小孩。其實可以把他們攔下來問「你們是幹什麼的？要去哪裡做什麼？」但我想反正語言應該不通，於是作罷（沒錯，我們是在遙遠的異國作戰）。

男女身上都穿著同樣的白衣。像是用一條白色床單裹住身體再用繩子綁住，就是這樣粗糙而單純的衣服。全都沒穿鞋子。看起來像宗教團體的信徒，或從醫院逃出來的人。感覺不像會加害他人，但為了慎重起見，我們決定跟蹤他們看個究竟。

那些白衣人爬上陡坡。沒有一個人開口說話。帶頭的是個高瘦的老人，白色的長髮披肩。大家都默默地跟著他走。最後他們走到山頂。右手邊是陡峭的懸崖，大家都朝那邊走去。接著，白髮老人率先從懸崖上跳下。沒有說出任何一句話，也沒露出猶豫的神色，就像極為理所當然似的，輕輕張開雙手躍入空中。然後其他人也陸續效法。就像鳥飛向空中一樣，毫不猶豫地展開白衣的袖子，一個又一個躍向空中，女人和小孩也一個都不留，表情絲毫不改。看著這些人的模樣，甚至會覺得他們好像真的能在空中飛。

但他們當然無法在空中飛。我們跑到懸崖邊去，戰戰兢兢地往下看，只見谷底滿是散亂的屍體。他們身上的白衣像旗子般展開，染上飛濺的血跡和腦髓。谷底的岩地長滿尖銳的牙等候著，將那些人的頭一一粉碎。我過去在戰場上看過許多悲慘的屍體，然而呈現在那個谷底的血淋淋景象，依然讓我忍不住想別開目光。而且最令我們震撼的是，他們的沉默和面無表情。無論背後有什麼樣的緣故，面對自己殘酷的死，竟然能夠那樣冷靜且毫無感覺嗎？

「為什麼？」我問身旁的中士。「他們到底是什麼樣的人？為什麼必須這樣做？」

中士搖搖頭。「大概是為了消除意識吧。」他以乾澀的聲音說，然後用手背擦擦嘴角。「有時，那樣感覺比什麼都輕鬆。」

「我的影子好像快要死了。」有一天晚上，我在圖書館這樣告訴妳。

我們在暖爐前，隔著桌子面對面。那天晚上，妳為我端出了熱騰騰的藥草茶，還有撒上白色粉末的蘋果點心。蘋果點心在這座城裡是貴重的食品。妳一定是從守門人那裡拿到蘋果，特地為我做的吧。

「恐怕撐不久了。」我說。「他看來已經很虛弱了。」

聽到我這麼說，妳的臉色有點凝重。然後說：「真可憐，但也沒辦法。黑暗的心遲早會死、會毀滅。看開一點吧。」

「妳還記得自己的影子嗎？」

妳以纖細的指尖輕輕摩挲自己的額頭。好像在回想故事的情節一般。

「我以前也說過，我小時候影子就被剝離了，從此再也沒有見過她。所以我不知道擁有自己的影子是怎麼一回事。失去影子……會不方便嗎？」

「不太清楚。我現在影子被剝離了，也沒碰到什麼問題。不過如果永遠失去影子的話，或許也會一起失去其他什麼重要的東西——我有這種感覺。」

妳注視我的眼睛。「其他什麼重要的東西，例如什麼樣的東西？」

「我也不會說。我不清楚永遠失去影子具體上是怎麼一回事。」

妳打開暖爐的門，添了幾根柴薪。妳花了一段時間拉動風箱，讓火燒得更旺。

「那麼，你的影子有要求你什麼嗎？」

「他希望能再跟我連在一起。那樣影子就可以恢復原來的生命力。」

「不過如果再和影子連在一起的話，你就不能留在這座城裡了。」

「沒錯。」

頭上頂著盤子不能抬頭看天空，守門人這樣告訴我。

「那麼，還是只能放棄影子吧。」妳以安靜的聲音說。「雖然對影子過意不去，不過你在這座城裡要習慣沒有影子的生活。不久就會忘記影子吧。就像其他人一樣。」

我拿起一片蘋果點心放進嘴裡，品嘗蘋果的香味。酸甜的新鮮滋味在口中擴散開。多麼美味的蘋果啊！我滿心感動。仔細想想，自從來到這座城，這可能是我第一次吃了什麼會感到「美味」。

暖爐的火光在妳的瞳孔閃爍著反光。不，那不是反光，那可能是妳內在發出的光。

「什麼都不用擔心。」妳說。「自從你來到這裡，一直把這份工作做得很好，大家都很佩服。以後一定也能順順利利的。」

我點點頭。

⋯⋯大家都很佩服。

19

那是我從妳那裡收到的最後一封信。

當然，那封信我一再重讀過無數次。重讀到可以從頭到尾背出來。然後我會想像在即將沉沒的船——我腦中總是會浮現像鐵達尼號那樣巨大的客輪——的電報室裡，妳拚命敲打電報設備發報鍵盤的模樣。妳正從那裡傳送最後的通訊給我。在冰冷的海水不知道什麼時候會沖破門流進來的那個時刻。

我祈禱有某種奇蹟發生，海水最終沒有流進來。船體順利找回復原的力量，趕在最後一刻避免發生最糟糕的狀況。脫離千鈞一髮的危機後，所有船員和乘客一起在甲板上擁抱、感動流淚、為這份幸運感謝神或是任何力量。我想像這樣的溫暖畫面。

但是大概沒那麼順利。沒有發生奇蹟，幸運沒有降臨，也沒有歡喜的擁抱。因為妳的聯絡從那之後就斷絕了。

我持續寫了好幾封信寄給妳，但沒有回音，也沒有因為無法投遞而被退回。也沒有電話打來。我乾脆打電話去妳家，但不管打幾次，都只聽到「您所撥的電話號碼是空號」的答錄而已。無論如何，電話對我都沒有用。因為如果妳想對我說什麼，妳應該會主動打電話給我才對。

就這樣，我們之間完全斷了音訊，既見不到妳，也沒辦法跟妳說話。到了新的一年，二月有大學的入學考試，我選擇進入東京的私立大學。當然也可以選擇本地的大學，我最初也是這樣打算（那樣至少可以離妳近一點），但在考慮很多之後，我刻意選擇到東京去——也就是選擇實際和妳保持一段距離。其中一個理由是，我覺得如果繼續住在家裡，我會過著一直在家等妳的電話的生活，永無止境。而且在那樣的「等待生活」之中，我可能會變得除了妳以外，什麼都沒有辦法思考。當然那樣也無所謂。在這個世界上我最想要的就是妳。

但同時，我也有一個確切的、類似預感的感受。如果這樣的生活一直持續下去，我一定無法正確地維持住自我，結果自己內部重要的什麼將會因此受損——我有這樣的預感。必須在什麼地方劃分出界線才行。此外，我也粗略地知道，對於我和妳的關係，比起精神上的距離，實際上的距離並沒有那麼重要。如果妳真的渴望我、真的需要我的話，那樣的距離應該算不上是任何障礙。所以我才乾脆離開出生長大的家鄉，選擇前往東京。

我到了東京當然也繼續寫信給妳。但都沒有回音。那個時期寄給妳的那麼多信，不知遭逢了什麼樣的命運？那些信妳究竟讀了沒有？或者沒有開封，就經由誰的手丟進垃圾桶了嗎？永遠成謎。雖然如此，我還是持續給妳寫信。用同樣的鋼筆、同樣的信紙、同樣的黑墨水。因為那時的我，除了寫信以外什麼都不能做。

在那些信之中，我記錄了在東京每天的生活。寫了大學的狀況。關於大半課程無聊到超乎想像、無法關心周圍的人。關於夜晚打工的新宿小唱片行。關於那充滿活力的吵雜街頭。還有關於妳不在，我的生活有多枯燥乏味。關於如果現在妳能在我身邊的話，在這裡兩個人可以一起做什麼事，這種令人心動的計畫。但沒有回音。我就好像站在深邃洞穴的邊緣，對著漆黑的底部說話。不過我知道妳就在裡面。看不見身影。聽不見聲音。但妳在那裡。我知道。

留給我的，就只有妳過去以土耳其藍的墨水所寫下，寄給我的厚厚一疊信，以及借了沒還的一條白紗布手帕而已。我一次又一次珍惜地重讀這些信，並把手帕緊緊握在手中。

在東京的我過著非常孤獨的生活。因為和妳失去聯繫（並且無法判斷那是一時的，還是永久的），我似乎變得無法和他人保持良好的關係了。從以前開始我確實就有這樣的傾向，但現在變得更嚴重了。除了妳之外，跟任何人的交流幾乎都看不出任何意義。在大學裡沒有加入社團或同好會，也沒找到可以稱為朋友的對象。我的意識全都集中在妳一個人身上。不，應該說是，集中在妳留在我心中的記憶裡吧。

我窩在公寓的房間裡讀許多書，到連放兩部舊片的電影院看電影消磨時間，有時到都營游泳池游長距離的泳。或者長距離散步，漫無目的走到累為止。東京很大，怎麼走都不可能走遍每一條路。除此之外還做了什麼嗎？可能做了。但想不起做了什麼。

暑假到了，我迫不及待地返鄉，但狀況只有變得更糟。我幾乎每隔一天就到妳住的地方去，坐在平常約見面的公園長椅上，在那藤架下無盡地想妳。我回憶著兩人度過的時光，同時抱著一縷希望，心想妳會不會忽然出現在眼前。但當然不會發生那種事情。

憑著地址和地圖，我試著找到妳家。在那個地址建有一棟兩層樓的小住宅。沒有庭園、沒有車庫，什麼都沒有，只是門面狹小的老舊獨棟房子。但玄關掛的名牌寫著不同的姓。你們家是否搬走了？那麼我寄出的信，有沒有轉寄到新的地址呢？如果到負責這一區的郵局去問，會告訴我妳們家的新住址嗎？不，不可能吧。而且我知道，那樣做也沒有任何幫助。我之前也提過了，如果妳有什麼話要對我說，照理說妳無論如何都會跟我聯絡的。

就這樣，我失去關於妳的一切線索。看樣子妳好像已經悄悄地從我的世界退出了。沒有留下一點足跡，也沒有像樣的說明。那退出是有意的，還是某種不可抗拒的力量造就的結果（例如門被沖破，冰冷的海水灌進來那樣），那就不得而知了。留給我的只有深沉的沉默、鮮明的記憶，和無法實現的約定而已。

寂寞孤獨的夏天。我不斷走下黑暗的階梯。階梯無限延伸。感覺快要到達地球的中心了吧。但我無所謂，繼續往下走。我知道周圍的空氣密度和重力在緩慢變化。不過那又怎麼樣？只不過是空氣吧。只不過是重力吧。

就這樣，我變得更孤獨。

20

那天下午，看到燒獸的灰煙在牆外升起之後，我快步走向守門人小屋。沒有風，煙成一直線上升，被厚厚的雲吸進去。守門人正如所料，這次也不在。他出了城門，正在燒獸的屍體。我和上次一樣，穿過無人的守門人小屋走出後門，越過「影子圍場」，再次見到躺在床上的自己的影子。影子依舊消瘦，臉色不佳，不時發出難受的乾咳。

「怎麼樣，下定決心了嗎？」影子聲音沙啞，迫不及待地問。

「很抱歉，我沒辦法輕易下定決心。」

「有什麼事掛心嗎？」

我不知如何答覆，背過臉望向窗外。該怎麼向他說明才好呢？

我的影子嘆一口氣。「我不知道發生了什麼事，不過我猜城為了把你留下，用上了各種策略。」

「可是我對這座城是這麼重要的存在嗎？需要特地用策略留住我？」

「那當然。因為你等於是開創了這座城的人哪。」

「又不是我一個人開創的。」我說。「只是很久以前，在過程中多少幫了一點忙而已。」

「不過如果沒有你熱心幫忙，應該無法完成這麼縝密的結構。你長久維持了這座城，持續灌輸想像力這個養分。」

「這座城，或許是從我們的想像中產生的沒錯。但歷經漫長的歲月，城本身好像已經有了自己的意志，擁有自己的目的了。」

「你已經無法掌控了——是這個意思嗎？」

我點頭。「與其說這座城是結構物，有時看起來更像有生命、正在動的生物。是柔軟而巧妙的生物噢。會配合狀況與需求不斷改變形狀。這是自從我來到這裡，就隱約感覺到的事。」

「但如果能自由變形的話，那與其說是像生物，不如說像細胞或什麼吧？」

「或許是。」

會思考、會防禦、會攻擊的細胞。

我們一時沉默下來。我再度望向窗外。牆外依然冒著煙。看樣子有很多獸死去了。

「我每天晚上都在圖書館裡讀的古夢，到底是什麼呢？」我問影子。「那對這座城有什麼樣的意義呢？」

影子無力地笑了。「真傷腦筋。每天在讀那個的不是你嗎？這種事情為什麼要問我呢？」

「可是你在這裡，總該聽過一些關於那個的事情吧？從守門人、從拜訪這裡的客人口中。」

影子安靜地搖搖頭。「古夢都被集中收在圖書館，每天由夢讀——也就是你——來閱讀，這件事大家都知道。還有你每天晚上工作結束後，都會送她回家，這件事大家也知道……畢竟這裡是個小地方。不過你每天讀古夢對城有什麼意義，又有什麼作用，其實誰也不知道。我有這種感覺。」

「不過那應該是有重要意義的工作。我在這座城裡，被賦予讀古夢的特殊任務，而城好像也強烈希望我能繼續這個工作。」

影子一陣乾咳，然後暫時陷入沉思。我把插進口袋的雙手抽出來，在腿上搓著。房間裡冷透了。

影子說：「我以前也說過，或許在這裡的她其實是影子，牆外的她才是本體，這個可能性你能不能考慮看看？我一直注意著這件事，仔細聽來這裡的人說的話，收集瑣碎的情報，也有我自己的思考。然後我做出了這樣的假設：這裡其實是影子的國度。影子聚集起來，在這座孤立的城裡相依為命，屏氣凝神地生活。」

「不過如果真如你所說，這裡是影子的國度的話，為什麼反而把身為本體的我放進城裡，身為影子的你卻被關進這裡，眼看就快要死掉？如果反過來還比較可以理解。」

「我想，是因為在這裡的他們並不知道自己其實是影子。他們以為自己是本體，被剝離的影子已經被趕到牆外去了。不過實際上正好相反吧。被趕出牆外的是本體，留在這裡的才是影子——這是我的推測。」

我試著思考這個假設。「而且他們讓被趕出牆外的本體以為自己是影子。是這樣嗎？」

「就是這樣。他們把這種虛偽的記憶灌輸給每一個人。」

我搓著雙手，努力思索這一整段推論。但到途中就搞糊塗了。

「不過那只是你的假設而已。」

「是的。」影子承認。「一切都只是我的假設而已。我無法證明。不過我越想越覺得，這樣比較合理。從各種角度，我都試著仔細檢驗過了。畢竟我有充分的思考時間。」

「根據你的假設，我在圖書館裡讀的古夢，到底發揮了什麼作用呢？」

「那只不過是假設的延長而已。」

「假設的延長也沒關係，你說來聽聽。」

影子停頓一下調整呼吸，然後開口。

「所謂的古夢，是為了使這座城得以成立，而被驅逐到牆外的本體所留下的心的殘響之類的東西吧。雖說把本體驅逐了，但並不能連根拔起完全驅逐出去，無論如何還是會留下一些東西。所以要聚集那些殘渣裝進所謂的古夢這個特殊的容器裡，牢牢封存起來。」

「心的殘響？」

「在這裡，會在人年紀還小的時候把本體和影子分離開來。然後本體被視為多餘的、有害的，被驅逐出牆外，好讓影子可以安心平穩地生活下去。不過就算本體被驅逐出去了，本體的影響也不會完全消失。會有像沒除乾淨的心的細小種子般的東西留下來，在影子的內部悄悄成長。城會眼尖地察覺，將那個徹底刮除，裝進專用的容器裡密封起來。」

「心的種子？」

「是的。人所懷抱的各種感情。悲哀、迷惘、嫉妒、恐懼、苦惱、絕望、懷疑、憎恨、困惑、懊惱、多疑、自我憐憫……還有夢、愛。在這座城裡，這些感情是沒有用的東西，甚至反倒是有害的東西。可說是近似疫病的種子。」

「疫病的種子。」我重複影子的話。

「沒錯。所以這些東西都要一點也不剩地連根拔除，收進密閉的容器裡，藏在圖書館深處。而且禁止一般居民靠近。」

「那麼我的任務是什麼？」

「可能把這些靈魂——或心的殘響——撫平、消解吧。那是影子無法辦到的工作。所謂共鳴這件事，只有具備真正感情的人才做得到。」

「可是，為什麼一定要刻意撫平它們呢？它們都被封進密閉的容器，沉浸在深深的睡眠中了，放著不管不就好了嗎？」

「無論封得多緊，它們存在於那裡的事實本身就構成威脅了。它們可能會因為某種原因而獲得力量，一起破殼而出，衝到外面來——那對城來說，可能是種潛在的恐懼。如果發生這種事，城想必會在轉瞬間灰飛煙滅吧。所以必須盡可能撫平、消解那些力量。需要有人來傾聽那些古夢的聲音，跟它們一起做夢，將潛在的熱度降溫——這恐怕就是它們所需要的。而能辦到這件事的，現在只有你一個人而已。」

我被夾在兩種想法的狹縫之中。

在這座城裡的圖書館天天跟妳碰面，在菜籽油燈的照耀下，共同做著讀夢工作的幸福。隔著粗糙的書桌和妳談話，喝著妳為我調製的藥草茶的愉快。每天晚上工作完畢後，走路送妳回家的片刻。我不知道到什麼地方為止是實體的，從什麼地方開始是虛構的。即使如此，這座城仍給了我那樣的歡喜，給了我那樣的心動。

而另一頭，是在牆外的世界和妳的交流，以及在我心裡所留下的真實的記憶。和妳相約見面的城市中的小公園，小女孩盪鞦韆所發出的搖晃節奏。和妳一起聽的海浪聲。厚厚一疊的信，和一塊紗布手帕。悄悄地接吻。這些都毫無疑問，是鮮明地發生在現實中的事。誰都無法奪走我這些記憶。

我該歸於哪一個世界？我難以抉擇。

21

一個少女，從你的人生消失蹤影。你那時十七歲，一個健康的男生。而且她是你最初的親吻對象。她比誰都更吸引你的心，是個美麗而可愛的女孩。她也說非常喜歡你。如果時候到了，想成為你的人。那樣的對象沒有預告，沒有留下任何一句告別，沒有像樣的說明，就這樣離開你身邊。從你站著的地表消失。像煙一般那樣消失。

她到底發生了什麼事情？

因為什麼迫切的緣故，搬到其他地方去了嗎（但再怎麼說至少可以聯絡我吧）？走在馬路上忽然有東西從空中掉下來，被打中頭喪失記憶了嗎？或許已經失去性命了嗎？（遇上車禍、隨機殺人、急速惡化的罕見疾病，或是自殺了？）或被人綁架、監禁在某處？（是誰做的，為了什麼目的？）或者她突然不喜歡你了？看到你的臉、聽到你的名字都覺得討厭了？（你是否對她說了什麼不適當的話，還是做了什麼不值得誇獎的行為？）哪個街角有一個類似小型黑洞的東西，不為人知地張著口，她路過時被吸了進去——就像葉子被吸進排水孔一樣。或者，也許……沒錯，這個世界充滿了各色各樣的可能性，暗中等待人墜入。所有的轉角都潛藏著意想不到的危險。但她身上到底發生了什麼，你卻無從知道。

心愛的對象就那樣毫無道理地突然離去，這是多麼難過的事，多麼讓你心痛，痛到簡直心如刀割，讓你自己的內部流了多少血，這一切你能想像嗎？

最難過的，莫過於感覺到自己彷彿被全世界遺棄了。好像自己已經變成毫無價值的人了。就像變成毫無意義的紙屑那樣，或變成了透明人。張開手掌定睛注視，掌心就會逐漸變透明，可以看到另一邊——真的，這不是說謊。

你要求合情合理、可以接受的說明。比什麼都更需要。但誰都沒有給你一個交代。誰都沒有告訴你該前進的方向。誰都沒有安慰你、鼓勵你（即使這麼做對你毫無幫助也一樣）。你被獨自一人留在荒涼的土地上。目光所及，草木不生。在那裡，強風總是往同一個方向狂吹——含著刺痛肌膚的微小細針的風。你被溫暖的世界毫不留情地排除在外，陷入孤立。無處可去的情感如鉛塊般壓在胸口。

她應該會有什麼聯絡才是。你這樣想著，繼續耐心等待。或者說，除了等待，也沒有其他辦法。但無論怎麼等，都沒有聯絡。電話鈴聲沒有響起，也沒有厚厚的信件投入信箱。沒有敲門聲。只有沉默，和無。就這樣，「沉默」和「無」逐漸變成你身邊的朋友。可能的話，其實是不太想和那種東西成為朋友。不過除此之外，找不到其他願意陪在你身邊的對象。當然你仍繼續懷著一線希望。不過在宛如沉重鈍器般的沉默和無之前，希望就如同影子一般稀薄。

就這樣，我迎接十八歲的生日，從收到最後一封信算起又經過了一年。時間沉重地，同時也俐落地過去了。一個里程碑出現在前方，接著往後方過去。然後又來一個。

我實在無法理解自己這個人所處的狀態。我為什麼在這裡，做著這樣的事情？為什麼這裡總是吹著這麼強的風？我經常這樣問自己。

當然沒有答案。

22

在我走向圖書館的途中，開始下起雪來。雪片乾乾的，很小粒，是看起來需要花上一段時間才會融化的雪。但還無法判斷會不會積雪。

到達圖書館時，燒柴暖爐和平常一樣紅紅地旺盛燃燒著。上面放著一個黑色大水壺，正冒著蒸汽。妳正在用小研杵磨著從庭園採來的藥草。相當費事的作業。耳邊傳來喀啦喀啦很有耐心的均勻聲響。我走進屋裡時，妳停止作業，抬起頭來微微一笑。

「開始下雪了嗎？」

「才剛開始下一點。」我說。我脫下沉重的大衣，掛在牆邊的大衣衣架上。

「今晚應該不會下太多。不會積雪的。」妳說。應該會被妳說中吧。就像平常那樣。

妳用手把古夢的塵埃擦掉，然後放在桌上。我開始讀。包在掌心裡溫暖它，讓它活動起來。古夢不久便醒過來，開始以聽不懂的語言述說訊息。

古夢——真的如我的影子推測的那樣，是被刮掉、密閉保存起來的人心的殘渣嗎？我無法判斷那個假設是否正確。依我所見，那裡有的只不過是瓶裝的「渾沌的小宇宙」而已。我們的心有這麼不明瞭又欠缺一貫性嗎？或者古夢只能發出這樣片斷的混亂訊息，是因為那不是一個經過整合的心，只是聚集起來的「殘渣」而已嗎？

在我的夢中出現的中士，以乾澀的聲音對我說：「有時候消除掉意識，會感覺比什麼都輕鬆。」

「我可能要離開這座城。」我向妳坦白。不能沒跟妳說一聲就離開這裡——就算城現在正側耳傾聽我們的對話也一樣。

「什麼時候？」妳問。並沒有特別驚訝的樣子。

我們並肩走在河邊的道路上。我正要送妳回家——就像每個夜晚那樣。雪已經停了。雲只裂開一道口，從那縫隙可以看到幾顆星星。星星像冰粒那樣，朝向世界照射出又白又冷的光。

「就在最近，趁我的影子還沒斷氣之前。」

「已經決定了嗎？」

「應該是吧。」我說。但我心裡還在猶豫。「不過在那之前，有一件事必須先告訴妳。」

「什麼事？」

「我在牆外的世界，很久以前曾經見過妳。」

妳停下腳步，把綠色的圍巾重新在脖子上圍緊。然後看向我的臉。「我？」

「另外一個妳——也就是在牆外的妳。」

「那是我的影子嗎？」

「我想可能是。」

「我的影子在很久以前就死了。」妳說。就像宣稱今晚不會積雪時一樣果斷。

妳的影子在很久以前就死了，我在心裡重複這句話。就像洞窟深處的回聲那樣。

我問妳：「那些影子死去後會怎麼樣？」

妳搖搖頭。「不知道。我只是被賦予圖書館的職位，做著規定的工作而已。負責打開門鎖，到了寒冷的季節就在暖爐生火，摘藥草泡藥草茶……做這些來幫助你的工作。」

臨別時，妳說：「你可能不再來圖書館了噢。可是，你要怎麼離開這座城呢？總不能從門出去吧？因為進入城的時候，你締結過契約了。」

我沉默不語。這件事現在不能在這裡說。可能有人會偷聽。

「在外面的世界遇見妳時，」我說：「我愛上妳——愛上她。就在一轉眼間。我那時十六歲，她十五歲。和現在的妳相同的年齡。」

「十五歲？」

「是啊。以外面世界的基準來說，她是十五歲。」

我們在妳住的地方前站定，談著可能是最後的對話。雪停了，但這是寒冷刺骨的夜晚。

「你在牆外的世界愛上了我的影子。在那裡她十五歲。」妳告訴自己。像是對於無法理解的事情，重新確認真的難以理解一樣。

我說：「我強烈地渴望她，希望她也能同樣強烈地渴望我。但一年後，她突然失蹤了。沒有預告，也沒有像樣的說明。」

妳再一次把綠色圍巾圍上纖細的脖子。然後點頭。「沒辦法啊。因為影子遲早會死去。」

「我想再見她一面，所以來到這座城。我想到這裡來，或許可以見到她。但同時，我也想見妳。那也是我進到牆裡來的另一個理由。」

「我嗎？」滿臉驚訝的妳說。「可是，為什麼？為什麼想見我？我不是你愛的那個十五歲少女。也許我們本來確實是一體的，但小時候就被剝離，在牆內牆外分別長大，成為不同的存在了。」

我注視她的眼睛，好像探測澄清的山泉底部那樣。然後說：「妳不是她。我很清楚這一點。在這裡妳既不做夢，也不會跟誰戀愛。」

於是她消失在集合住宅的入口。這可能會成為永遠的別離，但對妳來說只不過是跟平常一樣的道別而已。因為在這裡，一切都是永遠的。

23

我總算度過了二十歲前後的混亂時期。現在回想起來，居然能平安——儘管不能說完全沒留下傷害——度過那樣的日子，連我自己都感到佩服。

我對大學和課業都沒興趣，經常翹課，也沒有交朋友。只是一個人看書，有時打打工。在打工的地方認識了幾個男生和女生，我們會一起喝酒，只是沒有親密的深交。但不管做什麼，都無法得到內心的平靜。對任何事情都變得無法關心。宛如身在厚厚的雲中，茫然地踏步向前走一樣漫無目的的日子。一切都是因為我失去了妳。因為強烈的渴望無法實現了。

不過有一天我忽然清醒過來。讓我清醒過來的直接原因是什麼呢？現在已經想不起來了。唯一可以確定的是，那只是極細微、極普通的事物。例如剛煮熟的水煮蛋的香味，或傳入耳裡的一小段懷念音樂，或剛用熨斗燙過的襯衫的觸感……那刺激了意識的某個特別部位，讓我忽然清醒。於是我想，啊！繼續這樣下去不行！

如果這樣的生活再繼續下去，我的身心都會變得憔悴不堪。即使妳哪天回來我身邊，我可能也無法好好接住妳。只有這種事絕對必須避免。

我讓自己回歸正常的軌道。因為出席日數本來就不夠，成績當然也很糟糕，所以必須延畢一年。但沒辦法。那是必須付出的代價。我重新整頓生活，上課不缺席，認真寫筆記（無論是覺得多麼無聊的課）。空閒時間就到大學的游泳池游泳，維持體力和體型。買新的乾淨衣服，減少飲酒量，正常飲食。

持續著這樣的生活，我自然交到了幾個同性朋友和異性朋友。我對他們懷有興趣和善意，他們也對我懷有興趣和善意。這點倒是相當不錯。我繼續耐心地等妳，同時也在不同的階段，我學會如何去過和一般人一樣理所當然的生活。

不久後我交到女朋友。是跟我選同一門課，小我一歲的同班女同學。她的性格開朗，談起話來很愉快。人聰明，臉長得也可愛。她對我的「回歸」提供了多方面的協助，我對此非常感謝。但我的內心經常懷有一定的保留。在心裡的某個地方，我必須保留只屬於妳的空間。

一方面為某一個人保有祕密的空間，一方面又和其他人有戀愛關係——這種事情可能嗎？某種程度上做得到，但不可能長久繼續。因此我傷害了她。結果也傷害了自己。於是我變得更加孤獨。

我花了五年才從大學畢業，到書籍經銷公司就職。我沒有回到故鄉。工作範圍很廣，有許多事情必須學。我本來想進出版社做第一線的編輯工作，但是都在面試這一關被刷掉了。可能是因為大學時的課業成績不夠好。不過書籍經銷當然也是一種處理書的工作，雖然和原本的志願稍有不同，但依然是有意義的工作。從此我進入社會，過起了還算可以的生活。我習慣了工作，也逐漸接到必須負責任的職務。

至於與女性的關係，幾乎是同樣的事情一再重演。我和幾個女孩交往過，也認真考慮過結婚。

絕對沒有抱著半遊戲的心態跟人交往。但結果，我和她們之間都未能建立真正意義上的信賴關係。如果能做得到就好了，但每一次都不順利。最後總會發生什麼狀況，而我每次都會搞砸——搞砸這說法真是貼切的形容。

原因有兩個。一個是我心中總是有妳。妳的存在、妳的言語、妳的身影，怎麼樣都不肯離開我心裡。無論何時，我都在意識的深層一直想著妳。那可能就是最主要的原因。

但是同時，我心中始終有一種恐懼。我害怕如果無條件地愛上誰，有一天我會突然被心愛的那個人沒有理由、原因不明地斷然拒絕。那位女性——就像妳過去所做的那樣——可能會一句話也不說，就從我眼前像煙一樣消失蹤影。把我獨自留下。抱著空空的心。

無論如何，我都不想再次嘗到那樣的滋味。如果要再遇到那樣的情況，還不如一個人孤獨而寧靜地過下去。

每天的飲食自己打理，定期上健身房維持體能，保持身體清潔，閒暇時看看書。重視規律是單身生活最重要的事情——雖然要在規律和單調之間畫出界線，有時可能很困難。

從周圍的人看來，我的生活或許顯得自由而隨興。我確實很感謝這樣的自由，與日常的寧靜。不過那只是對我這個人來說勉強可以接受的生活方式，其他的人想必很難忍受。因為這未免太單調、太寧靜，而且太孤獨了。

然而過了三字頭的年紀，迎接四十歲的生日時，我難免產生了幾分不安。難道我直到最後都不會跟任何人結合，就這樣一個人獨自過一生嗎？從此以後，我會逐漸年老，而且應該會變得更孤獨。我不久就會走上人生的下坡路，體能也會漸漸衰退。過去能在無意識間輕易做到的事，也會慢慢做不到了。雖然對自己的未來還沒有具體的想像，但很容易就能想像到那絕對不是令人愉快的狀態。

四十歲……仔細算起來，從十七歲開始，我已經等了妳二十三年。在這段期間，妳完全沒有聯絡。沉默與無，依然依偎在身旁陪伴我。我現在已經完全習慣他們的存在了。不如說，他們已經成為我的一部分。沉默與無……如果除去他們，就沒辦法談論我這個人了。

就這樣，四十歲生日也平安無事（並沒有被誰祝賀地）過去了。我在公司的工作很穩定，升上了不算低的職位，收入也沒有不夠（應該說，我也幾乎沒有什麼強烈的欲望）。故鄉年邁的雙親強烈希望我結婚生子。我對他們很過意不去，但是我並沒有這樣的選項。

我依然思考著妳的事情。我會走進內心深處的小房間裡，巡視妳的記憶。妳所寄來的一大疊信。一條手帕，還有詳細記述被牆圍繞的城的筆記。我在小房間裡把那些拿起來，不厭倦地撫摸、注視（就像個十七歲少年那樣）。那個房間收藏著我的人生祕密。其他任何人都不知道的，我的祕密。只有妳一個人能解開那個謎。

但妳卻不在。妳在哪裡？我無從得知。

四十五歲的生日來臨了，在通過那不能算太愉快的里程碑後不久，我再度掉入洞裡。突然咚一下。就像以前——那悲慘的二十歲前後的日子裡——不小心失足的時候一樣。不過這次掉入的不是比喻式的洞穴，而是在地面實際挖出來的洞穴。不記得是何時、如何掉落的了。不過可能純粹只是那時候踏出的腳步，碰巧沒有踩到地面吧。

恢復意識時（這表示我一度失去意識），我的身體正躺在那個洞穴底部。從身體完全沒感到疼痛來看，或許我不是掉進來，而是被搬過來放在這裡的。不過是誰做的？這就不清楚了。總之我的身體從原來的世界，被搬到很遠的地方去了。離現實很遠、很遠、很遠、很遠的地方。

時間是晚上。洞穴上方看得見被切割成長方形的天空。空中有許多星星在眨眼。好像不是很深的洞。如果想爬到地面，靠自己的力量好像也能爬上去。發現這件事，讓我稍微鬆了一口氣。不過我非常疲憊，沒辦法讓身體從地面起來。手無法舉高，連想睜開眼睛都很難。身體好像快散掉似的，我真的好疲倦。我——我慢慢閉上眼睛，再度失去意識。然後沉入深深的非意識的海中。

在那之後又經過了多久呢？醒過來時，天空已經全亮了。看得見小片白雲被微風吹動。聽得見許多鳥的啼聲。好像是早晨。美麗晴朗、令人心情愉快的早晨。然後不知是誰，從洞穴邊緣探出身來往下看我。一個頭剃得精光的大塊頭男人。身上邋遢地疊穿著好幾件奇怪的衣服，手裡拿著鐵鍬似的東西。

「喂，你呀！」他粗聲叫我。「怎麼會在這種地方呢？」

我花了一點時間來分辨這是現實還是夢。不冷也不熱。聞得到新鮮的草的氣味。

「我為什麼會在這種地方呢？」總之我先重複了男人問的問題。

「是啊，我正在問你呢。」

「不知道。」我回答。那聲音聽起來不像自己的聲音。「這裡到底是什麼地方？」

「你躺著的地方嗎？」男人以開朗的聲音說。「不知道你從哪裡來的，不過勸你趕快離開那裡吧，我是為了你好。那裡是用來把死掉的獸丟進去，澆上油燒掉的坑洞啊。」

24

下午開始下起雪來。無數的白色雪片從無風的天空無聲地落到城內。不是慢慢在空中飄的那種輕盈的雪。每一片雪片都含有堅實的重量，像小石子一樣直線到達地面。

我走出房子下了西丘，快步往城門走。路上擦身而過的獸群背上覆蓋著凍結的雪片，放棄似地垂下眼，吐著白氣緩慢邁步。這幾天越發寒冷刺骨，牠們能吃的樹果和樹葉越來越少了。應該會有更多獸喪失生命吧。從孱弱的獸開始依序死去。

北邊的牆外，灰色的煙比平日更濃，猛竄天際。守門人今天好像也正忙著收集獸屍，並焚燒。煙往空中直線上升，簡直像一根向上捲的粗繩子似的，被吸進厚厚的雪雲裡去。那些獸真可憐，但屍體越多，守門人的工作就越多，我們可以爭取更多時間。

守門人不在小屋裡。但暖爐仍紅紅地燃燒，溫暖著無人的房間。工作臺上，手斧和柴刀整齊排列著。刀刃看來才剛磨過，發出生猛的威嚇光澤，從臺子上無言瞪視著我。我穿過守門人小屋，越過「影子圍場」，走進影子睡覺的房間。

房間的氣味比以前更重，瀰漫著宛如死的預兆似的空氣。一走進房間，木板牆上幾個暗色的木節警告似地看向我，好像在說「我知道你在想什麼」。我的影子裹在棉被裡，好像死了一般地睡著。我將手指伸到他的鼻子下方探測呼吸，確認他還沒死。不久後，影子醒來，倦怠地扭動身子。

「下定決心了嗎？」影子以虛弱的聲音問。

「嗯，現在一起離開這裡。」

「現在馬上嗎？」

「現在馬上。」

「我以為你不來了。」我的影子說，只有頭稍微轉向我。「怎麼樣，我的臉色很難看吧？」

我把影子消瘦的身體抱起來，扶著肩膀走到外面，然後把他揹在背上。守門人警告過我絕對不要觸碰影子，但那都無所謂了。影子幾乎沒有體重，所以揹他並不困難。在我們的身體緊密接觸的期間，影子應該能從我這個本體身上得到生氣，慢慢恢復活力。就像沙漠的植物拚命吸收水分那樣。不過現在的自己能分多少生氣給影子，我也不太有自信。

「把那邊的角笛帶走。」穿過守門人小屋時，我的影子從我的背上說。

「角笛？」

「是啊，這樣守門人就很難追蹤我們。」

「他一定會很生氣吧。」我側眼瞧著閃閃發光的手斧和柴刀這樣說。

「不過這是必要的措施。這座城要是認真起來會非常危險，不得不做好防備。」

雖然不太明白理由何在，我還是照他說的，把掛在牆上的角笛拿下來，放進大衣口袋。這是一支經過長久使用，幾乎變成半透明黃褐色的老舊角笛。好像是用獸的獨角做的，上面有精細的雕刻。

「沒什麼時間了。」我的影子說。「動作必須快一點。很抱歉我沒辦法站起來自己跑。」

「揹著你穿過城裡，會被很多人看到吧。」

「反正我們一起逃走的事很快就會被發現了。總之必須盡快到達南邊的牆才行。」

我揹著影子離開守門人小屋。已經無法回頭了。我們來到河邊，往南渡過舊橋。不時飛進眼裡的雪片讓我看不清楚前方，因而撞上獸群。我每次撞上，牠們便發出奇妙的微小聲音。

由於雪不停地下，路上行人稀少，然而我們依然被幾個居民目擊了。他們只是停在原地，默默看著我們。在這座城裡，看到奔跑的人是很稀奇的事。他們會不會向哪裡通報，說「夢讀」和影子再度連在一起，好像正要從城裡逃走？或者這種事情對他們來說沒有任何意義？

自從來到這座城以來我完全沒有運動，因此影子再怎麼輕，要揹著他跑過這座城仍然不是容易的事。我發出聲音，往空中吐出堅硬的白氣。吸進身體裡的大氣混著雪，十分冰冷，肺的內部像被針尖刺著一般疼痛。終於到達南丘的山麓時，我為了調整呼吸站定下來，回頭看看背後。

「不妙了啊。」影子說。「你看！燒獸的煙變得相當細了。」

影子說的沒錯。在下個不停的雪幕另一頭，北邊的牆外頭的煙明顯比剛才看到的更細了。

「一定是因為這場雪，讓火漸漸熄滅了吧。」影子說。「這樣守門人會回小屋來補充菜籽油，然後他就會發現我從圍場失蹤。他的腳程很快，事情有點不妙了。」

揹著影子攀登南丘的陡坡十分不容易。但這是我下定決心開始做的事，不能中途投降。而且正如影子所說的，城一旦有意，無論要變得多危險都有可能。我在大衣底下流著汗，繼續登上斜坡。

總算登上山丘的頂點時，雙腳已經像石頭般僵硬，小腿肚痙攣了。

「很抱歉，讓我休息一下。」我蹲在地上喘著氣說。我知道要跟時間賽跑，但我的腳已經幾乎動不了了。

「沒關係，請在這裡休息一下。我無法自己跑是我不好，你不用放在心上。那支角笛可以借我一下嗎？」

「角笛？你要角笛做什麼？」

「沒什麼，借我一下就對了。」

我在一頭霧水之中，把偷來的角笛從大衣口袋掏出來，交給影子。影子把角笛對著嘴，深深吸一口氣，用力吹出，朝向腳底下的城吹出一長三短，和平常一樣的角笛聲。影子能吹出那樣美妙的笛聲，讓我很驚訝，幾乎和守門人吹出的音色沒有差別。他什麼時候學會那種技術的？是看著看著就學會了嗎？

「你到底做了什麼？」

「就像你看到的，吹角笛呀。這樣可以爭取一點時間。」然後影子把角笛掛在旁邊樹幹上的顯眼位置。「放在這裡，守門人發現後就能取回。反正他肯定會順著這條路追我們吧。如果他拿回角笛，怒氣可能也會稍微平復一些。」

「那你為什麼說能爭取一點時間呢？」

影子說明：「只要吹響角笛，那些獸聽到了，就會聚集起來往大門走。那樣守門人就不得不把門打開，讓牠們出去，等獸全都出去外面後再把門關上。那是他被規定的工作。要把那些獸全部放出去外面很花時間。那就是我們爭取到的時間。」

我佩服地看著影子。「你真會動腦筋啊。」

「聽好了，這座城並不完美。牆也一樣不完美。世界上沒有什麼是完美的。任何東西一定都有弱點，這座城的弱點之一就是那些獸。讓牠們在早晨和黃昏出去再進來，城因此保持了平衡。而我們現在破壞了那平衡。」

「那城一定很生氣吧。」

「大概。」影子說。「如果城有感情之類的話。」

用手指揉一揉小腿肚之後，我的雙腳似乎終於恢復柔軟。「那麼，出發吧。」我站起來，再度把他揹在背上。

接下來是下坡路。我動著暫時復原的腳，走下那坡道。有時也有上坡路，但大多是下坡路。雖然必須注意腳下，但我已經不會呼吸急促了。不久後清楚的路徑消失了，前面是難以辨別的小路。我們通過已經腐朽的小聚落前。雪依舊繼續下著。雪附著在我的頭髮上，變成凝固的塊狀。我有點後悔沒戴帽子。整片天空覆蓋著厚厚的雪雲，內部似乎含有無盡的雪。隨著我們繼續前進，潭發出的那種嗆到似的奇怪水聲，開始斷斷續續傳進耳裡。

「來到這裡大概沒問題了吧。」影子從背後出聲。「只要穿過那片草叢，馬上就到潭邊了。守門人已經追不上了。」

我聽了鬆一口氣。到目前為止，我們似乎總算順利辦到了。

但正當我這麼想時，我們眼前竟然聳立著牆。

沒有任何預兆，牆在一瞬之間就聳立在我們的眼前，擋住了去路。就是平常那道高大堅固的城牆。我在原地停下腳步，倒抽一口氣。為什麼在這樣的地方會有牆呢？上次走這條路時，當然沒有這種東西存在。我說不出話來，只能抬頭望著那道八公尺高的障礙。

不必驚訝，牆以沉重的聲音告訴我。**你所記錄的地圖沒有任何用處。只不過是畫在紙上的線而已。**

牆可以自由變換形狀和位置。我領悟到了這一點。牆可以隨時隨心所欲移動到任何地方，而且牆決心不放我們出去。

「不要聽他說。」影子從背後悄聲說。「也不要看。這種東西只是幻影而已。城讓我們看到了幻影。所以你就閉上眼睛，直接衝過去就好。只要不相信對方的話，心裡不要害怕，牆根本就不存在。」

我聽影子的話，把眼睛閉緊，就那樣繼續前進。

牆說。**你們沒辦法穿過牆。就算能穿過一道牆，前面還有別道牆等著。不管做什麼，結果都一樣。**

「別聽他的。」影子說。「別害怕。往前跑。捨棄懷疑，相信自己的心。」

好啊，你跑啊！牆說。然後大聲笑。**隨你愛跑多遠都可以**。**我隨時都在那裡**。

一邊聽著牆的笑聲，我一邊低著頭繼續直直往前跑，往應該在那裡的牆猛衝。事到如今只能相信影子說的話了。別害怕。我竭盡全力，拋棄懷疑，相信自己的心。然後我和影子以半游泳般的姿勢，穿過照理說是由堅硬磚頭砌成的厚厚的牆，簡直像穿過柔軟的果凍層那樣。那是一種無以言喻的奇妙觸感。彷彿是由物質和非物質之間的某種東西所形成的一層。那裡既沒有時間也沒有距離，只有宛如以不規則的粒子混合成的特殊阻力而已。我閉著眼睛衝破那道軟綿綿的障礙層。

「就像我說的吧。」影子在我耳邊說。「一切都是幻影。」

我的心臟在肋骨的牢籠之間不斷發出乾而硬的聲音。耳朵深處還留下牆的高聲大笑。

隨你愛跑多遠都可以。牆對我說。**我隨時都在那裡**。

25

我快步穿過最後的草叢，來到看得見潭的草原。一到達潭邊，我就把影子從背上放下來。影子的腳步還有一點不穩，但總算恢復到可以自己一個人走，消瘦的臉上也恢復了一點血色。我們有相當長的一段時間緊緊相貼，不過此刻我和影子還沒連成一體，依然是各自獨立的狀態。可能影子還沒有恢復能夠與我合為一體的活力。

「你揹著我的時候，我得到必要的養分了。」影子說。「還不算充分，但應該夠用了。等休息夠了，就準備逃出去吧。」

我站在那裡，一邊調整呼吸一邊小心地觀察周圍。潭的樣子和上次看到時沒有改變。美麗清澈而碧藍的水，微波不興的平穩水面，從深水底下斷斷續續傳來，像喉嚨卡住似的咕嚕咕嚕水聲。其中偶爾混有令人不安的喘息聲。那是被洞窟吸入的大量的水所發出的聲音。其他什麼聲音都聽不見。風完全停了，也沒有鳥的蹤影。無聲而純白的雪，在四面八方不停下著。我心想，多麼美的風景啊！也可以說，我的心被打動了。這樣的風景，我可能在斷氣的瞬間都還能鮮明地記得吧。在那一刻，肯定連風景的所有細節都會在腦海裡一一重現。

腦中現實和非現實激烈衝突，交錯出現。此刻我就站在這邊的世界和那邊的世界之間的狹縫中。這裡是意識和非意識的薄薄界面，我現在正面臨該屬於哪個世界的抉擇。

「你確定從這裡可以安全逃出去嗎？」我指著潭問我的影子。

影子說：「這座潭和牆外的世界直接相連。進入潭底下的洞窟，游過牆下，就可以去到外面的世界了。」

「據說潭和石灰岩地底的水道相連，只要被洞窟吸進去，都會在黑暗中溺死。」

「那是城編出來恐嚇人的謊言。地底並沒有什麼迷宮。」

「與其用這麼麻煩的手段，不如在潭外建起高牆或圍上柵欄，阻止任何人靠近不是更快嗎？何必編什麼費事的謊話。」

影子搖搖頭。「那是他們聰明的地方。城在這座潭的周圍，牢牢圍起了名為恐懼的心理圍牆。這比牆或柵欄更有效。恐懼一旦深植人心，要克服可不是簡單的事。」

「你為什麼能這麼肯定呢？」

影子說：「我以前也說過了，這座城從構造上就存在著許多矛盾。城要存續下去，就必須妥善消除這些矛盾。因此城設下了一些裝置，作為制度發揮機能。這是相當用心的體制。」

影子吐出白氣，搓著雙手。

「裝置之一是那些可憐的獸。讓那些獸每天從門出入，還有用季節變化讓牠們繁殖、淘汰，好把城潛在的能量排放出去處理掉。你在這裡做的圖書館的夢讀工作也是裝置之一。以古夢的形式累積起來的精神碎片，透過那樣的作業昇華、消失到空中。我想說的是，這座城是非常具有技巧性而人工的場所。一切存在都精巧地保持著平衡，用來維持平衡的裝置也周全運作著。」

要了解影子所說的事，花了我一點時間。

「你是說，為了維持那個平衡，城把恐懼心理當成手段。是這樣嗎？」

「沒錯。城把南邊的潭是危險場所的訊息，深植到居民的腦子裡。因為城的居民要去到牆外的方法，除了透過潭以外沒有別的。北門有守門人睜大眼睛看守，東門被封住了，河的入口又被堅固的鐵欄杆堵住。雖然這座城裡想到牆外的人我想並不那麼多，但是城還是想要防堵逃出城的可能性。」

「不過我們沒有必要怕這個。」

影子點點頭。「沒有必要怕。幸虧你的靈魂還沒被奪走。我們可以在這裡化為一體，從水潭逃出去，回到外面的世界。」

我的耳裡再度響起剛才牆的聲音。**就算能穿過一道牆，前面還有別道牆等著**。然後是巨大的笑聲。

「你不怕嗎？」我問影子。「我們可能會在地底的黑暗中溺死。」

「當然害怕。光想到就害怕。但我們已經下決心了。這座城本來不就是你造的嗎？你有這個能力。實際上，剛才連聳立在眼前的堅固的牆都能穿過了，不是嗎？重要的是克服恐懼。何況你不是擅長游泳嗎？還能長久閉氣。」

「可是你呢？你會游泳嗎？」

影子無力地笑笑，然後兩手一攤。「真不知道該怎麼回答。我可是你的影子啊。你游泳的時候，我也一樣在旁邊游啊。用同樣的速度，游同樣的距離。不可能不會游吧。」

對呀，我們可以並排一起游。我抬頭看天，冰冷的雪落在臉上。

「你的主張很有說服力。」我對影子說。

影子聽了無力地笑笑。「承蒙誇獎，非常光榮。不過這在某種意義上，是你用自己的腦袋思考，再對自己說的話。再怎麼說，我就是你的影子啊。」

「你說的話好像確實有道理。」

「那麼，差不多該跳下去了。這個季節不太適合享受游泳就是了。」

我站在那裡，陷入一時的沉默，再一次仰望被厚厚的雪雲覆蓋的天空，然後從正面筆直看向影子的臉。我下定決心，斷然開口。

「即使如此，我還是沒辦法離開這座城。很抱歉，你一個人走吧。」

26

影子注視著我的臉良久。他有好幾次試著想說什麼，但每次都把話吞了回去。好像食物咬不斷，最終放棄了，直接吞進喉嚨深處那樣。可能找不到適合的話語吧。他低下頭，在凍結的地面用鞋子尖端畫出小小的圖形。然後又立刻用鞋底來回把圖形擦掉。

「這是好好考慮過後做出的決定吧？」他說。「應該不只是因為害怕跳進去吧？」

我搖搖頭。「不是，我已經不怕了。剛才我確實很害怕，但現在已經不會怕了。你說的可能是事實吧。只要我有那個意願，我想我們可以一起順利鑽過這道牆。」

「就算那樣，你還是要留在這裡嗎？」

我點點頭。

「為什麼呢？」

「首先，我無論如何都找不到回到原來世界的意義。我在那個世界會變得越來越孤單吧。而且可能會面對比現在更深的黑暗。我在那個世界不可能得到幸福。當然這座城也不算是完美的場所。就像你指出的那樣，這座城建立在許多矛盾之上。而且為了消除那些矛盾、為了符合邏輯，做了許多複雜的操作。而「永遠」是很長的時間。在這個期間，我的個體意識或許會漸漸變稀薄，我這個存在可能會被這座城吞沒。不過就算那樣也沒關係。在這裡，至少我不孤單。因為在這座城，我至少知道自己現在要做什麼才對，又該做什麼才好。」

「讀古夢嗎？」

「必須有人來讀。被封閉在殼裡蒙上塵埃的無數古夢，必須要有人將它們解放出來。我可以辨到，而它們也希望我這麼做。」

「而且在圖書館書庫的什麼地方，她所留下的古夢可能正靜靜沉睡著也不一定。」

我點頭。「或許是這樣。如果你的假設是正確的話。」

「可是，那已經成了你的心所追求的事情之一。」

我保持沉默。

影子深深嘆一口氣。

「如果把你留在這裡，我自己到牆外去的話，可能不久就會死去。我們再怎麼說都是本體和影子，分開來就無法長久活下去。我沒關係喲。反正本來就是從屬物而已。」

「也或許你可以在外面的世界好好活下去，取代我的位置。你看起來有那個資格，也具備智慧。說不定不久之後，就會分不清哪邊是影子、哪邊是本體了。」

影子思考了一下，然後微微搖頭。

「我們好像一直在假設上再疊上另一個假設啊。我漸漸搞不清楚哪個是假設，哪個是事實了。」

「也許是。不過總需要點什麼。類似可以依靠的柱子那樣，有助於做出決定的什麼東西。」

「你的決心還是很堅定嗎？」

我點點頭。

「不過不管怎麼樣，你還是陪我到最後，送我到這裡了。」

「老實說，我在最後一刻會做出什麼決定，連我自己都不太清楚。直到實際站在這座潭前面為止。」我說。「不過我已經下定決心了，那份決心不會動搖——我會一個人留在這座城中，而你要離開這裡。」

我和影子注視彼此的眼睛。影子說：

「身為你長年以來的搭檔，實在難以輕易贊同你，但看樣子你的決心很堅定，我就不再說服你了。我會祈禱留在這裡的你能有好運，所以也請為離開的我祈禱吧。要非常認真祈禱。」

「好啊，我當然衷心認真地祈禱你能有好運。希望你各方面都順順利利。」

影子向我伸出右手。我握住他的手。和自己的影子握手，感覺真不可思議。自己的影子竟然擁有和常人一樣的握力和體溫，這也很不可思議。

他真的是我的影子嗎？我是真的我嗎？就像影子說的那樣，什麼是假設、什麼是事實呢？一切都漸漸分不清楚了。

影子就像蟲子脫殼而出那樣，脫下溼答答的沉重大衣，從雙腳用力脫下鞋子。

「請代我向守門人道歉。」他露出淡淡的微笑說。「我從小屋擅自拿走角笛，讓獸移動了。雖說是沒辦法的事，但他一定很生氣吧。」

我的影子一個人站在下個不停的雪中，望著潭的水面好半晌。然後大大地深呼吸一次。吐出的氣堅硬雪白。然後沒有回頭看我，直接一頭猛然跳進潭裡。他那樣消瘦的身體居然激起了巨大的水花，水面漫起大大的漣漪。我注視著那漣漪一圈圈擴散出去，然後逐漸平息。漣漪終於消失後，留下和之前同樣平靜的水面。耳邊只餘洞窟吸入水後，發出的那轟隆隆的不祥聲音。無論等了多久，我的影子都沒有再浮出水面。

之後過了很久很久，我依然眺望著那紋絲不動的水面。會不會發生什麼出乎意料的事？但什麼也沒發生。只有無數的雪片無聲地落入水面，融解了被吸進去而已。

我終於轉過身，獨自踏上兩個人走來的路，一次也沒回頭。穿過草高茂盛的小徑，通過廢屋前，登上陡峻的丘陵再走下來。我渡過舊橋回到當成住家的官舍，途中沒有遇到任何人。城裡的居民在這種大雪的日子不會外出。而那些獸也因為虛假的角笛聲，已經到牆外去了。

一回到家，我先用毛巾仔細擦拭溼掉後凝結成一團的頭髮，再用刷子把大衣上沾到的冰凍雪片刷掉。也用刮刀把鞋子上附著的沉重泥土刮乾淨。長褲上沾黏著許多草葉。就像古老記憶的小碎片那樣。然後我深深靠坐在椅子上，緊緊閉上眼睛，漫無目的地思索各種事情。不知這樣過了多久。

當無聲的黑暗開始包圍房間時，我把帽子拉下蓋到眼睛，立起大衣的領子，沿著河邊的道路往圖書館走去。雪還繼續下著，但我沒有撐傘。至少現在的我有該去的地方。

第二部

27

如同那條河的水流變成複雜的迷宮，分布在黑暗的地底深處一樣，我們的現實感覺上也像在我們的內部分出幾條叉路，同時繼續往前進。幾種相異的現實互相混合，幾種相異的選擇彼此糾纏，凝聚出綜合的現實——我們視為現實的東西。

當然這只是我個人的感覺方式，和思考方式。如果要說「這個現實就是唯一的現實，沒有別的」，那或許是這樣。就像在即將沉沒的帆船上船員抱緊主桅那樣，我們或許也只能拚命抱緊唯一的現實，沒有其他選擇，不論願意與否。

但是對於自己所站立的堅固地面下方，在地底迷宮中流動的祕密黑暗河流，我們又知道多少呢？實際看過那條河流、看過後又能回來這邊的人，又到底有多少呢？

黑暗的長夜，我一直注視著延伸到牆面的自己的黑影。那影子已經一句話都不說了。無論我對他說什麼、問什麼，都沒有回應。我的影子，又恢復成無言的平坦影子了。儘管如此，我還是忍不住對自己的影子說話。因為我常常需要他的智慧，需要他的鼓勵。但現在，他對我的問話卻沒有回答。

我身上到底發生了什麼事？我現在，為什麼在這裡？對我來說，這件事——現在這樣包覆著我的「現實」狀態——我怎麼樣都搞不清楚。不管怎麼想，我都不該在這裡。我應該已經清楚下定決心，告別了影子，獨自留在那座被牆圍繞的城裡了。可是為什麼，我現在又回到這個世界來了呢？難道我一直在這裡，哪裡也沒去，只是做了一個長長的夢而已嗎？

雖然如此，至少現在的我還有影子。我的身體上還黏著影子。我不管去哪裡，影子都跟著我。我站定腳步，影子也站定腳步。而這個事實讓我鎮定下來。我感謝這個事實，感謝自己和影子是名副其實的一心同體。這種心情，應該只有曾經失去影子的人才會明白。想必是這樣。

而失眠的夜晚，在被牆圍繞的城裡看見的事、在那裡自己身上發生的事，就在我腦子裡一一鮮明而清晰地甦醒過來。

圖書館房間裡光線昏暗的菜籽油燈，在小研缽裡仔細磨著藥草的妳的身影，在石板路上踏響蹄聲的那些可憐獨角獸，隨風安靜搖擺的沙洲川柳的模樣，都浮現在我腦中。在早晨和黃昏由守門人所吹響的角笛聲，看不見蹤影的夜啼鳥悲哀的訴求，每晚和妳一起走過的河邊道路，古老的鋪路石板，在口中融化的甜蜜蘋果點心。用雙手包住讓它們暖起來的那些古夢。落在深潭邊草原上的白雪。將城毫無縫隙地團團圍住，冷冰冰的高大磚牆，任何刀刃都無法留下任何刮傷。而且更重要的是，身穿簡單樸素而乾淨的衣服，一位美麗少女的身影。那應該是承諾給我的光景。那承諾實現了嗎？或者沒有實現？

我曾經想，或許因為某種力量，我在某個時間點被分割成了兩個。而且另一個我現在可能依然還留在那座被高牆圍繞的城裡，在那裡靜靜地過日子。每天傍晚到那間圖書館去，喝她調製的綠色藥草茶，在厚厚的書桌前繼續專心讀著古夢。

我不由得覺得那是最合情合理的推測。在某個時間點，我被賦予二選一的選擇。現在在這裡的我，是選擇了這邊的我。而另外一方面，在某個地方有選擇了那邊的我。那邊——可能就是被高高的磚牆圍繞的城。

在這邊的「現實世界」裡，我是已步入所謂的中年，一個沒有什麼顯著特徵的男人。我已經不像在那座城裡時那樣，是擁有特殊能力的「專家」了。眼睛沒有被刺傷，也沒有被賦予讀古夢的資格。只不過是構成巨大社會的幾個系統之一中的齒輪之一而已。而且是相當小的，可以替換的齒輪。我對這件事情難免感到有點遺憾。

自從回來這裡之後——我應該是回來了吧——有一段時間，我好像什麼也沒發生過似地每天早晨搭電車去公司上班，像平常一樣和同事簡單地打招呼，出席會議提出適當的（但我覺得不太有用的）意見，然後大多坐在自己的辦公桌前，對著電腦工作。以電子郵件向全國的分店發出指示，回應對方的各種請求。有時要到公司外面，和書店或出版社的負責人見面洽談。雖然需要一定的經驗，但並不是太難的工作。我只是一個標準的小齒輪而已。

然後有一天早晨，我向上司遞出辭呈。我不能再繼續做這份工作了。經過一番考慮後，我下定了這個決心。我的身心必須脫離現有的生活軌道一段時間——就算找不到代替的新軌道也一樣。

上司對我突然的請辭感到驚訝，因為過去完全看不出我有這樣的跡象。他還以為我是不是被競爭的同業挖角了。我試著說明不是這樣。雖然不簡單，但總算說服對方了。接著他又推測我是否遭遇了什麼心理上的麻煩，精神衰弱或初期的中年危機之類的。

「如果覺得工作太累的話，可以暫時請休假就好了啊。」上司溫和地說服我。「你好像還有很多特休沒用，不如到峇里島或什麼地方去放鬆半個月左右，轉換心情再回來吧。然後到時候再重新考慮就行了。」

我向來和這位直屬上司維持著良好關係，我想他對我也有近似好感的感情。所以事情變成這樣，我也對他過意不去。但不管怎麼樣，我都不打算再回到那個職場了。這件事就像早晨的第一道光那樣清晰。

我只是感覺這個現實不適合自己而已。就像這個場所的空氣和自己的呼吸系統不合一樣。如果繼續留在這裡，可能不久後連呼吸都會有困難。所以我想不如盡早在下一個停靠的車站就下這班電車——我所期望的只有這個而已。無論如何都有必要，不得不這樣做。

不過這種事情即使說出來，上司（還有同事應該也一樣）可能也無法理解。這個現實不是為了我而存在的現實，這種切身的感覺，其中那種深深的異樣感，恐怕沒有人能跟我有同樣的感受。

辭職之後我成為自由之身，但往後要做什麼才好，我並沒有計畫可言。所以，我暫時盡可能什麼都不想、什麼都不做，每天自己一個人躺在房間裡度日。除此之外什麼都不能做。感覺就像變成慣性被剝奪，一切的活動停止，被靜置在地上的沉重鐵球一樣。不過那並不是多麼糟糕的感覺。

在那段期間，我最常做的就是睡覺。一天可能至少睡十二小時。沒睡著的時候也只是躺在床上，望著房間的天花板，側耳傾聽從窗外傳進來的各種聲音，注視著牆上移動的影子。我試著從中讀出什麼啟示，但在那種地方當然什麼訊息都沒有。

也沒有心情讀書（對我來說，是相當稀奇的事），不想聽音樂。幾乎沒感覺到食欲。不想喝酒。跟誰都不說話。就算偶爾為了買食物而出門，也無法順利接受外面的風景。看見帶狗散步的老人，或爬上梯子修剪整理庭園樹木的人，或通學兒童的身影，我都不覺得那是現實世界的事。一切事物看起來都只是為了合理化而製作的布景，不過是偽裝成立體的精巧平面而已。

我能當成真實世界的風景的，只有能遠眺川柳繁茂的沙洲的河邊道路、沒有指針的鐘塔、走在始終未停的雪中的冬季獨角獸、守門人認真磨利的柴刀那可怕的光輝。

但是我卻沒有回到那個世界去的方法。

從經濟層面來說，目前並沒有稱得上問題的問題。多少還有一點儲蓄（以前也說過，我長久以來就過著相當簡單樸素的單身生活），也領了五個月的失業給付。這十年多來我都住在方便上班的都內出租公寓，不過其實也可以搬到租金更便宜的地方。仔細想想，只要我喜歡，現在也可以搬到日本全國任何地方去住，只是不知道去哪裡才好，我想不到任何一個具體的地方。

沒錯，我只不過是一個停在地面上的鐵球而已。非常沉重，向心性的鐵球。我的所思所想被牢牢封閉在內側。外表並不起眼，唯獨重量十足。除非有誰路過，用力推我一把，否則我哪裡也去不了。往任何方向都動不了。

我試著問過我的影子好幾次，往後要去哪裡才好？但影子沒回話。

28

辭職後，成為自由之身的兩個多月，我都過著這種失去活力的日常生活。像沒有盡頭的無風日子。然後有天晚上，我做了一個長長的夢。我好久沒做夢了（仔細想想，這兩個月我睡得這麼久、這麼深，卻都沒有做夢。就好像我一時失去了做夢的能力）。

那是個細節非常清晰鮮明的夢——圖書館的夢。我在那裡工作。話雖這麼說，那並不是被高牆圍繞的城裡的那個圖書館，而是到處都有的一般圖書館。排列在書架上的並不是蒙上塵埃的蛋形「古夢」，而是有封面的紙本書。

圖書館的規模並不大。可能算是小型地方都市的公立圖書館吧。猛一看——那類設施大多都是這樣——預算似乎並不充裕。館內的各種設備、書籍的齊全程度，都很難說有多充足。椅子和桌子看來也是長年久經使用的樣子。也沒看見供人查詢資料的電腦設備那一類的。

為了多少營造出明亮的氣氛，中央的桌上擺了一個大陶器花瓶。但插在花瓶中的每一枝切花，看起來都已經是盛開過後幾天的樣子。儘管如此，只有日光不受預算限制，從裝著舊式黃銅五金零件的縱形窗戶，穿過經過日曬的白色窗簾縫隙，毫不吝惜地照進室內。

沿著窗邊排列著供閱覽者使用的書桌和椅子，有幾個人坐在那裡或讀書，或寫字。從他們的樣子看起來，待在那裡的感覺似乎不錯。天花板很高，上下打通做成挑高的設計，看得見上方黑黑的粗壯梁木。

我在那個圖書館工作。我在那裡具體上是擔任什麼樣的職務呢？細節不是很清楚，但總之好像並不太忙。看來並沒有必須趕著完成的任務，或現在急著要馬上解決的問題。我只是以不勉強的步調，做著「過幾天把它做完就行」的工作而已。

直接面對圖書館使用者的工作，則由幾位女職員負責（看不見她們的臉）。我在專用的房間，坐在辦公桌前做事務工作，像是檢查書籍清單，整理帳單和收據，過目文件然後蓋章。

在那個夢中的職場，我並沒有感覺特別滿足。但也沒有對工作覺得不滿，或覺得無聊。管理書籍是我多年來學會，熟悉而親近的工作，已經養成專業的技術了。我把眼前的工作整理好、問題處理完，大致上過著順利的日常生活。

至少在那裡的我，不是沉甸甸地停留在一個地方的鐵球。儘管幅度很小，但似乎在朝某個方向前進。我不知道是朝什麼方向。但那絕對不是什麼糟糕的感受。

這時我忽然發現，有一頂帽子，放在我桌子的角落。是深藍色的貝雷帽，在老電影裡畫家都會當成裝飾品戴著的那種帽子。好像長年戴在哪一個人頭上，質料看來已經相當變軟了——就像在陽光下睡著的老貓似的。有貝雷帽的風景——而且那頂帽子好像是我的。不過很奇怪。我平常幾乎不戴帽子的，更別說貝雷帽了，我這輩子（記憶所及）一次也沒戴過。戴上那頂貝雷帽的我，看起來是什麼樣子？那裡有鏡子嗎？我試著在房間裡尋找，但到處都沒看到類似鏡子的東西。我一定要戴那帽子不可嗎？為什麼？

在這裡，我忽然醒過來。

從那個長夢醒來，是在黎明前的時刻。周遭還是昏暗的。到認清那是夢為止——從那個夢的世界把自己的身體完全拉回來，回到現實為止——我花了一些時間。我需要做一些類似細微的重力調整。

然後我把那個夢在腦子裡重播幾次，一一查證細節。為了避免不小心忘記，我趁著記憶猶新的時候，把想得起來的內容盡量詳細地記在手邊的筆記本上，以細細的原子筆字寫了好幾頁。因為我覺得那個夢，彷彿在告訴我什麼重要的啟示。沒有懷疑的餘地，那個夢試著告訴我某件事。好像在親近的個人之間交換誠心的訊息時那樣，非常親切而具體，用簡明易懂的方式向我說明。

不久窗外完全亮起來，小鳥也開始熱鬧地啾啾叫時，我得到一個結論。

我需要一個新的職場。

必須稍微一點一點動起來了。不能一直沉甸甸地停留在這裡不動。而且所謂新的職場，沒錯，就是圖書館，除此之外沒有別的。除了圖書館以外，沒有我該去的地方。這麼簡單的道理，我為什麼沒有早一點發現呢？

我終於朝向某個地方開始動起來，獲得新的慣性慢慢開始前進。在生動鮮明的夢境強力推動之下。

29

在圖書館工作。

不過，要怎麼樣才能找到那樣的工作呢？我已從事書籍經銷的管理業務多年，但關於圖書館的業務由另外的專門部門負責，我幾乎沒有接觸過。而且就我記憶所及，我從學校畢業後，就沒有再使用過名為圖書館的設施了。

如果把大規模到小規模，從公立到私立，各種圖書館或類似於圖書館的設施全部加起來，只就我的概算來說，日本全國可能有數千間圖書館，多多少少都有在運作（不，也許沒有那麼多吧……不知道）。其中的哪一間適合我，是我需要的圖書館呢？而且那個圖書館裡有我能擔綱的職位嗎？

我把好久沒用的電腦拿出來，上網搜尋圖書館的消息。到近鄰的圖書館去走走，試著翻閱和圖書館有關的專門資料。但沒有找到我需要的那類資訊。我找到的資訊不是太籠統、涵蓋範圍太廣，就是實務細節太多。

花了一星期左右做這種徒勞的努力之後，我放棄從外部取得資訊，決定回到自己的記憶所給予的資訊。我在那場長夢中看到的、我的想像在夢中詳細暗示的，是什麼樣的圖書館？

我重讀做夢後立刻記錄下來的筆記，再一次讓那間圖書館的風景在腦裡復甦，追溯記憶，試著尋找能告訴我那是什麼地方的線索。人的說話聲，牆上貼的海報……但找不到。眾人沉默無語（畢竟那裡是圖書館），距離太遠所以也看不清海報上的小字。但不知為何，我只知道那裡離東京很遠。從空氣的觸感大約可以推測出來。

我將意識的焦點集中在夢中自己工作的房間，試著再一次仔細察看，希望不要看漏了重要的東西。

那是一間狹長的長方形房間，腳下是木頭地板，鋪著到處有半磨損痕跡的地毯（還新的時候可能也算漂亮）。最裡面的牆上排列著三扇縱形窗，和樓下的窗戶一樣裝著老舊的黃銅五金零件。天花板上裝著日光燈。窗邊有一張面朝這個方向的辦公桌，桌上放著陳舊的檯燈、文件夾、每天翻頁的日曆、舊式黑色電話、陶器筆筒、沒有使用痕跡的玻璃菸灰缸（當作迴紋針的容器），以及角落放著那頂深藍色的貝雷帽。入口附近放著四張椅子和矮桌，與大衣掛架。每一樣都很樸素。木櫃上放著一個樣式古典的時鐘。沒看到像電腦的東西。只有這些。沒有任何可以幫助我找出地點的線索。

從窗戶有陽光射進來，但褪色的蕾絲窗簾拉上了，沒辦法看到外面的景色。牆上掛著月曆。附有山和湖的風景照片的月曆。湖的水面反映著山。但是看不出月曆的頁面是哪一個月，也無法鎖定那座山和湖是哪裡的山和湖。雖然是美麗的風景，但簡單來說就是任何觀光景點都可能會有的山和湖。不過從月曆的風景看來，可以推測出那裡可能是在內陸。

當然牆上月曆的照片，未必就是那間圖書館附近的風景，但根據從窗外射進來的陽光，和呼吸起來的空氣質感，我推測那裡的位置比起位在海邊，更有可能位在山區。而且——這純粹只是我個人的感想而已——貝雷帽與其出現在海邊的土地，更適合出現在山中吧。

追溯夢的記憶所得到的資訊，也就只有這麼一點了。我可以清楚回想起夢中情景的每一個細節，但那間圖書館的名字和所在的地方，我卻都不知道。

看來我需要人幫助——需要專家的實務知識。

我打電話到不久前任職的公司，請總機幫忙轉接給圖書館相關部門的朋友。那是個名叫大木的男人，在大學小我三屆的學弟。雖然沒有特別深交，但下班後曾經一起去喝過幾次酒。他的話不多，個性偏冷淡，不過應該是可以信賴的人。酒量好像相當不錯，喝多少都面不改色。

「學長，您好嗎？」大木問。「聽說您突然辭職，老實說我嚇了一跳。」

我為沒打一聲招呼就突然辭職道歉，只說是因為種種個人因素。大木沒有再多問，也沒說什麼。然後等我說出來意。

「我想請教一些關於圖書館的問題。」

「只要我能幫上忙的話。」

「其實我想去圖書館上班。」

大木沉默了一下。然後說：「那麼，您想去什麼樣的圖書館？」

「最好是在小型的地方都市，規模不太大的圖書館。離東京很遠也沒關係。我單身，所以要搬到哪裡都不是問題。」

「地方都市的小規模圖書館……這條件相當籠統啊。」

「我個人的希望是，比起海邊，位在內陸更好。」

大木輕笑出聲。「好奇怪的要求啊，不過我知道了。我先到處打聽看看，可能需要一點時間。雖說是地方都市的圖書館，數目也跟星星一樣多。就算限定在內陸也一樣。」

「時間我有的是。」

「其他還有什麼期望嗎？」

本來想說最好是有燒柴暖爐的圖書館，不過我當然沒這麼說。現在大概沒有還在使用燒柴暖爐的圖書館了吧。

「沒有別的期望。只要能工作就行了。」

「對了，您有圖書館管理員證照之類的東西嗎？」

「我沒有。沒有就不行嗎？」

「不，不一定。」大木說。「需不需要具備證照，要看圖書館的規模和職種而定。不過不好意思我多嘴一句，假設真能找到這種職位，我想薪資可能也不太能期待。說不定只有相當於義工性質的微薄待遇。這樣也沒關係嗎？」

「沒關係。我現在經濟上沒有困難。」

「好，那我查查看。有什麼消息我會再聯絡。」

我把家裡的電話號碼告訴他，道謝然後掛斷電話。

暫且把事情交給大木去辦之後，心情變得比預想中還要輕鬆許多。雖然不知道會有什麼樣的結果，不過至少狀況已經稍微動起來了，這樣的感受為我的意識吹進了新鮮的空氣。我終於離開床上，儘管緩慢，但身體也開始活動起來了。我打掃房間、洗床單、買菜、做飯。為了可以隨時搬家，先整理衣服和書，把不要的東西整理起來捐給本地的慈善機構。我的東西本來就不算多，但持續動手做著這些細微的瑣事，至少白天就不會胡思亂想。

但當太陽下山夜幕低垂，我躺在床上閉上眼睛之後，我的心又再度回到那座被高牆圍繞的城裡去了。沒辦法阻止（不過我也沒有特別努力去阻止）。在那裡，細細的秋雨還不停下著，她穿著大件的黃色雨衣，每走一步就會在我身旁發出喀沙喀沙的聲音。在那座城裡我的影子可以開口說話，簡直就像是我自己的分身一樣。在那裡喝的濃濃藥草茶的味道，嘗到的蘋果點心的滋味，都還鮮明地留在我腦中。

大木打電話來，是一星期後的晚間八點過後。我正坐在椅子上讀書，被突然響起的電話聲驚得跳起來。周遭實在太靜了，電話鈴聲也實在太久沒響過了。

我拿起聽筒，以乾澀的聲音說：「喂？」心臟怦怦跳著。

「喂，我是大木。」

「嗨。」

「是學長嗎？」大木以懷疑的聲音說。「聲音好像不太一樣。」

「喉嚨有點不舒服。」我這樣說著，輕輕乾咳一下，調整聲音的狀況。

「關於圖書館工作的那件事。」大木直說重點。「不是很容易。要當公立圖書館的職員，也就是要當公務員，大多必須具備相關證照，或有在圖書館工作的經驗。您也知道，要靠中期招聘當上公務員是很麻煩的事。只是以學長的情況來說，您長年從事與書籍有關的工作，擁有足夠的專業知識，在實務上應該沒有問題，而且有幾間圖書館就需要這種人才。要成為正式的圖書館員很難，但在比較有彈性的職位上倒是很受歡迎。」

「也就是說，只要不是正職就有可能嗎？」

「是啊，簡單說就是這樣。老實說薪水並不好，也多半沒有社會保障。不過如果在工作中能力受到肯定，有可能會轉為正職。」

我稍微思考了他說的話，然後說：「不是正職也沒關係，薪水低也沒問題。我只是想在圖書館工作而已。所以如果有適當職位，可以幫我介紹嗎？」

「好的。學長覺得可以接受的話，我就去問問看。有幾間具體的候選圖書館。這幾天內，我會把地點和條件列成表給您看看。別在電話裡講，找個地方見面直接談比較好吧。」

我們約好三天後見面，訂下了時間和地點。

大木找到現在正在徵人的四個地方都市的圖書館，幫我列出來。地點有大分縣、島根縣、福島縣，和宮城縣，三個市營一個町營的圖書館。條件都很類似，但不知為何福島縣的那間町營圖書館吸引了我。我沒有聽過那個町的名字，據大木的說明，從會津若松站搭車，再轉乘地區線後約一小時就會到那個Z××町。人口大約一萬五千人。就像日本許多地方都市一樣，Z××町在這二十年左右人口逐漸減少。年輕人多半追求更好的教育環境，或是條件好的工作而前往都會。此外，Z××町比起候選的其他都市離海更遠，規模也最小，位在一座山中的小盆地，町的周邊有河川流過。

「我對這間福島的圖書館有興趣。」我把那張表從頭到尾看過一遍，考慮過各種細節後說。

「那麼學長要直接到當地去面談嗎？」大木問。「如果您覺得沒問題的話，我先來預約面談。盡量早一點會比較好，因為徵求的是館長，得趕在還沒決定其他人選前才行。在那之前，您可以先準備好履歷表嗎？」

已經準備好了，我說。我把裝在信封裡的履歷表交給大木後，大木就把那個放進皮包裡。然後說：

「其實我也想過學長可能會適合福島縣的町營圖書館。」

「為什麼呢？」

「那裡原則上是町營的圖書館，不過町並沒有實質參與營運，所以應該可以免去地方公務員的麻煩拘束。」

「是町營圖書館，町卻不參與營運？」

「對，就是這樣。」

「那麼是誰在營運呢？」

「這個町除了農業以外，沒有其他像樣的產業，也沒有什麼知名的觀光資源，頂多只有附近的小溫泉而已。而且這種自治體沒有一個例外，全都有長期預算不足的煩惱。町營圖書館維持起來很辛苦，而且建築物都老舊了，也很難符合消防法規，所以似乎曾經考慮過閉館。但以當地的老字號釀酒業者為中心，主張『圖書館是重要的文化設施，廢除圖書館對町沒有好處』，因此在大約十年前設立了基金，提供營運圖書館需要的資金。圖書館也遷移到新址，藉著這個機會，町也將圖書館的營運權實質上委讓給館方。更深入的細節就查不到了。學長方便的話，不妨直接到當地去問看看。」

我會去問問，我說。

「以現在的說法，就是轉交民營的圖書館。學長這樣的人比較適合在這種地方工作吧？雖然我也沒有親眼去看過，不過感覺不會是匆匆忙忙的地方。」大木說。

兩天後大木來聯絡了，請我找個除了星期一以外方便的日子，在下午三點到那個圖書館。

「方便的日子？」我說。

「對方說哪一天都可以，會先做好準備，隨時都可以見面。」

雖然有點奇怪，但我沒有理由提出異議。

「在那邊會有面談嗎？」

「應該會。」大木說。「像學長這樣經歷扎實、正值壯年的人，特地從東京跑去那裡應徵，對方好像很驚訝的樣子。這方面我稍微說明過了，就說您似乎對大都會繁忙的生活有點厭倦，反正就是這類理由。」

「謝謝你，真的幫了我很多忙。」我道謝。

他稍微停頓一下，然後說：

「我說這種話可能太多管閒事，不過對我來說，學長從以前就是有點不可思議的人，可以說是難以預測，或無法捉摸……這次的事情也是。為什麼要這麼急著離開現在的職場，到連名字都沒聽過的鄉下圖書館，去接受條件不好的工作呢？我實在不明白。不過一定有什麼重要的理由吧。哪一天學長願意把理由告訴我，我會很高興的。」然後他輕咳一聲。「總之，祝您在新的地方生活有收穫。」

「謝謝。」我說，然後下定決心開口問道：

「對了，你有注意過自己的影子嗎？」

「自己的影子嗎？那個黑色的影子嗎？」大木在電話的另一頭思索了一下。「沒有，我想並沒有特別留意。」

「我無論如何就是很在意自己的影子。尤其是最近。對自己的影子，我忍不住感受到一種類似做人的責任那類的感受。至今為止，我到底有沒有正當地、公正地對待自己的影子呢？」

「請問……這也是您這次考慮轉職的原因之一嗎？」

「也許。」

大木又再次暫時沉默下來。然後說：「我懂了……但其實老實說我一點都不懂，不過我會找時間稍微想想自己的影子的事，思考什麼才是正當的、公正的。」

30

從東京到Z××町的旅途比預想中花了更多時間。我星期三早上九點從東京出發，到達當地的車站時已經接近下午兩點。預定的面談時間是下午三點。

我搭東北新幹線到郡山，從那裡轉搭在來線到會津若松，再轉地區線。沒過多久，列車就駛入山中，然後沿著地形頻繁轉變方向，駛過山與山之間。隧道也一個接一個出現，有長有短，讓人不禁驚嘆這一座座山究竟會綿延到何處。季節是初夏，周圍的群山已然覆上一整片鮮明的綠意。似乎不知道從哪裡有風吹來，呼吸充滿新綠的氣味。許多鳶在空中兜圈子，以銳利的眼睛留神眺望著世界。

我本來就希望到內陸去，因此山多也是理所當然的，但仔細想想我一次也沒有在山裡住過。我在海邊出生長大，到東京以後則一直生活在關東平原的平坦土地上。所以（可能）要在被這麼多山圍繞的土地上定居，對我來說感覺很奇妙，同時似乎也是很有意思的新開始。

一方面也因為現在是白天，列車的乘客很少。每次到站停車時，都只有幾個乘客下車，換幾個乘客上車。也有幾個小站完全沒有人上下車。有些車站連站務員的身影都沒看到。我沒有食欲所以也沒吃午餐，而是一直眺望著連綿不斷的山，有時短短地打一下瞌睡，然後醒來時，總是會稍微感到不安。自己到底在這裡做什麼？以後要做什麼？重新思考起這些問題時，體內的判斷軸微微動搖了。

我真的朝著正確的地方前進嗎？或只是朝錯誤的方向，以錯誤的方法前進呢？想到這裡，全身的肌肉就僵硬起來。因此，我盡量什麼都不想。必須讓腦袋放空。然後只能相信自己心中的直覺——理論所無法說明的方向感——向前進。

不過一定有什麼重要的理由吧，大木對我說。我自己或許也只能這樣相信。這一定有什麼重要的理由吧。

大木還給我下了「難以預測」、「無法捉摸」的評語。聽到他這麼說，我當時有點吃驚。我沒想到自己是被周圍的人這樣看待的。我覺得自己在公司從來沒有做出什麼顯眼的行為，舉止也非常普通，就只是一個極為平凡的人。儘管算不上很愛社交，但在公司內也能做到跟常人一樣的交際往來。步入四十歲後半還維持單身雖然少見（在公司裡除了我沒有別人），但除此之外和周圍的同事並沒有太大的不同。然而在我心中，或許有不輕易把心交給別人的一面吧。就好像在地上畫了一條線，表明不希望有人踏進來似的。而且長久一起行動的話，人家自然會隱約感覺到這種氣氛。

被人家說「無法捉摸」，想想或許確實是這樣。到頭來，連我自己都無法掌握自己。我眺望著車窗外閃過的山間風景這樣想。或許真正該對我這個人感到困惑的，就是我自己。

我閉上眼睛深呼吸幾次，試著讓頭腦鎮定下來。稍過一會兒，我再度睜開眼睛，再一次望向窗外的風景。列車橫越彎曲的美麗溪流，進入隧道，從隧道出來。再進入隧道，從隧道出來。進入這麼深的山裡，冬天一定相當寒冷。雪應該也下得很大。一想到雪，我也不由得想到那些可憐的獸。在積得厚厚的白雪中，一一斷氣的獨角獸。牠們衰弱的身體倒在地上，靜靜閉上眼睛，持續等待死亡。

Z××町車站前的一個小廣場，有計程車招呼站和公車停靠區。計程車招呼站裡一輛計程車都沒有，也沒有可能出現的跡象。也沒看見要等公車的人。我拿出帶來的地圖查看圖書館的位置。從車站走十分鐘左右應該就可以到達。所以我打算在町裡散步閒逛，打發面談之前的時間。但花十五分鐘左右繞了町內一圈之後，我得到在這裡散步不可能打發更多時間的結論。那裡並沒有什麼特別值得看的東西。站前雖然有小商店街，但一半以上的店都拉下了鐵門，開著的店也多半像睡著了。

本來想走進咖啡廳，一邊喝咖啡一邊讀帶來的書，但找不到一家想進去的店。速食連鎖店連一家都沒有，這樣的景象本身我很喜歡，但有魅力的（或合適的）替代選擇好像也不存在。本地人可能都開著毫無特色的廂型車或輕型車到郊外去，在毫無特色的購物中心買東西、用餐吧。這是日本全國到處可見的地方都市的典型。或許「地方色彩」這種用語也已逐漸絕跡了。

我在一家小便利商店買了熱咖啡，手拿著紙杯，到車站附近的小公園打發時間。兩位年輕母親正帶著孩子讓他們在那裡玩。還沒上小學的小孩。一個男孩，一個女孩。孩子玩遊樂器材，母親站在一起，專注地聊著什麼。我坐在硬邦邦的長椅上，漫不經心地看著那樣的畫面。看著看著，忽然想起高中時，在女朋友家附近的公園約見面時的事。我的腦子裡頓時充滿那時候的回憶。

那個夏天，我十七歲。而且在我心中，時間實質上停止在那裡了。時鐘的針雖然像平常那樣往前進，計算著時間的流逝，但對我來說真正的時間——埋在內心牆壁的時鐘——就那樣停止不動了。在那之後將近三十年的歲月，感覺好像都耗費在填滿空白的洞穴。只因空洞的部分需要填滿，所以在周圍看到什麼，就先拿來把洞填起來罷了。就好像因為需要吸入空氣，人會一邊睡覺一邊無意識地繼續呼吸那樣。

忽然想看看河。對了，抵達這裡時，我實在應該去看看河才對。當時時間還有很多。

我從口袋裡掏出從網路上列印出來的地圖。攤開來一看，發現那條河畫出和緩的曲線，流過町的外圍附近。那是什麼樣的河呢？那裡流的是什麼樣的水呢？有魚嗎？那裡架有什麼樣的橋呢？不過現在要走到河邊再走回來，恐怕時間就不夠了。等圖書館的面談結束後，如果還想去的話，再慢慢走去看就行了。

喝完幾乎沒味道的淡咖啡，我把紙杯丟進公園的垃圾箱。兩個年幼的孩子還在繼續玩遊樂器材。兩個年輕母親還在一旁繼續聊，話都講不完。飲水處停著一隻烏鴉，一直斜眼望著我的方向。也像在注意我這個外人，觀察我的行動。我等那隻烏鴉飛走後離開公園，走往圖書館。

圖書館是木造的兩層樓建築。看來像是最近由古老的大建築物改建而成，這點從全新而閃亮的瓦片就可以得知。房子建在稍高的山丘上，有個經過仔細整理的庭園，幾棵大松樹得意地將濃密的影子投射在地面。那與其說是公共設施，更像哪個富豪的古老別墅。

我覺得比想像中更好些。或許應該說，真令人感動。門前有兩根並排的古老石頭門柱，其中一邊掛著雕有「Z××町圖書館」大字的陳舊木頭看板。如果沒有這個，我可能沒發現這裡是圖書館就走過去了。因為聽說這裡是財源不足的小圖書館，我原本還預期會是既普通又寒酸的無聊建築物。

周圍沒有人影。我穿過大開著的鐵門，皮鞋鞋底踩著小石子，經過拐了彎的和緩坡道走到玄關。一根大松枝上停著一隻同樣漆黑的烏鴉（而且感覺同樣以銳利的眼神一直觀察著我），至於是不是和剛才同一隻烏鴉，當然無法辨認。

我拉開玄關的門，跨過有如民宅般的老式門檻，進入屋內開闊寬敞的空間。室內是挑高設計，天花板相當高。粗壯的四角柱子和幾根曲線美麗的粗梁咬合，堅固地撐起高大的房屋。可能從超過百年以前開始，就恰如其分地默默負起賦予它們的重責大任了。舒適的初夏陽光，從梁上高高的橫形窗照射進來。

一進玄關就是類似閱報區的空間，放著沙發，牆邊的架子上整齊排列著報紙與雜誌。正中央桌上的陶器大花瓶裡插著帶枝的白色鮮花。三位男性訪客坐在椅子上，各自默默讀著雜誌。年齡約六十幾到七十幾，應該是有大把時間的退休人士吧。看來這裡正適合他們享受午後時光。

再往裡面進去有一個櫃檯，坐著一位戴眼鏡的清瘦女子。幾分骨感的面容，鼻子小而薄。頭髮往後綁，穿著設計簡約的白襯衫。看起來很適合在暖爐前編織。不過現在她卻坐在櫃檯後方，用原子筆在厚厚的簿子上記著什麼。她背後的牆上掛著藤田嗣治那幅伸懶腰的貓的小品畫，裱在看來頗堅固的畫框裡，可能是複製品吧。如果不是複製品，價錢肯定相當可觀，那樣貴重的東西我想應該不會隨便裝飾在這裡。但如果是複製畫的話，畫框又有點太豪華了。

確定手錶的指針指著快三點後，我走到櫃檯去報了姓名，說我來參加三點的面談。她再問一次我的名字，我重說一遍。她的眼睛讓我想到貓。容易改變，看不透深處的眼睛。

她好像要確認什麼一樣，頻頻看向我的臉，沉默了一段時間。好像一時失去了言語。然後吐一口氣，以感覺有點放棄似的聲音說：「您約好了是嗎？」

「我被告知除了星期一以外的下午三點，隨時都可以來這裡面談。」

「不好意思，您是跟誰約好的呢？」

「這個，我不知道名字。因為是透過別人約的，只說叫我來跟這間圖書館的負責人談。」

她推了一下鼻橋調整鏡框位置，又再沉默了一會兒，然後以缺乏抑揚的聲音說：

「面談的事情我沒聽說，不過，我明白了。從那邊的樓梯上樓，走廊右手邊就是館長室。請到那邊去。」

我道謝後，朝樓梯的方向走去。櫃檯的女人困惑似的沉默似乎有什麼含意，我當然很在意，不過我現在沒有思考這件事的餘裕。畢竟接下來我就要去做重要的面談了。

樓梯口用一條簡單的繩子攔住，上面掛著「閒人勿進」的牌子。拆除天花板做成挑高空間的，只有包含閱報區的一樓的一部分而已，其他部分似乎都是兩層樓。一般訪客能使用的可能只有一樓。

走上發出輕微聲響的木頭樓梯後，正如櫃檯的女人告訴我的那樣，右手邊有一扇門，上面釘著刻有「館長室」三個字的金屬牌子。我再一次看看手錶，確定指針剛剛繞過三點之後，做了一個深呼吸，然後敲門。就像在渡湖之前，先慎重確認湖面結冰厚度的旅人那樣。

「請進，啊，請進來。」男人的聲音立刻從裡面傳來。簡直就像從很久之前就已經在等待這聲敲門似的。

我打開門走進去，在門口稍微行個禮。可以感覺到太陽穴微微跳動著。我好像比自己所預料的更緊張。上次接受面試，已經是在大學時代拜訪各家公司求職的事了。感覺自己好像再一次回到那個時代、那個年紀一樣。

房間不大，門的正對面有一扇縱形窗，陽光從那裡照進來。一張古老的大書桌背朝那扇窗戶擺設，書桌前坐著一個男人。但因為背光，我無法看清楚對方的臉。

「對不起，打擾了。」我站在門口以乾澀的聲音說，並報上姓名。

「歡迎，請進、請進。我正在等候大駕。」那個男人說。那嗓音好像在森林深處對不認識的動物說話似的，穩重的男中音。聽不出有什麼地方的口音。「請坐那邊的椅子，啊，請坐、請坐。」

椅子在桌子的這一頭，我們正好成面對面的形式。但他的臉依然籠罩在陽光的陰影中。由於坐在椅子上，看不出他身高多少，不過似乎不是高個子的男人。圓臉，硬要說的話好像有點圓潤。

「這麼遠的地方，麻煩您特地過來了。」男人說。然後輕輕乾咳一聲。「想必花了您不少時間。」

我說花了將近五小時。

「是嗎？」男人說。「多虧有新幹線，時間已經縮短相當多了，不過我很少外出，對這方面不太清楚。也好久沒去東京了。」

男人的聲音給我一種奇妙的印象。令人想到高雅柔軟布料的觸感。好像很久以前在什麼地方聽過類似的聲音，但那是什麼時候、在什麼地方聽到的，我一時想不起來。

眼睛逐漸適應陽光的亮度之後，我看出男人可能是七十多歲左右。灰色的頭髮已經退到腦後。上眼瞼厚厚的，乍看之下好像睏了，但眼瞼下方的眼珠顏色卻是明亮的，令人感覺到意外地生氣蓬勃。

他拉開桌子的抽屜，從裡面掏出一張名片，越過桌子遞給我。白紙黑字印著「福島縣×××郡Z××町圖書館館長子易辰也」幾個字，還有圖書館的地址和電話號碼。非常簡單樸素的名片。

「敝姓子易。」子易先生說。

「很罕見的姓啊。」我說。因為覺得對名字表達一點感想比較好。「在這一帶這個姓氏的人很多嗎？」

子易館長微笑著搖頭。「不、不，這一帶姓子易的只有我們而已。沒有別人。」

慎重起見，我也把在以前的公司用過的名片從名片夾裡取出來，遞給對方。

子易館長戴上老花眼鏡，大致讀過那張名片後就收進抽屜。然後摘下老花眼鏡說：

「啊，您寄來的履歷表我拜讀了。您沒有在圖書館服務的經驗，也沒有相關的證照，所以在第一階段本來是想拒絕的。因為我們原本是要徵求具有圖書館營運經驗的人。」

我露出「這也難怪」的表情，點頭同意。但不知道所謂我們的說法到底意味著多少人。

「不過，啊，但因為幾個理由，我們決定留下您當成候選之一。」子易館長手握著粗黑的鋼筆，在手指之間轉動。「理由之一是認為，您長年以來從事書籍經銷的資歷，是很難能可貴的。而且您還很年輕。不知道出於什麼原因，正值壯年就從公司辭職。應徵這個職位的人，多半是已經面臨退休的高齡人士，沒有像您這樣年輕的。」

我再點一次頭。在現在這個階段我還沒看到自己該開口的時間點。

「第三點，拜讀過您附在履歷表上的信之後，感覺您對於在圖書館工作似乎擁有強烈的興趣和關注。而且不是在大都市，而是在地方的小規模自治體。這樣解讀是否恰當？」

我回答就是這樣。館長又乾咳一次之後點頭。

「這種深山裡的鄉下圖書館的工作，為什麼對您來說這麼有意義呢？老實說我真不明白。因為圖書館的工作，說起來相當枯燥乏味。而且這個地方，幾乎沒有任何娛樂設施可言，也找不到文化性的刺激。這種地方真的好嗎？」

我說，我沒有特別需要文化性的刺激。我追求的是安靜的環境。

「要說安靜，這裡確實相當安靜。到了秋天甚至還可以聽到鹿的叫聲。」館長微笑著說。「那麼您能不能說明一下，您在那家出版經銷公司的工作內容？」

年輕時，我親自跑遍全國的書店，學習書籍銷售第一線的實際狀況。到了一定的年紀後，則坐鎮總公司調整配銷方式，對各個部門下達指令，扮演類似管理者的角色。無論做得多面面俱到，一定還是會有人抱怨。但我想我在這份工作上表現得還算稱職。

就在說明到一半的時候，我忽然注意到——在那張大桌子的角落放著一頂帽子。那是一頂深藍色的貝雷帽。看起來經過長年使用，變形成了恰到好處的柔軟。和我在夢中看到的完全相同的——至少看起來是完全相同的——那頂貝雷帽。連擺放的位置都一樣。我大吃一驚。

不知什麼跟什麼連接上了。

時間好像在此時一度停止了。時鐘的指針好像拚命追尋著遙遠過去的重要記憶一般，凍結在那一刻。花了一段時間，才又重新動起來。

「怎麼了嗎？」子易館長擔心地看著我問。

「沒事，沒怎麼樣。沒問題。」我說。然後輕輕乾咳幾聲，裝得好像喉嚨被什麼堵住了似的，然後若無其事地，繼續說明在以前的公司做過的工作。

「原來如此，多年來您對書籍下過苦功學習，累積了許多經驗。而且社會常識豐富，對組織內部的工作方式也駕輕就熟。」我說明完之後，館長這樣說。

我瞥了貝雷帽一眼，再看看對方的臉。

之後子易館長對於圖書館的營運方面和館長必須做的工作也做了一番說明。並不是很長的說明，因為工作量不多。也提到了薪水。金額並不高，卻也沒有想像中那麼低。要在這個地方一個人節儉生活的話，是十分足夠的金額了。

「啊，還有什麼問題嗎？」

當然有幾個問題。「如果接下您的職位的話，需要做各種決定時，我應該請教誰才好呢？」

「意思是說，上司是誰嗎？」

我點點頭。「是的。」

子易館長再一次拿起粗鋼筆，確認過那重量之後慎重地選擇用詞。

「啊，這間圖書館名義上雖然是町營圖書館，實質上卻是由町內的熱心人士成立的基金會在營運。基金會有董事會、有董事長，理論上那個人擁有決定權，不過實際上是純粹掛名的名譽職，幾乎不做任何發言。」

子易館長說到這裡停了下來。我等他繼續說下去，但好像沒有後續了。

我保持著沉默，子易館長在沉默中眨了幾次眼，接著把手指夾著的鋼筆放在桌上。

「關於這件事，以後再讓我慢慢說明。因為說起來會有點長。不過現階段有什麼問題的話，可以找我商量嗎？我會幫你想辦法。這樣好嗎？」
「我還不了解情況，總之子易先生要辭掉這間圖書館的館長職務是嗎？」
「啊，是的。或者說，我已經辭掉館長職務，現在那個職位是空著的。」
「而子易先生辭去館長職務之後，會以顧問的形式留下來是嗎？」
子易館長像水鳥聽到聲音時那樣，忽然迅速扭了扭脖子。
「不、不，並不是正式的顧問職。不過在職務交接期間，我認為某種程度上會有這個需求。就只是在那段期間如果有需要的話，我個人想幫您而已，當然前提是您不會覺得不方便。」
我搖搖頭。「不，沒有不方便。不如說，我很感謝。只是聽您的口氣，好像繼任者已經決定是我了。」
「啊，這個嘛。」子易館長露出驚訝的表情——好像在說「你連這件事也不知道嗎？」——說：「我們從最初就一直這樣打算了。其實我們也跟您以前的公司同事私下打聽過，對方說關於您的評價一切屬實，工作能幹，人品也像森林中的樹木一般誠實可靠。」
像森林中的樹木？我懷疑起自己的耳朵。會說出這種形容的前同事，我一個都想不起來。像森林中的樹木？
子易館長繼續說：「因此，才特地麻煩您從大老遠來到這裡。在正式決定之前，還是先見一面談一談比較好。但我們的想法事前就已經決定好了。務必拜託您接下這個職位。」
「真是感謝。」我以彷彿忘記該把重心放在哪裡的聲音說。然後深深地、慢慢地呼吸。那想必是放下心來的深呼吸。

之後，關於我在這裡的圖書館就職前的準備工作，我們討論了一些現實的問題。我必須把現在住的都心公寓退掉，搬到這個町來，因此需要尋找新住處。子易館長說這裡空屋很多，租金也比東京都心低得多，如果交給他辦，他可以幫忙找到適合的房子。至於家具等其他問題，總會有辦法解決。

花了半小時左右大致談妥後，子易館長從椅子上站起來，拿起桌上深藍色的貝雷帽，戴在頭上。他說有事要辦，差不多該回去原先來的地方了。

我覺得回去原先來的地方這說法有一點奇怪。不過他本來就是用詞有點奇怪的人，因此也沒有特別在意。

「好漂亮的帽子。」我試探地讚美。

館長嘴角露出微笑，看起來十分開心。他脫下帽子細細端詳，仔細調整形狀後再重新戴上。貝雷帽看起來似乎更親密地變成了頭的一部分。

「啊，這頂帽子我從十年前開始就一直戴到現在。隨著年齡增加，頭髮難免變得稀薄，沒有帽子就會覺得有點難受，尤其是冬天。於是我拜託去法國旅行的外甥女，到巴黎的一流名店幫我買貝雷帽。因為我年輕時愛看法國電影，從很久以前就喜歡貝雷帽。然而，會在這樣偏僻的地方戴貝雷帽的就只有我一個人，剛開始也實在有點害羞，不過後來就完全習慣了。不只是我，大家也是。」

接著我注意到，子易館長的打扮還有一個不尋常——要說奇特，這一點比貝雷帽更奇特——的事實。子易館長不是穿長褲，而是穿裙子。

關於他為什麼日常穿著裙子，日後子易先生給了我親切而易懂的說明。

「完全是因為穿上裙子時，啊，感覺好像自己變成幾行美麗的詩似的。」

31

不久後，我把獨居了十年以上、在中野區租的公寓退掉，離開東京，搬到Z××町的新居。大型家具和大型家電製品都請業者接收了。反正不是特別好的家具和器具，數量也不多。多到書櫃裝不下的大量書本，也大半賣給舊書店。接下來就要到圖書館工作了，應該不愁沒書可讀。不要的舊西裝和夾克，都捐贈給舊衣回收的機構。展開新生活在即，還殘留過去氣味的舊東西，我想盡量處理掉。幸虧這樣，行李減量到可以用搬家公司運送的規模，我好久沒有感覺這麼輕鬆了。

這種解放感，和以前經驗過的什麼很類似。我試著回想，發現這和我住進那座被高牆圍繞的城時的心情有一點像。不過剛進去那座城的我，身上什麼都沒帶。名副其實是孑然一身地進入那座城（我連自己的影子都拋棄了）。從住宅到衣服，一切的一切都是城給我的。都是極簡樸的東西，但我並不覺得不便。

和那時候比起來，我現在還從過去繼承了裝滿輕型卡車貨臺的「持有物」。不過這種變得一身輕的解放感，毫無疑問有相通的地方。

店鋪位在站前的不動產業者小松先生非常親切，帶我去看了那間出租的房子。這位小個子中年男人受到圖書館的委託，包辦和我的住處有關的一切事務。

那是一棟小型獨棟平房，在河的附近。外有焦茶色木板圍牆，內有小庭院。庭院裡長著一棵老柿子樹。也有現在沒有使用的井，已經半被封填。井邊長著茂盛的棣棠花，後方的石燈籠上長了薄薄的青苔。雜草拔得很乾淨，杜鵑花叢修剪得整齊雅致。聽說這裡半年沒有人住了，庭院雜草叢生，幾天前才請了園藝師來整理。

「或許是我多管閒事了，不過在這一帶，庭院真的是擁有重要意義的。」小松先生說。

「那當然。」我隨口附和。

「還有，那棵柿子樹會結很多漂亮的果實，但非常澀，不能吃。很遺憾。可是這一帶的孩子也就因此不會擅自進到庭院裡摘柿子了。」

「也就是說，」我說：「大家都知道嗎？這庭院裡的柿子只有外表漂亮，但很澀不能吃。」

小松先生點了幾次頭。「是啊，這附近的人，對這附近的事情什麼都知道。連柿子這種小事都知道。」

聽說這棟房子的屋齡已經五十年了，但並沒有老舊的印象。雅致而不顯眼這一點讓我有好感。在我之前，是一位老婦人一個人住在這裡。「她很愛乾淨，所以家裡內部整理得很好。」小松先生說。那個年老女人怎麼樣了，到哪裡去了，他沒有說，我也就不問了。房間不多，不過對獨居來說空間恰到好處。房租只有我在東京付的金額的大約五分之一。離我上班的圖書館走路約十五分鐘。

「如果不喜歡這一棟的話，我可以再找別的，所以不用客氣，儘管告訴我。因為這一帶還有很多空屋。」小松先生說。

「謝謝。不過看起來，我想就選這間房子應該沒問題。」

而實際上，確實沒問題。正如事前聽說的那樣（子易先生說「完全不必帶東西，空手來就行」），從冰箱、餐具、廚具、簡單的床到寢具，日常生活必要的東西幾乎毫無遺漏，一應俱全。雖然看起來都不是新品，但也不是那麼舊，非常夠用了。小松先生說他接到圖書館的指示，親自為我做了全部的安排。我向他道謝。要準備得這樣齊全，應該是相當麻煩的作業。

「哪裡、哪裡。」他揮揮手說。「這些都是簡單的事情。畢竟外地人搬到這個町來很稀奇啊。」

就這樣，我在Z××町的小小新生活從此開始。每天早晨八點過後從家裡出發，沿著河濱道路往上游走，然後走上通往町中心的路。和在公司上班時不同，既不必穿西裝，不必打領帶，也不必穿拘束的皮鞋。這對我來說是最慶幸的事。光是這樣就值得換工作了。一旦捨棄那樣的生活之後，才真正感覺到自己一直以來忍耐了多少束縛。

河水的聲音聽起來好舒服，當我閉上眼睛甚至會有種錯覺，好像自己身體的內側有水在流動似的。從周圍的山流出來的水很清澈，到處都能看到小魚在水中游。石頭上停著一隻修長的白鷺鷥，耐心地盯著水面。

這個町的河，和流過「被牆圍繞的城」中的河看起來相當不同。這裡沒有大沙洲，沒有柳樹，也沒有石造的古橋。當然也看不到那些吃金雀花葉子的獨角獸的身影。而且兩邊還包圍著毫無個性的水泥堤防。但流動的水同樣清澈美麗，發出夏天的流水涼快的聲音。能住在這條舒服的河邊，我實在很開心。

町位在高山環繞的盆地裡，因此夏天熱，冬天冷。我搬到町裡來是在八月底，山區差不多要開始入秋的時候，吵鬧的蟬聲也幾乎聽不見了，儘管如此殘暑依然難耐，陽光不客氣地灼燒著頸背。

我在周圍眾人的協助之中，一點一點學習館長的工作。雖說是館長，但底下只有一位館員添田小姐（我第一次來到這間圖書館時坐在櫃檯，戴著金屬框眼鏡，頭髮綁在後面的女士），以及幾位打工的女性而已，所以各種日常雜務都必須自己動手。

有時子易先生會到館長室露面，坐在桌子對面，仔細而具體地教導我如何做好館長的職務。包括怎麼選擇圖書館需要購入的書籍、管理的方法、日常帳簿的整理（正式帳簿則由每個月來一次的稅理士處理）、人事管理、來館訪客的應對等……有很多必須學起來的事情，但這裡是小規模的設施，因此都不會太麻煩。我把他說的事一一記住，漸漸能順利完成這些事務。子易先生人很親切（可能天生就是這種性格），而且好像很熱愛這間圖書館。他經常會沒有預告就忽然出現，又在不知不覺間悄悄離開。簡直就像警戒心很強的森林小動物似的。

和在圖書館工作的女職員，也逐漸熟稔起來了。我這個完全無關的外人宛如空降一般從東京突然來到這裡，她們剛開始似乎也對我懷著戒心（這也是當然的吧），但相處久了，經歷日復一日的日常對話，我們逐漸打成一片。她們幾乎全都是三十多歲到四十多歲的本地女性，已結婚成家。我超過四十五歲還單身，這對她們來說似乎是相當特別，而且也有幾分刺激的事實。

「當然了，子易先生長久以來都是單身，不過也難怪，畢竟曾經有那種事哪。」圖書管理員添田小姐說。

「子易先生是單身嗎？」我問。

添田小姐默默點頭，然後露出好像不小心把什麼錯誤的東西放進嘴裡似的表情。那個話題（至少現在）最好到此為止。她的表情這樣說。

關於子易先生，似乎有幾件沒有說出來的——至少還沒對我說出來的——重要事實。

32

子易先生會不定期，可能是心血來潮就出現在館長室。平均大約三天或四天一次吧。他會安靜地（幾乎沒發出聲音）打開門走進房間，微笑著跟我談個三十分鐘左右，然後又安靜地離開。就像吹來一陣舒服的風那樣。事後回想起來（當時並沒有想到這件事），我和子易先生一次也沒有在圖書館以外的地方見過面。而且經常只有我們兩個人獨處。除了我們之外，從來沒有別人在場。

子易先生總是戴著同一頂深藍色貝雷帽，穿著一片裙。他好像有好幾條一片裙，有素色的，也有格紋裙。顏色大致上都很鮮豔，至少不樸素。而且在裙子下面，還穿一件貼身的黑褲襪似的衣物。

見過幾次面之後，我也習慣了子易先生的那個打扮，不再感覺奇異了。他穿著那樣的服裝走在町裡時（當然會在町裡走動吧），周圍的人會以什麼樣的眼光看他，會做出什麼樣的反應，我完全難以想像。不過大家一定也和我一樣，多看幾次那個模樣之後也習慣了，不再多想什麼了吧。而且子易先生再怎麼說也是這個町的名士，大家不至於會指著他嘲笑。

不過有一次，我在談到什麼時，順便大著膽子問了子易先生，是從什麼時候開始日常穿裙子的。結果，對，那時候他說了。爽朗微笑著，一副理所當然地說：

「完全是因為穿上裙子時，啊，感覺好像自己變成幾行美麗的詩似的。」

不知道為什麼，我對他的說明並不驚訝，也不覺得奇怪，就那樣極其自然地接受了。日常穿著裙子，就他的感受來說一定是件無比和諧的事吧。而不管這有什麼意義、理由是什麼，這能讓他感覺到自己像變成幾行美麗的詩，無論怎麼說都是一件美好的事情。當然（或者說我個人），並不會因此就說我也想穿裙子看看，不過這畢竟只是個人喜好的問題。

我對子易先生懷有好感，他對我可能也懷有好感（之類的感受）。但我和子易先生的往來始終只限於公共場合。子易先生會沒有事先通知就忽然到館長室來，協助我處理交接的工作，針對難以判斷的問題給我有用的建議。如果沒有他，我可能要花更多時間和工夫掌握工作要領。因為儘管工作本身並不太複雜，但其中還是存在著細微的當地規則之類的。

我們會熱烈討論圖書館的營運，在空檔一起喝茶。子易先生好像沒那麼喜歡咖啡，總是只喝紅茶。館長室的櫃子裡放著他專用的白色陶製茶壺，備有特別調配的茶葉。他用電磁爐燒開水，非常小心謹慎地泡紅茶。我也陪著喝，無論茶色也好、香氣也好，都是令人陶醉的美味紅茶。我本來是咖啡派，但一起品嘗他所泡的紅茶，成了我每天小小的喜悅之一。當我誇獎紅茶的味道，子易先生顯得非常高興。

雖然如此，我們並沒有在圖書館以外的地方見過面。我想像這個人可能不太喜歡在私人領域和他人接觸。而且老實說，那對我來說，也是值得慶幸的事。

我在圖書館的工作結束後回到家，做簡單的一人份食物，然後就在讀書用的椅子上坐下來一直看書。家裡沒有電視、沒有音響設備，只有防災電晶體收音機。雖然有筆記型電腦，但我本來就不太喜歡用，所以除了坐在椅子上讀喜歡的書之外，沒有別的事可做。

一邊讀書，一邊把蘇格蘭威士忌倒進玻璃杯裡加冰塊，喝個一杯或兩杯。讀著喝著就漸漸睏起來，大約十點左右上床睡覺。我算是好睡的人，一旦睡著，就會一直睡到早晨才醒。

清晨和黃昏，沒有特別的事要做時，我會在町的周邊漫無目的地散步。其中發出美妙水聲的沿河道路，是我最喜歡的路線之一。

河邊有一條散步步道，幾乎沒什麼人會走，不過偶爾還是會和慢跑的人或遛狗的人擦肩而過。朝著下游方向在步道上走個幾公里後，鋪設的路面突然中斷，道路偏離河邊，拐入廣大的草叢裡。我不以為意，繼續前進，不久——大約走十分鐘左右——連人走出來的小路也消失了。然後我在那已無路可走的草原正中央，一個人站著。綠色雜草長得很高，周圍沒有任何聲音。沉默在耳裡鳴響。只有紅色蜻蜓在我四周無聲地成群飛舞。

抬頭仰望，只見天空蔚藍，一片晴朗。秋天雪白扎實的雲，像插入故事的幾個片段插曲般固定在那裡。我將一口氣深深吸入胸腔之中，感受到一股濃濃的青草味。那裡就是草的王國。我則是不解草的意義的無禮侵入者。

一個人站在那裡時，我每次都感到心情悲哀。那是很久以前嘗過的，記憶中深沉的悲哀。那悲哀我記得非常清楚。那是言語所無法說明，而且不會隨時間的經過而消失的那種深沉的悲哀。那是把看不見的傷，悄悄留在看不見的地方的悲哀。看不見的東西，到底該如何處理才好呢？

我抬起頭，再一次注意側耳傾聽，是否能聽見河川流水的聲音。但任何聲音都聽不見。連風都沒在吹。雲一直固定不動，停在天空中同一個地方。我靜靜閉上眼睛，並等待溫暖的眼淚盈眶、流出。但那看不見的悲哀，連眼淚都不肯給我。

於是我放棄了，安靜地走上來時的道路。

我和子易先生頻繁地在圖書館碰面，但長久以來，對於他這個人物，我依然處在什麼都不知道的狀態。

聽說他單身，不過他從前一次也沒有擁有過家庭嗎？關於子易先生單身這件事，添田小姐評論說「也難怪，畢竟曾經有那種事。」所謂「那種事」是什麼意思呢？還有她為什麼用過去式呢？

越想就越覺得，關於子易先生該知道的事情還有很多。但同一時間，基於無法說明清楚的理由，我心中也覺得或許什麼都不知道會比較好。

在圖書館工作的女性大多很愛說話。當然了，圖書館是工作場所，所以在外頭工作時，她們會注意要保持沉默。需要傳達什麼事情時，她們會小聲簡短地說。不過一旦進到外人看不到的內部區域時，可能一方面也是對外表現得沉默寡言的反作用，她們就真的有很多話可說。那多半是女性之間的悄悄話，所以我盡量不靠近那樣的場所。

不過她們雖然愛說話，但在我面前，她們幾乎不會提到子易先生的話題。關於其他的事情（這間圖書館的事、這個町的事），她們會親切而仔細，把各種知識毫不保留地告訴我。但一牽涉到子易先生時，她們的口氣不知為何會忽然變得沉重、含糊。而且她們個人的意見，或整體的意見，也會像待洗的髒衣服一樣急忙收起來。

因此，我無法從任何地方收集到子易先生這個人物的資訊。這個人的背景始終是一團謎。為什麼她們不多談談這位穿裙子又有個性，衣著整潔的小個子老人？理由不明。那感覺似乎有點接近某種「禁忌」。好像在說鎮守森林的小祠不可以打開來窺伺似的。一種樸素——但是深深扎根在深層意識的——禁忌。

因此我也有意盡量避免談到子易先生。因為我也不想讓她們感到為難。而且無論子易先生擁有什麼樣的背景，那對於我在這間町內圖書館的職務——至少在現在的時間點——並沒有什麼影響。子易先生親切而有要領地傳授給我館長的工作訣竅，託他的福我才能夠順利繼承他到目前為止所負責的職務。不必知道的事情，不知道比較好。或許。

圖書管理員添田小姐的丈夫，在這個町的公立小學任教，兩人之間據說沒有小孩。她是長野縣人，結婚後離開故鄉，搬到這裡來。即使她搬過來大約十年多了，現在在這個町，基本上還是被當成「外來者」看待。這是一塊少有人進出，又四面環山的土地。雖然還不至於排外，不過居民對於接受從外地來的人總是消極的。無論如何，她是位極為能幹的女性，圖書館的事務性雜務幾乎全都由她一手包辦。任何事情她都能迅速判斷，立即處理，而且不犯錯誤。

「如果沒有添田小姐的話，啊，這家圖書館可能撐不到一星期吧。」子易先生說。隨著我在這裡的時日增加，我也開始對這個看法深感認同。

到頭來，她就是這間圖書館的業務主軸。如果她不在了，整體的系統可能會慢慢變遲鈍，不久就停止運作。她和町公所密切聯繫，適度調整人員的配置，從熱水器故障到換新燈泡無一不小心留意，好讓圖書館的營運不出現障礙，訪客也沒得抱怨。她對打工的女性給予合適的指導監督，如有任何問題就立即處理解決。圖書館辦活動時，她會將必要的東西列表，一一備齊。她也必須注意庭園植栽。其他有關圖書館營運所需的一切，幾乎全部都在她的控制之下。

由她來擔任這裡的館長，我怎麼想都覺得是最佳選擇，我也對子易先生這樣說了。既然有這麼能幹的女性，不必讓我這樣的外行新人坐在高位，這家圖書館應該也能維持下去不出問題。我這麼說。

子易先生似乎有點為難地看著我的臉，然後說：「我也對她說過了。我說，由您來接我的位子是最好的辦法吧。啊，但她卻堅決推辭了。她說自己無法站在眾人之上。我也說盡好話說服她了，但她不肯接受。」

「她真是太謙虛了，是吧？」

「大概是。」子易先生微笑著說。

添田小姐大約三十五歲左右，臉長得清清爽爽，是一位給人知性印象的女性。身高約一六〇公分左右，身材和臉型同樣修長。姿態端正，背脊挺得筆直，走路姿勢也優美。據說學生時代是籃球選手。總是穿著長度過膝的裙子，與方便走路的低跟鞋。不太化妝（幾乎沒有），但肌膚很美。耳垂圓潤，像海邊的小石頭那樣光滑。脖子纖細，但不會給人柔弱的印象。喜歡黑咖啡，櫃檯裡她的桌上經常放著大馬克杯，馬克杯上畫著展翅的鮮豔野鳥。看起來，不像是會跟初次見面的人輕易交心的那種女性。眼裡總是露出謹慎的精光，嘴唇挑戰性地閉緊。不過，我從第一次見面交談時，就覺得跟她不久後可能會親近起來。可能是因為我們在這個小地方同樣都屬於「外來者」吧。

添田小姐話很少，但對於我這個新來的「外來者」，她從一開始就沒有抗拒，非常自然地迎接我成為新上司。那對我來說是比什麼都感謝的事，因為在職場沒有什麼比人際關係不順更消磨人了。

添田小姐是一個不想多談自己的人。但她對別人似乎還是充分擁有健全的好奇心，經過一小段時間習慣我的存在之後，就開始想了解我的過去了。和其他女性一樣，她最感興趣的似乎是我為什麼年過四十五還保持單身。假如我說原因是「找不到合適的對象」，她搞不好打算要找個「合適的對象」介紹給我。我長年單身，過去已經遇過好幾次這種情況。

「沒有結婚，是因為心裡有人。」我簡潔地回答。遇到同樣的問題，我都是以同樣的回答應對。

「可是跟那個人沒辦法在一起吧。因為某種原因？」

我默默曖昧地點頭。

「對方跟誰結婚了嗎？」

「不知道。」我說。「已經很久沒見面了，也沒辦法知道她現在在哪裡，在做什麼。」

「不過您喜歡她，到現在還忘不了她吧？」

我再一次曖昧地點頭。這樣說明最容易被人接受，而且也說不上是謊言。

她說：「所以您才離開都市，搬到這個山裡的鄉下來住？想忘記她嗎？」

我笑著搖搖頭。「不，沒那麼羅曼蒂克。無論在都市，或在鄉村，在哪裡情況都不會改變，我只是隨波逐流而已。」

「不過，不管怎麼樣，她一定是很好的人吧？」

「這個嘛？是誰說過，戀愛是醫療險不理賠的精神病的？」

添田小姐無聲地笑著，用手指輕輕推一下眼鏡的鼻橋，然後從專用的馬克杯喝一口咖啡，再回去繼續做未完的工作。這就是我們當時談話的結尾。

33

雖然是小町的圖書館，但我料想既然坐上了館長的職位，可能需要到各個單位去打招呼，被介紹給長官認識吧，也做好了這個準備。我不擅長這種「社交」，但職務上不得不做的事還是該去做，我也在公司上班二十年以上了，有必要的話這些交際我還是辦得到的。

不過出乎我意料之外，這種事情一次都沒發生。我沒有被介紹給這個町的誰，也沒去誰的地方打過招呼。圖書管理員添田小姐把我介紹給打工的全體女性（總共也不過四個人），說我是新任的館長，大家圍著桌子一起喝茶、吃杯子蛋糕，所有人簡單地自我介紹。只有這樣而已。真乾脆。

我當然很慶幸有這樣的發展，不過也有種預期落空的感覺，好像上了當似的。總覺得好像有什麼重要的、必要的事物被不小心忽略了。

有一次，在館長室裡和子易先生兩個人喝著紅茶時，我直接問他。

「這間圖書館既然名稱冠上『Z××町』，我是不是該到町公所露個面，打一聲招呼會比較好呢？」

子易先生聽了之後，小巧的嘴巴半開，臉上露出好像把蟲子誤吞進喉嚨深處似的表情。

「啊，您說打招呼嗎？」

「也就是……請您幫忙引介，為了今後保險起見，先跟負責營運這個町的人見過面是不是會比較好？」

「幫忙引介。」他有點困擾似地說。

我沉默地等子易先生繼續說下去。

子易先生不太自在地乾咳一聲之後說：「那種事情，啊，大概沒有必要吧。這間圖書館事實上跟町沒有任何關係。圖書館是完全獨立於任何單位的。雖然名稱內含有『Ｚ××町』，但純粹只是因為變更名字的手續相當麻煩，於是就那樣用著而已。因此完全沒有必要向町方面打招呼。就算去打了招呼，也只有徒然增添困擾而已。」

「董事會那邊我也沒有必要出面打招呼嗎？」

子易先生搖搖頭。「沒有那個必要，也沒有那個機會。因為幾乎不會開董事會。我想之前也向您報告過了，簡單來說那只不過是形式上的董事會而已。」

「只是形式上的董事會。」我說。

「啊，是啊。」子易先生依然帶著笑容說。「有五位董事，但其中沒有人對圖書館感興趣。只是因為制度上有這個需要，所以他們才掛名擔任而已。所以，嗯，您也沒必要出面去打招呼。」

我一頭霧水。一間由徒有其名的董事會營運的圖書館。

「如果發生什麼事需要跟人商量時，我到底該跟誰商量才好呢？」

「有我在。如果有任何不明白的事情，請問我。我會給答案。」

不過話雖這麼說，我並不知道他家的地址、電話號碼、電子郵件信箱，該怎麼聯絡才好呢？

「我大概每三天會來這裡露面一次。因為一些緣故，我不能每天來，不過這個頻率應該沒問題。有什麼事，請那時候問。」子易先生說，彷彿讀出了我的想法。

「還有，啊，有添田小姐。她應該可以幫上您的忙。很多事情她都懂。所以，嗯，您什麼都不必擔心。」

我試著開口問一件從以前就想問的事。

「可是這間圖書館要營運、要維持，應該需要花費一定的費用。雖說是小規模的町內圖書館，但總要花水電費和人事費，還有每月的書籍採購費。如果董事會沒有發揮任何作用的話，這些成本到底由誰在負擔和管理呢？」

子易先生環抱手臂，臉色有點為難地歪著頭。然後說：

「這種事情，只要您繼續每天在這裡工作，漸漸就會懂吧。就像天色漸亮，不久後陽光從窗戶照進來那樣。不過您現在不必想這些，先把這裡的工作程序記住就好。然後讓身體和心適應這個小小的町。現在，啊，沒有一件事情需要擔心。沒問題的。」

然後他伸出手，在我的肩膀上咚咚輕拍兩下。像在鼓勵疼愛的狗那樣。

就像天色漸亮，不久後陽光從窗戶照進來那樣，我腦子裡重複這句話。相當美好的形容。

我身為新任館長最初著手的工作之一，是先掌握這個町圖書館的訪客閱覽、借閱了什麼樣的書。這樣一來，應該就能知道往後要購買什麼方向的書籍，也能找到圖書館的營運方針。不過這就導致我必須靠人力一一追蹤手寫的閱覽紀錄，以及借出卡的紀錄。因為圖書館的閱覽和借閱作業全都不用電腦。

「在這間圖書館，這種紀錄都不會用到電腦之類的工具。」添田小姐向我說明。「全部都用手寫。」

「也就是說，在這裡完全不使用電腦嗎？」

「是的，沒有使用。」她說得一副理所當然。

「可是用手寫既費事，管理也麻煩不是嗎？利用條碼一瞬間就完成工作了，也不需要騰出地方保管文件，資訊也容易整理。」

添田小姐用右手指尖扶正眼鏡的位置，然後說：「這裡是小圖書館，也沒有那麼大量的書籍被閱覽或借出。用老方法就足夠做好工作了。做什麼都不太費事。」

「那麼，以後也一直維持這樣就行了嗎？」

「是啊。」添田小姐說。「這是以前就決定的，我們一直都用這個方法做事。這樣比較有人的溫度，不是很好嗎？也沒有訪客因此抱怨。不使用機器，技術上的麻煩會比較少，也可以節省開銷。」

圖書館沒有設置網路連線設備，因此我只有在自己家裡才能操作自己的電腦。不過我並沒有需要定期用電郵聯絡的對象，而且本來就沒接觸什麼社群網站，因此並沒有感覺不方便。此外只要到圖書館去，在閱覽室就可以讀到好幾份報紙了，所以也不必上網查資料。

於是，我就在館長室一一過目書桌上堆積的手寫書籍閱覽表和借書卡，把這間圖書館的活動概要記進腦裡。不過這樣的調查作業，並未得到什麼有用而值得一提的資訊。被閱覽和被借出的書籍，大多是當時的暢銷書，很多是實用書，不然就是可以輕鬆閱讀的娛樂書籍，但是偶爾也有人借杜斯妥也夫斯基、湯瑪斯·品瓊、托瑪斯·曼、坂口安吾、森鷗外、谷崎潤一郎、大江健三郎的小說。

町內大半居民並不算是那麼熱愛閱讀，不過其中也有（可能算是少數）日常習慣來圖書館，態度積極，擁有健康的求知欲，真正勤於讀書的人——這是透過費事的人工作業所得到的結論。那個比例和全國平均值比起來是否值得慶賀或感嘆，我就無法判斷了。我只能把那當作「現在存在於這裡的現實」來接受。這個町（至少現在）和我的想法及期望無關，只作為一個現實存在，並發揮作用。

我空閒時會巡視圖書館的書架，一一檢查架上書籍的狀態。如有損傷的書籍就會加以修復，假如書內資訊太過時，或者覺得可能沒有人有興趣，就會報廢掉，不然就是收進裡面的倉庫，並補充替代的書籍。查看新書清單，選購讀者可能會有興趣的書。每月採購新書的預算比預期中更多（儘管不能說充足），令我相當驚訝。

處理書籍在我過去的人生中，本來就是每一天都在做的事，這樣的新日常又為我帶來新的喜悅。在這裡我沒有上司，不必打領帶，沒有麻煩的會議，也沒有類似應酬的活動。

我和添田小姐以及幾位打工的女性數度商談，討論這間圖書館往後的方向。我提了幾點小建議，但她們似乎不太喜歡出現新方針和新規則。一切都維持以前的樣子不是很好嗎？讀者並沒有任何抱怨哪，她們說。所以也沒有必要改變一直以來的做法吧。尤其引進網路的提案遭到全體反對。總之，她們就是希望能繼續沿用子易先生所鋪設的原來的路線。

但對於我積極整理書架，希望在新的方針下重新整理藏書——也就是說要近代化——在這方面，她們並沒有表達自己的感想或抱怨。這項工作一切都依照我的意思進行。或許她們只是對這件事不太關心。書籍在書架上的排列順序如何、讀者會拿起什麼種類的書，對她們來說難道無所謂嗎——我有時會忽然有這種印象。不過她們都很認真工作，看起來也很高興能在這家圖書館工作。

我和圖書館日常的使用者幾乎沒有直接接觸的機會，也沒有和誰交談過。我在那裡等於不存在一樣。來這間圖書館的人，知道館長換人了嗎？我連這點都很難判斷。自從在這間圖書館就任以來，我沒有被介紹給任何人過，也沒有人來跟我說話。除了在圖書館裡工作的幾個女職員之外，對於我這個人的新出現，我感覺這個町沒有任何人注意或關心。

這個町這麼狹小，所以館長由子易先生換成我，這件事情大家應該都聽說了。這個消息不可能沒有傳開。而且就我所知，像這樣少有人出入的小規模町內的居民，對於從都會搬過來的新來者，不可能沒有好奇心。

但沒有任何人的表情中流露出一絲好奇。居民帶著理所當然的神色來到圖書館，行動和平常一樣，我在閱覽室露臉時，沒有人稍微轉頭來看我一眼。他們坐在閱報區的椅子上專心讀著報章雜誌，或在閱覽室翻閱借出來的書，即使我從旁邊經過，他們也絲毫沒有顯示出任何像反應的舉動。好像大家都約好了似的。

到底是為什麼呢？我不禁左思右想。大家真的沒注意到我成了子易先生的繼任者，到這間圖書館來上任的事嗎？或者因為某種理由——我推測不出那是什麼樣的理由——他們決心把我當成「不存在的東西」般無視、忽略掉嗎？

怎麼想都想不通。我完全不知道該如何是好。不過，目前這件事並沒有實際造成什麼困擾。在子易先生和添田小姐的幫助之下，我在工作上逐漸順利地學到一些要領。所以我決定放輕鬆，告訴自己「沒關係，不久之後，事情自然就會解決」。就像子易先生說的那樣，各種事情總會逐漸明朗。就像天色漸亮，不久後陽光從窗戶照進來那樣。

圖書館早上九點開館，傍晚六點閉館。我每天上午八點半上班，傍晚六點半下班。早晨打開大門、傍晚鎖門是圖書管理員添田小姐的任務。我也領到一套鑰匙，但幾乎沒有機會使用。負責關門是她的任務，我按照往例把這項工作交給她繼續做下去。我早上出勤時圖書館已經開門了，添田小姐坐在桌前工作，我傍晚下班時，添田小姐也一樣還坐在桌前。

「請不要介意。這就是我的工作。」看到先下班的我滿臉歉意，添田小姐這樣說。

看見添田小姐的模樣時，我忍不住想起被牆圍繞的城內的圖書館。在那間圖書館，開關門也是「她」的任務。那個少女珍而重之地把一大串鑰匙帶在身上。唯一不同的是，在那間圖書館入口的門關閉後，我會陪她走回住處。在河邊夜晚的道路上，我們朝「職工地區」沉默地邁出腳步。

不過在這個山間的小町生活的我，在圖書館閉館之後，會一個人獨自沿著河邊的路走回自己家。閉著嘴，陷入漫無邊際的沉思。那裡雖然有河水的清流聲，卻沒有川柳的葉子窸窣聲，也沒有夜啼鳥的聲音。「到了秋天就可以聽到鹿的叫聲。」子易先生這麼說過，但那也聽不見。要聽到鹿的叫聲可能要等秋意更濃的時候。不過仔細想想，我也不知道鹿的叫聲是什麼樣子。鹿到底是以什麼樣的聲音鳴叫的呢？

就任館長的一段日子後，添田小姐帶我在圖書館內繞了一圈。這是一棟天花板很高的大型建築，以前經營釀酒業。釀酒業者遷移到新的地方後，舊建築長久之間沒有任何用途，只是閒置著而已，不過這裡以歷史建築來說有寶貴意義，拆掉也可惜，因此成立財團法人，把這間古老的釀造所變成圖書館來活用。

「一定花了不少費用吧。」我說。

「是啊。」添田小姐稍微偏一下頭說。「不過土地和建築本來就是子易先生的所有物，他把那些全部捐贈給財團法人了，所以這部分並沒有任何花費。」

「原來如此。」我說。這樣很多事情就說得通了。看來這間圖書館，實質上是由子易先生個人所有並營運的。

沒有當成圖書館使用的建築物深處構造複雜，只看過一次無法完全掌握整體的結構。有彎彎曲曲的黑暗走廊，有微幅的高低差，有極為狹小的中庭，有謎一般的小房間。也有堆積著用途不明、奇形怪狀老式器具的儲藏室。

建築物後方有一口大古井。井口蓋著厚厚的蓋子，放一塊大石頭壓著（「以免哪個小孩把蓋子打開，不小心掉進井裡。」添田小姐為我說明。「因為是非常深的井。」）。後院的角落裡，還供著一小尊面容慈祥的石雕地藏。

「為了能當成圖書館使用，基本上有經過改建，但因為也有預算的問題，僅止於部分整修而已。」添田小姐說。「因此就像這樣，現在沒有使用的部分，或是用不上的地方，就留著沒有動。我們現在只使用到整體的一半左右當成圖書館而已。當然能使用一半已經很感謝了。」

她這樣說的聲音中，可以說幾乎完全不帶感情。與其說是中立的，更像是害怕被人聽到似的，帶著一點緊張（我不禁環視四周的程度）。因此她的情感上對這建築物是否定的還是肯定的，我很難判斷。

兩層樓建築的一樓有閱報區、書籍閱覽室、書庫、倉庫、作業室等。在作業室會製作各種卡片、修復書籍，進行諸如此類的工作。作業室的中央有一張用厚木材製造的巨大工作桌（過去還是釀酒廠時，可能有某種特別的用途），上面雜亂散放著各種書籍修復工具，和各種事務用品。

來館者所使用的閱覽室天花板挑高，設有幾扇採光窗，其他的房間則幾乎沒有窗戶，空氣有點冷，含有溼氣。這些房間過去可能是用來貯藏各種原料的吧。

一般人不能上去的二樓部分，有小巧的館長室（我會在那裡度過許多時光）、窗戶拉上厚厚窗簾的昏暗會客室，還有職員的休息室。會客室裡擺著一組厚重的布沙發和搖椅，但那個房間幾乎沒有實際用到的機會。「如果您想的話，沙發可以用來睡午覺。」添田小姐說。不過那間房間的空氣中滿是灰塵，有種已被遺忘的時代的氣味。而且窗簾和沙發組的布料色調有種令人不安的味道，好像過去曾在這裡發生什麼事，那不恰當的祕密全都被吸收進去了似的。就算睏意再強烈，我也沒有心情在那裡睡午覺。

職員的休息室在二樓走廊的最深處，一般稱為「休憩所」。那裡有置物櫃，有小廚房，有可以簡單用餐的餐桌椅組。並沒有禁止男性進入，但實際上使用那房間的只有女性。她們會在隔屏後方換衣服、低聲聊一些閒話、吃各自帶來的點心、喝喝茶或咖啡。有時候她們快樂的笑聲還會傳到我的房間裡。

那個「休憩所」可以說是她們的聖域一般。除非有什麼重要的大事，否則我不會去走廊深處的那間房間。在那裡到底聊著什麼樣的話題，我當然無從知道。或許我也是她們閒聊話題的（但願是無罪的）一小部分。

我在圖書館的日子，就那樣平安無事地過去了。實際的日常業務有以添田小姐為中心的女性團隊處理得妥妥當當，我身為館長必須完成的職務並不算太麻煩。頂多就是管理書籍的出入，確認每日金錢的收支，進行幾件簡單的裁決而已。

正如子易先生最初說的那樣，圖書館表面上的名義確實是「Z××町圖書館」，但町方面完全不過問圖書館的營運，因此很少有需要我和町公所聯絡的事情。而且在這種時候，即使我打電話到町公所的「文教課」詢問事情時，負責人的反應即使不算冷淡，也經常相當不起勁。找他們商量什麼，他們的態度也好像在說「隨你們高興，怎麼做都好」的樣子，令人感覺町公所好像努力要跟圖書館劃清界線似的。雖然他們對圖書館這邊似乎並沒有什麼惡意，但至少從態度上感覺不到他們有心想建立稍微友善一點的關係。我無法理解這是為什麼。

不過就結果而言，我想這對我來說是相當值得感謝的狀況。無論多麼小的鄉下地方，都難免有官僚的一面。不，越是小的政體，勢力範圍之爭可能就越激烈。可以不用跟這種麻煩問題扯上關係，就已經謝天謝地了。

就像子易先生自己也預告過的那樣，他每隔幾天會來館長室一次。每一次他現身的時間都不盡相同。有時一大早就來，有時接近黃昏時來。我們很親近地談話，但子易先生依然幾乎不提自己的事。他住在哪裡、做什麼工作靠什麼生活，關於這些事情我什麼都不知道。我想這個人可能不喜歡談論私生活，所以我也就什麼都不問。他以那沉穩的（而且有些特殊的）口氣所說的，只限於有關圖書館營運的公事。

子易先生一走進館長室首先就把貝雷帽脫下，小心調整好形狀，然後輕輕放在桌子的一角。那個位置總是準確而相同，方向也相同。好像把帽子放在那裡以外的地方或朝向不同方向的話，會發生什麼不好的事情似的。在進行那個精密的作業時，他完全不開口。嘴唇緊閉，儀式在沉默中嚴肅地進行。等到結束之後，他才開始微笑，向我打招呼。

他每次都穿著裙子，但腰部以上卻穿著一般的，甚至可說是保守的男性服裝。白襯衫的鈕釦規規矩矩地扣到脖子，純樸的斜紋軟呢上衣，深綠色素面背心。沒有打領帶，但總會穿著不凌亂而稍顯老派，不過看起來很乾淨的衣服。這種很平常的中老年男士的穿著，和裙子（還有褲襪）的搭配，怎麼看都很難說是順眼，但他本人似乎毫不在乎的樣子。而且町裡的人長年看慣那個模樣之後，可能也不會再一一去注意了吧。

我住在Ｚ××町的日子，就這樣平安無事地過去了。我接受了新的日常生活，身心也一點一點地逐漸適應了。夏天的殘暑散盡、秋意逐漸加深，圍繞此地的群山上各種色調層次的楓紅繽紛美麗地彩繪四野。假日我獨自一人在山間漫步，盡情享受大自然所揮灑的美的極致。日子過去，不久難以避免地，周圍開始瀰漫起冬季的預感。山間的秋天格外短促。

「再過不久就要開始下雪了吧。」子易先生臨別之際站在窗前，一邊仔細觀察雲的動向一邊這樣說。小巧的雙手在腰的後方緊緊交握。

「空氣中帶著這種氣味。這一帶的冬天來得早。您也差不多該開始準備雪地鞋比較好噢。」

34

下了第一場雪的那天傍晚（十一月也即將結束），圖書館的工作結束後，我上街去買雪地用的鞋子。雖然才剛開始飄稀稀疏疏的雪，但一旦開始真正下大雪的話，穿著從東京帶來的都會風**纖弱**鞋子，在下雪天走路就太不可靠了。

開始下雪後，無論如何都會讓我想起在那座被牆圍繞的城裡的生活。一到冬天，那座城也經常下雪。然後在那雪中，許多獨角獸會死去。

不過在那座城裡，我到底是穿什麼樣的鞋子呢？

我從城那裡領到鞋子（所有的衣服和用具都是由城配給的），每天穿著那雙鞋走在冬天的路上。雖然積雪都不深，但路面有時會凍得硬邦邦的，變得很滑。然而我走在那樣的路上並沒有感覺不方便。可能是因為領到的鞋子是適合走在雪地上的吧，但那是什麼形狀什麼顏色的鞋子，已經完全想不起來了。每天穿著走在路上的，為什麼記不得了呢？

關於那座城，有很多事情都想不太起來。有幾件事情記憶極度鮮明，但有某一類事情卻怎麼努力回想都想不起來。雪地鞋，也是那**想不起來**的事情之一。記憶變成這樣**斑駁不全**，讓我感到困惑混亂。記憶是隨著時間的經過而失去的，或者是從一開始就不存在呢？我所記憶的事情到什麼地方為止是真實的？從什麼地方開始是虛構的？到哪裡為止是實際發生過的事，從什麼地方開始是編造出來的東西？

不久之後的一天，子易先生現身在圖書館。在剛過上午十一點的時候。那天同樣是灰濛濛的陰天，飄著小雪。館長室放著一個瓦斯暖爐，但火力並不足以充分溫暖整個房間。所以我穿著羊毛上衣，脖子上圍著圍巾，檢閱著帳簿。不過對於房間內的微寒，我並沒有特別感到不滿。樓下閱覽室開著舒適的暖氣，只要座位不坐滿（大多不會滿），我也可以暫時在那裡讓身體暖和起來。

而且我可能還算喜愛適度的——勉強可以忍受的——寒冷。因為我曾經在那座被牆圍繞的城裡，日日體會這種感受的緣故。圍繞著我的寒冷空氣，讓我心中在那座城的生活再度甦醒過來。

子易先生這一天敲了門，走進館長室來。首先脫下貝雷帽，像平常那樣先整理好形狀，再放在桌子固定的一角。然後微笑地跟我打招呼。不過暫時沒有脫下圍巾和手套，只脫下貝雷帽而已。

「這個房間依然有點冷啊。」子易先生說。「光用一個這麼小的暖爐不夠暖。必須換個大一點的才行。」

「有一點冷，讓身體和心都有點緊張感可能比較好。」我說。

「往後進入真正的嚴冬後會更冷，那時候就不能說『有一點冷比較怎麼樣』那麼輕鬆的話了。您是都市來的人，還不清楚這一帶冷起來是什麼樣的感覺。」

子易先生把雙手的手套脫下，摺疊起來放進上衣的口袋，在暖爐前搓著雙手。然後說：

「您知道我當館長的時候，在這間圖書館裡是怎麼度過寒冷的冬天嗎？」

「是怎麼過的？」我無法想像。

「這間館長室對我來說有一點太冷。」子易先生說。「我雖然是在這個町出生長大，但該怎麼說呢，卻滿怕冷的。所以，啊，冬天裡主要都在別的房間避寒，在那邊工作。」

「別的房間？」

「是的。有另一間比這裡要溫暖得多的房間。」

「在這間圖書館裡嗎？」

「是的，就在這間圖書館裡。」

子易先生從脖子上取下看起來用了很久的蘇格蘭格紋圍巾，仔細摺疊成小小一塊，放在貝雷帽的旁邊。

「啊，是啊。那裡說起來，就像是我在冬天的隱居處。您想看看那個房間嗎？」

「那個『隱居處』比這個房間溫暖吧？」

子易先生點了幾次頭。「是啊，是啊，比這裡溫暖多了，也舒服多了。啊，您有館內的整套鑰匙吧？」

「有啊。我有。」我從書桌的抽屜，拿出館內的鑰匙串給子易先生看。這是上任第一天添田小姐交給我的。

「啊，太好了。拿著鑰匙跟我來。」

子易先生以敏捷的腳步走下階梯。我緊跟著他，以免落後。穿過人影稀疏的閱覽室，通過添田小姐坐著的正面櫃檯前，通過作業室（一位打工的女性坐在櫃檯，一臉認真地在貼新書的書標），往後方的走廊前進。我們從前方經過，也沒有任何人抬起頭來，簡直就像完全沒看到我們似的。那感覺非常不可思議。感覺好像變成透明人了。

從作業室往更裡面走，是沒有當成圖書館使用的區域。添田小姐曾為我全部導覽過一遍。這裡的走廊曲折複雜，陰暗錯縱，我對於實際的構造幾乎沒留下記憶。但子易先生卻能毫不遲疑地快步穿過走廊，在一扇小門前面站定。

「就是這裡。」子易先生說。「請給我鑰匙。」

我把沉重的鑰匙串遞出去。上面掛著十二把形狀各異的鑰匙，除了主要的幾把之外，根本看不出哪一把鑰匙對應哪一扇門。子易先生一接過鑰匙串就馬上選了一把鑰匙，插進門的鑰匙孔一轉。隨著意外大聲的喀嚓一響，門鎖開了。

「這裡是半地下室。有一點暗，下階梯時要小心噢。」

門內確實很暗。階梯是木板製的，每踩一步，就會發出嚇人的嘎吱聲響。子易先生走在我前面一階一階慎重地移動腳步。往下走了六階後，他將雙手伸到頭上，以熟稔的動作轉動一個像是旋鈕的東西。啪吱一聲，從天花板垂下的電燈泡亮起了黃光。

那是個約四平方公尺左右的正方形房間。木地板上沒鋪地毯。階梯對面的牆壁上方，有一扇橫形的採光窗。那扇窗可能裝在很貼近地面的地方。窗戶好像長時間沒擦，玻璃灰灰霧霧的，幾乎看不見外面的景色，也只有一點微弱的陽光照進來。窗戶外側裝了防盜的鐵欄杆，但看起來好像不太堅固。

房間裡放著一張陳舊的小木桌，和兩張不成套的椅子。感覺都像是隨便拿沒在用的東西湊成的。這些就是房間內全部的家具了。完全沒有裝飾可言，牆壁是微微泛黃的灰泥牆，從天花板垂下一個電燈泡，燈泡上附有一個乳白色的燈罩。那是唯一的照明。

看不出這間房間原本到底是什麼用途。不過這間正方形房間，感覺散發著一種別有深意的空氣，帶有某種謎似的。好像在很久以前，有誰在這裡把某件重要的祕密，悄悄地小聲告訴了另一個人……

然後我看到了。房間的一個角落，放著一個黑黑的老式燒柴暖爐。

我不禁倒吸了一口氣。然後反射性閉上眼睛，調整呼吸之後再次睜開眼睛，確認那個是實際存在於那裡的。沒有錯。並不是幻影。和那被牆圍繞的城裡的圖書館裡完全一模一樣的——或是看起來簡直一模一樣的——暖爐。從暖爐突出一根黑色圓筒形的煙囪，延伸到牆裡。我以失去言語的狀態站定在那裡，長久之間直直注視著那一個暖爐。

「怎麼了嗎？」子易先生以訝異的聲音問我。

我再深呼吸一次。然後說：「這是燒柴暖爐嗎？」

「是的，正如您所看到的，古典的燒柴暖爐。從很久以前就一直放在這裡。不過這個比想像中有用噢。」

我站在原地不動，仍然一直望著那個暖爐。

「還可以使用嗎？」

「當然。當然可以使用。」子易先生眼睛發亮，這麼斷言。「事實上，每年一到冬天，我都一定會用這個暖爐生火。柴薪放在這塊地的另一個地方，儲備量很充足，因此完全不用擔心柴薪的問題。附近的蘋果農家在停業時砍倒了老蘋果樹，好意送給我很多，我再請有交情的製材業者幫我裁切成大小適中的柴薪，燃燒時會有蘋果的香氣。啊！那真的是非常香的氣味。怎麼樣，要不要把柴薪拿來，現在就在這裡實際點火看看哪？」

我考慮了一下之後搖頭。「不用了，沒有這個必要。現在還沒有那麼冷。」

「是哦？不過如果有需要的話，啊，隨時馬上都可以使用。冬天您可以搬出那間有點冷的二樓的館長室，移到這邊來，這樣工作也比較順利。添田小姐對這方面的情況也很清楚。」

「這個房間本來是做什麼用的？」

子易先生輕輕歪一下頭，抓抓耳垂。「嗯，這個嘛，我也不知道，就如您所知道的，這棟建築物以前是用來釀酒的。為了當成圖書館，有一半以上改裝過，但剩下的部分，也就是這一帶，就留下來沒動了。這個房間過去是做什麼用的，啊，因為是以前的事情，所以很遺憾我並不知道。」

我再環視那小房間一次。

「不過總之，這個房間和暖爐，我都可以使用是嗎？」

子易先生用力點頭。

「當然哪。這裡是我們圖書館的一部分，要在這裡做什麼，那是您的自由。啊！這個燒柴暖爐您一定會喜歡的。因為又安靜又溫暖。光是望著那赤紅燃燒的火焰，身體和心就都會從最深處暖和起來。」

子易先生和我走出那正方形的房間，回到陰暗的走廊，通過添田小姐坐著的櫃檯前，穿過人影稀稀落落的閱覽室，回到二樓的館長室。和來的時候一樣，我們從前面經過也沒有任何一個人抬起頭來。

那天下午，我一直想著那間正方形的房間，和那個黑色舊式燒柴暖爐。隔天也一樣。

35

進入十二月，那年最初的強勁冷空氣來襲，飄起一陣一陣的雪。我決定從館長室搬到正方形半地下的房間試試看。我這樣告訴添田小姐時，她沉默了幾秒鐘。短暫，卻是相當深且重的沉默。簡直就像沉到湖底的一小塊鐵那麼重。然後好像改變了想法似地輕輕點頭，只說：「好，我知道了。」對於我要搬房間的意見和提問都沒有。

所以我發問：「我搬房間，不會造成什麼不方便吧？」

她立刻搖搖頭。「不，沒有任何不方便。」

「燒柴暖爐也可以使用嗎？」

「請自由使用沒關係。」她以有些缺乏抑揚的聲音這樣說。「只是，得先請人清掃煙囪，所以請等兩天再生火。如果有鳥在煙囪裡築巢就麻煩了……」

「當然。」我說。「煙囪是通到地上的嗎？」

「是，通到屋頂，所以必須要請專門的業者來才行。」

「這棟建築裡，還有其他使用燒柴暖爐的房間嗎？」

添田小姐搖搖頭。「不，館內使用燒柴暖爐的只有那個半地下的房間而已。以前其他房間也有燒柴暖爐，但在改建時全都拆下來處理掉了。只有那個房間的暖爐，依照子易先生的意思保留下來。」

我那時覺得很奇怪。添田小姐為我導覽建築物內部時，我不記得有被帶去看那個房間。如果看過，我一定會留下關於那個房間的記憶。因為房間是奇特的正方形，裡面又擺著燒柴暖爐。我不可能看漏。

為什麼添田小姐沒讓我看那間房間呢？她認為沒有必要特地帶我看那裡嗎？或許只是一時疏忽忘記了，或者要一一找鑰匙開鎖嫌麻煩，故意略過了也不一定。但從她那麼認真的性格來看，很難想像會有這種可能性。只要是定好的程序，無論多麻煩她都會毫不遺漏地遵循才對。

還有，為什麼那個房間要上鎖呢？從子易先生開鎖時的聲響，感覺那是相當堅固的鎖。不過那個房間裡應該沒有任何被偷會傷腦筋的東西。那種地方應該沒有必要鎖起來吧。上鎖的原因是什麼呢？

不過我把這些疑問全都留在自己心裡，沒有向添田小姐提出。因為總覺得這種事情好像別在這個場合發問比較好。

花了兩天時間等煙囪清掃完，從此以後我就開始在那間半地下的正方形房間工作。添田小姐把這件事通知打工的職員。她們沒說什麼，好像當成平常的事接受了。因為搬房間是過往子易先生每年都會做的事。

搬移很簡單，只要把文件櫃和檯燈移到新房間，還有把水壺和茶具帶過去。房間裡沒有電話插座，因此電話無法搬過去，但應該不會出什麼問題。

把辦公室（這樣稱呼可以吧）移到新房間之後，我最初做的事情是把柴薪搬進來。柴薪原本堆積在庭院的儲藏室裡。我用儲藏室內的竹籠裝起柴薪搬運到那間半地下室。然後在暖爐裡放幾根柴薪，把報紙揉成一團，擦火柴點火，轉動供氣口的旋鈕來調整進入的空氣。柴薪似乎保持著適度的乾燥，火很輕易就點著了。

長久沒有使用的暖爐，需要花一些時間等待溫度上升。我坐在暖爐前，看著橘紅色的火焰安靜地跳舞，堆積的柴薪形狀逐漸改變，看得目不轉睛，絲毫不厭倦。正方形的半地下室非常安靜。聽不見任何聲音。偶爾暖爐裡會發出啪吱的爆裂聲，除此之外只有沉默。四面無言的裸牆團團圍繞著我。

最後暖爐整體都溫暖起來了，我將裝了水的水壺放在爐子上，不久水壺發出喀噠喀噠的聲音，開始旺盛地吐出白色的蒸汽後，就用那開水泡紅茶。在火爐上煮沸的開水所泡的紅茶，都是用同樣的茶葉，泡出的茶卻感覺特別香。

我一邊喝著那紅茶，一邊閉上眼睛，想著那座被高牆圍繞的城。我傍晚去圖書館時，暖爐總是紅紅地燃燒著，放在上頭的黑色大水壺正冒著蒸汽。然後穿著樸素的——有些地方褪色或磨破的——衣服的少女，為我準備了藥草茶。她所泡的藥草茶確實是苦的，但和我們（這邊世界）日常生活所說的「苦」並不同。是我所知道的言語所無法形容的，種類特別的苦。那可能是只有在那道高牆的內側才能嘗到，或認知到的不同種類的「苦」。我懷念著那無法形容的風味。但願能再嘗到那滋味，即使只有一次也好。

雖然如此，在沉默中紅紅地持續燃燒的暖爐，和使我想起黃昏的昏暗房間，偶爾喀噠喀噠發出聲音的老水壺，把那座城從來沒有像現在這麼拉近到我身邊。我閉著眼睛，長久之間，沉浸在那已經喪失的城的幻想之中。

但我總不能整天沉浸在幻想中，在爐火前無為地度過一天。

喝完紅茶後，我深呼吸轉換心情，接著開始投入那天的工作。我必須在預算範圍內，選擇出那個月圖書館要購買的新書。雖然決定權委任給我，但我當然不能以我個人的偏好選擇圖書館要採購的書。一般人喜歡的暢銷書、引發大眾議論的書、來館者要求購入的書、跟這個地區大家關心的事情有關的書、公共圖書館應該具備的書，加上我個人希望這個町的居民讀的書……要從這裡面慎重地選擇書，製成購書清單。然後再請添田小姐過目，加入她的意見（她經常能提出一些有益的意見），做成最終版的購書清單，添田小姐再根據清單進行實際的採購工作。

我那天做的主要是這樣的工作。在正方形半地下室內，不時看向燒柴暖爐紅紅燃燒著的火焰，同時一手拿著鉛筆寫下預定新購書籍的清單。房間夠溫暖之後，我脫下穿在外面的上衣，把襯衫的袖子捲到手肘，繼續工作。

在我工作期間，沒有人會到房間來。那裡是只有我一個人的世界。我偶爾會離開座位去添加暖爐的柴薪，或是調整供氣口以防火勢太強，或者到附近的水龍頭去為水壺加水。並且盡量不去想那座城和那間圖書館的事。想那些會有危險。我很快就會被拉進幻想中，一不留神，我會在書桌上托著臉頰閉上眼睛（手上的鉛筆不知什麼時候消失了），在思考的迷宮中漫無目的地徘徊。為什麼我會在這裡？為什麼我不在那裡……

這裡再怎麼說總是我的職場——我對自己這樣說。在這裡我必須負起身為館長的社會責任。不能拋開那份責任，落入個人的幻想世界。不過雖然如此，我還是會在不知不覺間，飛回那座被高牆圍繞的城裡去。回到獨角獸成群踏出蹄聲走在街上，書架上堆積著滿是白色灰塵的古夢，川柳的細枝迎風搖曳，沒有指針的鐘塔俯視著廣場的那個世界。當然移動的只有我的心，或意識而已。我實際的肉體始終留在這邊的世界——或許。

中午以前我走出那溫暖的房間，到櫃檯的添田小姐那邊去，商談幾件必要的事務。她完全沒問我新的辦公室是否舒適，暖爐是否夠暖。只有像平常那樣面無表情，俐落地交換幾件工作上的資訊，對幾件案件下了決定而已。在需要保持安靜的圖書館裡，基本上並不會閒聊瑣事。平常就是這樣沒錯，即使如此，那天的添田小姐，似乎在刻意避免談到我搬辦公室的話題，她的聲音中可以聽出平常所沒有的些微緊張感。我不知道那是為什麼，或意味著什麼。

子易先生造訪我的新辦公室，是在我搬過來的第三天下午兩點前。

他和平常一樣穿著裙子。長度過膝的羊毛一片裙，顏色是深酒紅。底下穿黑色褲襪，脖子圍著淺灰色圍巾，當然還戴著深藍色貝雷帽。上身穿著斜紋軟呢厚上衣，這身打扮穿在他身上顯得非常舒適自在。沒有穿大衣。可能在玄關脫下了放在那裡。

子易先生面帶一如往常的笑容，向我簡單地打過招呼後，就直直走到暖爐前去，貝雷帽也沒脫就在那裡烘烤雙手，好像那是比什麼都重要的儀式似的。然後他轉向我說：

「那麼，這裡感覺怎麼樣啊？」

「很舒服、溫暖，安靜又安心。」

子易先生好像在說「對吧？」似的，點了幾次頭。

「暖爐的火實在很好。那能讓身體和心同時，嗯，從最深處暖起來。」

「您說得沒有錯，身體和心都會溫暖起來。」我同意。

「蘋果木的香氣也相當美好吧。啊，怎麼說呢，很香。」

我也同意。柴薪點上火，房間裡漸漸就會飄起一股淡淡的蘋果香。不過這點除了愉悅感以外，同時對我來說也含有一點危險的要素。因為，我覺得那香氣好像會在不知不覺間，把我引誘到深深的夢想世界裡。感覺就好像會把人的心吸引到沒有框架的世界去。

這麼說來，那座城的門外就有一片廣大的蘋果園噢，我心想。守門人會採下蘋果，送給城裡的人。因為被允許出去到門外的人，除了守門人沒有別人。然後圖書館的少女用蘋果做成了點心。我還記得那味道。甜度適中，有一點酸，自然的滋味漸漸滲進身體。

子易先生說：「我試過各種柴薪，還是蘋果的老樹最好。容易點火，煙味又香。能得到這種柴薪應該說很幸運吧。」

「是啊。」我同意。

子易先生站在暖爐前烤暖身體一會兒後，走到我的辦公桌前來，在椅子上坐下。他走在地板上的腳步幾乎沒發出聲音。仔細看看他穿的是白色的網球鞋。已經快要進入真正的冬天了，我心想現在還穿著薄底網球鞋有一點奇怪。大多數人已經改穿冬季用有內裡的厚底鞋了。不過用世間一般的標準來看待子易先生的舉止並沒有意義。

之後子易先生和我談了一下關於圖書館業務的幾個細節。有關圖書館的業務，子易先生的說明總是明瞭具體，而且很得要領。他是具有一些奇特──或者該稱為古怪──傾向的老人，但只要事關圖書館的工作，他的意見總是得當而實用。談到這種實務話題時，他連眼神都會改變。好像鑲著一對寶石一般，兩眼深處閃著晶亮的光輝。他深愛著這間圖書館，這是比什麼都更明顯的事實。

子易先生脫下外面的上衣披在椅背上，拿下脖子上的圍巾，摘下貝雷帽，像平常那樣慎重地放在桌子上（不過是和過去不同的桌子）。然後像放鬆的貓似的，雙手搭在桌子上。在這半地下的正方形小房間裡像這樣和子易先生兩個人在一起，我感覺是再自然不過的事了。

不過在那一刻，我忽然發現一件事。他所戴的手錶沒有指針。

剛開始，我懷疑是不是自己的眼睛有問題，或者是因為光線的關係一時看不見指針而已。但並不是這樣。我若無其事地用手指揉揉眼睛後，又試著再看一眼，但他左手腕上戴的舊手錶——可能是手動上發條的——錶盤上沒有指針。顯示時的短針、顯示分的長針、顯示秒的細針，或其他任何種類的指針都看不見。只有顯示數字的錶盤而已。

我很想問子易先生，為什麼您的手錶沒有指針呢？如果我問了，子易先生可能會爽快地告訴我理由或內情。或許我應該實際問他。但不知道為什麼，心裡卻有一種別問比較好的聲音阻止我發問。我所做的只有留意著別被他發現，一邊聊著其他話題，一邊裝作不經意地數度看向他左手腕上的手錶。

然後為了慎重起見，我看看自己的手錶。因為我忽然擔心起整體的時間是否發生什麼問題了。不過戴在左手的手錶錶盤上，和平常一樣所有指針都很齊全，顯示出時刻是下午兩點三十六分四十五秒。接著變四十六秒、四十七秒。時間在這個世界還好好存在著，正確無誤地往前進。至少在手錶上——是這樣。

和那鐘塔一樣，我想。在那座被牆圍繞的城裡，河邊的廣場上佇立的鐘塔一樣。有錶盤，但沒有指針。

有種時空稍微歪斜扭曲的感覺。我感覺到有什麼跟什麼混合在一起了。境界的一部分崩潰瓦解，也或許是變得曖昧模糊，現實開始在各處混合。那混亂是從我自己內部的什麼所帶來的？還是子易先生這存在所帶來的？我無法判斷。在這樣的混沌中，我想辦法讓自己鎮定，努力不讓困惑表現在臉上，但這並不容易。我無法開口，對話因此中斷。

子易先生從桌子對面看著我那個模樣。他臉上並沒有露出什麼特別的表情，就像什麼也沒寫的空白筆記那樣。我們暫時之間無言以對。

不過在某個時間點，子易先生好像忽然想到什麼似的。也或許是忽然想起什麼。他的瞳孔忽然明亮起來，長長的眉毛抖動了一下，然後嘴唇微微張開。好像在預習即將要進行的發言似的，小巧的嘴巴做出幾個不帶聲音的唇形。微小的，但確實帶有意圖的動作。對，他想告訴我什麼——可能是具有某種重要意義的事情。我在桌子對面等著那句話。

但就在那時候，突然聽見暖爐中的柴薪發出崩塌的聲音。同時好像與之呼應一般，爐上的黑色水壺猛然冒出白色蒸汽。子易先生的身體幾乎是反射性地轉過去望向那邊（快到與他平常的動作完全不搭），以銳利的眼光確認火勢沒有異樣後，才把視線轉回來。

不過這一刻，他原本想說的話——雖然不知道是什麼樣的話——已經不知散失到哪裡去了。瞳孔再度恢復平常那混濁的色調。他已經沒話可說了。赤紅燃燒著的暖爐火焰，似乎已經把那裡原來該有的言語吸得絲毫不剩。

不久後，子易先生從椅子上慢慢站起來。做了一個深呼吸之後，他手撐著腰，將背脊挺得筆直，好像要把僵硬的關節一一鬆開似的。然後拿起放在桌上的深藍色貝雷帽，小心地調整形狀之後戴到頭上，脖子圍上圍巾。

「差不多該告辭了。」他好像在說給自己聽似的。「總不能一直賴在這裡妨礙您工作啊。畢竟暖爐在燒著就覺得很舒服，所以不知不覺會一直待下去。我得多注意才行。」

「請別在意這種事情，待多久都沒關係。我還有很多事情想要向您請教呢。」我說。

但子易先生露出笑容，什麼也沒說只輕輕搖頭。他無聲地走上樓梯，向我行了一個禮後就消失蹤影。

戴著沒有指針的舊手錶，總是穿著裙子的一個老人——這謎一般的存在到底意味著什麼？其中好像含有什麼訊息。恐怕是對我個人發出的訊息……但我想著想著變得非常睏，坐在椅子上就睡著了。那是一張不適合睡覺的又硬又小的椅子，我竟然不在乎地睡著了。短暫而濃密的睡眠。濃密得沒有縫隙，連夢的片段都夾不進去。我在睡夢中，聽到水壺再度響起噴出蒸汽的聲音。也可能是我自以為聽到了。

一段時間後，我走出房間到閱覽室去，和在櫃檯裡的添田小姐談了一下話。然後問她，子易先生回去了嗎？

「子易先生？」她稍微皺著眉說。

「三十分鐘左右之前他來過半地下室，我們談了一下。他是在快兩點時來的。」

「不知道，我沒看見他。」她以莫名缺乏潤澤的聲音說。然後拿起原子筆，繼續做她本來在做的工作。我覺得很奇怪。添田小姐幾乎不會離開她工作的櫃檯，而且敏銳的她應該不會看漏進出的人。她這個人就是這樣。

但那冷淡的口氣，已經明白顯示她不想再多談這件事的心情。至少我這樣感覺。因此有關子易先生的對話就在這裡結束。我回到半地下的正方形辦公室，懷著模糊的異樣感在燒柴暖爐的火前繼續工作。

子易先生到底要跟我說什麼？還有為什麼正好在那個時候，簡直像算好了一樣，柴薪發出聲音垮掉呢？好像要打斷那發言似的，好像對發言者發出警告似的。我想了很多，但一切思考和推論都會撞上厚厚的牆，無法往前進。

36

冬季一天又一天地加深、變冷。隨著這一年接近尾聲，正如子易先生的預言，這個山間的小町開始頻繁下起雪來。厚厚的雪雲一波又一波從北方被風吹來。有時迅速，有時緩慢得看不出動靜。

一到早晨，周圍就到處樹立起冰針，在我的新雪地鞋底發出令人心情愉快的清脆聲響。那很像踩在掉落地上的糖果發出的聲音。為了想聽那聲音，我常常一大早明明沒事還到河邊漫步。我所吐出的氣息在空中變成白色的硬塊（硬到感覺都可以在上面寫字的地步），早晨澄澈的空氣變成無數透明的針，銳利地刺著肌膚。

那樣日常的嚴寒，對我來說既是非常稀奇的事，同時也是愉快又刺激的經驗。那是一種踏進過去從來沒體驗過的不同世界，所帶來的新鮮感受。無論如何，我已經改變了自己的人生所在之處。就算還不知道改變的環境今後會把我帶往什麼方向去也一樣。

天剛亮的河邊，有一大片還沒有被任何人的足跡汙染的純白雪原。雖然降雪量還不大，但常綠樹橫向開展的蒼翠枝幹上堅強地支撐著夜間新降的積雪。不時從山上吹下來的風，在河對岸的樹林裡發出尖銳的哀聲，預告更嚴厲的季節即將到來。這種自然的模樣，讓我的心充滿求而不得的懷念和淡淡的哀愁。

降下的雪大多又硬又乾。凝凍的純白雪片接在掌心裡，還能長久保持原形。從北方翻山越嶺來到這裡的過程，似乎會奪走雪雲的溼氣。又硬又乾的降雪堆積起來，久久未融。這樣的雪，讓我聯想起撒在聖誕蛋糕上的白粉（最後一次吃聖誕蛋糕，是什麼時候呢？）。

厚大衣、溫暖的內衣、毛線帽、喀什米爾圍巾、厚手套成為我日常的必需品。不過到了圖書館，那裡有舊式的燒柴暖爐在等著我。雖然房間暖和起來需要花一點時間，然而火勢一旦穩定之後，舒服的暖意就會跟著來臨。隨著房間用了一段時間逐漸暖和，我身上穿的衣服也一件又一件脫下來。脫掉手套、拿掉圍巾、脫下大衣，最後留下薄毛衣。下午有時脫到只剩一件長袖襯衫。

在那座被牆圍繞的城，少女總是事先為我把暖爐的火生起來。我傍晚推開圖書館的門時，房間已經充滿舒適的溫暖，暖爐上的大水壺冒著友善的蒸汽。但在這裡沒有誰會為我做這樣的準備，只能靠自己親自動手。圖書館最深處的半地下室，在清早寒冷徹骨。

我在暖爐前彎身擦亮火柴，把揉成一團的舊報紙點著火，讓火引燃細瘦的柴，再慢慢燒往較粗的柴薪。有時候不太順利，要從頭做同樣的手續。那工程就像儀式般嚴肅。從遙遠的古代開始，世人就持續著相同的行為（當然古代既沒有火柴也沒有報紙）。

等火順利穩定下來，暖爐本身擁有溫度後，就把裝了水的黑水壺放上去。不久水沸騰了，我就用從子易先生那裡接收的陶製茶壺泡紅茶。然後在桌子前坐下，一邊品嘗溫熱的茶，一邊漫無邊際地想著那座被高牆圍繞的城，和圖書館中的少女。無論如何就是會想起。冬天早晨的半個小時左右，就這樣不著邊際地過去。我的意識在兩個世界之間來回遊走，漫無目的。

不過接下來我會調整好心情，深呼吸幾次，宛如把鉤子穿過鐵環一樣，將意識固定在這邊的世界。然後開始專心在這間圖書館做我的工作。我已經不會再讀「古夢」了。我在這裡必須做的是更一般的事務工作。過目交給我的文件，在上面填入該填的資料，核對日常的瑣碎收支，把營運圖書館所需的一切列成清單。

在那之間，暖爐安安穩穩地繼續燃燒，蘋果木的芳香充滿了狹小的房間。

子易先生打電話到我家是晚上十點過後。自從搬過來以後，電話鈴從來沒有在這樣晚的時間響過，子易先生打電話到我家也非常罕見（我記不太清楚，不過這應該是第一次）。

那時我原本坐在讀書用的老舊搖椅上（子易先生不知從那裡幫我弄來的），藉著落地燈的光正在重讀福婁拜的《情感教育》。老字體看得我眼睛很累，正想準備睡覺——就跟往常差不多的時間。

「喂喂！」子易先生說。「不好意思這麼晚打電話過來，我是子易。還沒睡嗎？」

「是啊，還沒睡。」我說。雖然正要睡了。

「啊，真是抱歉，我有個不情之請。可否麻煩您現在到圖書館來，這要求會不會太無理了？」

「現在嗎？」我說著，看看枕邊的鬧鐘。指針指著十點十分。我想起子易先生手腕上戴著的沒有指針的手錶。這個人到底知不知道時間？

「我知道現在時間很晚，已經過了晚上十點了。」子易先生說。好像讀到我的心思似的。「不過，有件有點重大的事情。」

「而且那件事，在電話上沒辦法講是吧？」

「對，是這樣沒錯。不是可以在電話上簡單說的事情。而且電話也大多不太可靠。」

「我明白了。」我說，慎重起見再一次看看枕邊的鐘。秒針正確地走動著。在深深的寂靜裡，聽得見滴答滴答滴答的微小聲音。

我說：「嗯，我想我現在可以到圖書館去。那麼，子易先生現在在哪裡呢？」

「我在圖書館的半地下室等著。是，就在那間有暖爐的正方形房間。暖爐已經充分暖起來了。我想在這裡等您，怎麼樣呢？」

「好，我會到那裡去。不過還要換衣服，大約需要三十分鐘左右才會到。」

「沒問題。我可以等，完全沒有關係，時間多的是。而且我也習慣熬夜，不會想睡。所以，您完全不用急。慢慢來，我在這個房間等您。」

我掛上電話，思索了起來。不知道子易先生怎麼進圖書館的？他還有玄關的鑰匙嗎？子易先生已經卸下館長的職務了，但是他過去和圖書館的營運關係密切，所以還擁有鑰匙或許也沒什麼奇怪的。

腦中浮現在黑暗的圖書館深處的一個房間裡，子易先生坐在暖爐前，一個人等著我的情景。那應該是相當奇怪的景象，但我並不覺得有多奇怪。什麼是奇怪、什麼是不奇怪，判斷的基準在我心中似乎搖擺不定。

我在毛衣外套上粗呢大衣，脖子圍上圍巾，戴上毛線帽，穿上帶有羊毛內裡的雪地鞋，也戴上手套。這是很冷的夜晚，但沒有下雪，也沒有風。抬起頭也沒看到星星，可見天空已經被厚厚的雲所覆蓋，什麼時候會下起雪來都不意外。除了河水的潺潺水聲，以及我踏步時的腳步聲之外，沒有任何聲音傳進耳裡。好像所有的聲音都被頭頂的雲吸進去似的。冰冷的空氣刺痛了臉頰，我把毛線帽拉下來蓋住耳朵。

從外面看，圖書館一片漆黑。除了古老的門燈之外，周圍所有的燈都熄滅了。簡直像戰爭時期的燈火管制一般完全無光。被黑暗所覆蓋的圖書館，我還是第一次看到。看起來和平常見慣的白天的圖書館好像是不同的建築物似的。

玄關上鎖了。我脫下手套，從大衣口袋掏出沉重的鑰匙串，以不熟悉的動作打開拉門的鎖。打開這道門的鎖需要兩把鑰匙。仔細想想，這是我第一次實際用到那串鑰匙。

走進建築物後，我把背後的拉門關上，慎重起見，再度上鎖。圖書館裡亮著綠色緊急指示燈的微光。我靠著那微弱的燈光，小心穿過閱報區以免撞到其他東西，經過櫃檯前（添田小姐總是坐著的地方），穿過閱覽室，走過曲折的走廊，朝半地下室前進。這裡連緊急指示燈都沒亮，走廊非常暗。每踏出一步，腳尖下的地板便抱怨似地發出小聲哀嚎。我後悔沒帶小手電筒來了。

半地下室微微透出燈光。從門上小窗的毛玻璃透出的黃色燈光，稍微照亮了走廊。我輕敲房門。裡面傳來乾咳的聲音。然後子易先生說：「請進。」

子易先生坐在紅紅燃燒的暖爐前，正在等我。從天花板垂下一個舊燈泡，把房間染成奇妙的黃色調。桌子的一角放著那頂熟悉的深藍貝雷帽。

眼前的景象，和我掛電話時腦裡浮現的畫面完全相同。半夜無人的圖書館深處的一個房間裡，正在等我的小個子老人（留著灰色的鬍鬚，穿著格紋裙）。

那情景，有如小時候讀的圖畫書中的一頁。好像有什麼即將改變似的——我有那種預感。彷彿只要轉過一個轉角，那裡就會有什麼在等我。那是我少年時代經常會有的感受。而且那個什麼，會告訴我重要的事實，那個事實會迫使我做出某種該做的改變。

我拿下毛線帽，和手套一起放在桌上。拿下喀什米爾圍巾，脫下大衣。因為房間裡已經夠溫暖了。

「怎麼樣，要不要喝紅茶？」

「好的，謝謝。」我遲疑了一下後回答。現在在這裡喝了濃茶可能會睡不著。不過又很想喝一點什麼，而且我總是難以抗拒子易先生泡的紅茶的香氣，心自然會被吸引。

子易先生從椅子上站起來，提起暖爐上正冒著白色蒸汽的水壺，以巧妙的手法在空中轉一轉，讓沸騰的開水稍微冷卻下來。裝滿了水的大水壺一定相當重吧，但他的動作卻讓看的人感覺不到那份重量。然後他用茶匙精準測量紅茶茶葉，放進預熱到適溫的白色陶器茶壺，小心地注入開水。他蓋上茶壺的蓋子，在茶壺前閉上眼睛，像訓練有素的皇宮衛兵那樣站得挺直。每次都是同樣的流程。不，與其說流程，或許更接近一種儀式。

子易先生似乎在集中精神，運用體內的特殊計時器衡量泡紅茶的最佳時間。這個人可能不需要時鐘的指針那種講求方便的工具吧。

他心中的「最佳時間」似乎終於到了，子易先生宛如咒縛解除一般放鬆立正姿勢，再度動起來。他把紅茶從茶壺注入兩個事先溫好的杯子裡，拿起一個杯子，用鼻子確認蒸汽的香味，讓那神經訊號傳達到腦部，然後好像滿意似地輕輕點頭。一連串的動作順利完成。

「啊，好像可以了。請用。」

我們都不需要在紅茶中加入砂糖、牛奶、檸檬，或其他任何東西。那本身就已經是完整無缺的紅茶了。溫度也恰到好處。濃密又芳香，溫暖而高雅。其中含有穩定情緒、撫慰精神的成分。如果再加上其他東西，想必會破壞那份完美。就像寂靜的朝霧在太陽光下消失那樣。

我總覺得不可思議。明明是用同樣的水煮沸的開水、用同樣的陶器茶壺、用同樣的紅茶茶葉，但子易先生泡的紅茶，和我泡的為什麼味道會差別那麼大？我模仿過子易先生幾次，試著用同樣的步驟泡紅茶，但都以失望收場。

我們暫時什麼也沒說，各自品味紅茶。

「啊，這麼晚了還請您特地過來，真過意不去。」過一會兒之後，子易先生帶著真的很過意不去的神情說。

「子易先生常常在這種時間來這裡嗎？」

子易先生沒有立刻回答。他喝了一口紅茶，閉上眼睛思考著什麼。

「這裡的暖爐，啊，我非常喜歡。」子易先生終於開口了。好像公開一個重要的祕密那樣。「這火焰、這蘋果木隱約的香氣，讓我的身心一點一點地從深處溫暖起來。對我來說，那溫暖非常寶貴。讓這脆弱的靈魂得到溫暖的東西非常寶貴。希望這件事——我來這裡打攪的事——不會對您造成困擾。」

我搖搖頭。「不，一點也不會困擾。我一點也不在意，只是，添田小姐知道您會在閉館後來到圖書館嗎？再怎麼說，她總是實質管理這圖書館的人，如果她不知道的話……」

「不，添田小姐不知道這件事。」子易先生以寧靜的聲音，卻格外乾脆的語氣說。「她不知道我夜間來這裡的事。以後也不會知道吧，此外真要說的話，啊，也沒有必要知道。」

關於這一點我不知道該說什麼才好，於是保持沉默。沒有必要知道？這到底是什麼意思？

「這件事要說明起來，真是說來話長。」子易先生說。「其實應該更早就找個機會，一點一點向您說出真相。但一直找不到適當的機會，時間就這樣過去，來到這個季節了。我想這應該都要怪我吧。」

子易先生把手上的紅茶喝乾，空杯子放到桌上。喀噹的清脆一聲在半地下的小房間中迴響。

「我要說的話聽起來可能相當奇怪。世間一般人聽來，可能很難相信。不過我相信，您會完全接受我說的話。因為您有相信的資格。」

子易先生說到這裡吸了一口氣，好像在確認暖爐的火焰帶來的溫度似的，雙手在膝上搓著。

「所謂資格，啊，這個說法好像不太合適。怎麼說呢，有點太正式。不過除此之外，我也想不到其他適當的形容。從第一次看到您的時候，我就清楚地知道了。對於我想說的事情、還有不說不行的話，這個人都能正確領會、理解。是具備這種資格的人。」

暖爐中的柴薪崩垮了，發出喀啦的聲音。就像動物改變姿勢時，發出突如其來的輕微聲響那樣。

我不太能理解目前的發展，因此就閉著嘴，望著暖爐的輝映下子易先生泛紅的側臉。

「我就直說了吧。」子易先生說。「我是沒有影子的人。」

「沒有影子？」我只能重複他的話。

子易先生欠缺表情的聲音說：「是的，沒錯。我是失去影子的人。沒有所謂影子這種東西。我想您遲早會發現吧。」

聽他這麼一說，我望向房間的白牆。他的影子確實沒有在那裡。上面映著的只有我的黑影而已。那在天花板垂下來的燈泡黃光映照下，斜斜地延伸到牆壁上。我一動，影子也動。但是我沒看到應該並排在那裡的子易先生的影子。

「是的，正如您所看到的，我沒有影子。」子易先生說。然後像是要再向我確認一次，他將一隻手伸到電燈前方，顯示影子並沒有映在牆上。「我的影子離開我，不知去哪裡了。」

我盡可能慎重地選擇用詞，問道：「那是什麼時候的事？也就是說，您的影子離開您的身體是在什麼時候？」

「在我死的時候。那時候我失去了影子。可能是永遠的。」

「在您死去的時候？」

子易先生微幅而堅定地點了幾次頭。「是的，從現在算起一年多一點之前。從那以後我就變成沒有影子的人了。」

「換句話說您已經死了？」

「是的，我已經沒有活在這個世間了。就像冰凍的鐵釘一樣，完全失去生命了。」

37

「是的，我已經沒有活在這個世間了。就像冰凍的鐵釘一樣，完全失去生命了。」

我試著想了一下他說的話。就像冰凍的鐵釘一樣，完全失去生命了？必須說一點什麼才行吧，但要說什麼？怎麼說？我找不到適當的話。

「您說您已經死了，這是真的嗎？」我終於開口，不過說出口後，就覺得這個問題聽起來非常愚蠢。

但子易先生一本正經地點頭承認。

「是的，死了沒錯。再怎麼說總是自己的生死，關於這方面我的記憶是正確無誤的，政府應該也有留下正式的紀錄。而且町內寺院的墓園，也建了一個小小的我的墓。也誦過經了，戒名也取了，雖然我不記得取做什麼。我已經死亡的事是千真萬確的。」

「不過，像這樣面對面交談，實在看不出您是死掉的人。」

「是啊，確實看起來可能和活著時一樣。大致上也能像這樣正常談話。但我死了，已經不是這個世間的人了，這個事實不會有任何改變。如果不怕誤解，用一個以前就存在的方便說法來形容的話，現在的我可以稱為幽靈。」

房間裡陷入深深的沉默。子易先生嘴角浮現微笑。雙手放在膝上搓著，眼睛注視著暖爐的火。

這個人可能在說笑話，可能只是在開我玩笑也不一定——這個可能性掠過我的腦海。正常狀況下，這種事非常有可能發生。有些人會一本正經地說笑話，或開別人玩笑。但不管怎麼想，子易先生都不是會喜歡開那種玩笑的人。而且再怎麼說，他確實沒有影子。不用說，總不可能為了開玩笑就暫時把影子消除掉。

現實這個詞在我心中已失去原本的意義，紛紛散掉了。我好像已經失去了當作基準的柱子，無法確認什麼是現實。當我在混亂的意識中慢慢搖頭時，牆上映出我拉長的黑影，也同樣慢慢搖頭。那動作比實際上多少誇張一些。

可怕嗎？不，我並不覺得特別可怕。不知道為什麼，假設我現在眼前看到的老人真的是幽靈好了，和他半夜在房間裡兩人面對面，我也完全不覺得害怕。沒錯，這是十分有可能的事。和死掉的人說話，有什麼不可以？

但我有非常多疑問。不用說，關於幽靈我們不知道的事情太多了。

「是的，我也有無數的疑問。」子易先生說，好像讀出我的想法似的。「為什麼我死了卻沒有回歸虛無，還能這樣保留意識，保留暫時的形體，繼續留在這圖書館裡，連我自己都不太明白。」

我什麼也沒說，只一直望著子易先生的臉。

「意識這東西真是不可思議。而且，死掉以後還有意識，啊，讓人感覺更加不可思議。『意識，是指腦察覺到本身的物理狀態』，這是我從一本書上讀到的。那麼，怎麼樣？這真的是正確的定義嗎？您覺得怎麼樣？」

意識，是指腦察覺到本身的物理狀態。

我試著思考這個說法。

「這麼說來，或許是這樣。聽起來是說得通的。」

「是的，那麼如果是這樣的話，表示我還有大腦存在。對吧？只要有意識，啊，那裡必然有大腦。可是，身體已經不存在了，腦現在卻還存在，這種事情有可能嗎？這真的有可能發生嗎？」

要跟上子易先生談論的事情，需要某種程度的時間和努力。畢竟這件事的道理，大為偏離日常生活的基準。我隔了一會兒之後，乾脆問他：

「那麼，子易先生，您的身體已經不存在了嗎？」

子易先生點點頭。

「對，我的身體已經不存在於這個世界了。現在雖然暫且，啊，這樣保持子易還在世時的模樣，但無法長時間維持。經過一定的時間之後，就會像煙一樣消失在空中，化為虛無。終究只是一時的虛假形體。當然這並不是什麼值得誇耀的外表，但現在除此之外，我也沒有別的選擇了。」

「不過意識還是持續存在的嗎？」

「是，意識還和原來一樣確實持續存在著。雖然沒有肉體了，但意識仍然完好。這對我來說是一個很大的謎團。既然沒有肉體了，那麼沒有肉體必然也沒有大腦才對，可是意識竟然還能照常運作。唉，像這樣，死了還是有不明白的事情，感覺真奇怪。活著的時候還模模糊糊地想著，死掉後會和活著時不一樣，應該會和謎那一類的無緣了吧。」

「您沒想過在腦和肉體之外，另有不同的存在，好比靈魂之類的嗎？」我問。

子易先生微微癟嘴，陷入沉思。

「嗯，這個嘛，我也針對靈魂思考過。可是越想就越不明白，所謂的靈魂到底是什麼？這實在是很深的謎團。就連死後像這樣變成幽靈，或者說就是因為變成了幽靈，我更加不明白靈魂是什麼了。很多人喜歡把『靈魂』這個字眼掛在嘴上，但靈魂到底是什麼樣的東西，沒有人能做出明確易懂的定義和說明。這個字眼頻繁用在很多情境，所以大家都以為靈魂這東西一定存在於我們體內。只有模模糊糊的認知，卻深信不疑。不過，真的死掉之後才知道，所謂靈魂這東西既看不見，也摸不到，更不能用來做什麼特別的事情。所以我想，實際上我們能依靠的，怎麼說都只有意識和記憶了。」

關於這一點，我並沒有特別表達個人的意見。當死者在眼前出現，說「我也不知道靈魂到底存不存在」時，該如何反駁才好呢？

「那麼，子易先生到底是怎麼死的？」我問。「還有，又是怎麼樣變成，嗯，也就是說，變成幽靈的呢？」

「啊，我自己死去時的事情倒是記得很清楚。我喪命的直接原因是心臟病發作。總之一轉眼之間就死掉了。連『啊！我就要死了』這種想法都沒有，因為完全沒有時間想。常常聽人家說死去的瞬間，一生之中所發生的事會像跑馬燈似地流過，但我那時什麼都沒看到。」

子易先生手臂環抱，有好一段時間陷入沉思。然後繼續說：

「我的心臟本來就不太好，不過以前也沒發生過重大的問題，而且一星期前才剛在郡山的醫院做過一年一度的健康檢查。那時候醫生說『沒什麼不正常的地方』。因此我沒想到自己會死於心臟病發作。然而有一天早晨，突然就發生了。以我的經驗來說，人生裡的重要事件，大多是在預想不到的時候發生的。而死亡這件事，也是人生中相當重要的事件之一。」

子易先生說到這裡，輕聲笑了。

「那天早晨，我到附近的山上一個人散步。我拿著拐杖，那拐杖的把手繫著驅熊的小鈴噹。季節是秋天，在那個時期，偶爾會遇到冬眠前的熊為了補充營養，下山來到村子附近。但一邊搖鈴一邊走的話，人就不必擔心會被熊襲擊。至少人家是這樣告訴我的。上山散步是我小小的健康祕訣。然而在散步途中，眼前忽然蒙上一層淡淡白霧，感覺意識好像逐漸模糊。我感到有一點不妙，於是靠到一旁的松樹樹幹上，但還是支撐不住身體，慢慢往地上滑落。我還記得在胸腔內側，心臟一直發出巨大的聲音。好像有很多小矮人在遠處的山丘上排成一列，各自用力敲著大鼓一樣，就是那麼大得可怕的聲音。小矮人站得很遠，看不清他們的臉，但他們的力氣似乎非常大，隆隆鼓聲響亮得就近在我耳邊。自己的心臟竟然會發出這麼大的聲音，我簡直難以置信。」

子易先生彷彿想起那時的情景般，輕輕閉上眼睛。

「接下來我腦子裡浮現的畫面，不知道為什麼竟然是一艘浸水的小船，我正用小桶子拚命舀水出去。我在一座大湖中央獨自划船，船體不知什麼地方好像破洞了，冰冷的水猛然灌進來。為什麼在這山中，臨死之際還想到這種事情，我自己也不明白。但不管怎麼樣，我都必須把這水舀出去，否則小船轉眼間就會沉進水底。那是我人生最後所看到的光景。想想真是不可思議。啊，人的一生就只有這樣嗎？然後終於虛無來臨了。完全的虛無。是啊，並沒有跑馬燈那種貼心的東西，我一點都沒看到。勉強漂浮在湖上的破爛手划小船，和可憐的小水桶——就只有這些。」

沉默。

「您一轉眼就死了嗎？」

「是，啊，真的是一轉眼就死了。」子易先生點頭說。「就我印象中，好像幾乎沒有感覺到肉體的痛苦。那實在太突然了，而且——該怎麼說才好呢——實在太輕易了，我根本沒有自己現在就快要死在這裡了、生命漸漸消逝了的認知。因此，就這樣變成幽靈以後，我好像還不太能體會到自己已經死去的事實。」

我發問：「自從您死了以後，然後……變成那個樣子，也就是……變成幽靈之前，有沒有經過什麼階段之類的？」

「不，沒有所謂的階段。回過神時，啊，我已經變成這樣的狀態了。以時間來說，我死去是在從現在算起的一年多前，然後變成這個樣子，也就是成為沒有實際肉體的所謂意識的存在，我記得是在死後的一個半月左右。我死去，舉行葬禮，火化遺體，把骨灰安放進墓裡之後，我就變成幽靈回到人世間了。在那之間發生過什麼、經過什麼樣的階段，這些我都不清楚。」

為了理解他的話，我必須花時間在腦子裡整理。不過也沒有什麼可整理的，基本上只能把他所說的事情當成事實來接受。

我問：「應該不是在這世間還有什麼牽掛，所以才回來的吧？」

「是，對於幽靈一般好像都會這樣想，不過我對這個世間並沒有什麼牽掛或不甘心的事情。回頭看看，雖然沒有什麼了不起的成就，不過我想我度過了和一般人一樣有山有谷，有高潮有低潮的一生。」

「然而在您不知不覺間，死後就，嗯，意識回到這個世間來了是嗎？」

「是的，沒錯。變成這樣的存在，並不是我自己希望的。只是我對這間圖書館有個人的偏愛，或者說有一定的留戀，可能和這有關吧，不過，我對這圖書館完全沒有什麼想做而還沒做完的事。」

「不管怎麼樣，這個町的人都以為子易先生已經過世了，對嗎？」

「沒錯。或者該說不是『以為』，我事實上真的已經死了。而且我這暫時的形體，也只有特別的人才能看見。」

我問：「添田小姐好像知道您在這圖書館現身的事。」

「沒錯，添田小姐基本上知道我化成幽靈的事。我和添田小姐已經認識很久了，某種意義上對彼此有很深的了解。她接受了我變成幽靈的事，就當成一種自然現象，不多問也不外傳。當然剛開始，她好像也嚇了一跳。」

「不過其他打工的女員工，看不見您的身影吧？」

「是，看得見我的，除了您以外只有添田小姐一個人而已。並不是隨時都看得見，但必要時她可以看到我的身影。其他的人都以為我已經死了。當然，實際上也是真的死了，不在了……所以在別人面前，我都不和添田小姐或您交談。因為如果被別人看到的話，一定會顯得很奇怪。」

子易先生這樣說完，微微笑了一下，好像覺得很好笑。我說：

「換句話說，子易先生過世以後，依然照常留在這裡，和以前一樣擔任館長的職務嗎？」

「是的，當添田小姐有什麼實務上的問題需要商量，我就會給她適當的建議，或幫她下判斷。嗯，是啊，就跟生前擔任這家圖書館的館長時大致相同。」

「可是再怎麼說，死者變成幽靈，實質上卻擔任圖書館的館長職務，這種事不能對外公開，而且在各種場合還是需要負責人來處理日常業務。因此決定對外徵求新的館長——也就是活著的、擁有肉體的合適人才。是這樣嗎？」

子易先生對我所說的話點了幾次頭，好像想說的話已經被我用適切的言語表達出來了，很感謝似的。

「是的，坦白說就是這麼回事。其實您來面談的時候，我第一眼看見您，立刻就感覺到，啊！對了，這一位正是特別的人。這個人對我的存在、對我這個伴隨著暫時身體的意識現存的狀態，一定能完全理解，全盤接受。該怎麼說呢？那真是意想不到的奇蹟般的邂逅。」

子易先生在暖爐前一邊暖和著那瘦小的身體，一邊像聰明的貓一般，直直盯著我的臉看。那雙小眼睛在眼窩深處光芒一閃。

「但我小心再小心，暫時慎重地觀察您的言行舉止，因為我也不免遲疑，不知是不是真的能向您說實話。這是有關人的生死的，非常難以說明的問題。想必您應該也知道，『其實我是幽靈』這種事，可沒有那麼容易說出口。需要經過一段時間才行。就這樣夏天結束，短暫的山間秋季也過去了。嚴冬來臨，這個房間的暖爐開始生火的季節也到了。然後我終於打從心底確信，您對我來說，真的是正確的選擇。」

我依然閉著嘴，注視著露出安穩表情的子易先生的臉。那個伴隨著暫時身體的意識，子易先生的臉。

38

子易先生在暖爐前弓著背閉上眼，有很長一段時間，陷入深深沉思般保持沉默。在那之間，身體絲毫不動。

「您擁有失去影子的經驗。」他終於打破沉默這樣說。然後挺直背脊，睜開眼睛看我的臉。

「為什麼您知道我曾經失去影子呢？」

子易先生搖了兩次頭。「我是幽靈。是沒有生命的意識。因此，普通人看不見的東西我看得見，普通人無法理解的事我可以理解。您是曾經失去影子的人，這件事我一眼就看出來了。」

「人失去影子這件事，到底意味著什麼？」

子易先生像看到眩目的東西那樣，瞇細了雙眼。

「啊，您不知道嗎？」

「是的，我不知道那到底是怎麼一回事。那時候不知道，現在也不知道。只是不抗拒事情發展的流向，隨著漂流而已。在那個過程中，我還無法判定這到底意味著什麼，就和自己的影子分開了一段時期。因為住在那座城的人沒有一個擁有影子。」

子易先生什麼也沒說，只是一直撫摸著下顎。然後才慢慢開口：

「剛才也說過了，像這樣成為死者後，我無法理解的事情還是很多。是的，和活著的時候一樣。很遺憾地說，人不會因為死掉而變聰明。所以關於這個問題，我沒辦法當場給您清楚的答覆，很抱歉。這個世界上，也有無法簡單說明的事情。」

子易先生抬起左手腕，瞄了一眼手上戴著的沒有指針的手錶。從臉上表情看來，就算錶盤上沒有指針，那對子易先生似乎依然足以達到手錶的功能。也或許他只是延續了活著的時候養成的習慣。

「我差不多該告辭了。」子易先生說。「沒辦法長時間維持這暫時的形體。比起白天，夜晚比較能在人世間留久一點，不過也到了極限，差不多該消失了。下次見面再聊。啊！當然前提是您願意的話。如果覺得困擾，我就不再出現在您眼前了。」

「不！」我急忙說。為了強調，我搖了幾次頭。「不，完全不會困擾。我希望能再見到子易先生。我還有很多話想說。要怎麼樣見面最好？」

「很遺憾，我並不是隨時想見面，就能以這個模樣出現在您眼前。機會很有限，而且時間也不長，所以什麼時候能和您見面，我自己也不知道。我並不能以自由意志決定『好，現在要化為人形』。如果您方便的話，啊，我會再跟今天一樣打電話到府上。然後在這個房間、這個暖爐前見面。可能會在夜間吧。剛才也說過，天色暗下來後我化為人形的負擔比較輕。這樣好嗎？抱歉做這麼無理的要求。」

「沒問題。任何時間都可以。請打電話給我，我會來這裡。」

子易先生考慮了一下，好像忽然想到什麼，抬起頭說：「對了，您讀聖經嗎？」

「聖經？基督教的聖經嗎？」

「是的，Bible。」

「沒有，沒有好好讀過。因為我不是基督教徒。」

「啊，我也不是基督教徒，不過跟信仰沒有關係，我喜歡讀聖經。從年輕時開始，有空就會拿起來隨便翻著讀，不知不覺就變成習慣了。這是一本富有啟示性的讀物，從裡頭可以學到、感受到很多道理。其中《詩篇》裡有這樣的句子：『人好像一口氣；他的年日，如同影兒快快過去。』」

子易說到這裡停下來，拉開把手打開暖爐的門，用火箸調整柴薪的排列。接著他慢慢重複那句話，好像說給自己聽似的。

「『人好像一口氣；他的年日，如同影兒快快過去。』啊，您能明白嗎？所謂的人就像一口氣般空虛的存在，所活過的人生，也只不過像是移動的影子一樣而已。啊，我從以前就被這個句子吸引，但能打從心底理解那個含意，是在死去、變成這樣的身體之後。是的，我們人類只不過像氣息般的存在而已。而且死後的我，腳邊連影子都沒有了。」

我什麼也沒說，看著子易先生的臉。

「您還活著。」子易先生說。「因此，請好好珍惜生命。因為您腳邊還有黑色的影子。」

子易先生站起來，拿起軟趴趴的貝雷帽戴在頭上。然後圍上圍巾。

「好了，我不走不行了。必須消去這身形了。那麼近期內再見了。」

我下定決心，對著他的背影出聲說：

「子易先生，老實說，我在所有居民都沒有影子的那塊土地上，也和現在一樣，在圖書館工作。和這裡擁有完全一模一樣的燒柴暖爐的小圖書館。」

子易先生轉過身來向我點一次頭，表示他確實聽到了。但沒有特別表達意見。就只是默默地點一次頭而已。然後踏上階梯走出房間，反手把門輕輕帶上。

接著我好像聽見腳步聲穿過走廊，但那可能只是心理作用。其實也許什麼都沒聽見。就算聽見了，那應該也是非常輕的腳步聲。

子易先生離開後，我待在那間半地下室度過了一段一個人的時間。當子易先生不在了，一股強烈的懷疑就撲向我，好像剛才他還在那裡這件事本身也是幻覺。會不會一直都只有我一個人在這裡，我只是耽溺在漫無邊際的妄想中罷了？但那不是妄想也不是幻想，證據就在桌上，兩個空的紅茶杯子還留在那裡。一個是我喝的，一個是子易先生——或他的幽靈（或擁有暫時身體的他的意識）——喝的。

我嘆了一口氣，雙手放在桌上閉上眼睛，側耳傾聽時間流逝的聲音。但當然聽不見那樣的聲音。只聽見暖爐裡柴薪崩塌的聲音。

39

我有幾件事情必須請教子易先生，也有幾件事情必須告訴子易先生。活著的我該知道的事，還有希望死去的子易先生知道的事。但在那之前，我必須把很多事情在腦裡先整理好才行。

子易先生能以人的模樣出現在我面前的時間——據他自己的說明——並不太長。而且子易先生並不是任何時候都能依照自己的期望現身。在那樣有限的時間之內，我們必須商談許多重要的事情。那些恐怕難以做出合理定義，而且大體上屬於概念領域的許多事情。所以我必須事先把思考整理到某個程度，計畫好談話的內容。否則我恐怕會在充滿謎團的陰暗世界裡盲目摸索，長久陷入空虛徘徊之中。

第二天，下午一點過後，我說有一點事情要談，請添田小姐到二樓的館長室來。

我和添田小姐幾乎每天都會在一樓櫃檯，討論攸關圖書館營運的事務問題，不過仔細想想，幾乎沒有兩個人單獨面對面談話的機會。添田小姐應該沒有刻意迴避那樣的機會吧，但確實也沒有積極尋求。那或許是因為（現在想起來）她想避免在兩個人單獨談話時提到子易先生的事情吧。

添田小姐穿著淺綠色薄羊毛開襟外套，裡面是幾乎沒有裝飾的白襯衫，搭配帶一點藍的灰色羊毛裙。鞋子是深褐色的鹿皮低跟鞋。可能不是特別昂貴的服裝，但並不廉價，也未陳舊走樣。全都保養得很好，最重要的是感覺很乾淨，襯衫經過仔細熨燙，沒有一點皺摺。她總是化著不引人注目的淡妝，只有兩道眉毛簡直像在表現她的堅強意志般，畫得又深又濃。各方面都顯示，她是一個經驗豐富而能幹的圖書管理員。

我面向書桌坐，她隔著書桌坐在我對面。她臉上感覺好像有一點緊張的神色。擦了淡雅粉紅色口紅的嘴唇緊緊抿成一條線，好像下定決心沒必要就一個字也不說的樣子。

窗外一直下著無聲的細雨，帶有溼氣的房間冷冷的。因為只有一個小瓦斯暖爐，所以房間整體遲遲無法暖起來。雨從早晨開始就一直這樣不斷下著，從冰冷的空氣看來，什麼時候雨會變成雪都不奇怪。房間陰暗，天花板的燈光好像反而更加強調了那份陰暗。現在是下午一點，感覺卻像傍晚似的。

「其實，我想談一下子易先生的事。」我省略前言，直接進入主題。因為我認為對添田小姐還是不要兜圈子，坦率直說比較好吧。添田小姐表情不變，輕輕點頭。嘴唇依然緊緊閉著。

「子易先生已經過世了吧。」我直說重點。

添田小姐暫時保持沉默，但終於放棄似地輕輕呼出一口氣，總算開口。

「是的，正如您說的，子易先生不久之前已經過世了。」

「不過雖然過世了，還是常常會以生前的模樣出現在圖書館裡。是嗎？」

「是的。沒錯。」添田小姐說。然後抬起擱在膝上的手，調整眼鏡的位置。「但他的身影不是誰都看得見。」

「妳看得見他的身影。」我說。「還有我也看得見。」

「是的。沒錯。就我所知，這裡能看到死後的子易先生的身影，和他交談的，到目前為止好像只有您和我而已。其他的職員什麼都看不見，也聽不見聲音。」

添田小姐長久以來一個人藏在心裡的祕密，現在終於有人可以共同承擔了，看來似乎讓她稍微輕鬆了一點。那對她來說應該是不小的重擔。她可能懷疑過自己的腦子是不是有問題吧。

我說：「其實，直到昨天晚上為止，我都不知道他已經過世了。我到這圖書館上任以來，一直以為子易先生實際上是活著的人。因為沒有人告訴過我這件事。昨天晚上我從他本人口中聽到這件事，當然非常驚訝。」

「您會驚訝也是正常的。」添田小姐說。「不過很抱歉，我實在沒辦法開口告訴您，子易先生已經不是這個世間的人了。」

我向添田小姐簡單說明了一遍昨天發生的事。晚上十點左右子易先生突然打電話到我家，把我叫到圖書館來。然後在圖書館深處的半地下的小房間裡，那個溫暖的暖爐前，一邊喝著芳香的熱紅茶（那是子易先生親自燒開水為我泡的），聽他親口告訴我，自己其實是已經死掉的人。

添田小姐始終沉默地傾聽我的話。她那雙率直的眼睛，從鏡片後方直直注視著我的臉。好像想把我的話裡可能潛藏著的什麼——如果有的話——讀出來似的。

「子易先生個人一定很喜歡您。」我說完的時候，她以安靜的聲音這樣說。「而且，對於您，或您心中懷有的什麼，也很關心。」

我心中懷有的什麼，我對自己的心重複一次這句話。

「添田小姐，就妳所知，在我到任之前，只有妳一個人見過死後的子易先生的身影。是吧？」

「是的，在這裡能看見他的身影的，我想可能只有我一個人。子易先生在圖書館現身時，只會對我說話。就和活著的時候一樣。不過當然在別的職員面前，總不能和看不見的人說話，所以每次都是只有我們兩個人在場時才會交談。至於談的內容，主要是關於圖書館營運的事務問題。」

說到這裡，添田小姐閉上嘴整理心情，深思起什麼事情。然後說：

「子易先生一定很掛念這間圖書館的營運吧。這間圖書館雖然是以『町營』的形式留下來，但實際上名副其實就像是他的私有物一樣。有關這圖書館的各種事物，幾乎全都是子易先生一個人在管理。想不到子易先生去年卻意外驟逝，在繼任的館長還未決定之前，由我暫時代理他的職務。但不用說，靠我一個人是無論如何都無法勝任的。我只不過是一個第一線的圖書管理員而已。處理日常的業務還可以，但關於圖書館整體的營運有太多我不明白的情況，也常常無法做正確判斷。所以我想子易先生看不下去，才會在去世後常常回來。為了對我伸出援手。」

「子易先生去世之後，妳得到他的——也就是，該怎麼說呢，變成幽靈的子易先生的——指點，管理這間圖書館？」

添田小姐默默點頭。

我說：「然後無人擔任館長的期間過後，我成為子易先生的繼任者，就任這家圖書館的館長。是這樣嗎？」

添田小姐再一次點頭。然後說：

「是的，這個夏天，子易先生在這房間直接和您面談時，老實說我好驚訝。不，與其說是驚訝，不如說不明白狀況，頭腦有點混亂。因為初次見面時，他就在您的面前清楚地現出了身形。子易先生是非常小心謹慎的人，在除了我以外的人面前絕不會現身的。到底發生了什麼事情？我非常困惑。不過看到那個狀況，我雖然不知道理由和根據是什麼，但我推測您這個人的內在，一定有什麼深得子易先生信任的因素吧……讓他覺得可以在這個人面前現身的因素。」

我什麼也沒說，只是傾聽著。添田小姐繼續說：

「然後您和子易館長在這裡長時間親密談話，結果您成為這間圖書館的新館長，圖書館又能像以前那樣順利營運了。我肩膀上的重擔也能放下來，覺得輕鬆多了。而且您和子易先生在別人看不到的地方，似乎建立了良好的關係。那對我來說是比什麼都高興的事。

「然而我實在無法主動告訴您，子易先生是已經去世的人了。這該怎麼說才好呢，總覺得好像是踰越的行為。如果子易先生想告訴您這件事——告訴您自己已經不是活著的人的話，應該會自己說。如果他沒有說，可能就還不是時候吧。因此我保持沉默，從旁觀察事情的進展。換句話說，我把重大的事實自己一個人藏在心裡，度過了好幾個月。我應該早點告訴您這個事實嗎？也就是說，子易先生不是活著、真實存在的人，該怎麼說才好呢……該說是靈魂嗎？或者說是亡靈般的存在嗎？」

我說：「不，可能正如妳所說的，我想子易先生想自己親口告訴我這個事實。他可能在選擇適當的時機吧。所以妳那樣閉口不提，絕對沒有錯。」

我們暫時之間，各自保持沉默。我望著窗外，確認雨還繼續下著。現在還沒變成雪。沒有聲音，安靜的雨。無聲滲透進大地、庭石、樹幹，然後匯集到河流之中。

我問添田小姐：「子易先生是什麼樣的人？我聽說他是在這個地方出生的，那他是在什麼樣的環境中長大的，年輕時候度過了什麼樣的人生？又是在什麼樣的過程中，建立起這間個•人•的圖書館？仔細想想，我對他這個人幾乎什麼都不知道。雖然直接問過他幾次，但他每次都岔開話題。他好像不想多談自己的樣子。所以後來，我就不再過問他的私事了。」

添田小姐雙腳併攏，雙手合掌放在裙子覆蓋的膝上。纖細的十指，簡直像正在編織的毛線那樣纖細地交叉著。

「老實說，我對子易先生這個人知道得並不多。雖然我在這間圖書館工作了前前後後將近十年，但幾乎沒有跟子易先生談過他的私事。這樣說起來好像很奇怪，但我比較切身了解到子易先生這個人的性格，反倒是在他過世以後。在他生前，該怎麼說才好呢，他的心總像在別的地方似的，身上散發著超然的氛圍。絕不是說他冷淡或驕傲，他對我們總是很親切，只是完全不關心現實中周遭的事。他與人接觸時，好像都保持著一點距離。

「然而他過世之後，也就是變成只有靈魂之後，他變得會直視我的眼睛，用心跟我說話。他的性格似乎也變成過去所沒有的活潑，變得充滿人情味了。說他過世以後反而變得有活生生的人味好像很奇怪，不過大概是他以前一直珍惜地隱藏在內部的東西，因為過世而顯現出來了吧。」

「活著時覆蓋在子易先生心上，類似堅硬的殼的什麼被拿掉了。」

「沒錯，就是那樣的感覺。」添田小姐說。「就好像春天積雪融化了，底下的很多東西逐漸現出原形那樣……我結婚以前一直住在長野縣松本市，對這塊土地完全不了解。而我丈夫是福島縣人，不過是在郡山市內出生長大，跟這塊土地沒有地緣關係，只是碰巧在這個町的學校找到工作才搬過來。因此，我對子易先生的事，幾乎都是間接聽來的。周遭的人會一點一點地告訴我。其中有類似閒話的傳聞，到底有多少是實際發生的事也很難判斷。不過如果這樣也可以的話，我可以就我所知，告訴您關於子易先生個人的事。」

根據添田小姐所說，子易先生是本地屈指可數的望族的長子。有一個小很多歲的妹妹。家族代代經營釀酒業，生意興隆。他從本地的高中畢業後，就到東京讀私立大學。他在大學主修經濟，但對課業好像不怎麼認真，延畢了幾年。其實他想攻讀文學，但因為父親希望他繼承家業，堅決不准他讀文學，他只好勉為其難學習經營。因此他大學期間不怎麼用功，只顧著跟朋友組社團，一心投入同人誌活動，也寫了幾篇短篇小說，其中一篇還被某知名文藝雜誌轉載過，不過還不到能靠當小說家獨立生活的地步。大學畢業後，在東京懶洋洋地過了幾年文士般的優閒日子，但父親一怒之下斷絕了經濟支援（也就是停止每個月的匯款），不得已只好回到福島的這個鄉下小地方來。

然後他繼承家裡的釀酒事業，在父親底下學習如何當個經營者，但是和一心專注工作的父親無論如何就是合不來，而且當然對釀酒業的經營也很難專心投入，他完全無法滿足於鄉下生活。空閒時間不是讀書就是坐在書桌前寫稿子，這是他唯一的樂趣。

他是這個望族唯一的兒子，當然很多人來提親事，但他對成家沒興趣，長久以來一直保持單身。顧慮到體面和父親的目光，他在生長的家鄉不得不謹言慎行，不過聽說他偶爾到東京去時，為了消解日常的不滿，行為往往相當放縱無度。

到了三十二歲時，嗜酒的父親中風病倒，從此臥病在床，於是他實質接下了經營的棒子。不過工作上的實務幸而有多年來資深的忠實幹部和員工負責，他只要坐鎮後方適度指揮，稍微過目帳簿，和同業開會，和町內有力人士聚餐等，能做到這些社交事務也就足夠了。雖然是缺乏刺激的無聊日子，但囉嗦的父親現在已經不太能開口了，經營——就算他不怎麼認真工作——也能維持安定而良好的狀態。可以說他有個輕鬆的境遇。

閒暇之餘他依然會讀讀喜歡的書，坐在書桌前寫寫小說之類的東西，但曾經在他內部激烈燃燒的創作欲望，過了三十歲左右卻似乎逐漸轉弱了。就好像一個旅行者在自己不知不覺間，跨越了一道具有重要意義的分水嶺。稿紙上完全沒有寫下任何字的日子也逐漸增加。

小說……到底要寫什麼才好，他現在已經完全沒有那種堅定的信念了。過去根本沒時間為這種事情煩惱，就像從岩縫間自然湧出水來那樣，文章會源源不絕地浮到眼前。他窩在這山間的鄉下地方拖拖拉拉停滯不前的時候，東京每天卻都有無數重要活動在活躍進行著，他感覺自己被遺留在距離最前線非常遙遠的大後方了。和東京過去的文學夥伴的往來，也隨著歲月失去了熱情，變得疏遠了。

就在那樣帶著焦慮而心神不定的日子裡，幾乎義務性地懶散打發日子時——那時他已經三十五歲了——忽然在一個機緣下認識一位小他十歲的美麗女子，很快就墜入情網。他從過去到現在的人生中，一次都沒有經歷過這麼強烈的心的震撼。那震撼是難以測量之深，難以測量之強，讓他從根本感到混亂、動搖。自己從過去一直珍惜、守護的價值觀，突然感覺好像變成沒有任何意義的空箱子了。到目前為止自己到底為什麼而活的？他甚至開始認真地不安起來，懷疑起地球是不是開始往反方向旋轉了。

她是町內一個熟人的姪女，東京人。出生在山手線內側區域，一直在那裡長大。畢業自教會辦學的女子大學法文系，法語流利，在突尼西亞還是阿爾及利亞大使館擔任祕書。是位知性的女性，頭腦也聰明靈活，還精通文學和音樂。談起這方面的話題，無論談多久都興致盎然。跟她面對面親近談話，讓他感覺到自己心裡這一陣子就快沉眠的對知識的好奇心，又漸漸恢復了熱情。那對他來說比什麼都開心。

在別人介紹之下，認識了利用暑假造訪這個町的她後，他們見過幾次面，談過幾次，熟了起來，他也製造機會常常到東京去和她約會（順帶一提，當時他還沒有開始穿裙子，還穿著很平常的清爽服裝）。

就這樣交往幾個月後，他鼓起勇氣求婚時，她沒有馬上作出答覆。她說：「很抱歉，我需要一點時間考慮。」然後接下來幾星期之間，她百般猶豫。

她非常喜歡他，也認為他是可以信賴的人。在一起很快樂，也不排斥和他結婚（有一件事對子易先生可以說很幸運，她不久前才剛和前男友分手）。但她擁有可以發揮語言專長的專門職業，和在都會輕鬆舒適的單身生活，讓她不忍捨棄。要當釀酒業者的妻子、世家的媳婦、嫁到福島縣的山中小町，她顯然不是很樂意。

經過幾次商量的結果，他們決定即使結婚，她也會暫時繼續做現在的工作，只有週末和假日回到這個町來——或子易先生有空就到東京去——在這樣的條件下，兩個人互相讓步達成協議。當然子易先生對此其實並不滿意，也很積極嘗試說服，但她的決心很堅定，而他也一心想得到她不捨得放手，最後才終於不得不同意這個條件。於是兩個人在他的老家，舉行了幾乎只具形式的簡單婚禮。只有少數關係密切的親戚和朋友參加，也沒有宴客，町裡甚至很多人都沒發現他結婚了。

子易先生很想完全拋開釀酒公司，乾脆和這個過時又狹小的地方斷絕關係，和她到東京過著自由自在、輕鬆愉快的兩人婚姻生活（如果真能做到，不知道有多開心），但終究不能不管長久以來的員工、臥病在床的父親，和仰賴他一個人的家人，自己任意離開這個町。無論喜不喜歡，他總有做人的責任。即使是基於情勢被推上這個位置，一旦接受了，就不能隨便放棄。

此外考慮到現實問題，他到了這個年紀，既沒有職業也沒有工作經驗，也沒有當文藝作家維生的才能（他已經沒辦法相信自己有那樣的才華了），貿然到東京去，在那裡又要做什麼才好呢？

所以子易先生也只能接受她提出的「分居婚姻」提案。沒辦法，人生的一切終究絕大多數都是妥協的產物不是嗎？於是他度過了將近五年這種不便的忙碌婚姻生活。

她在星期五的夜晚，或星期六的早晨，轉搭幾班電車來到這個町，星期天傍晚回東京去。或者他到東京，在那裡度過週末。夏季和冬季的假期他們有較長的日子可以在一起。守舊的父親如果還健康的話，對於這樣的夫妻生活方式可能會多加抱怨吧，但（嗯，可以說幸虧吧）他已經幾乎無法開口了。母親生性溫柔，向來以息事寧人為重，而妹妹與子易先生的新婚妻子幾乎同齡，談得投機、個性也投緣，兩個年輕女性之間建立起了親有如閨密的關係。因此子易先生的周圍誰都沒有抱怨，讓他們與眾不同的匆忙婚後生活，順利圓滿過了將近五年。

實際上，對於這種從外人看來很難說得上尋常的生活模式，子易先生自己卻樂在其中。就算一星期只有一天或兩天能見面，只要能和她見面就再高興不過了，和她在一起兩人共度的時光，總感覺到被無上的幸福感所包圍。或者可以說，也許正因為和她見面的時間有限，使他的幸福感變得更深、更廣。而且無法和她見面的日子，他也能夢想著週末能和她相見時的事情，在豐富而多彩的期待感伴隨之下度過。

子易先生前往東京時，有時搭電車，有時開車。其實他本來不是很會開車，但想到接下來就能和她（妻子）相見時，握方向盤就絲毫不覺痛苦，獨自長距離移動也不覺疲勞了。一公里又一公里，光想到自己正逐漸接近她所住的地方，他的心就雀躍不已，簡直像重返青春似的。真要說起來，他連青春時代都沒有這種無條件地深深愛著另一人的經驗。

這種不尋常但也相當滿足的日子，卻在他迎接四十歲生日稍後宣告結束。她懷孕了。兩個人暫時都沒打算生孩子，也很小心避孕，有一天卻突然發現她懷孕了。對於這個出乎意料的狀況該如何處理，兩人或面對面，或在電話裡認真地長談過。最後決定尊重她不願墮胎的意志。雖說兩人不是那麼期望有孩子（他們十分滿足於兩人時光），然而已經有了小生命，就順其自然吧。商量的結果，她向工作多年的北非大使館辭職，搬到他所住的福島縣的小町居住，然後在這裡待產。

她之所以願意辭去大使館的工作，是因為過去已有交情的大使因政權更替而被調職，她和接任的新大使完全處不來，因此對工作的熱誠也大為減少。而且每週都在東京和福島縣之間往返，她也真的覺得累了。尤其她現在有孕在身，想必越來越難以承受那樣的反覆移動。

此外，想和他一起在同一個屋簷下過安穩的夫妻生活，這種心情也在她內心逐漸增強。反正她和他的親戚現在似乎已建立起良好的關係，即使住在保守而狹小的町裡應該也不會發生什麼大問題，可以過著平穩的生活。如果有什麼不順利的事，丈夫也會好好護著自己。她對子易先生懷有這樣的信賴。從最初到最後，她對他的感情與其說是熱烈的愛，更接近一種綜合的人性評價。她在人生伴侶身上追求的，比起燃燒的熱情，更多的是少有起伏的穩定人際關係。

子易先生和他的家族親戚，也衷心歡迎她移居到這裡，安定下來好好當他的妻子。子易先生在老家附近新建了一棟小巧的獨棟新居，兩個人在那裡生活。這樣總算能和她過起理所當然的夫妻生活，他也總算能鬆一口氣了。雖然「分居婚姻」的生活自有刺激的一面，但不知道她什麼時候會離他而去，這種不安始終揮之不去。因為子易先生對自己的男性魅力不太有自信。

子易先生看著妻子日益隆起的肚子，手掌一面輕輕地溫柔撫摸著，一面不停想像兩人之間生下的孩子。即將出生在這個世界的是個什麼樣的孩子？然後那孩子會長成什麼樣的人？會擁有什麼樣的自我，會懷抱著什麼樣的夢想？

子易先生曾有一段時間無法掌握自己這個存在的意義，但現在他覺得那種事情已經怎麼樣都無所謂了。從父母那裡得到的一組資訊，自己加上若干的變更，再傳給自己的孩子——結果他只不過是一個中間階段，一條連綿不斷的長鎖鏈的一環而已。不過這不是很好嗎？就算自己在這一生裡並沒有什麼意義，沒有足以述說、傳頌的事蹟，那又怎樣？他能把某種可能性——就算只是可能性——傳遞給自己的孩子。光是這樣，活到現在不是就很有意義了嗎？

這種觀點，對他來說是新萌芽的想法，過去他從來沒有這樣想過。不過順著思考下去，心情就變得相當輕鬆了。迷惑和鬱悶消失了，他有生以來幾乎是第一次得到內心的平靜。他把過去心中暗藏的一切野心，或類似夢想的希望束之高閣，滿足於當個小都市的中堅釀酒公司的第四代經營者，過起了安定的生活。雖然周遭幾乎看不到什麼有活力的動態或新穎的變化，但他對此並沒有特別感到不滿。過去會為了自己似乎跟不上世間的潮流而感到焦躁，現在這種茫然的焦躁已經不知不覺消失了。他有實實在在的生活基礎，有自己可以回去的小窩，有親愛的妻子，有在她肚子裡健康成長的胎兒在等著他。

以一句話來表達，他一腳踏上了有如視野良好的平坦臺地一般的中年領域。

他全神投入在思考即將出生的孩子的名字這件事上。過去想要以小說震驚世人的那股熱情，似乎暫時從他心中消失了。思考孩子的名字——成了對他來說比什麼都更有重要意義的「創作行為」。妻子也樂於把這份工作交付給他。我負責生下健康的孩子，你負責為那孩子取美好的名字。就這樣分工合作吧——她說。為孩子取名，不是她擅長的領域。

他參考許多文獻，絞盡腦汁，想了又想，考慮再考慮，最後子易先生終於有了堅若磐石的確切結論。

如果是男孩就叫「森」。如果是女孩就叫「林」。沒錯，在充滿山野自然的小町出生的孩子，應該很適合這樣的名字吧。

子易森
子易林

他把男女兩個名字用黑墨大字寫在白紙上，貼在房間的牆上。然後從早到晚注視著那幅字，在心裡想像著即將來臨的孩子會是什麼模樣。

我覺得是非常好的名字，妻子說。她也認同這個建議。字面也讓人很有好感。如果生的是龍鳳胎的話就太棒了，但從肚子的大小看來，大概不太可能。那麼你覺得哪個好呢？生男孩，還是生女孩？

都一樣好，子易先生說。只要能平安地出生到這個世間，把那名字像衣服一樣穿在身上的話，男生女生都沒關係。

那是子易先生真心的想法。男孩也好女孩也好，兩種都好。只要那孩子是把自己的可能性，當成一個可能性繼續傳承下去的存在就好了。

40

「生出來的是男孩。」添田小姐說。「依照計畫，給這孩子取名為『森』。生產過程順利，孩子非常健康。他對子易家來說是第一個孫子，因此幼兒時期就在所有人的疼愛、寶貝中度過。子易先生和太太過著幸福的每一天。生活安定，沒有任何大問題，太太也順利地適應本地的生活。我那時候還沒搬到這裡來，所以實際上並不清楚當時的狀況，這些都是後來聽別人說的。不過說的人全都是踏踏實實可以信任的人，內容應該都不會錯。總之，子易先生的身邊沒有落下任何一道不幸的陰影。一切都無比順利。」

添田小姐說到這裡，暫時閉上嘴，以缺乏表情的視線，注視著自己放在裙子覆蓋的膝上的雙手。她左手無名指上簡約的金戒指正閃爍著光芒。

不過沉浸在幸福中的日子沒有持續太久，可能是這樣。我這樣想。因為從添田小姐好像要說出這句話的嘴角輕微顫動，可以看出這樣的後續。

「不過這樣幸福的日子，沒有長久持續下去。很遺憾。」好像讀出我無言的想法似的，添田小姐繼續說。

男孩在五月中迎接五歲生日，舉辦了熱鬧的慶生會（順帶一提，當時子易先生四十五歲，太太三十五歲）。買給孩子的生日禮物是紅色的小腳踏車。本來孩子想要的是長毛大型犬（他迷上了《小天使》裡出現的狗），但母親對狗毛過敏，因此養狗的事這次就先忍忍，得到腳踏車當作替代品。不過那是一輛非常可愛又漂亮的腳踏車，所以孩子也感到十分幸福。每天從幼稚園一回到家，都在自己家的庭院裡騎著裝上了輔助輪的腳踏車，興高采烈地繞圈子。他是個喜歡唱歌的孩子，總是一邊騎車一邊唱歌。有時也唱起自己隨便編的歌。

有一天傍晚，母親在廚房一邊準備著晚餐，一邊聽著窗外傳來孩子的歌聲。那對她來說應該是比什麼都幸福的一段時光——春天的傍晚，一邊俐落地做著家事，一邊傾聽正騎著腳踏車快樂繞圈子的五歲孩子的歌聲。

但菜炒到一半時，鹽罐裡的鹽用完了，她分出心思找買起來放著的鹽放在哪裡，就一時沒留意到沒聽見孩子的歌聲。正當她想到這件事心中一驚時，耳裡瞬間聽到大型車急煞車的聲音。然後是爆裂似的短促聲響。這一連串的聲音，好像都是從自家門前傳來的。接在後頭的，是一切聲音都像完全被吸進哪裡去一般可怕的沉默。她反射性地把瓦斯爐的火關掉，穿上涼鞋急忙出了玄關，走出門外。

她在那裡看到的，是方向盤急轉，堵住道路、斜斜停著的大卡車，和倒在那車輪前，扭曲變形的紅色兒童腳踏車。沒有看到小孩的身影。

「森——！」她叫。「小森！」

但沒有回應。卡車門打開，中年司機走下車來。男人臉色蒼白，全身不停地發抖。

孩子被撞飛到離那裡約五公尺遠的道路旁。他猛然撞上卡車後，身體想必像橡皮球般輕輕飛到半空中吧。那失去意識的幼小身體，像什麼脫落的外殼一般軟趴趴的，輕得可怕。嘴巴想說什麼卻沒辦法說似的空虛地半張，眼皮閉著。嘴角流出一道細細的口水。母親跑過去抱起孩子，迅速地檢查全身。看起來沒有什麼地方流血。這讓她稍微放心了些。**至少沒有流血**。

「小森！」她呼喚兒子。但沒有反應。眼睛一直閉著，動也不動。雙手手指也依舊無力地下垂著。連有沒有呼吸、心臟有沒有跳動都不知道。她把耳朵貼近孩子的嘴邊，想感覺有沒有呼吸。但沒有反應。

卡車司機走過來站在她身旁，但看起來非常不安，好像不知道該做什麼，也不知道該說什麼。就只是身體發抖著站在那裡。

她抱起小孩回到家中，先讓他躺在床上，再打電話叫救護車。她的聲音冷靜到連自己也感到驚訝。她告知自己家的正確地址，說明五歲的孩子在家門前遇到車禍，請立刻派救護車來。不久救護車和警車就鳴笛開來了。救護車把母親和孩子緊急送到醫院，兩個警察和卡車司機則留下來做現場勘驗。

瓦斯爐的火不知道有沒有關掉？母親在救護車上一邊陪著孩子，心裡還一邊想著這件事。記不得，什麼都記不得了。不過那種事情怎麼樣都無所謂了。她用力搖了幾次頭。**那種事情怎麼樣都無所謂了**。雖然如此，但瓦斯爐火的問題怎麼樣都無法從她腦子裡離開。在意識不清的孩子身邊，一直想著瓦斯爐有沒有關火，可能對她來說是必要的吧。為了勉強保持正常的神智。

男孩昏迷不醒，入院三天之後心肺功能停止，靜靜嚥下了最後一口氣。死因是和卡車相撞被撞飛，導致後腦勺撞上路緣石。沒有出血，身體也沒有可見的變形，屬於安靜的死亡。沒有思考的餘地，死在一瞬間來臨。可能連感覺痛的時間都沒有。充滿慈悲的死——就算這麼說也不為過。不過這對雙親來說，不構成任何安慰。

根據卡車司機的證詞，有個騎著紅色腳踏車的孩子，突然從家門衝到路上來，自己急忙踩煞車並把方向盤往右打，但來不及了，孩子撞上了保險桿的邊角。因為是町裡比較狹窄的路，所以車開得不算快，都是在速限之內行駛，但孩子忽然衝到眼前來，所以沒辦法反應過來。但真是做了很對不起他們的事。我也有年紀還小的小孩，所以非常理解雙親的心情。真的不知道該怎麼道歉才好。

警察檢查過柏油路面留下的煞車痕跡，確認正如司機的證詞，卡車當時開得不算快。雖然司機以過失致死被移送法辦，但要責怪他不夠小心似乎有點過分。孩子大概是因為某種緣故，一不注意就猛然從門裡衝到路上了。也許是因為他滿腦子孩子氣的想法，或者是因為對於騎腳踏車還不熟練。雖然家門前的道路並不是車輛來往頻繁的地方，但依然有危險，所以父母嚴格交代過他腳踏車只能在圍牆內騎，絕不可以騎到路上，而且門平常也應該都關著，掛上了門鎖才對。

白髮人送黑髮人的悲哀，自然深不見底。傾注無限關愛的孩子，竟然從眼前突然消失了。剛誕生沒有多久的健康生命——所帶來的溫暖、笑容，和充滿歡樂的聲音——就像一小簇火，被突如其來的強風瞬間吹熄。他們的絕望和喪失感無比哀痛，無可救贖。母親得知孩子的死，在巨大的打擊之下失去意識當場昏倒，此後一連數日悲傷哭泣。

子易先生所懷抱的悲哀之深，不比妻子更少。同時他也有必須保護妻子的強烈想法。妻子在喪子的衝擊中深深消沉，看起來幾乎已經失去生存意志，他必須想辦法把她從悲傷中拯救出來，讓她回到原來的軌道上才行。當然可能無法恢復成原來那樣（那是不可能的事，他也很清楚），至少有必要把她拉到接近平常的地平線上。總不能永遠一直哀悼孩子的死。再怎麼說，人生總是一場長期戰爭。無論有多少悲哀、喪失和絕望在等待著，都必須一步一步持續往前邁開腳步才行。

子易先生一天又一天地安慰、鼓勵妻子。在身旁陪伴她，想盡辦法以溫柔的言語撫慰她。他依然對她深情不改，希望她能盡量恢復精神。希望她能想辦法收集起活下去的生存意志，希望能再看到她過去明朗的笑容。

但無論子易先生多麼積極努力，她的心依然沉在黑暗的深淵裡，沒有浮上來。好像把自己關在只有自己的房間裡，關起厚厚的門扉，再從內側上了鎖似的。從早到晚，對誰都幾乎不說一句話。而且無論他說什麼，或對她說什麼，那語言都被堅硬的殼所阻隔、被彈回。碰觸妻子的身體時，她的身體便僵硬地縮起，肌肉緊繃，簡直就像被哪個不認識的男人沒禮貌地觸摸了。這件事讓子易先生深感悲哀。這對他來說，真是雙重的悲哀。他先是失去重要的孩子，接著又失去親愛的妻子。

他漸漸不安起來。會不會妻子不僅是深陷在悲傷之中，還因為受到強烈的打擊，精神出現了某種異常？但這種狀況該如何應對才好，他也無法判斷。又不能和醫生商量。因為要找到能解決妻子問題的醫生，恐怕並不容易。那可能是從她精神上更深的地方所產生的深刻問題。只能靠他來想辦法治癒她那流著血的心的傷口——因為他是她人生的伴侶。除此之外沒有別的辦法。無論要花多長的時間，要付出多大的努力。

堅守了一個月左右的沉默之後，有一天，好像附著在身上的什麼東西脫落了似的，她突然開始說話。而且一旦開始說話，就停不下來。

「那時候，如果能順著孩子的希望，讓他養狗就好了。」她以缺乏抑揚的聲音安靜地說。「如果照他所說的讓他養狗的話，就不會買那輛腳踏車給他當替代品。就因為我對狗毛過敏，就說不能養狗。所以禮物變成腳踏車。慶祝生日的，那輛紅色小腳踏車。嘿，這孩子騎腳踏車還太小了吧。不是嗎？應該要等上小學以後才對。所以就因為這樣，因為我的關係，那孩子竟然丟掉性命了。如果我沒有對狗毛過敏的話，那孩子就不會遇上車禍，也不會死掉，現在還可以和我們在一起，健康快樂地活著啊。」

沒這回事，他極力寬慰她。這完全不能怪妳。這樣是混淆了原因和結果。其實提出如果不能養狗的話，不如買腳踏車給他的，不是我嗎？是我出的主意。無論怎麼樣，一切都是注定要發生的。不是因為誰。誰都沒有錯。只是不巧各種事情都碰在一起了。只能說這就是命。事到如今，再去一一追究，失去的生命也不會再回來了。

然而他口中所說的話，她完全沒在聽。他的話似乎沒有一句進入她的耳裡。只有她自己的主張，像錄音下來沒完沒了的訊息那樣，不停反覆而已。那時候如果依照孩子的希望養狗的話，就不會買腳踏車，孩子也不會因此丟了命……

而且她在做菜時把鹽用完的事，她也重複了一次又一次。應該早點注意到鹽快要用完了。也該記得之前買的鹽放在哪裡才對。全都是因為自己不夠小心的關係。因為只顧著想鹽快要用完了，一分心，就沒留意到那孩子的歌聲中斷了。炒菜時只注意到鹽罐裡的鹽用完了而已。就因為這麼無聊的小事，那孩子重要的生命卻永遠被奪走了。而且連做菜做到一半有沒有把瓦斯爐火關掉，我都想不起來。

就算做菜的時候鹽沒有用完，也防止不了那起車禍吧，瓦斯爐的火也確實有關掉。子易先生努力這樣說服她，但她就是聽不進去。不管子易先生說什麼，她都還是沒完沒了地繼續說狗和腳踏車的事，還有鹽和瓦斯爐火的事。不是對誰說。而是對自己說。那是在她內心產生的黑暗空洞中，響起的一連串空洞的回聲。在那裡，子易先生完全找不到可以介入的餘地。

子易先生感覺到，一切都逐漸往不好的方向流動。無論怎麼做都無法好轉。不知道該怎麼做才好，也看不出該從哪裡下手才好。真是一點辦法都沒有。妻子一直繼續嘀咕著同樣的事情，安慰和鼓勵的話完全聽不進去，全被忽視、駁回。而且連一根手指都不讓他碰觸到身體。她的睡眠很淺，醒時也半夢半醒。

只能多花時間了，子易先生做好這個心理準備。這可能是只有時間才能解決的問題。靠人的力量真是毫無辦法。但很遺憾，時間並不站在子易先生這邊。

六月即將結束時，連續下了幾天史無前例的豪雨。河水急速暴漲，令人擔心有氾濫的危險。町外側那條平日安穩的清澈河流變成茶色的濁流，發出巨響，將大大小小的漂流木一一沖往下游。

在那樣的一天早晨（那是星期天），子易先生六點多醒來時，在身旁的床上沒見到妻子。巨大的雨聲打在屋簷。子易先生不安起來，在家裡到處找，卻都看不到妻子的身影，大聲呼叫妻子的名字也沒回應。他有不好的預感。心臟發出乾澀的聲音。雨下這麼大，很難想像她會大清早就出門，但家裡沒看到她的話，只能想到是外出了。

他穿上雨衣戴上雨帽，走出外面看看。從山上吹下來的風穿過樹林之間，發出割裂般的聲音。他在庭院裡尋找，在家的周圍繞了一圈，但都沒見到她的身影。沒辦法，他只好再回家一趟，等她回家。在這樣狂暴的風雨中，就算她有事忽然外出，也不可能走太遠吧。應該很快就會回來了。

但她一直都沒回家來。保險起見，他再次回到臥室去，掀開她睡的那張床上的棉被一看，卻看見兩根長蔥，代替她躺在床上。雪白粗壯而漂亮的蔥。大概是妻子放在那裡的。這件事（當然）讓他非常驚訝，而且害怕。

為什麼是蔥？

這其中一定有什麼異常而病態的成分。把兩根蔥放在床上，她到底想告訴丈夫什麼呢（那毫無疑問是對他發出的某種訊息）？看到那異樣的光景，子易先生的身體從最深處開始發冷。

子易先生立刻打電話給警察。接電話的警官碰巧是他的老朋友。他簡單地向對方說明事情的原委。他一大早醒來就不見妻子的蹤影，也不知道她去哪裡了。這樣大的風雨中，星期天早晨不到六點，實在想不到她會有任何理由外出。床上放著兩根長蔥的事，他刻意沒提。那種事情說出來，對方一定也無法理解，反而只會增添混亂。

「你一定很擔心吧，不過子易先生，夫人可能也有什麼事情要辦。應該不久就會忽然回來的。再等一等，看看狀況吧。」警官說。

如果沒有明顯的嚴重性，警方不會為這種程度的事出動。子易先生這樣想，於是就放棄了，道過謝，掛上電話。因為夫妻吵架而負氣離家的妻子，在這世上一定多的是，而且多半等時間過了就會冷靜下來，不久就會回家。警察可能也不會一一去管那種家務事吧。

但八點過了她還沒回來。子易先生再一次穿上雨衣戴上帽子，走到雨中。承受著不時吹來的強風，他漫無目的地在附近到處走，但仍然沒看見妻子。在這樣的天氣中，又是星期天早晨，路上沒有一個行人。連一隻鳥都沒在飛。所有的生物都躲在屋頂下，等待風暴過去。他沒辦法只好回家，坐在客廳的沙發上，每隔五分鐘就看時鐘的指針一次，直到正午以前都一直等著妻子回來。但她沒有回來。

或許再也見不到她了，子易先生想。或者說，他**知道**。他的本能清楚地這樣告訴他。她已經去到他的手搆不到的地方了。而且可能是永遠。

「子易先生的夫人的遺體，被來察看河川水位的消防隊員發現，是在那天下午兩點左右。」添田小姐說。「好像是投河的樣子，從自家附近漂流到兩公里外的下游，被卡在橋柱上的漂流木絆住停下。腳用尼龍繩綁著。一定是在投河之前，自己綁的吧。在流動途中似乎到處碰撞，身體傷痕累累。經過解剖，在她胃裡檢查出安眠藥的成分，但量還不至於致命。是醫師處方的安眠藥，藥性較溫和，但她把所有能取得的安眠藥都吃了，然後再把自己的腳綁住，從自家附近的橋上跳入河中。死因是溺死，警方日後斷定那是自殺。自從孩子車禍死亡，她的精神就深深消沉，陷入嚴重的憂鬱狀態，這是眾所周知的事實，因此對於她是自殺這件事沒有懷疑的餘地。」

「她投水的河，就是流過我家前面的那條河對嗎？」

「是的。您也知道那裡平常水量不多，是條平穩的美麗河川。不過一旦下起大雨時，從周邊群山匯集而來的水會一口氣流進來，導致水位在短時間內暴漲，變成極危險的河流。好比天使一瞬間變成魔鬼一般……有時還有小孩被沖走。那是多危險的河流，沒有實際到現場去親眼看過，是很難想像的。」

確實我無法想像那激流的模樣。那平常是和平安靜的美麗河川。

「街坊鄰居都衷心同情子易先生。」添田小姐繼續說。「因為他們是感情很好的一家人，看起來很幸福的樣子。不，不只是看起來像，實際上真的很幸福。年輕而美麗的太太，可愛又健康的男孩子，而且家境富裕。沒有一點陰影。然而，那光輝理想的家庭，卻瞬間崩潰。子易先生先是失去兒子，一個半月後又失去太太。都不是他的錯，不，沒有任何人有錯，無情的命運奪走了這兩個人，留下子易先生一個人。」

說到這裡，添田小姐一時中斷，暫時保持沉默。

「那是幾年前的事？」我稍後為了打破沉默而問。「那個男孩和太太過世的時候？」

「現在算起來三十年前的事。那時候子易先生四十五歲。而且從那以後到過世為止，一直都保持單身。有人跟他提過幾次再婚，但他都一貫拒絕，一個人安靜地生活。也沒有請幫傭，一切家事好像都自己做。他繼續經營家族事業釀酒公司，確保公司不出問題，但看不出經營的熱情。最多是安穩照顧整體，注意不要讓一直以來的傳統受到破壞而已。也盡量避免與外界往來。除了往返於自家附近的公司之外，也幾乎沒有外出。每個月一定都會在兩人過世的日子去掃墓，但除此之外，町內的人都沒看過他的身影。無論經過多長的歲月，他都無法從孩子和夫人死去的衝擊中重新站起來。」

久病臥床的父親終於去世後，子易先生將家族長久經營的釀酒公司，轉賣給從過去就積極想收購的大企業。他們家的清酒製造公司全國知名，卻沒有因此投入大量生產，四代以來一直維持高品質，因此品牌價值很高，以相當高的金額賣斷了品牌名與整體設備。老員工得到豐厚的資遣費，家族裡的人也根據持有的股份獲得應有的分紅。子易先生深得大家的信任與好感（而且大家也知道他的性格不算適合經營公司），因此沒有人對這筆交易有異議。子易先生手頭留下的是出售公司得到的資金，和很久以前就不再使用的舊釀造廠，還有老家而已。

「從本來就不擅長的家業解脫出來，成為自由之身之後，子易先生過著接近隱居的生活。」添田小姐繼續說。「雖然他年紀還不算太大，但一個人獨自安靜地在家裡生活，養了幾隻貓，整天看書過日子。然後可能為了運動吧，好像經常會去山上散步。和外界的接觸依然極為有限。在街上偶然遇見熟人，會微笑打招呼，但並不會多做交際。然後漸漸的，開始出現奇行了。」

奇行這用詞令人驚訝，我反射性地皺起眉頭。

「說那是奇行，可能有點過分。」看到我的表情，她好像反省了一下，又加上這一句。「這在都會可能會稱為『有點特別』就過去了。但在這樣保守的小地方，大家幾乎當成奇異行為來看。他首先開始戴上那頂貝雷帽，那是他的外甥女去法國旅行時買回來送他的禮物。這是子易先生自己託她買的。從此以後，只要他踏出家門，一定都會戴那頂帽子。當然那本身不算是奇異，但是，嗯，該怎麼說才好呢，子易先生一戴上那帽子，那裡就會產生某種，難以說明的不尋常氣氛。大體上這個町沒有會戴貝雷帽這麼時髦的人。所以那樣子相當醒目，但也不只是醒目而已。在他周圍，可以說會產生一種異質性的空氣。由於戴上那帽子，子易先生好像變成不是子易先生了，好像就那樣變成不同的存在了……這麼說可能相當奇怪，但您明白嗎？」

我刻意不回答那問題。只像是說不出一個答案似的，曖昧地稍微偏著頭而已。不過她想表達的意思，我覺得大概可以理解。

老實說，子易先生這種臉型的人不太適合貝雷帽。有時候，感覺不是子易先生戴著貝雷帽，反而像是貝雷帽穿上子易先生。但子易先生對這件事卻好像一點也不在意。不如說，看起來他反倒歡迎這樣似的——好像希望自己完全消失，只剩下貝雷帽。

「再加上更極端的是，裙子的登場。以某一天為界線（那天有什麼樣的契機則不明）子易先生不再穿褲子，改穿裙子。或者說，只穿裙子。每個人都嚇呆了。當然不是說男人不可以穿裙子，沒有任何規則這樣規定，這完全是個人的自由。您也知道，在蘇格蘭男人就會穿裙子。英國王儲有些場合也穿。男人穿裙子，並沒有誰會受到傷害，具體上也沒有造成什麼不方便。也沒有要人停止這樣做的根據。但住在這個小町，子易先生——可以稱為町內名士，年過六十有地位有理性的大男人——竟然穿起裙子堂堂走到大街上，這真是驚天動地的大事件。

「他為什麼非穿裙子不可，大家不知道理由何在。是子易先生開始失去理智了嗎？還是頭腦的螺絲有點鬆了？大家暗中說起了閒話。但沒有一個人當面問子易先生，您為什麼不穿褲子要穿裙子上街呢？再怎麼說，子易先生總是有名望的富裕人士，對町內有各方面的經濟貢獻。而且他為人有教養、人格圓滿穩健，因此也深得人心，對這樣的人物，不能直接問這種不禮貌的問題。所以大家都深感困惑，只能暗自納悶，子易先生到底是怎麼了？

「當然心愛的孩子和妻子都先後去世，必然讓他深深傷心，可能是造成子易先生所謂『奇行』的重大原因，這點任誰都輕易想像得到。畢竟他原本都穿著普通的衣服，過著平常的生活。不過很奇怪的是，穿戴上貝雷帽和裙子，做起風格獨特的裝扮之後，子易先生和以前大不相同，性格變得開朗多了。簡直就像長久關閉的窗戶大大敞開，黑暗陰溼的房間忽然有春天的陽光普照進來似的。

「他走出家門，積極地在街上散步，和遇到的人主動打招呼談話。獨自一人在家一直安靜讀書的生活，似乎已經結束。村子裡許多人對他這樣的急遽轉變表示歡迎。看到他這樣都鬆了口氣，為他開心。大家都覺得，既然個性變開朗，比以前更外向，可以跟周圍的人親近地對話，那麼多少有點奇裝異服也就無所謂了，反正也沒有什麼害處。親愛的家人相繼去世的深刻悲哀，假以時日或許也會漸漸淡去吧。這對大家來說是個天大的好消息。到頭來，大家都很一廂情願，期待歲月為我們解決許多問題——但實際上並沒有這樣。

「就這樣，對於子易先生的『奇行』，町裡的人雖然感覺有些脫離常軌，但也就當作是在思想自由所容許的範圍之內的個人行為、行動風格，所謂的『無傷大雅的一時興起』來接受了。或者乾脆假裝沒看見。在路上遇到，也會注意不再對那裝扮盯著看——同時也注意不要把視線轉開——如果有小孩子指著他，大聲指出那模樣是多麼奇怪，或跟在他身後，大家都會加以斥責、制止。

「但孩子總是難以抗拒他的模樣，會被他吸引。子易先生光是普普通通地走在路上，就會像童話裡的吹笛人那樣，迷住那些孩子。而且子易先生自己似乎也樂在其中，孩子茫然地跟在他後面走，他也只是面帶親切的笑容而已。想必想起自己死於車禍的孩子吧。不過他並不會對跟著他走的孩子出聲說話，或一起遊玩。」

「在故事裡，吹笛人最後把孩子全都從村子裡拐走了，對嗎？」

「是的。」添田小姐嘴角露出淡淡微笑說。「哈梅恩村的村民請吹笛人驅逐老鼠，但老鼠被驅逐之後，卻沒有守信支付報酬，因此他又吹出魔法笛音，把所有孩子聚集起來，帶到一個洞窟裡去。只留下一個腳不方便，跟不上隊伍的男孩。就這樣，吹笛人最後變成具有邪惡魔力的存在。不過不用說，子易先生沒有加害任何人的意圖，也沒有那種跡象。子易先生只是誠實地順從自己內心的感覺，順從自己感受到的事物而已。沒有特別的用意或目的。自己的模樣無論被人厭惡、嘲笑，或著迷，也都無所謂。

「隨著裝扮改變，子易先生的體型也迅速改變。本來是消瘦的體型（至少據說是如此，我第一次見到他時已經不瘦了），在他戴上深藍色的貝雷帽、下顎留鬍子、穿起裙子之後，很快就開始長肉，變成豐滿的體型。整個人變得圓滾滾的。好像趁著體型改變，就轉變成另一種人格似的。」

「也或許，他本來就想變成別種人格。」我說。「為了跟過去的人生訣別，為了忘記難過的記憶。」

添田小姐點頭。「嗯，或許是這樣也不一定。實際上子易先生不久就踏上新的人生旅程。六十五歲時，他把名下已經沒有使用的舊釀酒廠捐給地方政府，改成圖書館活用。這是十年前的事了。正好就在那個時期，我有緣搬到這個町來。

「町政府所經營的公共圖書館建築物已經老朽，從以前就一直是個問題，但缺乏財政預算，無法整修。子易先生為這件事感到痛心，於是捐出私人名下的古老釀酒廠，大幅翻修成煥然一新的圖書館，並捐贈出手頭的大量藏書。釀酒廠雖然是老房子了，但使用的梁柱都很粗壯，是一棟堅固的木造建築，因此結構不成問題。整修所需的大筆費用，幾乎都由子易先生獨自負擔。在這裡上班的圖書館員——我也是其中之一——薪水主要也從子易先生設立的財團法人資金支付。正如您所知道的，薪水並不高，帶有半義務性質，儘管如此，一整年下來還是需要一筆不小的營運資金。而且還要購買新書，水電費也不是小數字。雖然町也會補助一些，但金額不多。

「因此這間圖書館，實質上就像是子易先生個人的圖書館一般，但他不喜歡別人這樣看待，所以招牌還是繼續掛著『Z××町圖書館』。名義上，這間圖書館是由町內熱心人士參加的董事會所營運的，但那只是形式而已。董事會一年召開兩次，但對於會中報告的收支決算，既沒有人發問也沒有討論，就那樣機械式地同意。一切都由子易先生決定，沒有人有異議。畢竟這間圖書館如果沒有子易先生的援助和指揮就無法運作。

「子易先生會投入自己的財產設立這間圖書館，首先是因為從很久以前開始，擁有一間自己理想的圖書館並親自營運，就是他暗中的夢想。設立一個舒服而特別的場所，收集很多書，讓很多人可以自由拿起來讀，這是子易先生理想的小世界。不，可以說是小宇宙吧。他年輕時，也有一段時期曾經懷有當小說家的熱情，但他在某個時間點放棄那個希望之後，再加上太太和孩子都去世之後，圖書館似乎就成了他的人生唯一熱切的希望。

「此外子易先生也已經沒有可以繼承他財產的親人了。沒有妻子沒有孩子，父親過世後，母親也相繼去世。親人中只剩下一個妹妹，但她已經嫁到不錯的家庭，在東京生活，在公司出售時就分到了一些資金，說不希望再多繼承財產了。而且子易先生自己對奢侈的生活完全沒興趣，過著令人驚訝的簡樸生活。他將出售公司的所得幾乎全部投入於設立財團法人，以那筆資金重新裝潢圖書館，理所當然就任館長。可以說他實現了多年的夢想，建立起自己的小宇宙。

「然後接下來的十年間，子易先生以館長的身分和他的小宇宙共度了歲月，至於他那時期的人生是多滿足、多平穩，我們無從得知。跟我們這些周圍的人相處時，子易先生總是面帶微笑，態度溫和，實際上他內心懷著什麼樣的想法，我們也無從知道。

「當然子易先生是愛這間圖書館的，這無疑已經成為他活著的意義了。身在這間圖書館裡，讓子易先生感到喜悅。這點不會錯。但他因此感到心滿意足了嗎？我總覺得這倒也未必。子易先生的內心，其實可能暗藏著深深的空洞。任何東西都無法填滿那空洞。」

添田小姐說到這裡閉上嘴，沉思著什麼。

我問道：「添田小姐從這間圖書館設立時，就在這裡工作了嗎？」

「是的，我在這裡工作，前前後後已經十年了。我因為丈夫工作的關係搬到這裡來時，聽說新成立的町營圖書館正在徵求圖書管理員，就立刻來應徵。我婚前曾經在大學的圖書館裡做過圖書管理員的工作，因此也擁有這方面的證照，主要也因為喜歡這種工作。而且我非常喜歡書，本來個性也習慣規規矩矩，圖書館的工作正好適合我。我就是在這個房間、這個館長室，接受子易館長的面談。子易館長似乎也看中我。從此以後，我一直在子易先生底下工作，從一開始到現在，始終都是這裡唯一的正職員工。這裡的職場環境好，而且雖然是個小町，來圖書館的人卻很多，我工作起來也有意義。在冬天寒冷時間漫長的地方，居民大多都常讀書。在各種意義上，對我來說，這是充實而滿足的十年。」

「然而，一年多前子易先生卻去世了。」

添田小姐安靜地點頭。「是啊，非常遺憾，子易先生有一天突然去世了。」

41

「這件事，真的發生得太突然了。」添田小姐說。「子易先生看起來一直都很健康，雖然七十五歲了，但也沒聽說身體哪裡不舒服。他確實有一點肥胖，但都有注意飲食，也定期到郡山的醫院去做健康檢查。而且為了鍛鍊腰腿也常到附近的山區散步健行。因此一時真的難以相信，子易先生居然會在散步途中心臟病發猝逝。這起噩耗讓許多人都相當震驚，我也深受打擊。簡直像建築物的粗壯棟梁被忽然拆除了似的，帶來一種虛脫感。

「我喜歡子易先生的為人，也尊敬他。看他一直獨自過著孤獨的生活，我也替他擔心。這樣想或許是多管閒事了，但我覺得子易先生應該再一次建立家庭。因為子易先生這樣的人，應該擁有一個安穩而溫馨的家庭。他應該在心愛的家人圍繞之下，過著充滿溫暖的生活。無論以他的人格或社會地位來說，他都有這樣的資格。因此，他竟然那樣一個人孤獨地結束一生，我感到非常悲哀。子易先生終究還是沒有從失去妻子和兒子的衝擊中重新站起來。儘管外人看不出來，但其實他活著的時候始終懷抱著那份重擔。

「與此同時，我也不得不憂慮起失去子易先生的圖書館，今後會怎麼樣？我可能會失業，這對我個人來說當然是一個大問題。但更嚴重的是，這間充滿魅力的小圖書館，可能會落入不適任的人手中，被帶往不適當的方向，因而慢慢變質也未可知；也有可能在缺乏熱忱的人指揮之下，失去現有的活潑生氣，逐漸空洞荒廢。想到這裡，我就非常難過。我就算失去圖書館的職位，還可以靠丈夫的薪水過日子。但一想到這麼美好的圖書館或許不能維持現在這個樣子，就實在難以忍受。

「在子易先生的葬禮結束，骨灰安奉到町內寺院裡的墓園，過一段時間之後，我正為圖書館的未來獨自東想西想時，有一天夜裡，我夢見子易先生出現。那是一個很長很清楚的夢。醒來時，我甚至還不覺得那是夢。或許那真的不是夢也不一定。但那時候，我只覺得是個極鮮明極清晰的夢。

「在那個夢中，子易先生身上依舊是平常的打扮。就是那頂深藍色貝雷帽，和格紋的一片裙。他坐在枕頭邊，一直望著我的臉。就好像已經待在那裡很長一段時間，安靜地等著我醒來似的。

「我感覺到什麼動靜忽然醒來後，馬上發現子易先生就在眼前，急忙想起身，子易先生卻稍微舉起雙手制止。

「『沒關係，就那樣躺著吧。』子易先生以溫柔的聲音說。所以我就照樣躺在那裡。

「『今天是有一點事情來找您。』子易先生說。『您也知道，我已經是死去的人了，不過絕對不是什麼怪東西。我就是您所熟知的子易。所以不用害怕，好嗎？』

「我默默地點點頭。在照理說已經死去的子易先生面前，我並不覺得害怕。因為我那時候絲毫沒有懷疑自己在做夢。」

「死去的人卻還在您面前這樣現身，是因為無論如何都有幾件重要的事情要告訴您。」子易先生很抱歉似地這樣說。「是關於圖書館的事情，因此有必要像這樣介入您的睡眠裡。在深夜您正在休息的時候打擾，真是不好意思。」

添田小姐搖搖頭。「哪裡，請不用在意。如果是必要的事情的話，隨時都不用客氣，請儘管來找我。我非常樂意洗耳恭聽。」

「是的，關於圖書館未來該怎麼辦，我想您也很關心。我也非常了解您的心情。會擔心也是當然的。」子易先生說。「不過添田小姐，請不用擔心。我也有準備好一些對策。因為到了這個年紀之後，經常會想到自己難保什麼時候會離開這個世間。我在圖書館的辦公室桌子最下面的抽屜裡，有一個小保險箱。輸入正確的三位數密碼就可以打開，密碼是４９１。明天早晨上班後，請打開保險箱。裡面有一些重要文件，包含土地權狀、說明遺產處理方式的遺囑等。請跟律師井上先生——您當然知道井上先生吧——請跟他聯絡，由您直接把文件交給他。他應該會幫忙辦好各種該辦的手續。

「此外，與圖書館營運有關的指示收在藍色信封裡。裡面也有一封信，寫明該如何挑選我的繼任館長。請在井上先生列席之下，由您在董事會宣讀那封信。可以嗎？」

「召集財團法人的董事會，請井上先生列席，打開藍色信封並由我來宣讀內文就好了嗎？」

「是，沒錯。」子易先生說。並且點頭。「董事全體到場，在律師列席之下，請您宣讀指示。這很重要。」

「了解。我會依照指示去做。保險箱的密碼是４９１對嗎？」

「是，沒錯。今天要告訴您的只有這件事。很抱歉在深夜打攪您。但這對我來說，是非常重要的大事。」

「哪裡，請不要這樣說。無論是以什麼形式，能再和子易先生見面談話，對我來說比什麼都高興。」

「是啊，我想之後有需要時，我還會出現在您面前。」子易先生說。「以後不會再像這次一樣，在您睡覺的時候出現在夢中，我會出現在現實生活中，在白天與您面對面談話。也就是說，該怎麼說才好呢？我會變成類似幽靈那樣。而且到時候，我的身影只有您的眼睛看得到，我的聲音只有您的耳朵聽得到。我用這種方式出現，添田小姐，您會覺得不舒服或害怕嗎？如果會的話，我再來想別的方法。」

「不，這樣就很好。請在您喜歡的時候隨時現身。我不會覺得害怕或怎麼樣。我反倒覺得能得到子易先生的指示，對我而言，還有對圖書館而言都非常感謝。」

「是，謝謝。聽您這麼說，我就能安心了。還有，啊，或許用不著提醒，這件事情請不要對其他人說。應該已經死掉的我卻這樣現身，這種事目前只有我和添田小姐知道，請保持我們之間的祕密。」

「明白了。我絕對不會對別人說。」

於是夢中的子易先生消失了身影。添田小姐就此失去睡意，躺在被窩裡一夜無眠，數度複誦著子易先生所說的話，等待天明。

我問添田小姐：

「後來妳進來這間館長室，打開桌子的抽屜了嗎？」

「是的，第二天一早，我就來這裡打開保險箱。」

我拉開桌子的抽屜，確認那裡真的有黑色的保險箱。門沒有鎖，裡面什麼也沒有。

「我依照告訴我的密碼打開保險箱的門，子易先生說的東西都齊全地收在保險箱裡。沒錯，那真的不是夢。子易先生真的回到這個世界來了。他希望在自己去世後，圖書館依然能順利營運下去，這是子易先生最迫切、最重要的使命。即使他變成幽靈了，也一點都不可怕。無論他是什麼樣子，能見到子易先生都是我最高興的事情。而且這樣一來，這間美好的圖書館就能繼續維持現在的秩序，我真的感激不盡。」

「於是妳就召集董事會，在全體董事面前宣讀子易先生留下的指示嗎？」

「是的，我依照指示做了。在董事會中，首先由列席的律師說明子易先生留下的財產如何分配。根據遺囑，子易先生個人名義持有的現金、股票、不動產、人壽保險等一切都捐贈給財團法人，由財團法人營運圖書館。換句話說，失去子易先生對我們來說是無比重大的損失，但對圖書館的營運來說卻是得到了一筆巨大的財產捐贈。

「然後我也在全體董事面前宣讀給董事會的那封信，內容主要是關於今後圖書館營運的具體指示。信中逐條列出了詳細的個別指示，而關於館長職位，記載著自己過世後，應在報上刊登廣告，向外界公開徵人。人選則由我，也就是添田負責決定。

「我一邊宣讀，一邊感到驚訝。我只不過是一介圖書管理員，為什麼賦予我這麼重大的任務？我相信董事一定也都很驚訝，但信裡明明白白地這樣寫了，所以不得不遵從。當然我所選出的人，還要經過董事會同意的程序，不過形式大於實質意義。」

「妳依照子易先生的指示，在報紙上刊登廣告徵求館長，而我來應徵，由妳負責評選，結果我被錄取了。是這樣嗎？」

「是的，沒錯。或者應該說，表面上是這樣。但實際上，正確來說並不是這樣。從全國眾多應徵者中選出您的，其實是子易先生。他指名您，我把那結果——形式上是我評選出的——向董事會報告。因為總不能讓死者選出繼任的館長，所以形式上由活著的我代為執行那個任務。就像照腹語師的操作，張口動作的人偶那樣。之後得到了董事會形式上的承認，由您就任館長。

「我的任務，就只有將子易先生所做的決定，如實傳達給董事會而已。我照子易先生事前的指示，把應徵者的履歷表和同時附上的信收集起來，放在館長室的桌上。子易先生好像是在我不在的時候一一過目，從中選出您來。然後有一天在我面前現身，說要讓這個人當館長。我當然沒有理由反對。子易先生從還活著、身體還健康時，可能就已經預先知道自己將不久於人世了，因此也慎重地考慮到該由誰來接任自己的館長職位。因此才會事先寫好那樣的指示信給董事會，做好周全的安排吧。」

「但為什麼非我不可呢？我到底什麼地方讓他看上了？」

添田小姐搖搖頭。「這個我也不清楚。子易先生並沒有告訴我選您的理由。子易先生只告訴我，就選這個人吧。」

「那子易先生的幽靈，常常會在妳面前出現嗎？」

添田小姐微微搖頭。「並沒有很常。有需要的時候，他才會露面。他會微笑著出現在我面前，指示我到二樓的館長室來。子易先生的身影，就像他本人說的那樣，只有我看得見。他的聲音也只有我聽得見。因此我假裝什麼也沒發生，小心別讓周圍的人發現，悄悄走上樓梯，走進館長室。然後把門關上，兩個人單獨談話。就像他還活著時那樣。子易先生坐在桌子的那一邊，我坐在這一邊。桌子角落就和以往一樣放著貝雷帽。在這種時候，我怎麼都不覺得他是已經去世的人。面對子易先生時，會漸漸分不清生與死的差別。」

這種心情我也很能理解。

添田小姐說：「您和子易先生見面，兩個人親密地談話的事，我也稍微知道。可以察覺到這樣的跡象。只是剛才也向您提過，您見到的不是活著的子易先生，而是他的幽靈，這種事我實在沒辦法主動說出口。而且，活著的您和死去的子易先生，如果能以那種形式維持良好關係的話，其中應該有什麼理由。而那理由是我所無法想像的。」

「不過不只是跟妳而已，和其他人談話時，不知道為什麼也都沒有人提過子易先生已經死去的話題。一次都沒有。例如像『這麼說來，過世的子易先生……』之類的說法，出現也是應該的吧。為什麼卻沒有呢？」

添田小姐又再搖頭。「是啊，為什麼噢？我真不明白。或許有眼睛看不見的特別力量在作用吧。」

我環視房間，心想子易先生會不會在哪個地方，或者是不是有「眼睛看不見的特別力量在作用」呢？但那裡只有靜止不動的，冷冷的午後空氣而已。

「或許其他人，也稍微感覺到了噢。」我說。「感覺到子易先生或許還沒有真的死去。就算看不見他的身影，但他還存在於這個圖書館裡的跡象，或許是可以透過肌膚實際感受到的。」

「是啊，或許真的就是這樣。」添田小姐說。好像非常理所當然似的。

42

子易先生——或者該說是他的靈魂吧——此後有一段時間沒出現在我眼前。我窩在圖書館深處的半地下室裡，每天處理著館長的工作。有時到閱覽室露個面，和添田小姐，以及其他工作的女職員交談，或觀察大家閱讀雜誌和書本的樣子，如果看到認識的人就簡單打個招呼，但我大多都在溫暖的燒柴暖爐前，面對小書桌一個人勤快地做著事務工作。

除了處理事務性質的瑣碎工作之外，將未經整理的藏書分類，經過系統化後編列目錄，是我給自己指定的主要工作。但由於子易先生斷然拒絕引入電腦作業的方針（在職員強烈的要求下，這個方針在他死後仍堅定不搖地繼續下去），導致作業費事，窒礙難行。不用鍵盤而是使用不習慣的原子筆，讓我右手的手指痛了起來。雖然如此，沒有電腦的職場也頗為新鮮，有種好像忽然迷路闖進一個不同世界般的奇妙錯置感。

同時，我也被賦予階段性改變圖書館現行營運系統的任務。這裡本來實質上就像是子易先生的個人圖書館一樣，因此到目前為止各種問題都是他一個人根據狀況做出裁決，誰都不會質疑。然而現在子易先生不在了，事情當然就沒那麼單純了。在營運圖書館的同時，也必須在某種程度上獲得大家支持。為此，必須以我為中心建立起新系統，但這怎麼看都不容易。首先我對這間圖書館，以及這個町的情況還不熟悉（很多方面還需要仰賴添田小姐的協助），再加上，我本來就不擅長這一類的實務性作業。

我每天處理這種瑣碎的作業，也趁空檔回想前幾天和添田小姐長談有關子易先生的事，一一照順序回想，把要點用原子筆列舉出來，以免有所遺漏，或忘記重大要點。然後一邊重讀筆記，一邊思考和每個要點相關的自己的想法。

有很多不懂的地方。沒錯，多到數不清的地步。

正如添田小姐說的那樣，子易先生事前就知道自己不久後將會喪失性命嗎？正因為預知到了，才會在書桌的抽屜裡留下遺囑，指示在自己死後，向全國徵求館長嗎？事先決定好程序，以便（在自己死後）親自挑選繼任者嗎？他早已事先預見一切，全都計畫好了嗎？

難道說，連我這個人會來應徵，他都知道了嗎？

太多不清楚的事了。我一邊看著那手寫的筆記一邊嘆氣。理論的順序有明顯的混亂。看不清原因和結果的先後關係。上次在這個小房間裡見到子易先生時，他對我說「曾失去影子的您，有那資格」。正確的說法記不清楚了，但大概是這個意思。從此以後，「資格」這個字眼就附著在我的腦裡。那語言的聲響搖撼得我心神不寧。

資格？我想。那到底是什麼的資格？

昏暗的半地下室裡燒柴暖爐燃燒著，我一邊望著微微搖晃的火焰，一邊等待子易先生的幽靈出現。有幾件事必須問他才行。

是什麼把我引導到這裡來。我是被什麼引導到這裡來的。不會錯——我有這種感覺。卻無法判讀出意義。所謂什麼究竟是什麼？還有我被引導到這裡這件事，又有什麼意義？或有什麼目的嗎？我想問他這些。雖然不知道能不能得到答案。

但無論等多久，子易先生——子易先生的靈魂——都沒有出現在我眼前。呼叫我的電話鈴聲也沒有響。

當變成無形靈魂的死者，希望化為某種形體——比方像幽靈之類的——出現在人前時，或逼不得已必須這麼做時，能憑自己的自由意志、自己的力量，隨時化形嗎？或者需要借助外部的某種作用推動？或依賴更高階者的助力之類的力量——雖然不知道是什麼樣的力量——才行呢？

當然這種事情我也無從知道。我在遇見子易先生的幽靈之前，一次也沒看過幽靈之類的東西（我想沒有。或者看到了卻沒留意到），更沒有和死者對話的經驗。幽靈是經過什麼樣的過程變成幽靈的、在什麼地方如何得到那「資格」的（純粹是我個人的推測，我想應該不是所有的死者都能成為幽靈），這種事情想再多也沒有用。因為這並不是理論性思考累積多了，最終就能得到具體解答的那種問題。

首先連靈魂是什麼？我都無從掌握。如果靈魂這東西是實際存在的話，那麼那大概是無形而透明，在空中輕飄飄地浮游著的東西吧，我有這種模糊的印象。但仔細想想，那只不過是一種先入為主的想法而已。就和「神是留著長鬍子、拿著拐杖的白髮老人，身穿白色衣服」是同等程度的刻板印象。

子易先生的靈魂具有意識，且依循著那份意識行動。不管怎麼看，這項事實都沒有懷疑的餘地。子易先生曾經引用某個人的定義，提到「所謂意識，是大腦對本身的物理狀態具有自覺的現象」。而已經沒有大腦的靈魂（也就是他自己），現在依然能在保有意識的情況之下行動，他對這個狀況抱持著根本上的懷疑。或許也可以說是感到困惑。沒錯，連死者的靈魂本身都不明白靈魂是怎麼回事，活著的我又怎麼會知道呢？

對我來說——只擁有容易受傷的肉體和不完全的思考能力，被綑綁在現世這地面的渺小的我——能做的只有一件事，那就是一直等待子易先生的幽靈，可能要配合他所處的情況或方便，出現在我面前。在那被沉默所充滿的半地下的正方形房間，一邊為古老的燒柴暖爐添加柴薪一邊等待。

但子易先生並沒有出現。和添田小姐在館長室面對面談話之後，過了大約一星期。在那之間，群山環繞的小町的冬天日日加深。下了大量的雪，一夜之間積雪接近一公尺。眼前目睹這麼大量的雪，對於人生大半在溫暖的太平洋沿岸度過的我來說是第一次。我從早上就拿起平坦的鋁製專用雪鏟，把從門口到圖書館玄關的和緩坡道的雪剷除。有生以來第一次經歷的剷雪作業。

在圖書館工作的，除了添田小姐之外都是打工的女性，除去臨時雇用來幫忙的老人，我就是唯一的男性。難得有這種實際幫得上忙的工作，讓我的心情很愉快。空氣冷冽但沒有風，天空晴朗得很不真實的美麗早晨。看不到一片雲。帶來大雪的大量的雲好像已經不知去向了。或者把蘊含的雪都下完之後，就那樣消失掉了吧。

好久沒做的純粹肉體勞動，讓我的精神出乎意料之外地清爽。不久襯衫也汗溼了。我把上衣脫掉，在早晨的日照中，專心致志地默默剷雪。黃喙的冬鳥發出高亢的聲音劃破空氣，松樹粗大枝椏上的積雪，偶爾發出溼答答的沉重聲響落到地面。就像力盡而鬆開手的人那樣。屋簷垂著將近一公尺的冰柱，在陽光下發出凶器般的閃光。

就這樣繼續下雪，不停積雪好了。我暗自許願。這樣我就不用去想身邊的麻煩事情，也不用煩惱靈魂是怎麼回事，可以放空頭腦，手拿起雪鏟，從早到晚從事肉體勞動。那或許正是現在的我，所渴求的生活——當然，也要我全身上下的肌肉能耐得住那粗重工作才行。

一邊用雪鏟剷起雪裝入推車，我一邊不禁想起因為飢餓和寒冷而喪失生命的獨角獸。每當冬天的早晨到來，都會看到牠們之中有幾頭披著雪白的外衣，倒臥在定居地的地面。就像替人背負罪名死去的人那樣。在那座城裡雪並不會積得太深，但依然足以致死。

一個人獨自站在白雪圍繞之中，抬頭仰望蔚藍的天空時，有時我會搞不清楚，自己現在到底屬於哪一邊的世界。

這裡是高高的磚牆內側，還是外側？

圖書館休館的星期一早晨，我拿著添田小姐幫我畫的地圖，到子易先生的墓園去。手上拿著在車站前的花店買的小花束。

手拿著花束，走在行人稀少的早晨的町內時，總覺得自己好像不是現在的自己。就好比我現在是十七歲，在一個晴朗的假日早晨，手捧著花束要去女朋友家拜訪……我有這種感覺。脫離現在的現實，好像置身在不同的時間和不同的場所那樣，感覺很奇妙。

也或許我是裝成我的樣子，其實不是我的我。也許鏡子裡所看見的我，不是我的我。那看起來很像我，而且可能是和我做著一模一樣動作的別人也不一定。我也有這樣的感覺。

墓園在郊外的山腳下。要爬到寺院的入口，必須先登上六十級石階。幾天前的殘雪凍得硬邦邦的，石階到處都十分滑溜。寺院後方和緩的斜坡有個墓園，最裡面是屬於子易家墳墓的區域。相當寬廣，整理得也不錯，顯見子易家在這地方上是體面的世家。子易先生夫婦和兒子的墓就在其中。

正如添田小姐所說，因為是新立的大墓碑，從遠處就能清楚看見。應該是在子易先生去世後，把三人的骨灰集中起來新建的墓吧。經由子易先生的死，一家三口終於又團聚了。子易先生想必也希望這樣。我很高興子易先生能如願以償（也有可能是他自己事先指示過要這樣做）。

排除過度裝飾，非常簡單樸素的墓碑。就像出現在《２００１太空漫遊》裡的那塊黑色石板一樣扁平的石碑上——一眼就可以看出那應該是相當高價的石頭——以端正的字體刻著三個人的名字。

子易辰也
子易觀理
子易森

沒有標示讀音（從沒看過標示讀音的墓碑），我猜夫人的名字應該讀成MIRI吧。我想不到其他的讀法。「子易觀理」，我試著靜靜地讀了幾次。「觀其道理」，相當深奧的名字。取了這樣名字的女人，最後竟然走上自我了斷的路，想起來真悲哀。

三個人名字的下方，分別清清楚楚刻著生年和卒年。妻子和兒子的卒年相同。和添田小姐說的一樣，這兩個人幾乎在相同的時間去世。一個在路上被卡車撞死，一個自己投入暴漲的河裡溺死。而被獨自留下的子易先生的卒年是去年，在經過漫長的歲月之後。我站在墓碑前，久久望著那個數字。數字本身就述說了許多事情。有時數字比文字說得更多。

沒錯——子易先生已經不是這個世間的人了。我過去曾經見到、面對面談過話的，是他的幽靈。或者說，是具有他生前身影的他的靈魂。我在他的墓前，重新接受了這個不可動搖的事實。

我把帶去的小花束供在子易家的墓前，然後站在墓前閉上雙眼，默默雙手合掌。附近的小樹林裡，不知名的冬鳥發出尖銳的啼聲。在我自己不知不覺間，一行淚已經從眼裡流下來。帶有溫度，豆大的眼淚。眼淚緩緩流到下顎，然後像雨水垂落屋簷般落在地面。下一行眼淚也沿著同樣的軌跡掉落。更多眼淚繼續流出。我很久沒有流這麼多眼淚了。或者說，上一次流淚是什麼時候，我都想不起來了。甚至都忘記眼淚居然含有這樣的溫度了。

沒錯，眼淚和血液一樣，都是從有溫度的身體裡擠出來的。

我微微搖頭，心想，子易先生或許正從什麼地方，看著我站在墓前的身影。那種感覺很奇怪。通常，我們是為了追悼親近的死者而來墳前參拜，並祈禱死者安息。然而子易先生雖然死了，現在卻依然徘徊在死者的世界和生者的世界之間。可能想對誰傳達什麼訊息。他有非傳達不可的事情。面對這樣的存在，我到底該在墓前祈禱什麼才好呢？

我小心著別腳滑了，一步一步注意著腳邊，走下寺院的石階回到町內。

走在車站附近的商店街時，我發現一間夾在乾貨店和寢具店之間的小咖啡店。之前應該經過這裡好幾次了，怎麼都沒發現這家咖啡店？大概是因為我當時邊走路邊想事情吧（對我來說是常有的事）。這是一家有大片玻璃窗的明亮小店，從外面看起來，店內除了吧檯座位之外，只有三張小桌子。到處都沒看到店名，門上只寫著「咖啡店」而已。沒有名字的咖啡店。因為是平日的上午也有關係，沒看到有客人，只有一名女子在吧檯裡忙著。

我推開玻璃門走進店裡。剛才在墓園太冷了，有必要先把身體暖和起來。我在吧檯最裡面的位子坐下來，點了熱咖啡和展示櫃裡的藍莓英式瑪芬。

接近天花板處的小型喇叭，以小音量播出戴夫・布魯貝克四重奏演奏年代久遠的柯爾・波特的爵士標準曲。令人聯想到清澈流水的保羅・戴斯蒙的中音薩克斯風獨奏。應該是很熟的曲子，曲名卻怎麼都想不起來。不過就算曲名想不起來，依然是適合在安靜的假日早晨聽的音樂。從遙遠的往昔殘留下來的美好而舒服的旋律。我暫時什麼也不想，只恍惚地側耳傾聽著那音樂。

端出來的咖啡濃濃的，適度的苦和熱，藍莓瑪芬柔軟新鮮。咖啡裝在簡約的白色馬克杯裡。坐在那裡十分鐘之間，體內的寒氣感覺好像也逐漸消失了。

「咖啡續杯只要半價。」吧檯內的女子告訴我。

「謝謝。」我說。「這個瑪芬相當美味。」

「這才剛出爐，是附近的糕餅店烘焙的。」她說。

我付完帳，拍拍掉在腿上的瑪芬碎屑，走出那家店。離開店門時，穿著方格子圍裙的女子從吧檯裡對我微笑。和晴朗的冬日早晨相當相配的，感覺得到溫暖的微笑。並不是制式的那種微笑。

那位女子看來大約三十五歲左右。身材苗條，雖然算不上美女，但長相讓人有好感，化妝淡淡的。如果她想讓自己看起來更年輕一點應該很簡單，但似乎沒有做這樣的努力。這反倒給我一種適度的好感。

「其實，我剛才一直待在墳墓前。其實還沒死的人的墓前。」臨走之前，我想這樣告訴她。誰都可以，很想坦白告訴哪個人。不過這種話當然沒辦法說出口。

43

那一夜，我和平常一樣晚上十點左右就鑽進被窩裡。但我沒辦法入睡。這是相當稀奇的事。我是一鑽進被窩，就能立刻睡著的人。雖然枕邊放著一本書，卻很少翻開。而且多半隨著早晨的光線自然醒來。我可能是天生幸運的人吧。因為我聽過很多人向我訴說他們失眠的痛苦。

不過那一夜，我不知為什麼卻無法順利入睡。身體應該渴求著自然的睡眠，但無論如何都睡不著。可能是太興奮吧。

我的頭腦裡（好像）空了一塊，為了填滿那片空白，我閉上眼睛思考子易先生的墳墓。立在子易家的墓園，那塊宛如黑色石板的墓碑。嶄新的石材那極為平滑的光輝。上面刻著一家三口的生年和卒年。然後想起我帶去的小花束，想起穿梭在樹林裡的冬鳥尖銳的啼聲，想起寺前多處結凍的不整齊的石階。好像看著幻燈片的影像那樣，畫面一一閃現。

在那之間，我忽然——好像從腳邊的草叢間忽然飛出小鳥一樣突然——想起那首曲子的名字。就是車站附近咖啡店播放的柯爾．波特的爵士標準曲的曲名。〈Just One of Those Things〉（只是尋常事）。然後旋律就像附著在意識之牆上的咒語那樣，反覆在耳朵深處一次又一次響起。

枕邊的電子時鐘指著十一點半。我放棄睡覺，從被窩裡起來。在睡衣上披一件毛外套，點上瓦斯暖爐的火，從冰箱拿出牛奶，用小鍋子加熱之後喝了。再吃了幾片薑餅。然後坐在搖椅上，翻開讀到一半的書。但意識卻無法集中在書上。各種畫面和各種聲音，在我腦子裡毫無脈絡地糾結在一起。好像從不同的世界送來的，意義不明的訊息一般。沒有臉的信差騎著無聲的自行車，將他們的訊息一一放在我家門口，然後離去。

我放棄閱讀，把書闔上，在搖椅上大大地深呼吸幾次。集中意識，把空氣吸進肺裡，讓肋骨擴張開來，把體內各個部分的空氣全部換新。讓不安的情緒稍微鎮定下來。但這樣做也沒有多大的效果。

我的四周，還是和平常一樣安靜的夜。這個時刻，家門前面的道路上沒有車輛經過。附近的狗也沒叫。名副其實的鴉雀無聲——除了在我的腦裡不停響著的音樂之外。

我很想逼自己睡，但再怎麼努力可能都睡不著。威士忌和白蘭地也沒有用。自己也很清楚。今天晚上，可能有什麼不讓我睡覺。不知道是什麼……

我下定決心脫掉睡衣，盡量穿得暖和一點。在厚毛衣上加穿粗呢大衣，脖子圍上喀什米爾圍巾，戴起滑雪用的毛線帽，套上有襯裡的手套，然後走出門外。睡不著還靜靜待在家裡，而且幾乎每五分鐘就看一次時鐘的指針，我已經忍無可忍了。還不如到寒冷的戶外去隨便走走路比較好。

一走出家門之外，就知道風開始吹起來了。白天裡安穩的溫暖消失了，天空覆蓋著厚厚的雲層。看不見月亮和任何星星。只有稀疏的街燈冷冷地照著沒有人影的路面而已。從山上吹下來陣陣不規則的風，吹過葉子已落盡的枝頭之間呼嘯而過。是含著溼氣的冷風。任何時候下起雪來都不奇怪。

我不知道要往哪裡去，一邊吐著白氣一邊沿著河邊的道路走。沉重的雪地鞋踏在碎石路上發出不自然的巨大聲音響徹周遭。河流已經一半被冰覆蓋，但流水聲依然清晰地傳進耳裡。這是個冰冷徹骨的夜晚，但我反而歡迎這份寒冷。寒氣使我全身上下緊繃起來，一時麻痺了漫無邊際的模糊想法。寒風雖然讓雙眼滲出眼淚，但也讓剛才還在耳朵深處響著的散漫音樂消失散去了。這是否該稱為北國之冬的美德呢？

步行間，我什麼也沒想。腦中有的，只有舒服的空白。或者是無。含有雪的預感的寒冷宛如鐵臂，牢牢約束、支配了我的意識。除了寒冷的感覺之外，絲毫沒有潛入的餘地。而當我發覺時，我的腳竟然已自動朝圖書館的方向走去。簡直就像我所穿的雪地鞋，比我這個主人擁有更明確的意志似的。

大衣口袋裡有圖書館各處室的鑰匙串。我用最粗的鑰匙打開鐵門，進入圖書館的外圍區域。然後走上和緩的坡道，打開玄關拉門的鎖。手錶指針指著十二點半。館內當然無人，一片漆黑。只有牆上綠色的緊急指示燈發出微弱的光線。

我依賴那微弱的光線，小心翼翼地步步前進以免撞到東西，接著發現櫃檯上放著常備的手電筒，拿起來照著腳邊，走進漆黑的館內深處。我要去的地方只有一個，當然就是那個有燒柴暖爐的半地下正方形房間。

44

正如意識深處暗自的預期，子易先生在那裡等我。

燒柴暖爐正閃閃爍爍地安靜燃燒著，把小房間溫暖得恰到好處。不會寒冷，也不會太熱。舔著蘋果老樹的紅色火焰既不太大，也不太小。子易先生似乎預測到（或事先知道）我來訪的時刻，配合時間從稍早之前就開始溫暖起房間。就像要招待重要客人的賢明主人那樣。房間裡瀰漫著淡淡的蘋果木香氣，可以感受到難以形容的親密感。很用心，又不讓人有壓迫感的適度親密。

「啊，歡迎。」我推開房間的門時，子易先生的圓臉面帶微笑說。「我正在等您呢。」

子易先生穿著和平常一樣的衣服。深藍色的貝雷帽軟趴趴地放在桌上。長年穿慣的灰色軟呢上衣，方格紋的一片裙，加上黑色厚褲襪，薄底白色網球鞋。沒看到他穿大衣。他大概不會走出這棟建築，到寒冷的屋外去吹冷風吧。所以不用穿雪地鞋也不用穿大衣。

「您看起來氣色真好。」子易先生一邊搓著雙手，一邊微笑著說。「啊，請坐。」

我在暖爐前脫下沉重的大衣，拿掉圍巾，也脫下手套。在木椅上坐下後，我問子易先生：

「我今天晚上要來這裡，子易先生一定事先知道了吧？」

子易先生稍微偏過頭。

「您可能也注意到了，我不會離開這個圖書館。或者該說，實際上是離不開這裡——無論是以人的姿態或不以人的姿態。只是我有預感，您今天晚上好像會出現在這裡，所以盡力化為人形，全心全意準備歡迎您。」

「我今天不知怎麼就是睡不著。所以想到外面散步一下，穿暖和一點從家裡走出來，不知不覺就往圖書館走來了。」

子易先生慢慢點頭。「啊，這麼說來，您今天早晨到了寺院的墓園去，看我們的墓對嗎？」

「該怎麼說才好呢，我冒昧參拜了子易先生的墓。也許我做得過分了。」

「哪裡、哪裡，完全沒這回事。」子易先生微笑地搖頭說。「您的用心我深深感謝。好像還收到您美麗的花。」

「非常體面的墓。」我說。對死者本人誇獎墳墓，感覺好像很奇怪。「那塊石頭是子易先生親自選的嗎？」

「啊，是啊。那塊墓碑是我還活著的時候選的，費用也全部付清了。我特別拜託熟識的石材店老闆多費心，希望刻在上面的只有我們三個人的名字，還有生年、卒年，除此之外什麼都不要多刻。然後他也一切依照我的指示幫忙做好了。死後能親眼確認自己的墓碑做得怎麼樣，也真是有一點奇怪。」

子易先生好像很樂的樣子，呵呵地笑著，我也陪著他微笑。

我問他：「進到墓裡，一家三口又能團聚了，對嗎？」

子易先生微微搖頭。「啊，能那樣想一定很好吧，不過實際上並不是這樣。能放進墓裡的，終究只有三個人的骨灰而已，骨和魂是不相連的。是啊，骨是骨，魂是魂——一個是物質，一個是非物質。失去肉體的靈魂，終歸會消失。因此，當我死了，在死後的世界，我還是和活著的時候一樣，孤孤單單一個人。到處都看不到妻子和孩子。只能在墓碑上刻三個人的名字。然後終有一天，連我的靈魂在經過一段時間之後也會消失，歸於虛無吧。所謂靈魂，只不過是過渡的狀態而已。至於虛無，則是永遠的。不，是超越了所謂『永遠』這種形容。」

我思考該說什麼，但腦子裡怎麼也想不出適合這種情況的話。然而子易先生沉默良久，因此我不得不開口說一點什麼。

「您一定很難過吧。」

「是啊，孤獨真是非常難過。無論活著也好死了也好，那種像被刀割的痛苦、難過，都沒有改變。雖然如此，過去曾經真心愛過人，這強烈而鮮明的記憶還留在我心中。那感觸還深深浸染了我的身體，留在雙手的掌心。而有沒有那份溫暖，也會讓死後靈魂的狀態，出現很大的差別。」

「您所說的事情我可以理解。」

「我想您過去也曾經深深愛過誰，留下強烈而鮮明的記憶。而且曾經追隨那人的魂魄，去過遙遠的地方旅行，又再回到這裡。」

「子易先生連這件事也知道噢。」

「是的，我知道。之前也說過，曾經失去自己的影子的人，我一眼就能看出來。當然，那樣的人非常稀少。尤其是還活著的人之中。」

我默默望著暖爐的火。我的體內有時間停滯的感觸。時間的流動，彷彿遇到了某種障礙物的妨礙。

「去了那邊，又再回到這裡來，對於活著的人來說是多麼困難的事，您知道吧？」子易先生說。「去那邊倒還容易，但要回到這裡來可就非常困難了。一般是不可能辦到的。」

「可是，我為什麼會回到這裡，又是怎麼樣回到這裡來的，連我自己也完全搞不清楚。」我老實說。「我的影子向我告別後，就獨自跳進深潭裡，被可怕的地下水路吸進去了。他下定決心，無論要冒多大的危險都要回到這邊的世界來。但我想了又想，選擇留在那邊的世界——被高牆圍繞的城。然而接著醒來時，我環視周圍，卻發現我又回到這邊的世界了。然後我的影子，再度成為我的影子。好像什麼也沒發生過似的。簡直就像我只是做了一個又長又鮮明的夢。不過，不，那不是夢。我很清楚。就算有誰想努力讓我以為那是個夢也一樣。」

子易先生還抱雙臂閉著眼睛，專心傾聽著我的話。我繼續說。

「為什麼會變成這樣呢？我真不明白。我是依照自己的意志，打算留在那邊的世界的。然而卻違背了自己的意志，回到這邊的世界了。簡直像被強力的彈簧彈回來一樣。關於這點我想了又想，但結果只能想到，一定是有超越我的意志的某種別的意志在作用。但那是什麼樣的意志呢？我完全不清楚。而且也不知道那個意志的目的是什麼。」

「您本來能進到那座城，也是因為那個意志的力量吧？」

「可能是。」我說。「有一天，我從深深的昏睡中醒過來時，發現自己一個人躺在從沒見過的洞穴裡。被牆圍繞的城門附近挖的洞裡。門的守衛發現我在那裡，問我想要進入那座城嗎？我回答想。可能是誰，或是某種意志，把我送進那洞穴裡的吧。當然在那之後，我回答守門人說想進去城裡，則是出於自己的意思。」

子易先生暫時思考了一下，然後慢慢地開口。

「啊，這件事有什麼樣的意義，那意志是什麼、目的又是什麼，我也不知道。我是沒有實體的，只是一個個人的靈魂而已，並不會因為死而得到什麼特別的智慧。

「只是聽了您這番話，我推測，其實那些搞不好全部都是您心裡所希望的事情。您的心（在您自己所不知道的地方）那樣希望──所以才發生那件事。不，您可能會說沒這回事。您會說留在那座神祕的城，是憑自己的意志明確做出的選擇。但您真正的想法可能不是這樣。在您內心的最深處，也許是想離開那座城回到這邊來的。」

「換句話說，那個超越我的意志的更強大的某種意志，不是在我的外側，而是在我自己內在最深的底部嗎？」

「是的，當然這只不過是我粗淺的推測。不過聽您說了這些後，我只能這樣想。您可能憑自己的意志進入那座不可思議的城，然後又憑自己的意志回到這邊來。把您彈回來的那股力量，應該是您自己內部的特殊力量。您心底的強大意志，讓您得以達成這樣巨大的來回。在超越自己的邏輯和理性的領域中。」

「子易先生本來就知道這件事嗎？」

「不，這只是我個人的推測而已，或許並不可信。但我可以憑我的心感覺到（儘管死後的靈魂是否有心，我也略感疑問）。是的，這非常有可能發生。當然不是誰都有可能。不過有時候在某些地方有可能發生。如果有堅強的意志，和純粹的情感的話。」

「想請教您一個問題。」我考慮一下之後說。

「是，請說說看。」

「子易先生，您很愛去世的夫人和小孩。打從心底深深愛著。對嗎？」

子易先生又再點頭。「是的，沒錯。在我不值一提的人生中，沒有比這兩個人還要讓我更愛的人了。這點不會錯。」

「您實際和這兩個人共組家庭，並全心愛護，共享安定而美滿充實的愛。」

「啊，這樣說起來可能有點誇大，但正如您所說。當然我們的小家庭，也不是一切都完美。還是有一些日常的問題存在。不過除了那些瑣碎的小事之外，真的是充實而圓滿的愛。」

「您的愛真的非常美好。只是很遺憾，我並不是這樣。我十六歲時偶然遇見她，當場就陷入戀愛。十六歲的少年經常會發生的事。而且很幸運，她也喜歡我。她比我小一歲。我們約會了幾次，握過手，親吻過。那真是像做夢一般美好的事。但結果，就只有這樣。我們兩人的肉體並沒有結合。也沒有一起生活過。老實說，她實際上到底是什麼樣的人，我並不是很清楚。她雖然談到很多自己的事，但那只是她個人的說法。有多少是客觀的事實，也無法確認。

「當時的我才十六、七歲，對世界的實際情況自然只有一知半解，也還不太了解自己。而且我深深地、激烈地被她吸引。無法認真思考其他的任何事情。那雖然可以說很純粹，但怎麼看都是不成熟的愛。不像子易先生那樣，屬於成熟大人的愛。沒有經過時間的考驗，也沒遇到各種現實的障礙，只不過是十幾歲孩子天真的戀愛遊戲。可能只是一時昏了頭而已。然後已經過了將近三十年。

「有一天，她不告而別，也沒有任何暗示，就這樣從我眼前消失了。從此我再也沒有見過她，她也沒有給我任何聯絡。而如您所見，我已經踏入中年的領域。這樣的人還追求著消逝的少年時代的感情，在這邊的世界和那邊的世界之間來來去去——這真的稱得上是正常的嗎？」

子易先生——或者該說他的靈魂——雙手環抱在胸前，深深嘆口氣。然後他說：

「我想請教您一個問題。」

「請說。」

「您到目前為止，對其他的任何人，有過像對那個少女同樣程度打從心底喜歡，感覺到愛的經驗嗎？」

針對這個問題，我大致思考了一下。不過其實完全沒有思考的必要。然後我說：

「在人生的過程中，我遇過幾個女性。也喜歡對方，有過還算親密的交往。但從來沒有像那個少女那樣，帶給我那麼強烈的感覺。也就是說頭腦變成一片空白，白天也彷彿做著很深的白日夢，完全沒辦法想其他事情——像這樣沒有一絲雜質的感情。

「到頭來，我到現在為止可能還在繼續等待，希望那百分之百的心情再一次降臨在自己身上。

也或許該說，是在等待曾經帶給我那種心情的那個女孩。」

「我也一樣。」子易先生安靜地說。「妻子過世後，啊，我也因緣際會認識過一些女性。不算很多，但也是有幾個人。也有許多人向我介紹類似相親的機會，建議我續弦。妻子過世時，我才四十幾歲，又是世家的繼承人，在這個小地方算有社會地位，大家都覺得我考慮再娶也是應該的。此外也並非沒有女性主動接近我。

「但當中沒有任何一個人帶給我的感受，能和我對妻子的感情相比。無論容貌多美麗、人品多美好，都無法像過世的妻子一樣打動我的心。後來，我從不知道什麼時候開始穿起裙子。在民風這麼保守的山中，我一個大男人這樣奇裝異服走在街上，從此就不再有異想天開的人向我提起相親了。」

說到這裡，子易先生呵呵笑起來。然後再恢復認真的表情繼續說。

「我想說的就是這樣。一旦嘗過真正純粹的愛的滋味，內心的一部分就等於已經受到照射而發熱過了。某種意義上是燒完了。尤其那份愛還因為某種原因被中斷的話。那樣的愛對當事人來說是無比的幸福，同時也是麻煩的詛咒。我想說的意思，您能明白嗎？」

「我想我明白。」

「在這件事情上，年齡的長幼、時間的考驗、性經驗的有無，這些條件都不重要了。唯一重要的，只有那對自己來說是不是百分之百的。您十六、七歲時，對那個女孩所感覺到的愛的感受，真的是純粹，而百分之百的。對，您在人生的最初階段，就遇到對您來說是最佳的對象。應該說，不巧讓您遇到了。」

子易先生在這裡一度停止說話，彎身向前，一邊注視著暖爐的火，一邊像在思考什麼。他的眼睛反映著暖爐火光的顏色。

「可是有一天她突然失蹤了。沒有留下任何訊息、任何暗示，或跡象。讓您不明白為什麼會發生這種事，也無法推測她的理由。

「我的情況也很類似。獨生子出車禍死亡之後，妻子又選擇自殺，但她竟然沒有對我留下任何一句道別，也沒有留下類似遺書的訊息。只在她睡覺的棉被裡，在那小小的人形凹陷裡放了兩根蔥。長長的白色的，非常新鮮挺拔的蔥。她特地把那放在床上。就像當成自己的替身似的。

「啊，那兩根蔥到底是什麼意思？可能誰也不清楚，我也不知道。那成了巨大的謎團，留在我心中不肯離去。那鮮明的白色至今還烙印在我的視網膜上。為什麼放蔥？為什麼非要有蔥不可？如果死後能見到妻子的話，我想問她那是什麼意思。但在死後的世界，我依然一直都是獨自一個人。謎依然是謎。」

子易先生閉上眼睛好半晌。好像現在要再一次確認殘留在視網膜上的蔥的殘像似的。不久他睜開眼，繼續說。

「一句話都沒留下，妻子就這樣離開這個世間，這件事深深刺傷我的心。外人看不出來，但我的心裡留下了深深的傷痕。深及內心深處的內在傷痕。雖然如此，但我並沒有死，一直活了很久很久。因為剛開始我沒留意到，那是沒有救的致命傷口。我後來才注意到那道傷，可是那時候我已經往生的道路前進了。繼續活下去的軌道已經在我前面鋪好了。」

子易先生這樣說著，嘴角泛起淡淡的微笑。

「以這件事為界線，我好像變成了另一個人。用一句話來說，就是對這個世間的任何事情都不再懷有熱情了。我的心的一部分已經燒光了。而且我這個人，由於內心受了致命的重傷，因此可以說已經變成半死狀態了。往後的人生，我還能夠擁有一點興趣的事情，只有這間圖書館而已。因為有這間個人性質的小小圖書館，我才能活到前一陣子。因此，啊，我可以理解您的心情。您內心所受的傷，我可以深深感受到。這麼說或許僭越了，但我覺得這簡直就像是我自己的事情似的。」

「您是因為知道這件事，才選我當這間圖書館的館長，是嗎？」

子易先生點頭。「沒錯。我從第一眼看到您的時候就知道了。您是應該繼承這間圖書館，應該繼承我的職位的人。因為，這間圖書館不是普通的圖書館。不只是收集了許多書的公共場所。這個地方，必須是能夠接納失去的心的特別場所才行。」

「我有時候會搞不懂自己。」我老實地向他坦白。「或許該說是迷失。在這段人生之中，我沒有身為自己，身為自己的本體活著的真實感。有時會覺得自己只不過是影子而已。在這種時候，我總會感覺自己好像只是模仿自己的形體，巧妙地扮演自己活著似的，心情無法鎮定。」

「本體和影子原本就是表裡一體的。」子易先生以安靜的聲音說。「本體和影子根據狀況，有時也可以互換角色。這麼做，可以讓人超越困境，繼續生存下去。模仿什麼，或扮演什麼，有時可能也很重要。不必太在意。再怎麼說，現在在這裡的您，就是您自己呀。」

子易先生說到這裡忽然閉上嘴，表情忽然大為扭曲，好像誤吞了什麼異物一樣。然後肩膀上下晃動了幾次，大大喘了一口大氣。

「沒問題嗎？」我問。

「啊，沒問題。」子易先生調整過呼吸之後說。「沒什麼大不了的。請放心。不過可能有一點說太久了。很抱歉，我差不多也該告辭了。時候到了。現在我能在這裡說的，只有一句話——那就是，不能失去相信的心。如果能夠堅定地深深相信，前進的路自然會清晰可見。而且相信，也可以防止將會到來的劇烈墜落。或者可以大幅減緩那個衝擊。」

可以防止將會到來的劇烈墜落？到底是從什麼墜落？我沒能掌握住這段話的意思。

「子易先生，最近還可以見面嗎？還有很多事情必須請教您。」

子易先生拿起放在桌上的貝雷帽，以熟練的手法調整形狀，然後戴在頭上。

「是，之後還會再見面吧。如果像我這樣的人也可以的話，非常樂意為您效勞。只是下次會是什麼時候，我也不太能確定。微妙的變化趨勢會把我推往很多方向，而且要像這樣面對面交談，也需要儲備應有的力量。不過，我想應該不久就能見面了。」

這麼說著的子易先生的身影，整體上感覺一點一點地變薄了。好像變得有點透明，可以稍微看到對面一樣。但那或許只是我的想像吧。因為房間的燈光不夠亮。

子易先生打開房門，走到外面。我聽到門關上的喀嚓聲。然後深深的沉默降臨。沒聽見腳步聲。

45

我在書架前整理書籍時，一個少年向我開口。那是上午十一點過後。我穿著米色圓領毛衣，橄欖綠色長褲，脖子上掛著表明我是圖書館職員的塑膠卡片，正在抽出有瑕疵的舊書，換成新書。

少年小個子，十六、七歲，穿著綠色連帽夾克、淺藍色牛仔褲、黑色籃球鞋。都穿得相當舊了。而且給人一種尺寸不太合的印象。可能是接收別人穿過的。連帽夾克的正面畫著黃色的潛水艇。是披頭四樂團《黃色潛水艇》的圖案。他戴著像是約翰．藍儂從前戴的那種金邊圓框眼鏡，對他清瘦的臉來說可能尺寸太大吧，掛在臉上有點歪歪斜斜。他看來好像不小心弄錯了，從一九六〇年代跑到這裡來似的。

我常常看到這個少年待在閱覽室。他每次都坐在窗邊相同的位子，面帶認真的表情，專心讀著書。除了翻頁之外，身體動也不動一下。我想他大概相當喜歡讀書吧。只是每天都從早上就一直泡在圖書館裡，我覺得很不可思議。他不用去上學嗎？

所以我有一次就問添田小姐。那個孩子不去學校沒問題嗎？

添田小姐搖搖頭說：「那個孩子有一些狀況，所以沒去學校。對他來說，這裡就像學校一樣。父母親也了解這個情況。」

我明白可能是類似拒絕上學的情況，所以不再多問。就算不去學校，如果每天都到圖書館來認真讀書的話，應該沒什麼問題。

但是那天他很稀奇地手上並沒有拿書，好像在想什麼似的，一直在書架前走來走去。

「不好意思。」少年停下腳步對我說。

「什麼事？」我手上抱著書說。

「可以請教您的出生年月日嗎？」少年說。以這個年紀的男孩子來說，說話方式過分禮貌拘謹。而且缺乏抑揚頓挫，簡直就像在照著念印在紙上的句子那樣。

我抱著幾本書，改變姿勢直直看著他的臉。看起來教養良好，容貌端正。跟五官比起來，耳朵顯得大了一點。頭髮好像最近剛理過，修得整整齊齊，耳朵上方有一點發青。個子小而膚色白，脖子和手臂顯得修長，完全看不出曬過太陽的痕跡。怎麼看都不像喜歡運動的類型。而筆直注視著我的雙眼中，卻存在著一種不可思議的光輝。焦點對準的敏銳光輝。好像在集中精神，安靜凝視著深穴底下的什麼……或許我就是那「深穴底下的什麼」也不一定。

「出生年月日？」我重複他的問題。

「是的，您出生的年月和日期。」

我有一點困惑，不過還是把出生年月日告訴他。雖然不知道這少年想做什麼，但也想不到告訴他出生年月日會有什麼害處。

「星期三。」少年幾乎是立即宣布。

我不明白意思，稍微皺了一下臉。我那表情似乎讓少年有點心慌。

「您出生的日子，是星期三。」少年說。口氣不太起勁，好像其實並不想一一說明的樣子。而且只留下這句話後，他很快就走回閱覽室，在窗邊的桌前坐下，翻開讀到一半的厚書開始讀起來。

我花了一點時間才弄清楚到底發生了什麼事。然後忽然想到了。這個少年可能就是所謂的「月曆少年」。過去、未來的任何時間都可以，只要說出日期，他就可以一瞬間說出那是星期幾。他擁有這種特殊的能力。一般稱為「學者症候群」。電影《雨人》中就有這樣的角色。當中許多人患有心智障礙，但在數學和藝術方面往往能發揮一般人難以想像的特異能力。

我本來想上網確認一下自己出生的那天是不是真的在星期三，但圖書館沒有電腦，所以沒辦法查（那天回家後用自己的個人電腦上網查了，我的生日確實是星期三沒錯）。

我把在櫃檯的添田小姐叫到辦公室附近，悄悄指向那少年所坐的位子說：

「關於那個孩子。」

「那個孩子怎麼了嗎？」

「該怎麼說呢，他是所謂學者症候群那一類的人，對嗎？」

添田小姐看著我的臉說：「他是不是問您出生年月日了？」

我向她說明事情的經過。

添田小姐聽完之後，面無表情地說：「沒錯，那個孩子經常會問人家出生年月日。然後，立刻告訴對方那是星期幾。不過只有這樣而已。並不會麻煩任何人，也不會引起任何問題。而且問過一次的人，就不會再問第二次。」
「不管遇到誰，他都會問出生年月日嗎？」
「不，並不是所有人都問。好像有挑人問。根據對象，有些人問，有些人不問。我不清楚判斷的標準。」
「原來如此。」我說。這種事不太常見，但正如添田小姐說的那樣，並不會造成什麼問題。畢竟，只不過是出生年月日，也只不過是星期幾而已。
「那麼您出生的那天是星期幾呢？」
「星期三。」我說。
「星期三的孩子最辛苦。」添田小姐說。「您知道這首歌嗎？」
我搖搖頭。
「鵝媽媽童謠的其中一句。星期一的孩子最美麗，星期二的孩子最賢淑，星期三的孩子最辛苦……」
「沒聽說過。」我說。
「只是童謠而已。而且也不準。我是星期一生的，但長得並不美麗。」添田小姐說。就像平常那樣一本正經的神色。
「星期三的孩子最辛苦。」我重複道。
「這是童謠的歌詞，只是語言遊戲而已。」

「為什麼他不去學校呢？被欺負嗎？」

「不，沒這回事，只是上不了高中而已。」

添田小姐放下手中的原子筆，調整一下眼鏡的位置後，繼續說。

「前年春天，那孩子好不容易從這裡的公立中學畢業，但沒考上附近的高中，因為成績起伏太大。擅長的科目能得到完美的分數，不擅長的科目有時候成績卻接近零分。讀過的書他可以完全記下來，這好像叫做照相式記憶吧，但由於資訊量過於龐大而詳細，因此難以跟現實中的問題連結起來。而且那些資訊大多過於專業，對高中的入學考試沒有幫助。再加上他一直拒絕上體育課，所以進不了一般的高中。」

「原來如此。」我說。「不過倒是很喜歡讀書噢。」

「是的，他非常喜歡讀書，每天都到這間圖書館來，以很快的速度讀很多書。按他這個速度，今年內可能就會把這間圖書館的藏書幾乎全部讀完。」

「他都讀什麼樣的書呢？」

「各式各樣的書。基本上好像什麼書都好，沒有偏好什麼。簡直像在喝營養飲料那樣，一一吸收書中所有的資訊。只要是資訊，無論是什麼種類的知識，他都一律照原樣吸收進去。」

「那還真難得，但有些資訊可能也有危險性。也就是說，如果沒有經過適當取捨的話。」

「嗯，您說得沒錯。所以他讀的書，在出借前我都一一檢查過。如果書中含有可能會引起問題的資訊，我就會拿起來。例如含有過度的性和暴力的描寫……那一類的書。」

「那樣強制管制書的出借，會不會出問題？」

「沒問題。那孩子基本上還算聽我的話。」添田小姐說。「老實說，這孩子在上這裡的小學時，我丈夫有兩年擔任他的班導師，所以我從他小時候就認識他了。我丈夫非常關心他，當然了，也非常煩惱要怎麼教導他才好。」

「他的家庭狀況怎麼樣？」

「雙親在這個町經營私立幼稚園，此外也開了幾家類似補習班的機構，是很體面的一家。家裡有三個男孩，那孩子是最小的，上面兩個哥哥是極優秀的學霸，都以優秀的成績從本地的高中畢業，到東京上大學。一個大學畢業後成為民事律師，另一個還沒畢業，記得是讀醫學院。不過這孩子卻連高中都進不了，沒去學校上課，取而代之的是到這間圖書館來，把書架上的書一本又一本地讀下去。剛才也說過了，這裡等於是他的學校。」

「而且把讀過的書內容全部都記起來？」

「比方說，如果他讀了島崎藤村的《黎明前》，他就可以從開頭到結尾全都記下來。那麼長的小說，他居然可以全部記住，照樣引用，一字一句都不差。不過那本書想告訴讀者什麼，或在日本文學史上具有什麼意義，他可能就無法理解了。」

我當然也聽說過擁有這種能力的人，但這還是第一次親眼看到。添田小姐說：

「對這種擁有特殊能力的人，有人會覺得不舒服。尤其在這麼保守的小地方，總是容易排斥異質的事物、不普通的事物。很多人會避免接近他，就像避開得了傳染病的人那樣。至少沒有人會對他伸出手來。這很令人悲哀。實際上他是非常乖的孩子，除了常常到處問人家出生年月日之外，從來也不會麻煩到誰。」

「那麼，他不去上學，而是到這間圖書館來，每天讀著隨手拿到的書。到底為什麼要吸取這麼大量的知識呢？」

「這個我也不知道。可能誰都不知道。我只能說，可能是對知識無窮的好奇心促使他這樣做吧。累積這樣龐大的知識，究竟會帶給他好的結果，還是造成什麼問題，我也無法判斷。也不清楚他的知識累積容量有沒有限度。不明的狀況太多了。不過再怎麼說，求知欲本身就有意義，是很重要的事，就是為了追求這種滿足，圖書館才因此存在。」

我點頭同意。說得沒錯。為了滿足世人的求知欲，圖書館才因此存在。無論求知的目的是什麼。

「不過總會有哪個地方，有能接受這種孩子的學校吧。」我說。

「是啊，好像有一些這種專門的學校。但很遺憾的是，這附近一間都沒有。要進去那樣的學校，無論如何都必須離開這個地方。可能需要住進宿舍。可是母親很溺愛他，對他非常寶貝，不肯讓他離開自己的身邊。」

「所以這間圖書館就取代學校了是嗎？」

「沒錯，那位母親和子易先生從以前就認識，直接來拜託他。說這孩子非常喜歡書，只要讓他讀書他就會乖乖的，可以在這間圖書館裡讓他接受指導嗎？子易先生和他母親詳細深談過後，原則上接下了這個任務。」

「然後子易先生過世之後，由妳繼承他的遺志，一直照顧那個少年？」

「談不上照顧，沒那麼鄭重，只是盡量多注意他，把他讀的書內容都記錄下來。我也喜歡那孩子。他確實有他奇怪的地方，有時候也很頑固，但並不至於到麻煩的地步。他只是每天來這裡坐在同一個位子，專心讀著他的書而已。真的專注到令人吃驚。眼睛沒有一瞬間離開過書頁。只要不妨礙他，他就很乖。在這間圖書館裡，他到目前為止從來沒有引起任何問題。」

「他沒有同齡的朋友嗎？」

添田小姐搖搖頭。「就我所知，好像沒有什麼類似朋友的親密對象。沒有可以和他分享話題的同齡孩子。再加上國中的時候，他跟同班的女生好像發生了一點問題。」

「問題，什麼樣的問題？」

「他對同班的女生感興趣，一直跟蹤人家。不算是特別漂亮，或特別醒目的女孩，但那個女孩好像有什麼地方強烈吸引他。說是跟蹤，其實也沒有做什麼奇怪的事，也沒有開口跟她說話，就只是默默地跟在後面走。而且不是緊貼著，而是稍微保持距離。不過被這樣跟蹤，女孩子當然感覺不舒服。於是她的父母就向校長投訴，引發了一點問題。這裡的人都知道這件事，因此也不樂於讓自己的孩子接近那個孩子。」

後來，我開始有意識地觀察那個少年，坐在窗邊同一個位子集中精神讀書的身影——保持適度的距離，不讓對方注意到。

就我看到的範圍內，他總是穿著同一件「黃色潛水艇」圖案的綠色連帽夾克（一定很喜歡吧）。之前，這個少年的模樣並沒有很吸引我的注意，但聽了添田小姐的說明之後，他專心讀書的身影，讓我感覺到有什麼不尋常的氣氛。他一旦翻開書開始閱讀，就會長時間一動也不動（就算臉頰上停了一隻虻，他搞不好也不會留意）。追逐文字的眼神平淡，欠缺表情。有時額頭看起來好像泛起一層薄薄的汗。

不過這也是聽過添田小姐說過之後，我刻意觀察才發現的，如果什麼都不知道自然地看過去，也不會覺得哪裡奇怪。一個小個子的少年，坐在圖書館的椅子上，全神貫注地讀著書——就只是這樣而已。我在那個年紀時，也同樣專注，幾乎廢寢忘食地專心讀書。

那個少年自從問過我的出生年月日之後，就沒有再向我開過口，那成了最初也是最後的交談。可能問過一次出生年月日之後（還有說中那是星期幾之後），對那個人的好奇心之類的感情就得以滿足了。

我在圖書館的閱覽室以外的地點，見到那個黃色潛水艇少年的身影，是在某個星期一，圖書館休館日的早晨。

46

那個星期一早晨，我照例手上捧著小花束造訪子易家的墓園。天空烏雲密布，感覺風帶著溼氣，隨時可能下起雨或雪。但我沒有帶傘。因為即使沒有傘，多少下一點雨或雪，有棒球帽和外套的帽子也夠遮擋了。

我首先到墓前雙手合十，祈求一家三口安息。因為不幸的交通事故而失去生命的五歲孩子，和為此悲慟而跳入暴漲的河裡的母親，以及走在山路上突然心臟病發驟逝的館長，他們現在都成為對我來說親近得不可思議的存在。就算我從來都沒有見過生前的他們也一樣。

然後我像平常那樣坐在前方的石牆邊，面對著光滑而漆黑的墓碑，或可能在那墓碑後方的子易先生開始說話。有時從樹林中傳來熟悉的冬鳥尖銳的啼聲。簡直就像剛剛才目擊過世界的裂口那樣，帶著悲痛的叫聲。但除此之外，周圍一片安靜。能稱得上聲音的聲音，彷彿都被厚厚的雲完全吸進去了。

我把那一星期在圖書館發生的事情從頭到尾向子易先生報告。照例沒有發生什麼重要的事情，不過還是有兩、三件可以說的。例如一位六十七歲的男人，在閱報區看雜誌時突然身體不適，因此讓他在沙發上躺下休息一會兒，但還是沒有好轉，所以叫了救護車（結果，醫院判定是輕微食物中毒）。住在圖書館後院的條紋母貓生了五隻小貓。可愛的小貓咪。母子均安，等貓咪稍微穩定下來之後，應該會在入口貼布告，找人領養小貓。都是這種程度的事情。畢竟是和平的小地方，和平的小圖書館。沒發生什麼大事（除了前館長的幽靈偶爾會出沒之外）。

然後我說起在那座被高高的磚牆圍繞的城裡的生活。那裡流著多麼美麗的河，獨角獸如何在那座城裡徘徊行走，守門人如何把刀子研磨得銳利無比，圖書館的少女如何為我泡了多麼濃厚的藥草茶……我一一詳細具體地說出這些事情。或許之前也已經說過同樣的事情了。但我不在乎，只顧著把腦海裡浮現的事情對著墓碑說出來。

當然墓碑始終保持沉默。石頭既不會回答，也不會有表情變化。真正聽到我所說的話的，可能只有我自己。雖然如此，我還是斷斷續續地說下去。關於那座城有很多可說的事。怎麼說都說不完的地步。

厚厚的雲被風吹著，似乎在慢慢往南邊移動。看著那樣的雲，會有世界在轉動的真實感。地球正緩慢確實地旋轉著，時光不懈怠地往前進。好像要證明這份前進一樣，總是在那裡的小鳥在樹枝間移動，不時發出尖銳的啼聲。冬天早晨的淡淡悲哀，化為透明的外衣薄薄地把我罩住。

這時我視野中的一角，忽然有一個東西在動。從動的樣子看來，不是貓也不是狗。好像是人。而且是小個子的人影——那個體型絕對不是大塊頭。我小心不讓對方發現，身體方向不變，只移動目光觀察那個方向。

那個人隱身在墓碑的陰影處，但墓碑並沒有大到可以隱藏那個人的全身。我可以看到從那裡露出衣服的一角，顯然是「黃色潛水艇」的綠色連帽夾克。不會錯。

那個少年可能是在這天早晨來到子易先生的墓園，碰巧遇到坐在墓前的我。而他為了避免跟人接觸——這是少年最不擅長的事——就趕快躲到旁邊的墓碑後面去。他在那裡躲了多久，我並不清楚。

我對墓碑說的話，那些完全屬於個人的獨白，他是不是都聽到了？我並沒有說得很大聲（我想），少年也沒有離我很近。不過因為周遭真的很安靜（沒錯，名副其實「靜得像墓園一樣」）。而且他雖然身體小，卻擁有一雙大耳朵。說不定那雙寬大的耳朵把我說的話全聽進去了。

不過就算他真的把我說的話全聽進去了，那會有什麼不妥嗎？如果對方是普通人的話，可能不會把我說的「被牆圍繞的城」的事情當成真正的事實，只會當作那是白日夢，當成幻想的故事聽過去吧。而且可能會把我歸類成「愛做夢的人物」。就只是這樣。可是在擁有精密的照相式記憶能力的少年耳裡聽來，我說的那些話又會留下怎麼樣的感覺呢？他心裡會怎麼想呢？

我從石牆邊慢慢站起來，重新戴上棒球帽，抬頭看一下天空確定天氣如何，假裝完全沒注意到少年的存在，離開了墓園。眼睛刻意不往少年躲藏的方向看，但他還在那裡——藏身在某個墓碑後方注意著我的動向——我一清二楚。我對這個少年不由得生出好感。至少他對子易先生，現在依然懷著某種強烈的感情。否則在這樣寒冷的冬天早晨，應該不會特地到郊外寺院的墓園來。

我走下寺院不整齊的六十段石階，像平常那樣走到車站附近那家沒有名字的「咖啡店」，點了熱的黑咖啡。然後吃了一個藍莓瑪芬。

穿著方格布圍裙的吧檯女子看到我的臉就微笑起來。訴說著「我記得你」，自然又帶有親切感的微笑。那天早晨，她在吧檯裡相當忙碌地工作著。她好像是一個人在料理這家小店。因為除了她之外，我沒看過別人在工作。牆上的喇叭同樣以適當音量播著輕鬆的爵士樂。現在播的是《Star Eyes》。鋼琴三重奏的端正演奏，但我不知道鋼琴家的名字。

在咖啡店讓冷冷的身體溫暖起來之後，我沒有立刻回家，反倒稍微走遠路經過圖書館，再繞到後院去看那一窩貓。貓為了避風雨，在舊廊臺下方住了下來。不知道誰用紙箱和舊毛毯，為牠們做了睡窩。母貓對人沒有很強的警戒（因為圖書館的女職員每天都會餵牠們食物），當我靠近，她也只轉過來看看而已，並沒有特別緊張。眼睛還沒完全張開的小貓，靠著嗅覺像幼蟲般群聚到母親的乳房旁，母親則慈愛地瞇細了眼睛望著孩子。我從稍有一段距離的地方不厭倦地望著那個景象。

然後我再度想起。在那座被牆圍繞的城裡——就像她事先告訴我的那樣——一次都沒有看過貓和狗的身影。只有那些獨角獸。還有夜啼鳥。但除此之外的動物的身影，我卻都沒看過（夜啼鳥也只有聽到聲音而已）。不，不只是動物而已，連蟲子也沒看過一隻。為什麼呢？

因為沒有必要，我只能這樣說。對，在那座城裡沒必要的東西都不存在。只有必要的東西，或不能沒有的東西，才被允許存在。而且我對那座城來說可能也是必要的吧。至少有一段時期。

回到家，我把做好了放著的蕪菁湯在瓦斯爐上熱了。然後再一次想起「黃色潛水艇少年」。那孩子到底是為了什麼目的，在星期一的清晨，去造訪子易先生的墓園呢？只是禮貌性的參拜嗎？

（可能不是這樣，我的本能這樣告訴我）。而且子易先生的靈魂還留在生死交界的世界，有時候會以生前的模樣出現在我們面前，這件事他知道嗎？

就算他知道，我想也不奇怪。子易先生變成幽靈在這世間徘徊的事，我知道、添田小姐也知道。假如子易先生負責照顧的那個少年知道，也沒有什麼好驚訝的。子易先生留下了幾件沒做完的事情，死後他的靈魂，也可說是繼續在處理那些剩餘的工作。照顧「黃色潛水艇少年」對他來說，想必也是「還沒做完的事情」之一吧。

少年在那之後依然每天不缺席地在那間圖書館露面，一本又一本地讀下去（午餐也沒吃）。我請添田小姐讓我看從前年春天開始的紀錄，他在這間圖書館的讀書紀錄表。上面有多到令人吃驚的筆數，和多到令人吃驚的各類書名。從康德、本居宣長、法蘭茲．卡夫卡、伊斯蘭教的經典、遺傳學的解說書、史帝夫．賈伯斯的傳記、柯南．道爾的《血字的研究》、核子動力潛水艇的歷史、吉屋信子的小說、去年度全國農業年鑑、《時間簡史》，到戴高樂的回憶錄都有。

想到這些資訊＝知識全都收進了他的腦裡時，我不由得感嘆起來……甚至感到暈眩。而且我所看到的讀書紀錄表，只限於他在這個圖書館讀的書。至於他在圖書館外面又讀了多少書，這點連添田小姐也無法掌握。不知道這龐大的知識對他而言擁有什麼含意？對他發揮了什麼作用？

但仔細想想，我十六、七歲時好像也很類似。規模可能不同，但現在看來都會疑惑「為什麼對那種東西這麼沉迷呢？」的書也會拚命讀完，把繁雜的資訊塞進腦子裡。因為當時我還沒有選擇取捨的技術和能力，分辨出什麼是對自己有用的知識、什麼是沒用的知識。

這位少年可能正以壯闊的規模，進行著同樣的事情而已。年輕健康的求知欲不知道疲勞。但把再多資訊都不嫌多地吸收到自己內部，他還是覺得不夠。因為世界上實在充滿了無窮無盡的資訊。無論擁有再特殊的能力，個人的容量當然還是有限。簡直像用桶子去撈海水——就算桶子有大小之分也一樣。

「他會看書看到一半，覺得無趣了就丟開嗎？」我試著問。

「不，在我看到的範圍內，一旦開始讀的書他全部都會讀到最後，不會中途放棄。書對他而言，並不像一般人那樣，以有趣或無聊、有沒有被吸引這樣的標準，當成取捨選擇的依據。對他來說，書是每個細節都必須採集的資訊的容器。比如說一般人覺得阿嘉莎・克莉絲蒂的小說有趣，可能接著就會拿起幾本克莉絲蒂的小說繼續讀下去。但他不會。他選書並沒有所謂的系統可言。」

「不過這樣徹底集中於收集資訊的讀書方式，能永遠持續下去嗎？或者那只是他這個年紀特有的一時現象，之後自然會沉靜下來嗎？無論擁有多少特殊能力，要那麼劇烈地塞進知識似乎也有限度。」

添田小姐無力地搖頭。「這個我也不清楚。畢竟那個孩子所做的事情，遠遠超越常人的領域。」

「子易先生生前，對那孩子讀書的事有說過什麼意見嗎？」

「沒有。子易先生沒有特別說什麼意見。」添田小姐說。以現在式。然後把嘴巴閉緊。「他只是抱著雙臂，微笑著注視他而已。就像平常那樣。」

47

自從星期一早晨，我在郊外的墓園看到墓碑後方的身影之後，少年對於我的存在好像比以前感興趣。至少我感覺到那樣的跡象。並沒有發生什麼特別的事情。他也沒有特別盯著觀察我。只是我有時候會感覺到，他的視線有一瞬間轉向我。多半是從背後。但那一瞥中帶有不可思議的沉重和銳利，彷彿會穿透我上衣的布料，到達背上的肌肉。然而並沒有敵意或惡意之類的感覺。當中有的可能是好奇心。

或許他對我——沒見過生前的子易先生的我——去參拜子易先生的墓，感到有一點驚訝。而且我在子易先生的墓前獨自說了很久的話，這可能引起了他的好奇。

我不知道我對子易先生的墓碑所說的話，他聽到多少。不過就算全部聽到了，或完全沒聽到，都沒關係。因為他不管怎麼看，都不是會把聽到的內容向旁人轉述的那種人。實際上，那個少年幾乎不跟任何人開口。我最初甚至以為他無法說話。

據添田小姐說，他只跟極有限的人，在極有限的機會才會開口。而且是以非常小，難以聽清楚的聲音，盡量少的幾個字。而在他跟誰都不想說話的日子（那樣的日子占將近半數），所有的訊息都用筆談傳達。所以少年的口袋裡總是放著小筆記本和原子筆，隨身攜帶。因為這個緣故，我在被問到出生年月日以前，完全沒聽過他的聲音（只有在問出生年月日的時候，不知道為什麼他卻能以非常清楚的聲音說明）。

因此我在子易先生墓前說出的事情，就算他全部聽到，連細節也全部記得，我想他應該也不會對別人說。

有一天，中午時間我到閱覽室去看看時，沒看到少年。他經常坐的窗邊位子上也沒放著正在讀的書，大衣和背包也都沒留下。這是平常不會有的事。他平常是連中飯都不吃，始終全神貫注地讀書直到三點左右的。

「沒看到那孩子的身影，怎麼了嗎？」我問櫃檯的添田小姐。

添田小姐微微一笑。「那孩子到後院去看小貓了。他非常喜歡貓，可是家裡不讓他養。好像是他父親不喜歡貓。所以他來這裡看貓。」

我走出圖書館，從玄關入口繞到後院去，放輕腳步，不出聲音。我看見那個少年蹲在廊臺前，望著貓一家大小。少年在平時穿的那件綠色連帽夾克上，又加一件深藍色羽絨外套。身體絲毫不動，正一心一意地觀察著貓。簡直就像在守望著地球創世紀現場的人似的。就像下定決心絕不錯過每一個細節的人一樣。

我大約花了十到十五分鐘，從粗大的松樹樹幹背後觀察著他的模樣，他在那之間一直蹲在地上，姿勢絲毫沒有改變。就像在閱覽室裡專心讀書時一樣。

「他經常那樣看著貓嗎？」我回到櫃檯去問添田小姐。

「是啊，大概每天都會有一小時左右這樣看著貓。非常專注。他專心注意什麼時，無論下雨或下雪，或颳著刺骨的冷風，他好像都絲毫不在意。」

「只是看著而已嗎？」

「是啊，只是看著而已。不會去觸碰，也不會對話。只是從距離兩公尺的地方守望著貓的舉動而已。以非常認真的眼神。母貓已經習慣他的存在了，靠近了也完全不警戒。假如他伸手觸摸，貓一定也不介意吧，但他沒有這樣做，只保持距離一心一意地看著。」

少年站起來離開那裡之後，我繞到後院去，和他一樣坐在那裡，盡量不動聲色地觀察著那些貓。小貓現在已經稍微睜開眼睛，毛色也比以前光鮮了。母貓慈祥地瞇細了眼睛，不停舔著孩子的毛。我很想更靠近些，伸手觸摸這些小貓，但還是忍住了。然後我想像少年是以什麼樣的心情，那麼專心而長久眺望著這些貓一家大小的。我很想在自己心中重現出來。但當然沒辦法做到。

一星期後，圖書館的女職員親手拍下小貓的照片，在圖書館入口的布告欄貼了「為小貓尋找新家」的海報。因為小貓可愛，相片也拍得好，五隻貓都很快找到人認養。每隻貓都被新家庭領回去了。母貓的孩子一一被帶走（帶走時沒有特別抵抗），最後一隻不見之後，母貓有好幾天都陷入恐慌狀態。她在庭院裡到處走來走去，尋找孩子。聽見她拚命呼叫孩子的聲音，圖書館的女職員——

明知道這也是不得已的——都很同情母貓。不過母貓經過幾天之後，好像也放棄了，乖乖地恢復生產前的行動模式。等到明年，可能又會在廊臺下生下五、六隻小貓，養育這些孩子吧。

我不知道「黃色潛水艇少年」對於小貓不見了有什麼感覺。添田小姐也不知道。因為對於小貓消失，他一句話都沒說。就只是到後院去看貓一家的習慣不再有了而已。好像那從最初就不存在似的。

少年不穿黃色潛水艇的夾克時，就穿電影《黃色潛水艇》中另一個角色圖案的褐色夾克。青色的臉，粉紅色的耳朵，長著褐色體毛的奇怪生物。我也看過電影，但想不起那角色的名字。是住在Nowhere Land的Nowhere Man，約翰・藍儂唱了他的歌。但我怎麼也想不起他的名字。

我回到家，上網搜尋了「黃色潛水艇　角色」，得知那個青臉奇妙的角色名叫「傑樂米・希拉蕊・波布博士」。他是鋼琴家、植物學家、古典學家、牙醫、物理學家、諷刺作家……什麼都行，卻也什麼都不是的男人。

那個少年一定很喜歡《黃色潛水艇》的電影吧，才總是穿著有黃色潛水艇圖案的夾克。但有時候也會換成傑樂米・希拉蕊・波布博士圖案的褐色連帽夾克。我猜大概是因為母親要拿去洗，所以會定期把「黃色潛水艇」夾克從孩子那裡拿走吧。半強迫的。在這種時候，他的第二選擇可能就是傑樂米・希拉蕊・波布博士圖案的連帽夾克。

在查有關傑樂米・希拉蕊・波布博士的資料時，我又想再看一次電影《黃色潛水艇》（距離我

第一次看這部片已經過了二十多年，內容幾乎都忘光了），於是走到車站前唯一一家影視出租店，但沒有找到《黃色潛水艇》。和披頭四有關的電影在架上只有《一夜狂歡》和《HELP!》而已。為了慎重起見，我又試著問了店員，得到的答案是店裡沒有《黃色潛水艇》。電影《黃色潛水艇》到底有什麼好看的，為什麼那麼吸引少年的心，真想知道一些也好。

少年大體上幾乎天天都穿同樣的衣服。「黃色潛水艇」圖案的連帽夾克，不然就是「傑樂米・希拉蕊・波布博士」圖案的連帽夾克。兩者之一。還有褪色的藍色牛仔褲，包到腳踝的黑色籃球鞋。我不記得看過除此之外的衣服。

但根據添田小姐的說法，少年的家境很富裕，而且母親又特別溺愛這個小兒子，要為他買新的乾淨衣服應該非常簡單。那麼那些衣服只能想成是少年自己喜歡，自己想要天天穿的。或者只是穿不慣新衣服，頑固地拒絕穿而已。什麼情況我就不清楚了。

他幾乎每天都穿同樣的衣服，揹同樣的綠色背包，到剛開館的圖書館來。每次都坐在同一個位子，跟誰都不說話，把眼前所有的書一本接著一本讀完。不吃午餐，有時喝一口帶來的礦泉水。然後下午三點過後，就把書闔上，從座位站起來，揹起背包，同樣默默地走出圖書館。一再這樣重複。

這種像蓋章般每天都一模一樣的生活，他是否覺得滿足，能從中感受到喜悅？誰都不知道。因為從少年的臉上讀不出所謂的表情。不過能每天正確地一一依循固定的行為模式，對他來說一定擁有重要的意義吧。比起行為的本質和方向如何，重複本身或許就成了目的也未可知。

我在下一週的星期一早晨，同樣造訪了子易先生的墓園。和上週完全相同的時間。對著墓雙手合十，祈禱一家能夠安息之後，我再次像以往一樣對著墓碑訴說。那一週圖書館內發生的幾件小事，偶然浮上心頭的各種事情。還有我在被高牆圍繞的城裡度過的日復一日的生活。那一天長久覆蓋著天空的雲散開了，太陽難得露出臉來照亮大地。幾天前下的雪還沒完全消融，在墓園的各個角落凝結成一座座潔白的小島。

我一邊斷斷續續地獨白，一邊不斷注意著周遭。但到處都沒看到「黃色潛水艇少年」的身影。既沒感覺到自己被誰看著的動靜，也沒聽到四周有什麼移動的聲音。傳進耳裡的只有冬鳥的啼聲。牠們在圍繞墓園的樹林間，忙著尋找樹果和蟲子。偶爾也有啄木鳥啄著樹的聲音傳進耳裡。

到處都看不到少年的身影，讓我感覺有點寂寞，覺得少了點什麼。或許我心中多少期待著他躲在哪個墓碑後面傾聽我說話。或許我希望自己說的話，不只讓子易先生聽到——不，反倒是——更希望少年也聽到吧。

可是為什麼？

為什麼，我也無法說明那理由。只是有一點這樣的感覺而已。可能是類似一種純粹的好奇心吧。我可能想知道，聽了被高牆圍繞的城的事情，少年會有什麼樣的感想，或做出什麼樣的反應。

有時候，會有冷風忽然從墓碑之間吹過，葉子落盡的樹枝發出一陣難過的呻吟。我把喀什米爾圍巾重新在脖子上圍緊，抬頭仰望天空。冬天的太陽，使盡力氣把光明和溫暖投向大地，但這樣還是不夠。世界——眾人、貓群、無處可去的靈魂——需要更多的光明和溫暖。

黃色潛水艇少年，那個星期一早晨沒有在子易先生的墓園出現。他可能不想妨礙我參拜。不然就是不想讓任何人看見自己造訪墓園的身影，因此把時間錯開，改在下午去。也或許他已經找到可以把身影藏得更好的地方了。

我和平常一樣，花半小時左右在那個墓園度過，然後離開。並且照例在車站附近，走進沒有名字的「咖啡店」，喝了溫暖的黑咖啡，照例吃了藍莓瑪芬。然後一邊讀著早報，一邊漫不經心地聽著牆上的喇叭播放出艾羅·嘉納的〈四月的巴黎〉。這已成為我每星期一的小小習慣。同樣事情的重複，只是重蹈上星期自己的足跡而已。這麼做的不只是黃色潛水艇少年，仔細一想，我的生活不也是同樣的事情一再重複嗎？就像那個少年那樣，或許重複已經逐漸成為我人生的重要目的。

從服裝來說也一樣。在公司上班的時候，我總是細心地注意服裝。襯衫自己燙（每週日我都燙一堆襯衫），每天換穿新洗的乾淨衣服，也配合衣服挑選領帶的顏色和花樣。但自從辭職離開公司，搬到這個地方來之後，我已經連自己當下穿著什麼樣的衣服都想不起來了。有時一留神才驚覺，我居然一整個星期都穿同一件毛衣，穿同一件長褲。而且我對這件事——自己一直穿同一件衣服的事——渾然不覺。實在沒道理對同樣老是穿著「黃色潛水艇」連帽夾克的少年多管閒事。

話雖這麼說，對服裝缺乏關心，並不意味著我的日常生活太邋遢（應該吧）。我還是和以前一樣十分注重個人清潔。每天早晨把鬍子刮乾淨，換內衣，每天洗頭髮，一天刷三次牙。我依然是個重視習慣的整潔單身漢。只是一留神時才發現，我怎麼老是穿著同樣的毛衣和長褲。我這樣一直穿同樣的衣服，雖然是無意識的，但這甚至好像開始讓我有種快感了。

自從沒看到子易先生的身影之後，已經經過將近四星期了。這麼長的期間沒看到他的臉，這還是第一次。

「我的靈魂能以這樣的身影出現，只是一時的現象。終究會在不久之後一切都消失。」忘記什麼時候，子易先生曾經說過類似這樣的話。他的靈魂在那「一時的」期間過後，可能已經消失到什麼地方去了。被吸進虛無中，再也不會回到這世間來了。

想到這裡就心情很難過。好像重要的朋友遇到意外，突然離我而去的那種心情。但仔細想想，從第一次相遇的那一刻起，子易先生就已經是離開這個世間的人，也就是「死者」了。如果他的靈魂在這裡（再一次）永遠消滅了，終究不過是已死的人，邁入更深一個階段的死亡不是嗎？

可是那對我來說，跟失去活著的人時的感覺稍有不同，可以說是帶來一種形而上的，安靜得不可思議的悲哀。那悲哀沒有痛。只有純粹的難過而已。由於假定他再度死去，虛無這個確實的存在，讓我感覺到從來沒有的靠近。好像只要伸出手就能實際觸摸到似的。

休館日的隔天，我到添田小姐那邊去，小聲問她最近有沒有看到子易先生。她抬起頭，仔細看著我的臉。然後小心地環視周圍之後說：

「沒有，這麼說來已經很久沒有看見他了。從來沒有這麼久……您呢？」

我微微搖了幾次頭。然後就那樣回到自己的房間。

我們此後沒有再提起子易先生的事，但從她那時候的口氣和表情，我已經明白了。添田小姐也和我一樣，子易先生前所未有的長期不在——前任館長的靈魂停止日常造訪圖書館——讓她感到寂寞。我和添田小姐，由於子易先生這「不在的存在」夾在中間，變成共享祕密的共謀者般的關係了。

在那樣的某一天下午，添田小姐來找在半地下的正方形房間工作的我。聽到輕輕的敲門聲，我出聲招呼「請進」，她就進到裡面來。手上拿著公事用的大型信封，然後把信封放在桌上。

「這是M××託付的東西。他剛才請我交給您，我就收下這個信封了。」

M××就是「黃色潛水艇少年」的名字。

「給我？」

添田小姐點頭。「好像是什麼非常重要的東西。因為他的眼神是平常沒有的認真。」

「到底是什麼？」

添田小姐表示不知道地歪一下頭。她戴著的眼鏡框在光線照射下一閃。

我拿起信封看看。非常輕。幾乎沒有重量。可能只裝著一張或兩張A4紙吧。信封上什麼也沒寫。沒有收件人也沒有寄件人，那輕飄飄的重量讓我莫名緊張。

是信嗎？不，不是。如果是信的話，一般應該會摺疊起來裝進更小的信封。

「那孩子來到這間圖書館這麼久了，這樣做還是第一次。」添田小姐好像要強調這句話，瞇起眼睛這麼說。「也就是主動送出什麼，給某個人。」

「他現在還在圖書館裡嗎？」

「沒有，他把信封託給我之後，就那樣回家去了。」

「只說把這個交給我而已嗎？」

「只有這樣。其他什麼都沒說。」

「他是怎麼說的？『請把這個交給新任館長』嗎？」

「不，他知道您的名字。」

我向添田小姐道過謝後，她草綠色的寬裙子裙襬一翻，走回自己的辦公區。她健康的小腿肚殘留在我的視網膜上。

之後又過了好一陣子，那個信封依舊被我留在桌上。因為沒有立刻開封的心情。那需要有心理準備——我有這種感覺。為什麼需要那樣的準備？那應該是什麼種類的準備？我無法說明。但最好不要立刻打開，先暫時放著比較好。就像把太熱的東西放涼一點那樣。本能不著痕跡地這樣告訴我。

我把信封放在桌上，坐在暖爐前，注視著火焰。火焰簡直像生物一般。像熟練的舞者那樣，微微擺動著身體，再大大地搖晃，有時深深發出轉瞬消逝的嘆息，低低地下沉，又快速地起身。才剛激昂發言，又立刻轉為用心傾聽的模樣。眼睛銳利地吊起，忽而杏眼圓瞪，轉瞬又緊緊閉上。我注意觀察火焰的姿態，期待那會告訴我什麼重大的事情。然而他們什麼也沒有告訴我。連暗示都沒有。只有時間在無聲中流逝。不過那也沒關係。我需要的就是適切的時間流逝。

我回到桌前，拿起大號的信封，注意不損壞內容物，用剪刀剪開封口。正如預想，只有一張A4紙而已，知道信封裡不是空的，我稍微放心了。因為如果是空的，那裡面只有無的話，我一定會相當混亂。

我把那張白色的打字紙小心地從信封裡取出來。紙上用黑色墨水細細地描畫著什麼圖。沒有寫字，我把圖攤開在桌上看。然後大吃一驚。好像被什麼堅硬的東西從背上用力敲打似的強烈衝擊。那衝擊把我身體裡的所有邏輯、所有脈絡都一乾二淨地敲出來了。好像整個房間都在搖晃似的物理性的感覺。我失去平衡，雙手緊緊抓住桌子。而且一時失去言語，失去思考的脈絡。

那張紙上所描繪的，是被高牆圍繞的城近乎正確的地圖。

48

在那張地圖前，我長久之間失去言語。

是的，沒錯，就是那座被高高的磚牆圍繞的城的地圖。

形似腎臟的外圍（下方的部分有凹陷），緩緩蛇行橫切流過城中央的一條美麗河川。化為可怕的深潭的水流出口。唯一可以出入的門。門內側有守門人小屋。河上架著三座古舊的石橋（有多古舊，誰也不知道），水乾枯的運河，沒有指針的鐘塔，還有一本書都沒放的圖書館。

接近略圖的簡單地圖（令人想起中世紀歐洲的書裡出現的樸素版畫）。而且仔細看時，可以看到幾個錯誤的小細節（例如河中的沙洲畫得比實際要小得多，數目也少得多）。不過基本上都驚人地正確。為什麼那個少年能把（應該）沒看過的城的地圖，畫得這麼接近正確呢？我自己也試著畫過幾次那座城的地圖，但都沒有畫成。

可以想像的可能性是，他躲在墓園的什麼地方（包括我沒發覺的時候也是），聽到我對著子易先生的墓說的話，根據在那裡收集到的「被高牆圍繞的城」的資訊，畫出了城的地圖。或許他也懂讀唇術也不一定。這是我所想到的某種程度合理的推論。

不過這種事情真的有可能嗎？我在墓園所說的話，都是斷斷續續的近似獨白，想到哪裡說到哪裡，順序凌亂。從一件事跳到另一件事，一個情景到另一個情景，毫無脈絡可循。他能像玩益智遊戲那樣，把這些缺乏脈絡的資訊碎片整理起來，畫成地圖嗎？

如果能的話，他就不只是擁有視覺上的照相式記憶而已，還能發揮聽覺上的特異能力。根據我的記憶，學者症候群的人只要聽過一次的音樂，不管是多長多複雜的曲子，都能一音不差地正確重現——或演奏，或寫下樂譜。據說阿瑪迪斯．莫札特也是其中的一人。

我確實在子易先生的墓前，提過被高牆圍繞的城的事，但具體上在那裡說了什麼、如何描述的，事後幾乎都想不起來了。我只是像重新回想以前做過的印象鮮明的夢的內容，更正確來說像是再一次穿越那場夢一般，描述那座城而已。想起什麼就說什麼，處在半接近無意識的狀態。

例如我在那裡，提過沒有指針的鐘塔嗎？大概提過吧，因為少年的地圖上就畫了鐘塔的圖。那鐘塔，雖然只是近似速寫的簡單素描，但很像實際的鐘塔。而且沒有指針。話雖如此，我的記憶不保證沒有在之後遭到改變。我不太清楚這種先後順序是什麼道理，不過或許是配合少年畫的地圖，我的記憶受到了些微的修改。可以考慮這樣的可能性。

越想越不清楚。什麼是原因什麼是結果？到哪裡為止是事實，從哪裡開始是推論？

我把地圖暫時先收進信封裡，把那放在桌上，雙手交叉放在脖子後面，暫時恍惚地注視著虛空。從接近地面的那扇霧濛濛的橫形窗射進午後的微光，房間的空氣中飄散著蘋果木柴薪的淡淡香氣。燃燒的暖爐上，黑色水壺正發出呼呼的聲音，冒出白色的蒸汽。就像睡著的大貓，正在深睡中吐出一口氣。

我的周圍，有什麼正在緩緩成形的模糊感覺。我可能在自己都沒察覺時，受到什麼力量的牽引，慢慢被引導向某個方向。但那是最近開始的，還是很久以前就慢慢一直進行的，我並不清楚。

我能知道的只有，自己現在似乎正處在接近「那邊」和「這邊」世界的境界上。就像這個半地下的房間一樣。既不是地上，也不是地下。照進這裡來的光淡而模糊。我可能被留在薄暮的世界裡，分不清是哪一邊的難以言明的場所。然後我正在設法看清楚。自己實際上身在哪一邊，還有自己到底是在自己這個人的哪一邊。

我再一次拿起桌上的信封，從裡面拿出地圖，長久集中精神注視。然後終於注意到，那地圖正讓我的心微微震動。不是比喻。而是正如文字所描述的，物理性的，那正使我的心安靜而確實地震動著。如同置身於搖動不止的地震中的果凍狀物體那樣。

在注視著那地圖之間，我的心不知不覺再度回到那座城。閉上眼，我的耳朵可以實際聽到流過那裡的河川流水聲，夜晚夜啼鳥悲哀的啼聲。清晨和黃昏守門人吹響的角笛聲。獨角獸踩踏石板路發出的清脆喀茲喀茲聲覆蓋了整座城。和我並肩走著的少女黃色雨衣所發出的喀沙喀沙聲。好像世界的兩端彼此摩擦出來的聲音似的。

現實好像在我的周圍發出輕微的摩擦聲，微微搖擺著——如果那是真正的現實的話。

49

隔天，黃色潛水艇少年整天都沒有出現在圖書館。那是相當少有的事。

「今天他好像沒來啊。」我巡視了閱覽室一圈之後，問坐在櫃檯的添田小姐。

「是啊，今天他好像沒來。」她說。「偶爾也會有這樣的日子。或許他身體不太舒服吧。」

「常常會這樣嗎？」

「好像會定期發生的樣子。並不是有什麼宿疾，只是有時候會身體狀況不好，疲倦無力，躺在床上起不來。聽他母親說，可能是神經性的什麼狀況吧。不過只要在床上躺個三、四天什麼都不做，安靜休息，自然就會恢復。也不必看醫生。」

「只要安靜休息，躺個三、四天。」

「是啊，就像電池沒電了，需要充電那樣。」添田小姐說。

或許他是真的很類似在充電，我想。他所擁有的能力（幾乎非常人所及的能力）過於活躍，可能會超過身體系統的容量。就好像察覺到電力過度供給，配電盤會自動斷開電源一樣。這樣一來他就得暫時躺下，讓過度操勞的熱源冷卻下來，等身體機能自然恢復。從發生的時期來看，也許（我推測）製作那座城的地圖——需要耗費特別能量的作業——就是這次系統當機的原因之一。

添田小姐繼續說：「您也知道，他是個擁有優越過人的感覺和能力的孩子，但年齡上還處在成長期，能支持他發揮那種能力的身體力量，或心的防禦能力應該都還不充足。看著那孩子，實在令人擔心。」

「需要有人好好照顧他，引導他。」

「是的，沒錯。需要有人好好照顧他，教導他如何自己控制好那種特別的能力。」

「那不是簡單的事。」

「是的，當然相當困難。因為首先必須和他互相理解才行。但依我所見，母親往往太溺愛他，父親則因為工作太忙，沒時間照顧兒子。以前子易先生對他懷有個人的關心，非常慎重用心地在這個圖書館裡照顧著他。可能把他當成跟出車禍過世的兒子一樣關愛了吧。不過很遺憾連那位子易先生也去世了，現在能照顧他的人都不在了。」

「那個孩子幾乎跟誰都不說話，不過跟妳好像平常就會說話是嗎？」

「是啊，跟我倒是會開口。那孩子從小就認生，不過我們的對話只有最低限度而已，內容也只限於現實中的事情。至於要照顧他的精神，或解決內心問題之類的事情，我們之間的溝通就說不上充分了。」

「他跟一起生活的家人能正常對話嗎？」

「有需要的時候，會稍微和母親說話。不過那也只限於真正必要的時候。和父親則不會說話。和不認識的人說話，似乎只限於問對方出生年月日的時候。只有那個時候他不會害怕，對誰都可以開口。而且會注意看著對方的眼睛，以堅定的口氣說話。但除此之外，他平常跟任何人都不說話。有誰對他說話，他也不回答。」

我問道：「妳說子易先生私人負責照顧那個少年，那他跟子易先生——也就是生前的子易先生——是否會親密地交談？」

添田小姐瞇細了眼睛，略一思索。「這個嘛，我也不清楚。兩個人經常在館長室，或那個半地下室，把門關起來，只有他們兩人長時間待在一起。至於在那裡談了什麼話，還是什麼也沒談，我就不清楚了。」

「不過他對子易先生某種程度算是很親吧？」

「我不知道很親這個說法是不是合適。但總之，兩個人能夠長時間關在一個房間裡，可能某種程度上是對彼此敞開心胸的，對那個孩子來說，這也是相當特別的事情。」

我有一件無論如何都必須知道的事情。但對她來說，在這個時刻（正午前的陽光照射之下，明亮的圖書館櫃檯）正面提出來問她是不是妥當，我不太有把握。雖然如此，我還是鼓起勇氣來問了。盡可能以簡潔的說法。

「添田小姐，妳覺得子易先生過世之後，他們兩人還見過面嗎？」

數秒之間，添田小姐認真的眼神直直注視著我的臉。纖細的鼻梁稍微動了一下。然後一個字一個字問我：

「您是說，子易先生的靈體——他化為人形的靈魂——和M××，在子易先生死後是不是也有在哪裡見面，和生前一樣繼續來往嗎？」

我點頭。

「這個嘛，那或許有可能。」添田小姐稍微考慮一下後說。「我想是十分有可能的。」

之後過了四天，黃色潛水艇少年都沒有出現在圖書館。缺少了他的身影的圖書館閱覽室，感覺好像失去了平常的安穩。或許失去安穩的，是我自己也不一定。那四天之間，我多半一個人獨自窩在半地下的正方形房間裡，望著少年所畫的城的地圖，漫無邊際地在幻想中度過時間。

地圖讓我想起，在那邊的世界裡我所看到的一幕又一幕的情景，鮮明得令人吃驚。宛如一種特殊幻視裝置，那地圖使我的記憶活化，精密立體地發掘出每一個細節。呼吸的空氣質感，和那裡瀰漫的淡淡氣息，我都能鮮明地想起。彷彿現在實際就在眼前的東西那樣。

那真的是一張畫得很簡略的地圖，但那地圖似乎擁有某種特殊的力量。我在那四天之間，一個人獨自在房間裡望著那張地圖，徘徊在不是這裡的世界。我被那幻視裝置（似的東西）深深迷住，深到逐漸分不清楚自己到底屬於哪邊的世界了。就像追求純粹的幻想而時常服用鴉片的十八世紀唯美主義詩人那樣。不過我手上拿著的只不過是，在一張薄薄的Ａ４紙上，可能是用原子筆描繪出來的簡單地圖而已。

黃色潛水艇少年到底為什麼要畫出這張地圖，送到我這裡來呢？目的何在？或許他並沒有什麼目的，純粹只是為了行為而做的行為（沒錯，就像到處問人出生年月日，告訴人家是星期幾一樣）。

如果子易先生和少年在什麼地方溝通過，合力起來採取行動的話，那麼製作這張地圖就跟子易先生的想法有關吧。把地圖送到我這裡來，其中是否也包含了子易先生的意圖呢？如果是的話，那又是什麼樣的意圖呢？

疑問很多，卻找不到確切的答案。許多事情看不出意義為何。眼前排列著很多道通往謎的門，手上卻找不到符合鑰匙孔的鑰匙。勉強可以理解的（或稍微可以察覺的），是那地圖好像有什麼不尋常的、特殊的力量。那不只是我曾經住過一段時間的神祕地方的地圖而已，同時也是暗示即將來臨的世界地勢的平面圖——我注視著那地圖，不由得感覺到其中有什麼託付給我個人的東西。

我用圖書館裡的影印機影印了地圖。在影印的那份上，把注意到的幾個需要訂正的地方，用鉛筆記下。圖書館的位置離廣場太近、流到潭前河川的蛇行曲線太和緩、獨角獸棲息的土地希望寬廣一些……諸如此類。總共有七點。都是比較細微的差異，和城的整體架構無關，可能不需要請他訂正（何況我的記憶又有多正確？），不過我猜想對少年來說，那不管是多麼小的問題，細部的正確比什麼都重要。而且也有這樣的一般原則：「任何表現行為都需要評論。」再加上我覺得，有必要以某種形式和少年保持聯繫。球發過來後，就必須把那球打回去。這是規則。

我把寫有訂正紀錄的地圖複印一份放進信封，封好後交給添田小姐。刻意不附信。信封裡只有一張地圖而已——和少年送來給我時一樣。

「如果那位少年出現了，請把這個交給他。」

添田小姐伸手接過那個信封，檢查似地看了一下。信封的正面和背面都沒有寫字。「有需要跟他說什麼嗎？」

沒有什麼特別要跟他說的，我說。「就說這是我託妳轉交的，直接交給他就行了。」

「明白了。我會這樣做。他差不多快康復了，應該很快就會到這邊來露面。根據往例來看。」

兩天後，添田小姐來到我辦公的房間。

「今天早上M××來了，所以我把您託的信封交給他了。」她說。「他什麼也沒說，就把信封收下，順手放進背包。」

「沒拆封嗎？」

「是啊，沒拆封就直接收起來。後來也沒看到他從背包拿出來的樣子。就在平常的位子坐下來，和平常一樣專心讀著書。」

「謝謝。」我道過謝。「那麼他現在，在讀什麼樣的書？」

「蕭斯塔科維奇的書簡集。」添田小姐立即回答。

「好像滿愉快的書。」

添田小姐對此沒表示意見，只是眉頭稍微皺了一下。她是表情和動作比語言說得更多的女人。

50

下一個休館日的早晨，我像平常一樣離開家門，到子易先生的墓園去。這是個不時會忽然飄起片片雪花的寒冷早晨，還沒融解的殘雪，在夜間又結成堅硬的冰。纏著粗壯輪胎鍊條的大貨車發出喀啦喀啦的噪音痛刮著大地，從我眼前通過。強勁的北風吹痛了耳朵，實在不是適合參拜墳墓的天氣。

但一星期一次造訪他的墓園，不僅已經成為我習慣的儀式，現在也是我不可或缺的、可以說是支撐著我內心力量的一件事。這是我在這個町的生活中，極為重要的活動。

仔細一想，這麼說或許很奇妙，但子易先生對我來說，可以說是比真正活著的周圍任何人都更讓我感覺到生命的氣息。不只是在這個町，而是到目前為止，我所置身的任何場所。

我對他獨特的人格特質懷有好感，對他一貫的生活方式懷有共鳴。對子易先生來說，命運待他絕對不算寬厚，但他從未陷入自憐之中，仍努力不懈，盡可能讓他的人生——對自己或對周圍的人而言——有益處。

他的生活雖然相當孤立，但他總是為他人設想，重視與他人做心的交流。尤其熱愛讀書，當町營圖書館陷入財政困難時，他慷慨解囊，投入私人財產經營圖書館以及購書。託他的福，位在這個小地方而且幾乎是私人性質的圖書館，藏書數量和水準卻都驚人地充實。我對子易先生這樣正直的為人深感敬佩，每星期一造訪墓園時與其說是參拜，不如說已經變得像是去見活著的友人似的心情。

但那個二月的早晨特別冷，我實在沒有在墓前慢慢獨白的餘裕。我停留了二十分鐘左右就撐不下去決定離開那裡，踏著殘雪注意不要跌倒，走下滑溜的寺院階梯。然後和每次一樣，走進車站附近的小咖啡店去取暖，喝熱熱的黑咖啡，吃一個瑪芬。店裡有兩種瑪芬，一種是原味，一種是藍莓口味。我總是吃藍莓口味。

雪花紛飛的星期一早晨的咖啡店裡，除了我之外，一個客人都沒有。只有平時那個女子——頭髮在後腦勺緊緊紮成一束，大約三十五歲左右——在吧檯裡忙碌。然後和平常一樣以小音量播放著年代久遠的爵士樂。保羅・戴斯蒙正吹著中音薩克斯風。這麼說來，第一次到這家店來時，就播放著戴夫・布魯貝克四重奏樂團的曲子，那時戴斯蒙也吹著中音薩克斯風獨奏。

「〈You Go to My Head〉。」我自言自語。

女子把瑪芬放進烤箱裡烤熱，一邊抬頭看我。

「保羅・戴斯蒙。」我說。

「這音樂嗎？」

「對。」我說。「吉他是吉姆・霍爾。」

「我不太懂爵士樂。」她說得有一點不好意思。然後指著牆上的喇叭。「我只是播放電臺的爵士樂頻道而已。」

我點點頭。嗯，我想也是。要喜歡戴斯蒙吹的薩克斯風，她還太年輕。我把送上來的溫熱藍莓瑪芬撕一塊送進口中，喝著熱咖啡。真是美好的音樂。一邊眺望著白雪，一邊聽保羅・戴斯蒙，就覺得美好。

這時候我忽然想起，這麼說來，在那座城居然完全沒聽過音樂這東西。雖然如此，我並不覺得寂寞。完全沒有興起想聽音樂的心情，甚至沒留意到沒有音樂這回事。為什麼呢？

回過神時，坐在吧檯高腳凳上的我，身邊竟然站著黃色潛水艇少年。我剛吃完藍莓瑪芬，正用紙巾擦著嘴角。少年穿著平常那件深藍色羽絨外套，拉鍊拉高到脖子，圍巾高高裹到下顎，所以看不到他是否有穿黃色潛水艇圖案的那件衣服。不過應該是有穿。

看見少年在這裡，我有一瞬間不明白狀況。他怎麼會在這裡？他怎麼會知道我在這間咖啡店裡？難道是跟蹤我來的嗎？或者是知道我每星期一，去墓園參拜的回程會經過這裡，為了見我而特地來的嗎？

少年雖然站在我身旁，卻沒有看我。而是站姿筆挺，直直看著吧檯裡的女子。雙眼睜得大大的，下顎收緊。她的表情好像在問「怎麼了？」一邊露出微微的職業微笑，一邊看著少年。不過他以這家店的顧客來說太年輕了，看來還像個小孩。

「可以請問您的出生年月日嗎？」他問她。以禮貌的口氣，簡直就像讀著預先寫在紙上的句子一般正確。

「我的出生年月日？」

「出生年月日。」他說。「哪一年、哪一月、哪一日。」

女子被這樣一問有一點困惑（可想而知），但最終好像想到「公開出生年月日也不會有什麼害處吧」這樣的結論，於是就告訴少年。

「星期三。」少年立即回答。

「星期三？」她說。滿臉莫名其妙的表情。

「就是妳出生的那天是星期三的意思啊。」我從旁幫他解釋。

「我都不曉得。」她說。一臉還不太明白是怎麼回事的表情。「不過他怎麼這麼厲害，馬上就算出來？」

「誰知道？」我說。要從頭說起，會解釋很久。「不過總之這孩子好像就是知道。」

「咖啡要不要續杯？」她問我，我點頭。

「星期三的孩子最辛苦。」我像自言自語地說。

少年從外套口袋拿出大信封，交給我之後，又像要確認已經交給我了似的，點一點頭。我接過來之後，也同樣點一點頭。就像美國西部片裡會出現的，印第安人交換菸管的場面那樣。

「要不要吃一塊瑪芬？」我試著問少年看看。「這裡的藍莓瑪芬非常美味喲。而且是剛出爐的。」

也不知道有沒有聽到我的話，他沒回答，只是一直仰望著我的臉。好像要把我的臉所發出的某種資訊，正確地刻進記憶裡去。金邊圓眼鏡在天花板的燈光照明之下閃一下光。然後少年轉身背向我們，無言地走向門口，打開大門步出店裡。走進白花花紛飛細雪的深處去。

「你們認識嗎？」她一邊目送著那背影，一邊問我。

「嗯。」我說。

「好像有點不可思議的孩子啊。而且幾乎也不開口說話。」

「老實說，我也是星期三出生的。」我說。為了把話題從少年身上帶開。

「星期三的孩子最辛苦……」她以認真的表情說。「剛才聽到的是這樣，那是真的嗎？」

「那只是古老童謠的歌詞，所以不要放在心上。」我說。就像添田小姐以前告訴過我的那樣。

她好像想起什麼似的，從牛仔褲口袋裡掏出裝著紅色塑膠保護殼的手機，用纖細的手指靈巧地操作，迅速輕敲畫面，最後終於抬起頭來很佩服地說：

「嗯，對喲。我的生日真的是星期三。沒錯。」

我默默點頭。是啊，當然是星期三。黃色潛水艇少年的計算不可能錯。不需要確認。不過自己的生日到底是星期幾？這種問題現在只要用GOOGLE查一下，不到十秒鐘，誰都可以立刻就知道答案。少年只花一秒鐘就說出來了，然而又不是西部片的槍戰，十秒和一秒之間到底有多少實際效益上的差異呢？我為少年感到有點寂寞。這個世界變成一天比一天方便，同時也越來越不羅曼蒂克的地方了。

我一邊喝著續杯的咖啡，一邊打開少年給我的大信封看看。裡面果然如我預料的有一張地圖。除此之外沒有任何其他東西。和上一次同樣的Ａ４尺寸的打字紙，同樣用黑色原子筆描繪的地圖。一座被高牆圍繞的，形似腎臟的城的地圖。只是我幾天前指出的大約七個錯誤，全都重新畫過了。上面所標記的資訊，變得更詳細、更正確。也就是所謂「修訂版」的城的地圖。我把地圖放回信封。至少少年對我所發出的訊息做出了反應。我打到對方場地中的球，被越過網子打回這邊的場地。這就是一種進展。一種有意義的，應該是好的進展。

我買了兩個要帶回家的藍莓瑪芬，請她幫我裝在紙袋裡。在收銀臺結帳時，吧檯裡的女子對我說：

「我有一點擔心，應該不至於星期三出生的孩子全都比較辛苦吧？」

「沒問題，我想應該不會有這種事情。」我說。不能確實保證，不過大概……吧。

第二天星期二早晨，少年在圖書館露面了。那天的他，沒有穿平常那件「黃色潛水艇」圖案的綠色夾克，而是穿「傑樂米．希拉蕊．波布博士」圖案的淺褐色連帽夾克。「潛水艇」圖案的那件可能被母親拿去洗了。在那件還沒乾以前，他只好換穿替代品。不過即使穿的衣服不同，他的行動模式仍絲毫沒有改變。他會鎮守閱覽室同一扇窗邊的座位，在那裡全神貫注地讀著書。那讓我想到蝴蝶將盛開的花蜜吸乾到一滴也不剩的模樣。那對花和對蝴蝶彼此都是有益的行為。蝴蝶得到營養，花得以傳粉受精，可以說共存共榮。誰也沒有受傷。這是讀書行為的優點之一。

我那天沒在半地下室，而是在二樓正規的館長室工作。瓦斯小暖爐不足以溫暖整個房間，但因為很久沒看到這種密雲散去、太陽露面的日子了，為了轉換氣氛，我決定移到有縱形窗的明亮房間工作。從少年手中收到的新地圖裝在信封裡放在桌上，不過我想先不要拿出來。現在有必須先緊急處理的事情，而且一旦攤開地圖看，我就會分心到沒辦法工作。

沒錯，那個少年所畫的城的地圖，潛藏某種吸引人——或迷惑人心——的特殊力量。至少那不只是一張在A4的打字紙上用黑色原子筆描繪的地圖而已。那裡還潛藏著會喚起觀看者心中的（而且平常巧妙地隱藏在深處的）某種東西，具有啟動作用的一種力量。而我無法抵抗那力量。所以那天，我決定不把地圖從信封裡拿出來。今天一整天，必須守在這邊的世界才行——可能應該稱為「現實的世界」的地方。儘管如此，我的視線依然會在不知不覺間，像穿過窗縫的風把樹葉吹過來一般，轉向放在桌上的大公文封的方向。

有時我會打開房間的玻璃窗，探出頭去眺望外面的風景，讓頭腦冷靜一下。像海龜和鯨魚定期把臉露出水面呼吸那樣。但在這寒冷的冬天裡——而且房間裡也不溫暖——為什麼非要靠戶外的空氣保持頭腦的冷靜，自己也覺得不可思議。不過對那天的我來說，那是不可或缺的必要行為。確認自己現在是活在「這邊的世界」這件事。

窗下的庭院裡有隻貓走過去。是之前在廊臺下養育五隻小貓的那隻母貓。但現在看不見小貓的身影，只見母貓一邊吐著白氣，一邊獨自慢慢地橫越庭院。她的尾巴筆直向上立起，慎重地移動腳步。朝著某個方向，幾乎一直線地走著。隆冬冰凍的大地，對她的四隻腳來說似乎太冷了，步伐看起來令人心疼。我的目光一直追蹤著她那纖細優美的身影，直到從我的視野中消失為止。然後我關上窗戶，坐到書桌前繼續完成做到一半的工作。

將近正午時，添田小姐輕聲敲門。

「現在，方便打擾嗎？」她問。

當然，我說。

「是這樣的，M××說想來這裡拜訪。」添田小姐說。

「可以呀。」我立刻說。「帶他過來吧。」

添田小姐稍微瞇細了眼，點點頭。

「方便的話，可以泡兩杯紅茶過來嗎？還有這個也請幫我熱一下。」我說，把裝了兩個藍莓瑪芬的紙袋交給她。

「瑪芬嗎？」添田小姐看看內容物說。眼睛在鏡片後方閃著光。

「是藍莓瑪芬。昨天買的。用微波爐熱一下，我想還是很美味。」

添田小姐拿起那紙袋走向門口。「我會先帶他到這裡來，然後送紅茶和瑪芬過來。」

「謝謝。」

五分鐘後門再度被敲響，添田小姐帶著穿了「傑樂米・希拉蕊・波布博士」圖案連帽夾克的少年慢慢走進來。在他肩膀上帶著鼓勵意味輕拍一下之後，添田小姐就退出房間。當門在背後發出聲音關上，少年的表情似乎稍微緊張了一點。好像他周圍的氣壓稍微升高似的。或許有添田小姐在旁邊，他的心情會比較鎮定吧。他還不習慣跟我兩個人獨處。不過出於某種理由（那是什麼樣的理由還不清楚），他有必要和我接觸，因此特地到這裡來見我。可能是這樣。

「嗨！」我向少年打招呼。

少年沒有反應。

「到這邊來坐吧。」我對他說，指著書桌前的椅子。

他考慮了一下，小心地像謹慎的貓那樣以慎重的腳步走到書桌附近，眼睛瞄一下我要他坐的椅子，卻沒有坐。只在桌子旁邊安靜站著。挺直著背，收緊下巴。

或許不喜歡那張椅子吧。也或許在表達和我還沒熟到願意坐下。無論如何，如果他站著比較自在的話，就站著吧。我並不在乎。

少年站在那裡什麼也沒說，注視著桌上放著的大信封。裝著他畫的地圖的信封。那放在我的桌子上，似乎引起他的注意了。他的臉上似乎戴著一層薄薄的面具一般全無表情，但那深處似乎有某種思考在相當快速地進行著。

我暫時任由他去。一方面不想妨礙他（可能正在）深入進行的思考，而且不久添田小姐的紅茶和瑪芬就會送來了。如果我和少年之間有什麼話要說，就等稍後再說吧。通常負責送茶點等雜務的不是圖書管理員添田小姐，而是打工的女職員，但這次我猜添田小姐或許會親自送紅茶和瑪芬過來。因為有關這個少年的事情，對她個人似乎也擁有很重要的意義。

送來的果然是添田小姐。她端著圓形托盤走進房間。托盤上有兩杯紅茶、一個小砂糖壺，和檸檬切片，還有裝著藍莓瑪芬的盤子。茶杯、糖壺和盤子的花紋是成套的，古典而精緻美麗。看起來像是Wedgwood。湯匙和叉子好像是銀製的，閃爍著謙虛而高雅的光輝。我推測這些可能都是子易先生從自己家帶來的個人物品。怎麼看都不像是小地方的圖書館會出現的東西。可能只有接待特別的來賓才會拿出來用的特別餐具。

添田小姐發出輕微的聲音，在我的桌上排出那些杯子、盤子和砂糖壺。有了這些東西，平常乏味的房間，好像忽然變成了氣氛優雅的下午茶沙龍似的。適合搭配莫札特的鋼琴四重奏曲的情景。

我從站前的咖啡店買來的瑪芬被從紙袋裡拿出來，放在有美麗花紋的盤子上，配上銀叉子端出來時，看起來就像高貴的點心。若再配上摺成三角形的白色餐巾，再插上一支鮮紅玫瑰的話就更完美了。不過這就奢望太多了。

「真是完美，太感謝了。」我向添田小姐道謝。

添田小姐什麼也沒說，表情也沒有變化，輕輕點個頭走出房間。然後我和少年兩人又再度單獨留在這個房間。

少年在那之間一句話也沒說。添田小姐走進房間，再走出去，他都沒看向她。也完全沒注意排列在桌上的紅茶和瑪芬，優雅的餐具和銀器。他只筆直地注視著放在那裡的大信封。那銳利的視線絲毫沒有動搖。而且在那張缺乏表情的臉背後，現在似乎還在不停地思考。

我拿起紅茶杯喝了一口。溫度和濃度都很適中。子易先生泡的紅茶相當美味，現在看來添田小姐也同樣擅長泡紅茶。她可能做什麼事情——只要是她認為值得探求的——都會積極地去探求。知性、深思熟慮、凡事勤快上進的女性。

這樣的女性的丈夫會是什麼樣的人？我忽然產生這個疑問。但我還沒遇見過他本人，也沒聽她提過她先生的事情，因此腦子裡無法浮現出那個人的形象。勉強知道的只有他是福島縣人（但不是這裡出生的），從大約十年前開始在這個町當小學老師，過去是黃色潛水艇少年的班導師。我什麼時候有機會見到他，和他談話嗎？

少年僵硬的表情總算看起來稍微柔和一些了。思考作業似乎也度過最難的關卡，速度放慢了一些。這種微微的放鬆感也傳到我這邊來。他還在緊張，但好像沒有之前那麼僵硬了。

然後少年的視線終於從信封移開，轉到漂漂亮亮排列在桌上的紅茶和瑪芬。

「藍莓瑪芬。」我說。「相當美味呦。」

昨天，我在咖啡店對他說過一樣的臺詞。但昨天的推薦完全被忽視了。不過這次，少年似乎受到了吸引。他久久注視著那點心。彷彿保羅·塞尚仔細觀察著缽中蘋果形狀時似的，銳利的批判性眼神。

看得出他的嘴微微動著。彷彿組成一小段言語，又一再抹除。但口中終究還是沒說出話來。他或許是有生以來第一次看到藍莓瑪芬。然後可能正在自己心中蒐集藍莓瑪芬的資訊也不一定。但他心中到底有多少藍莓瑪芬的資訊？我也不清楚。我對這個少年不知道的事情太多了。我用叉子把瑪芬切成一半，再切成一半，把那四分之一送進口中。

「嗯，熱熱的很美味。」我說。「趁熱吃，很好吃噢。」

少年一直看著我吃那四分之一瑪芬的樣子。好像小貓看著哺乳的母貓一樣的眼神。然後伸手把瑪芬從盤中抓起來，就那樣咬下去。沒用叉子。也沒用盤子接碎屑。碎屑當然都零零碎碎地掉到地上，少年似乎也不介意。我也沒特別在意。事後再掃地就好了。

少年三口就把瑪芬快速吃掉。張大嘴巴，發出相當大的聲音，嘴角還沾上了藍莓的青色黏液，好像也全然不在意。我也不去理會。並不是油漆，只不過是藍莓汁而已。等等用紙巾擦掉就好。

或許他是以那樣粗魯的動作挑釁我、測試我，我忽然這樣想。記得添田小姐提過，少年是在富裕家庭長大的，應該受過相當的教育。那麼他特地擺出沒教養的態度，可能是想看我的反應。或許是用這個方式再把新的一球打進我的場地來。或者只是他對餐桌禮儀還不理解——或不認為有必要理解——而已。

無論如何，我一切都順著他去。面對這個少年時，凡事只能照單全收。光是他對藍莓瑪芬有興趣、能實際伸手拿起來吃，我和他的關係應該都已經前進重要的一大步了。

我用叉子把一塊四分之一的瑪芬送進口中，安靜地吃了。然後以手帕稍微擦拭嘴角，喝一口紅茶。少年也站著拿起紅茶杯，沒放砂糖和檸檬，就那樣咕嚕咕嚕發出聲音地喝了。這以餐桌禮儀來說當然也明顯不合格。何況那餐具（應該）還是Wedgwood的。不過我還是假裝不知道。

「滿好吃的瑪芬啊！」我以輕鬆的聲音對少年說。

少年什麼也沒說。只用舌頭把沾在嘴唇上的藍莓靈巧地舔進口中而已。就像貓吃完之後經常會有的動作。

「昨天從那間咖啡店買回來的。本來打算今天中午吃。」我說。「我請添田小姐把那用微波爐熱了。藍莓是附近的農家種的，附近的麵包店每天早晨都用那些藍莓來烤瑪芬。所以很新鮮。」

少年依然什麼也沒說。他一直注視著自己空了的盤子。宛如孤獨的船客，一個人站在甲板上眺望著太陽西沉後的水平線那樣。

我把剩下一半瑪芬的自己的盤子拿起來，端給他。

「還剩下一半，不嫌棄的話，要不要再吃一點？」

少年注視著端給自己的盤子二十秒左右之後，終於伸出手接過去。然後想了一下，這次用叉子把那切了一半，用盤子接著安靜地吃了。除了站著之外，餐桌禮儀都非常端正。而且吃完之後還從長褲口袋裡取出紙巾來，用那擦嘴角。

不知是看了我吃的樣子學習的，或者只是停止向我挑釁而已。我無法判斷。然後他把空盤子放回桌上，不發出聲音安靜而高雅地喝著紅茶。球再度打回我這邊了。或許。

吃過藍莓瑪芬，喝過紅茶之後，我把盤子、杯子和砂糖壺放在托盤上收拾好，並把桌子清理乾淨。現在放在桌上的，只有收著地圖的信封而已。正好放在子易先生平常放深藍色貝雷帽的位置。我環視房間一圈。心裡稍微期待著，或許子易先生會在房間的什麼地方。不過誰也不在。這房間裡只有黃色潛水艇少年（不過今天穿著不同圖案的同型連帽夾克），和我而已。

「我看了你畫的地圖。」我說。並把地圖從信封拿出來，放在信封旁邊。「畫得非常正確。幾乎和實物一樣。真佩服……或者老實說，我很驚訝噢！我所謂的幾乎，是因為我自己不知道真正的正確形狀。所以那當然不是因為你畫得不好。」

少年透過眼鏡筆直看著我的臉。除了偶爾眨眼之外，完全看不出表情的變化。他的視線沒有所謂表情這東西。只有偶爾有光的強度變化而已。

我說：「我在那個地方住過一段時期。在這個地圖上所畫的城裡。在那裡也是在圖書館上班。不過那個圖書館裡一本書也沒放。一本都沒有。或許該說……那是曾經是圖書館的地方。我在那裡被賦予的工作，是每天晚上讀著一個又一個，取代書堆積在書庫的『古夢』。『古夢』的形狀像顆巨大的蛋。而且蒙著白色的塵埃。大小差不多這樣子。」

我用雙手顯示那大小。少年注意地盯著看，但沒有陳述感想。只收集資訊而已。

「我在那裡生活了多久，自己也不清楚。季節雖然在改變，但那裡所流動的時間和季節的移轉，似乎是兩回事。無論如何，在那裡時間這東西並沒有意義。

「總之在那裡生活的期間，我每天都到圖書館去，繼續讀『古夢』。讀了多少『古夢』，我也記不清楚。但數目並不是大問題。因為古夢幾乎是無限多的。我工作的時間，從日落開始。傍晚開始讀，大約到午夜之前結束作業。正確的時刻不清楚。因為在那座城時鐘並不存在。」

少年反射性地看自己的手錶。確認那上面所表示的時刻，然後視線回到我的臉上。對他來說，時間似乎擁有某種意義。

「白天要做什麼都是我的自由，但不太能出去外面。因為白晝的光會刺痛我的眼睛。要成為『夢讀』，就必須刺傷雙眼，我在進入那座城時經由守門人的手接受了那樣的處置。因此，我沒辦法依自己的意思在外面到處走，製作出正確的城的地圖。而且圍繞著城的磚牆似乎會日日稍微改變形狀。彷彿在嘲笑製作地圖的我。那也是我無法順利掌握城的全貌的理由之一。

「牆是由精密堆砌起來的磚頭所構成。非常高的牆。好像是很久以前建起的，但到處都看不到受損或崩塌的痕跡。建得難以相信地堅固。誰都沒辦法越過那牆出去，誰也沒辦法越過那牆進來。就是這樣特別的牆。」

少年從口袋中拿出小筆記本，以及三色原子筆。是側邊有線圈的長方形筆記本。然後靠著桌子在筆記本上迅速寫下什麼，交給我。我拿起來看。上面有短短的一行字。

為了防止疫病

是端正的楷書。寫得非常快，卻像活字印刷一般整齊，而且絲毫不帶感情。

「為了防止疫病。」我出聲讀出。然邊一邊看著少年的臉，一邊思考這句簡短訊息的意思。「也就是那道磚牆，是為了防止疫病進入城裡而設的，是這樣嗎？」

少年輕輕點頭。Yes。

「你怎麼會知道這種事情？」

他沒有回答。緊閉著嘴唇，依然以無表情的臉看著我。可能表示那不是現在該討論的問題吧。

但如果那道牆，正如少年所說的是為了防止疫病而築的話，我覺得很多事情就說得通了。不知道是什麼時候，總之從築牆那個時間點開始，高牆就把居民關閉在內側，阻止非居民進入裡面，強固而嚴密地運作著。能夠進出城的，只有棲息在定居地的那些獨角獸和守門人，還有城所需要的擁有特殊資格的少數人——我也是其中的一人——而已。守門人可能對疫病擁有自然的免疫能力，因此只有他可以自由進出那道門。

牆並不是普通的磚牆。那是帶著自己的意志，帶著獨自的生命力聳立在那裡的。而那座城則是被緊緊包在那隻手中。牆到底是從什麼階段開始，又是如何，擁有那特殊力量的呢？

「不過疫病應該已經在什麼時候結束了吧。」我對少年說。「任何疫病都不會永遠持續。然而牆還是永久不變，一直嚴格維持著封閉狀態。誰也進不去，誰也出不來。那是為什麼呢？」

少年手上拿著筆記本，翻過新的一頁，在那上面繼續寫著。

「不結束的疫病。」我讀出聲。「這到底是怎麼一回事？」

還是沒有回答。所以我只能在自己的腦子裡思考這是什麼意思。就像解謎那樣。而且是相當難解的謎。謎很深奧，相較之下賦予的提示卻又太少。但無論如何這是發過來的球，我還是非得打回對方的球場不可。那是遊戲規則。如果那能稱為遊戲的話。

我大膽猜測：「那是種非現實疫病的疫病。也就是比喻的疫病……是這樣嗎？」

少年幅度非常小地點頭。

「難道說，那是靈魂的疫病之類的嗎？」

少年再一次點頭。很明確的點頭。

我對這個詞思索了一陣子。靈魂的疫病。然後說：

「城，或者該說當時掌管城的那些人，為了把正在外面的世界蔓延的疫病擋在城外，而在周圍建起堅固的高牆。就像把城牢牢封起來，不留一絲縫隙一樣。他們整備了誰也無法進去，誰也無法出來的強固體制。那道牆的構造中，甚至可能添加了咒術方面的要素。

「然而後來在某個階段發生了什麼事情——不知道是什麼樣的事情——牆產生了獨自的意志和力量，自行運作起來。那力量之強，已經不是人類所能控制。是吧？」

少年只是默默看著我的臉，沒說是或不是。不過我繼續說下去。這只是我的推測而已，然而可能已經超越單純的推測了。

「而且牆，為了將所有種類的疫病——包含他們考慮到的『靈魂的疫病』——徹底排除，重新設定了城與住在城裡的人。換句話說重新設定了整座城。並且建構出在城內達成完滿，堅固閉鎖的系統。你想說的是這件事嗎？」

這時忽然響起敲門聲。有人敲門。聲音不大。清脆而簡潔的聲音——現實世界傳來的現實聲音。兩次，然後稍微隔一下，再兩次。

「請進。」我說。不是自己的聲音，是別的誰的聲音。

門半開，添田小姐探頭進來。

「我來收餐具。」她好像有些猶豫地說。「如果不打擾的話。」

「麻煩妳收走，謝謝。」我說。

添田小姐放輕腳步走進房間之後，把放著盤子、杯子的托盤端在手上，快速確認都空了。這似乎讓她感到安心。然後她看到地上的藍莓碎屑，但好像決定當作沒看見。反正事後再回來整理就行了。

添田小姐好像在發問似的看了看我的臉。我點頭表示「沒有任何問題」，她就端著托盤走出房間。門發出喀嚓的一聲關上。然後房間再度被沉默包圍。

少年翻開筆記本新的一頁，用原子筆快速寫下文字。然後隔著桌子把筆記本遞給我。上面寫著：

「我一定要去那座城。」我讀出來。接著乾咳一聲，把筆記本還給他。少年接過去後，終於在椅子上坐下，從那裡筆直看著我的臉。以深不可測的眼光，目不轉睛地注視著我。

「你，很想去那座城。」我確認似地說。「被高牆圍繞的城。人都沒有影子，圖書館一本書都沒有的，那座城。」

少年毅然決然地點頭。沒有議論的餘地似的。

一時之間，沉默蔓延。沉重、濃密的沉默。有許多含意的沉默。然後少年略尖的聲音打破沉默。

「我一定要去那座城。」

我放在桌上的雙手十指交扣，暫時沒意義地望著那手指，然後抬起頭問他：「如果去了那裡，就不能再回來這裡也一樣嗎？」

少年再一次毅然決然地點頭。

我想像少年走出門，前往那座被牆圍繞的城，進去那座城裡，在那裡生活的樣子。對他來說，那裡可能就是他心目中的「胡椒國」。電影《黃色潛水艇》中的彩色理想國，胡椒國。對這個十六歲的少年來說，與其繼續待在（看起來）容不下自己的現實世界，還不如搬到另一個構造完全不同的世界去——他發自內心，非常認真地這麼想。我和少年面對面坐著，從肌膚都能痛切地感覺到他那種認真的情緒。

又沉默一會兒之後，少年再次出聲說：

「我能讀『古夢』。」

然後少年指著自己。

「你能讀『古夢』。」我自動重複他說的話。

「在那個圖書館裡讀『古夢』。一直讀。」

就像用楷書筆談時那樣，少年一字一字清楚區分開來說。

我默默地點頭。

沒錯，如果是這個少年的話，他應該可以辦得到。因為那就跟現在他在這間圖書館裡，每天過的生活幾乎完全一樣。而且在那個圖書館的深處，他可以讀的「古夢」塵封多年，堆積如山。多得數不清，可能有無限多。而且每個夢都是世界上獨一無二的唯一的夢。

「我一定要去那座城。」少年以比之前更明確的聲音重複說。

51

「我一定要去那座城。」少年重複說。

「你想離開這邊的世界，到牆的內側去嗎？」我說。

少年不說話，簡短而堅決地點頭。

不過那座被牆圍繞的城，不用說，並不是胡椒國。胡椒國是為了那部動畫電影所創作出的虛構理想國。裡面有許多美麗的人，有美麗的自然風景環繞，過著美麗的生活。隨時充滿悅耳的音樂，到處開滿色彩豐富的花朵。隱約帶著一九六〇年代藥物文化的氣息，短暫的夢想世界。但「被牆圍繞的城」並非如此。

在那裡冬季嚴寒，那些獸一一因飢餓而喪失生命。住在那裡的人，過著沉默寡言而貧窮的生活。被給予的食物簡單而少量，衣服穿到磨破陳舊。沒有書籍、沒有音樂。運河乾涸，許多工廠關門停業。居民所住的集合住宅陰暗歪斜。沒有貓也沒有狗。能看見的生物，只有越過高牆的飛鳥而已。距離理想國是相當遙遠的世界。少年對城的這一面，不知道理解多少？

我想和少年好好談一談這件事，但想想還是作罷。他可能都很清楚了吧。而且知道這一切後，依然決心想去那座城。這是經過綿密的思考之後，再也沒有變更餘地的結論。看到少年毫不猶豫的神色，就知道他的決心有多堅定。雖然如此，我現在仍然必須確認他的想法。

「要進去那座城就必須放棄影子，刺傷雙眼。這兩件事情是進入那道門的條件。切割開來的影子不久就會喪失性命，影子死了之後，你就無法再離開那座城了。這樣也沒關係嗎？」

少年點頭。

「跟這邊世界的任何人，可能都無法再見了。」

「沒關係。」少年出聲說。

我深深嘆一口氣。這個少年和這個現實世界已經沒有心的連結了。他在這個世界上並沒有真正意義的生根。可能只像是暫時被綁住的氣球那樣的存在吧。他活在離地面稍遠的地方，和周圍的普通人看著不同的風景。所以即使鬆開掛勾，永遠離開這個世界而去，他可能也不會感到痛苦或害怕。

我不禁環視一下自己的周圍。我和這世間的什麼地方有牢固的連結嗎？有在這裡生根嗎？我想起藍莓瑪芬。想起車站前面的咖啡店，喇叭播放出來的保羅·戴斯蒙的中音薩克斯風的音色。想起翹起尾巴橫越庭院的消瘦而孤獨的母貓。這些事是否有把我的精神稍微固定在這個世界呢？或者這一切，只是微不足道的細微現象而已呢？

我看看少年。他正透過金屬框眼鏡瞇細了眼睛看我。好像正在讀取我的心的動向似的。

「不過，你到底打算要怎麼去那座城呢？」

他指指我，然後指指自己，再指指其他方向。

我把他的手勢轉換成自己的語言。「我把你帶到那個地方去。是這樣嗎？」

穿著「傑樂米．希拉蕊．波布博士」圖案連帽夾克的少年默默點頭。Yes。

我說：「不過，我辦得到嗎？我沒辦法靠自己的意思，想去就去得了那座城。更何況是要帶領你去，我實在做不到。我只是在某種偶然之下，碰巧抵達那裡而已。」

少年思考（或看起來像在思考）了一陣子。然後什麼也沒說，忽然從椅子上站起來。他從口袋裡拿出摺得很整齊的白色手帕來，在嘴巴上仔細地再擦一遍。那或許是以他自己的動作，對我招待的藍莓瑪芬表達謝意。或者只是習慣性的行為也不一定。我分不出區別。

他把手帕收回原來的口袋裡之後，走到門邊去把門打開，既沒有回頭，也沒有告別，就那樣走出房間。門在他背後發出清脆的金屬聲關上，我一個人獨自被留在房間裡。

「我要帶你去那裡嗎？」

剩下我一個人時，我小聲對自己說。

我想像自己牽著少年的手，站在城的門前的光景。穿著「黃色潛水艇」綠色連帽夾克的少年，八成會毫不遲疑地離開我（也沒有回頭往後看），就那樣一腳踏進門裡去吧。

我不會再一次穿過那道門。因為我已經被剝奪那樣的資格了。目送完少年，看著門再度閉上之後，我可能就會一個人退回這邊的世界。

我站起來走到窗邊，把窗戶往上推開，從那裡探出頭去深呼吸幾次，讓冷冽的冬天大氣充分刺激肺部。然後我長久漫無目的地眺望著無人的冬天庭院。未融解的殘雪留下幾處堅硬的痕跡，宛如長在大地上的白色斑點。

接下來的幾天什麼事也沒發生。一連數日放晴，風也停了。明亮的太陽逐一融解掉垂掛在屋簷下的粗壯冰柱。我一邊聽著窗外雪融解的水滴聲，一邊在書桌前繼續做事務工作，在那之間，少年依舊在閱覽室裡專心致志地繼續讀著書。我問添田小姐少年現在正在讀的書名，她馬上告訴我。少年正在讀《冰島人薩迦》、《維根斯坦談語言》、《泉鏡花全集》、《家庭醫學百科》。全都是相當厚的書。好像無論內容是什麼都沒關係，他就是喜歡厚厚的書。可能薄的書他讀不過癮。就像食欲旺盛的人會點店裡最厚的牛排那樣。

在館長室兩人單獨談話後過了一星期左右，我和少年都沒有接觸。少年再度穿上黃色潛水艇夾克（可能洗過送回來了），揹著綠色背包，每天都在圖書館露面，但即使在閱覽室經過他附近，我也沒和他說話，他也不會看向我。少年集中精神專心讀書，彷彿其他任何事情都引不起他的興趣，實際上可能也真的是這樣。而我也在自己的房間面對書桌，一一處理著身為圖書館主宰該做的日常職務。雖然都是要說無聊也很無聊的事務作業，但只要內容和書籍有關聯的話，即使只是對照號碼這樣的工作，我還是能從中找到樂趣。我們——少年和我自己——在這個現實的地上世界，分別都做著該做的事情。

黃色潛水艇少年，一心想去那座被高牆圍繞的城，成為那裡的居民。他已下定決心，即使無法再回到這邊的世界也沒關係。這邊的世界已經沒有任何東西有力量能留得住他。這一點已經很清楚了。然而只靠他一個人的力量，卻去不了那座城。他需要我的「引導」。知道通往那座城的路途的——或者說曾經走過那條路線的人——只有我一個人而已。

然而我對去那座城的具體路線，並沒有記憶。就只是曾經去過那裡而已。或者更正確的說法是，我曾經在無意識之間被帶到那裡去過。如果要我再一次走上那條路，我也不知道該怎麼去。

而且還有一件事我無法判斷，那就是，把少年帶到那邊的世界去，真的是正確的行為嗎？那在道德上是可以容許的嗎？如果這少年進入那座城裡，成為一個「夢讀」安定下來的話，最終他的存在應該會從這個現實世界消失吧。

我因為沒有讓影子死掉，並且讓影子逃亡到牆外去，所以可以再次回到這邊（正確來說是被送回來），最終在這個世界的存在也沒有被消除。這純粹只是推測，但我漸漸這樣確信了。

但如果少年自己的影子被剝除了，那影子也喪命的話，少年的存在將永遠決定性地從這邊的世界消失吧。據添田小姐說他沒有朋友，但他的雙親和兄弟想必會因為失去他而悲痛。尤其是溺愛他的母親……如果可能招致這樣的狀況，我該做出這種事嗎？不管少年自己是多麼真心期盼，或者這看起來對少年的人生是更自然的趨勢都一樣。這難道不是違反人類道義的行為嗎？

這件事我想找人商量。例如子易先生。他知道事情的大概，又擁有真實可靠的智慧，或許可以給我有用的建議。可是子易先生──子易先生的幽靈──已經很久沒有出現在我眼前了。或許，再也見不到他的身影了也不一定。他的靈魂可能已經離開這個地方了。這個可能性並不小。他說靈魂能留在這世間的期間是有限的。而且靈魂要以人的姿態出現，也絕對不是容易的事情。

我也考慮過找添田小姐商量，但要向過著普通生活的人，清楚易懂地說明我曾有一段時期住在被高牆圍繞的城裡，怎麼想都非常困難。狀況會變得很麻煩。她在擔心少年之前，可能會先對我的精神狀況感到不安。沒錯，不能提到那座城的事。對於我在那裡所見聞和體驗的一切，能全盤接受、理解的，目前只有子易先生和黃色潛水艇少年，這兩個人而已。

我到添田小姐那裡去，盡量看她有空的時候，用聊天的方式試著問她少年的事。主要是關於家庭環境方面。

「妳好像提過，M××很受母親溺愛噢？」

「是啊。他母親真的就像寵愛貓一樣寵愛M××。」

「父親呢？」

添田小姐稍微歪過頭。「父親我就不太清楚，因為沒有直接見過面。聽說父親好像不太關心那孩子。只是間接聽說的，實際上如何我並不清楚。」

「不太關心嗎？」

「以前好像也說過，上面的兩個哥哥都在本地的學校拿到優良成績，又考進東京的知名大學，名副其實走上菁英的道路。畢竟是令人自豪的兒子，到哪裡都不丟臉。相較之下，最小的兒子連本地的高中都進不去，每天只到圖書館讀書，口中說出的話也莫名其妙，實在見不得人。父親好像很在意這件事。」

「聽說他在這裡經營幼稚園嗎？」

「是啊，設備相當有水準的幼稚園。不只是幼稚園，其他也投資很多事業，從補習班到成人課程之類的都有。以經營者來說相當積極，確實很優秀，不過好像並不是屬於所謂教育者的類型。至少我是這樣聽說的。

「M××在家讀書會被限制。父親說光會讀書不健康，所以只買一點點書給他，也嚴格限制他的讀書時間。那對他來說應該相當痛苦。因為對他來說，讀書就像呼吸一樣自然。」

「那母親呢？她對那孩子的狀況理解到什麼程度？換句話說，就是對他天生的特殊能力，還有和其他普通小孩不同的地方。」

「母親依我看來，是相當感情用事的人。對他很溺愛，但可能並不理解他的本質。似乎不太會想該如何讓那孩子所擁有的特殊才能得以發展，或者幫他尋找有效的活用之處。」

「所以，才不肯放手讓他離開身邊？」

「是啊，老實說，我向她建議過幾次。可能多管閒事了吧，但我還是坦白把意見說出來。像他這樣的孩子，全國有幾家可以託付的專門教育機構，如果在那裡的話，他所擁有的才能也許可以適度發展。留在這個地方，M××可能沒有未來。但她聽不進這些道理。她堅信只有留在自己的庇護之下，這孩子才能夠活下去。」

添田小姐所說的事，讓我思考了一下，然後說：

「聽妳的說法，感覺對那個少年來說，家庭好像不是一個住得舒服的地方。」

「M××有什麼感受，我當然不知道。因為那個孩子並不會把感情表現在外。不過，是啊，家庭對他來說絕對不是一個舒服的場所吧，可以想像。不太關心自己的父親，和干涉過多的母親。而且兩者都沒有真正理解他。甚至連想理解的態度都沒有。」

「那麼，他跟兩個哥哥的關係怎麼樣？」

「到東京去的兩個哥哥都自顧不暇了，好像很忙的樣子。因為還年輕，也難怪吧。他們幾乎沒怎麼回故鄉，更不會有工夫多管不長進又奇怪的弟弟。」

「所以他每天出了家門就到圖書館來。跟誰都不說話，一心只顧著讀書。」

「現在說這個也沒用了。」添田小姐說。「不過我真心覺得子易先生如果還在就好了。因為那孩子只對子易先生敞開心扉。那個人去世了真的很遺憾。無論對M××，或對圖書館來說都一樣。」

我點點頭。子易先生的死，在很多地方都留下深深的缺憾。

聽了添田小姐的說明之後，我對少年家庭的情況有比較深入的了解，心情多少也輕鬆一些了。難怪那個少年會強烈渴望離開家，離開這個世界，他確實有這樣的理由。如果他突然從這個世界消失，母親必然會悲傷吧。但為了少年著想，讓他離開母親可能是好事。就像小貓到了一定的時間點，會被帶離母貓身邊，讓牠們獨自生活一樣。母貓失去小貓，暫時會拚命四處尋找，但最後也會放棄、遺忘。然後進入下一個循環。這對動物來說是極為自然的過程。就像季節的變化一樣。

父親和哥哥，對於少年忽然失蹤或死亡，當然也會深感悲哀。或許會為了沒有充分關心他，深受良心的譴責。但或許也自顧不暇，不會長久沉浸在悲傷之中。此外少年沒有一個稱得上好友的對象。他在這個世界上終究只是個孤立的存在。他的消失留下的空白，可能不久就會被填平。無聲地，餘波不興地，非常安靜地。

假如我處在那個少年的立場的話——不過正如添田小姐也說過的那樣，要站在他的立場推測他的感情並不是簡單的事——我可能也會想與其留在這個地方，不如搬到別的世界住。

例如那座被高牆圍繞的城。

52

星期一來臨時，我和平常一樣一早到子易先生的墓園去，對著墓碑向他報告。我提到少年希望能去「被高牆圍繞的城」，託我帶他去那裡的事。但我現在似乎還無法實現他的願望。因為最大的問題是，我不知道去那裡的方法。

那個少年——就像子易先生知道的那樣——在這個世界是無比孤獨的存在。他堅定地相信，離開這個世界，搬到「被高牆圍繞的城」，對自己是更自然而幸福的事。

或許確實是這樣，這個現實的世界可能不是為他而存在的場所。包含血脈相連的家人在內，誰都沒有正確理解他。他所擁有的特殊能力，在那邊的世界或許更能妥善發揮。

不過——假設我真有那個能力——我卻無法確信，幫助他「移居」到那邊是否是適當的行為。我有這麼做的資格嗎？再怎麼說他都只是個十六歲的少年。家人就算對他不夠理解，就算精神上的連結十分稀薄，但如果他不在了，雙親和兩個哥哥身為他的至親，必定會深深感到悲傷。所以我想請教子易先生的意見。如果現在，我所說的話能傳到您耳裡的話，請給我毫無忌憚的建言。我到底該怎麼辦才好？老實說我束手無策。

這樣說完之後，我就在墓碑前的石牆坐下來，等著看會有什麼反應。但如同我半預料到的那樣，沒有反應。只有白雲慢悠悠地飄過天空。從一座山的一端，往另一座山的一端。那天早上，不知怎麼，連鳥的聲音都聽不見。只有墓園的沉默而已。

我在墓碑前，度過三十分鐘左右沉默的時間。彷彿在乾涸的井底，獨自抱膝坐著。在那之間什麼也沒發生。只有灰色的雲在頭頂慢慢地流動，時鐘的長針在錶盤上繞過半圈而已。除此之外，什麼也沒有動。

我偶爾抬起頭，視線迅速地投向周圍，但到處都沒看到黃色潛水艇少年的身影。墓園裡除了我之外沒有別的人影。我從石牆站起來，抬頭看看冬天的天空，然後把圍巾重新圍上脖子，拂掉落在大衣上的枯葉碎片。

子易先生的靈魂可能已經離開這個世界了。最後和他見面說話之後已經又過了很長的時間。而且黃色潛水艇少年也想從這片土地離去。他們兩人就算真正（永遠）離去了，之後我依然不得不在這裡繼續活下去。那恐怕會變成一個缺乏趣味的世界。因為我對這兩個人都已經懷有自然的好感和共鳴了。

我就像平常那樣在從墓園回家的路上，來到站前沒有名字的咖啡店。我好像逐漸變成一個真正的，自動依循習慣活著的孤獨中年男子。我坐在吧檯前每次坐的位子上，點了每次點的黑咖啡，吃了一個原味瑪芬（那天平時吃的藍莓瑪芬賣完了）。每一次都看到的那個女子站在吧檯裡，像每一次那樣對我微笑。

從喇叭傳來小聲的爵士吉他音樂，但曲名和演奏者我都不認得。我漫不經心地聽著那音樂，一邊以熱咖啡溫暖冰冷的身體，一邊把原味瑪芬小片小片撕著吃。原味瑪芬當然也有原味瑪芬的美味。

「我從很久以前就覺得，那件大衣很漂亮。」她對我說。我看了一下放在旁邊椅子上的灰色粗呢大衣。

「這件粗呢大衣嗎？」我有點驚訝地問，並把讀完的早報摺起來。「這從二十年前就穿到現在了噢。像盔甲一樣重，設計也很老式。而且也不太暖和。」

「不過很漂亮啊。最近大家都穿著同樣的羽絨外套，所以你那件顯得很新鮮。」

「或許是吧，但並不適合寒冷的土地。我才想著下一個冬天要買新的羽絨外套呢。那個暖多了，而且又輕。我第一次在這裡過冬，還不太清楚氣候。」

「不過我從以前不知道為什麼就是喜歡粗呢大衣。很吸引我。」

「被妳這麼一說，大衣都會感到高興吧。」我說著笑了。

「你是屬於喜歡一件東西，就會長久珍惜地用下去的那種人嗎？」

「或許是。」我說。雖然是第一次被人這樣說，不過聽她這麼一說，就覺得可能是這樣。然而也許只是覺得要重新買過太麻煩而已。

店裡除了我以外沒有別的客人，在她等待泡咖啡的開水沸騰之前，似乎很歡迎有人跟她聊聊。

「你說第一次在這裡過冬，那麼你不是本地人囉？」

「我去年夏天搬來這裡，才剛住了不久。」我說。「所以對這地方幾乎什麼都不清楚。我以前一直住在東京。」

除了在那座被磚牆圍繞的城生活的期間之外……

「是因為工作搬來的嗎？」

「是的。這裡正巧有工作機會。」

「那麼和我是類似的機緣囉。」她說。「我也是找到工作，去年春天才剛搬到這裡來的。以前住在札幌，當時是在銀行上班。」

「不過妳辭掉銀行的工作，搬到這裡來？」

「環境的改變很大。」

「這裡有認識的人嗎？」

「沒有，認識的人一個都沒有。跟你一樣獨自搬到這裡來。」

「然後開始在這間店工作？」

「老實說，我是在網路上發現這個物件的。有人刊登要賣咖啡店的消息。因為一些緣故，持有者必須早一點將店面脫手，所以用大幅低於行情的價格出售。我把店面連同全套設備一起買下，搬到這裡成了新老闆。」

「相當大膽啊！」我佩服地說。「辭掉都會銀行上班的金飯碗，一個人搬來人生地不熟的偏遠小地方做起生意。」

「有各種原因。上次不是有一個男孩子說過嗎？星期三出生的孩子最辛苦。」

「不是那孩子說的，是我說的。童謠裡有這樣一句。那孩子只說『妳是星期三生的』而已。」

「是這樣嗎？」

「那孩子基本上只說事實。」

「只說事實。」她好像很佩服地重複這句話。「聽起來好厲害啊。」

之後她慢慢從我面前離開，把瓦斯爐火關掉，用沸騰的開水開始泡新的咖啡。我從座位站起來穿上粗呢大衣，付了帳，正要走到店外。但這時有什麼留住了我。我停下腳步，再度回到店裡，對正在吧檯裡泡咖啡的她開口。

「說這種話或許很厚臉皮，」我說：「什麼時候邀妳吃個飯或什麼的，可以嗎？」

這句話非常自然地，順口從我口中溜出來。幾乎不加思考、毫不猶豫，只感覺臉頰有一點熱起來。

她抬起頭來看我。眼睛稍微瞇起，好像看到陌生的東西似的。

「什麼時候？」她說。

「今天也可以。」

「吃飯或什麼的？」

「例如吃個晚餐。」

她的嘴唇稍微噘起，然後說：「我今天傍晚六點打烊。然後收拾一下，需要花將近三十分鐘，如果這樣可以的話。」

我說可以。下午六點半，正是適合用晚餐的時刻。「我六點會來這裡接妳。」

我走出店門，走路回家。一邊走一邊回想自己對她所說的每一句話，心情變得很不可思議。在那瞬間來臨之前，我完全沒有打算邀她用餐。但那句話幾乎是自動從我口中冒出來。回想起來，邀請女人吃飯，已經是很久沒有的事了。到底是什麼促使我這樣做呢？難道我的心被她吸引了嗎？

或許是，我想。

但如果是這樣的話，是她的什麼吸引了自己呢？我卻不知道。我從很久以前就對這個女人懷有模糊的好感，但那並不是什麼特別的——和追求更親密的連結有關的——好感。只不過是每星期一上午，為我泡咖啡、供應瑪芬，讓人感覺很好的三十多歲女子，就只是這樣的存在而已。身材苗條，一個人俐落地工作著。微笑中帶有自然的溫暖。

這一天，我可能特別被她的什麼吸引了，才會邀她一起吃晚飯吧。和她的短短對話中，可能有什麼刺激了我的心。或者我只是厭倦了一個人了，想要有一個能愉快地談話的一夜的對象而已。不過，或許不只是這樣，類似直覺的什麼這樣告訴我。

不過無論如何，事情都發生了。我那時在半無意識之中，幾乎反射性地邀她用餐，而她接受了。仔細想想，很多事情可能都像這樣，和當事者的意圖和計畫無關，自然而然就進行下去了。而且我又想了想，現在的我好像幾乎沒有什麼意圖和計畫可言。

我在歸途中去了超市，買了一星期份的食材，回到家後分裝放進冰箱裡，並先做了必要的處理。然後用吸塵器打掃房間，清理浴室，把床單和枕套換新，該洗的衣物都洗了。順便把該燙的用熨斗燙過。一切步驟都像平常的星期一那樣。一切作業都在沉默中很有效率地進行。就像平常一樣。

三點過後我做完所有工作，然後在日照良好的地方放一張讀書用的椅子，翻開讀到一半的書。但不知怎麼無法專心讀書。因為那天和平常的星期一不同。我邀了一個女人用餐，而她（在猶豫數秒之後）接受了邀約。那對我來說意味著什麼重要的事嗎？或者那和事物的主流無關，只是像小支流一樣的插曲而已呢？不過我的周圍真的存在著所謂的「事物的主流」嗎？

我一邊模糊地想著這些事情，一邊度過黃昏以前的時間。打開收音機，ＦＭ電臺正播出義大利音樂家合奏團演奏的韋瓦第《古中提琴協奏曲》，於是我漫不經心地聽著。

收音機的解說者在曲子之間介紹：

「安東尼奧・韋瓦第一六七八年生於佛羅倫斯，一生作曲數超過六百首。當時他是享有盛名的作曲家，同時也是十分成功的知名小提琴家，但後來有一段漫長歲月完全無人回顧，被遺忘在歷史之中。直到一九五〇年代再度受到推崇，尤其協奏曲集《四季》的樂譜出版後獲得巨大迴響，讓韋瓦第在逝世超過兩百年後一舉成名，成為享譽世界的音樂家。」

我一邊聽著那音樂，一邊思考被遺忘兩百年以上的人。兩百年是漫長的歲月。「完全無人回顧，被遺忘的」兩百年。兩百年後會發生什麼事？當然誰也不知道。連兩天後會發生什麼事，都無人得知。

黃色潛水艇少年現在在做什麼？我忽然想到。圖書館的休館日，他到底都在哪裡，怎麼度過這一天？圖書館沒開的時候，他沒事可做一定很難受。畢竟聽添田小姐說，他在家讀書都會受到父親嚴格限制。

在這種時候，他腦子裡到底在進行著什麼樣的作業，我完全無法想像。或許會把一星期間所儲蓄的大量知識，利用這段閒暇做有系統的整理、重新排列也不一定。或許《家庭醫學百科》和《維根斯坦談語言》的個別片段在他心中發生了有機結合，化成巨大的「知識之柱」的一部分也未可知。那根柱子——假如實際形成的話——不知會變成什麼樣子，多大規模的東西？那僅在他內部形成，不會讓別人看見嗎？就只是個沒有出口的大量輸入資訊的紀念碑。

或許他父親強制下達的命令（就結果而言）是正確的。少年確實有必要安排一段時間，暫時停止讀書（輸入作業），將過去輸入的龐大知識分門別類，按照順序收納進腦內適當的位置（就像把從超市買回來的食材分類，收納到冰箱裡一樣），不過這些都只是我的推測而已。少年的腦內實際上是如何運作的，只有他自己知道。

不過我還是不由得閉上眼睛，描繪出孤獨的少年內部所打造的那根（不妨稱為）知識之柱。那聳立在地底的黑暗深處，像巨大鐘乳洞的柱子一般。堂堂屹立在人跡未至的漆黑陰暗中，沒有任何人能目睹。在那黑暗中，兩百年或許是微不足道的時間。

假如他進入了「被牆圍繞的城」，或許就能有效活用那根「知識之柱」也不一定。或許能在那裡發現輸出知識的正確道路也不一定。

黃色潛水艇少年……他自己本身就可以成為一個獨立的圖書館。想到這裡，我大大舒了一口氣。

最終的個人圖書館。

53

六點稍過，我到車站附近的咖啡店去。我到的時候，她正在準備打烊。關掉店內的燈光，脫下圍裙，把綁在後面的頭髮放下來，穿上深藍色羊毛大衣。脫下工作時穿的布鞋，換上短筒皮靴。這樣一來，她看起來就像變成另一個人似的。

「用餐嗎？」她一邊圍上灰色的圍巾說。

「如果妳肚子餓的話。」

「我肚子相當餓了啊。因為沒時間吃中飯。」

不過該去哪裡吃才好呢？我想不出來。仔細想想，自從來到這地方之後，幾乎沒有出去外面吃過。而到目前為止碰巧去過的少數幾家店，都沒有提供什麼讓人驚豔的餐點，服務也不夠周到。再怎麼說總是山間的小地方，沒有美食指南會介紹的高水準餐廳。

我試著問她，是否知道哪裡有適合用餐的店。「因為我對這個地方還不太熟。」

「我也不太清楚。好像沒有特別印象深刻的店吧。」

我想了一下，忽然想到說：「如果不嫌棄的話，要不要乾脆到我家？我可以很快做好一些簡單的菜。」

她猶豫了一下，然後說：「例如做什麼樣的東西？」

我把那天中午收進冰箱的食材，在腦裡迅速列出清單。

「小蝦和香草的沙拉、烏賊和蘑菇的義大利麵之類的，看妳覺得可不可以。還有適合搭配的夏布利白葡萄酒也冰著呢。都是這地方的店也買得到的，所以不是很高級的東西。」

「光是聽著，心就被吸引了。」她說。

她把店門鎖好，茶色單肩包揹在肩上。然後我們開始並肩走在天色暗下來的路上。她的皮靴後跟走在路上發出咯吱咯吱的清脆硬質聲音。

她問我：「你平常也都像這樣自己認真做飯嗎？」

「因為到外面吃也麻煩，所以平常大多自己做。也沒做什麼特別的菜，全都是簡單不費事的。」

「你獨居很久了嗎？」

「要說久，或許也算夠久了。自從十八歲離家之後，我一直都是一個人生活。」

「這樣啊，那是獨居的老手囉。」

「可以這麼說。」我說。「不過沒什麼值得誇耀的。」

「對了，還沒請教你的工作。」

「我在町圖書館做館長的工作。因為是小圖書館，所以雖說是館長，也只不過是個頭銜而已，固定雇用的員工包括我在內只有兩個人。」

「哦，館長啊。聽起來是非常有趣的工作嘛。不過我還沒去過那間圖書館呢。我喜歡讀書，也知道這裡有個圖書館，但每天的工作都很忙。」

「雖然小，卻是藏書相當豐富的圖書館喏。建築物也是釀酒的古老民宅改造成的，相當漂亮。如果有空的話，不妨來看看。」

「你在當圖書館的館長之前，做過什麼樣的工作呢？」

「大學畢業後，一直在東京的書籍銷售公司上班。因為我喜歡接觸書。不過我因故辭掉那份工作，暫時空閒了一陣子，後來聽說這裡的圖書館正在徵人，就來應徵看看。」

「因為厭倦都市生活了嗎？」

「不，也不是這樣。只是想在圖書館工作，就試著找看看，碰巧在徵人的是這個町。不管是都會或鄉村、北方或南方，什麼地方都可以。」

「我在兩年前左右離婚了。」她好像在確認路面的結凍狀況似的，一邊小心注意看著腳邊一邊說。「因為出了一些麻煩事，一時心情很低落，做什麼都提不起勁。所以覺得哪裡都好，我想遠離札幌。只要是沒有一個人認識我的地方就好，日本全國的任何地方真的都行。」

我曖昧地搭腔。因為不知道該說什麼才好。她沉默了一陣子，才接著說：

「然後剛才也說過了，我在網路上查了一下，發現這裡車站附近的咖啡店要賣。實際來到這裡看過後，覺得相當不錯。計算過各種期望報酬和經費之後，心想買下這間店在這裡工作，應該至少可以維持我一個人的生活吧。畢竟我當過銀行員，很習慣這一類的計算了。而且來到這樣的深山小村，誰也找不到我吧。於是我辭掉銀行的工作，用領到的退職金加上目前為止的存款，買下這家店，搬到這裡來。沒有告訴任何人搬家後的地址。幸虧手頭的錢還夠，不必另外借錢。」

「那太好了。」

「搬到這裡之後，我還是第一次向人提起這種私事。」

「沒有對其他任何人提過？」

「誰都沒有。」

「沒有挖個深深的洞穴，對著洞底傾吐過嗎？」

「沒有，你有嗎？」

我想了一下。「或許有。」

由於境遇有幾分類似，我們可能對彼此產生了接近親密的感情。在這個東北山中的鄉下小地方，我們像被風吹來相聚在一起的單身異鄉客，沒有一個認識的人。連以後會不會在這裡安定下來，也都還不一定。

到家之後，我先把暖爐的火點上。然後脫下大衣，打開白葡萄酒的瓶蓋，注入玻璃杯裡開始乾杯。

我手拿著酒杯站在廚房，一邊小口小口地品嘗著葡萄酒，一邊做沙拉和義大利麵。她很有興趣地看著我做。在等鍋子裡準備煮麵的水沸騰時，先把一粒蒜頭切成薄片，烏賊和香菇下鍋炒。香菜快刀切碎。然後剝去蝦殼，葡萄柚切成同樣大小。把柔軟的生菜葉和香草混合，淋上用橄欖油、檸檬和芥末醬調成的醬料。

「好熟練啊。步驟安排得真順。」她很佩服地說。

「因為是獨居的老手啊。」

「我才剛開始一個人生活，老實說也不擅長做菜。不過倒是很喜歡打掃。這或許是與生俱來的個性吧。」

「妳之前結婚了多久？」

「將近十年吧。」

「一直住在札幌嗎？」

「是啊。」她說。「我出生在札幌，在那裡長大。在非常平穩的家庭，非常平穩地長大。結婚對象是高中的同班同學。大學畢業後進入銀行工作，二十四歲時結婚。我想剛開始還挺美滿的，不過不知不覺就出問題了。」

「我要把麵條放進鍋裡，妳幫我計時好嗎？」我說。「經過八分三十秒就告訴我。八分三十秒，一秒都不能超過噢。」

「知道了。」她這樣說，用認真的眼神抬頭看著牆上掛的時鐘。「八分三十秒整，對吧。」

我在沸騰的鍋裡放進義大利麵，攪動木鏟撥散麵條，然後把沙拉分裝，在餐桌上擺好餐具。

我們圍著小餐桌喝冰涼的白葡萄酒、吃沙拉、吃義大利麵。餐後再喝咖啡。沒有甜點。

好久沒有跟人一起用餐了（最後跟誰一起用餐是什麼時候的事了？）。而且感覺相當愉快。為人準備餐點，在餐桌上排出像樣的餐具，一邊輕鬆聊天一邊享用晚餐。我們一邊把食物一點一點送進口中，慢慢喝著杯中的美酒，一邊談著彼此的事情。話雖這麼說，因為我沒什麼可說的，所以主要都是在聊她的事。

她在札幌市內一間高雅的小型女子大學畢業，在當地的銀行就職。然後在高中同學會和他重逢，很快就開始戀愛，二十四歲時結婚。很多朋友相聚的熱鬧婚禮。大家都溫暖地祝福新人過得幸福美滿。那是十年左右以前的事了（因此她現在是三十六歲，可能和添田小姐年紀差不多）。

他在大型食品公司上班，公司主要經營麵粉的進口和加工。蜜月旅行到峇厘島。一到那裡，他就嚴重食物中毒（好像是因為吃了螃蟹），一直拉肚子和嘔吐，旅行期間幾乎都臥病在床。也不太能吃東西。當他趴在床上時，她就一個人在飯店的游泳池裡游泳，或在樹蔭下讀著從日本帶來的書。因為也沒有別的事可做。她曬出了漂亮的膚色，他則又瘦又虛弱地回到日本。不過儘管開頭這麼不順，婚後倒也過了一段安穩而幸福的生活。蜜月旅行的悲慘經驗，反倒成為兩人間快樂的回憶。

「從什麼地方開始出問題的呢，我也不知道。」她輕輕搖頭說。然後喝一口葡萄酒。「不過總之，從某個時間點開始，好像有什麼重要的東西損壞似的，各種事情都變得有點不順了。做什麼都不太對。不太談得來，也漸漸發現各種喜好、想法都不一樣，然後連性事也……嗯，你知道吧。」

我還是曖昧地應聲，然後拿起酒瓶為她倒酒。她白皙的臉頰因為葡萄酒而稍微泛紅了。

「結果他和公司女同事出軌，被我發現，成為離婚的直接原因。因為他是不擅長隱瞞的人。」

「原來如此。」我說。

「不過他和那個女人好像關係並不深。或許可以說只是一次偶發狀況，或一時的衝動。他也反省了，好好道歉過，約定以後絕不會再發生這種事了。唉，世間常有的事吧。不過我的心已經回不去了。」

我點點頭。沒有特別說什麼。

「不過最難過的，與其說是和他離婚這件事本身，或許該說是沒辦法相信自己的心了。」她注視著自己手上的葡萄酒杯說。

「往後，無論認識什麼樣的男人，而且即使是結婚了，無論覺得對方多麼愛自己，時間久了是否也會發生同樣的事情呢？我會有這種想法。以前想都沒有這樣想過。」

「妳跟他高中就認識了嗎？」

「是的，我們同班，不過那時候並沒有交情，只稍微說過幾句話而已。我暗中覺得他滿帥的。個子高，長得算是英俊，成績也不錯。但我要忙排球社的活動，他則是足球隊的隊長，當然還要準備考試，沒有一對一相處的時間。」

「帥氣的運動健將啊。」

「是啊。女高中生著迷的對象。在班上也非常有人緣，不用說。然後大學畢業，開同學會時久別重逢，兩人一邊喝酒一邊談起從前，一下就情投意合了。我從以前就注意妳了……之類的。總之，常有的事。」

「原來是常有的事噢。」

「嗯，這種事很常見。因為……你沒參加過高中同學會嗎？」

我搖搖頭。「同學會我一次也沒參加過。從小學到大學。」

「不太想回憶過去的事？」

「也不是這樣，老實說在學校跟班上，我都不太能融入。也不會想再跟同班的誰見面。」

「班上沒有讓你有好感的漂亮女同學嗎？」

我搖搖頭。「我想沒有。」

「你從以前就喜歡孤獨嗎？」

「沒有人會喜歡孤獨。可能哪裡都不會有。」我說。「大家都在尋求什麼，追求某個人。只是尋求的方式都不同而已。」

「是啊。也許是這樣。」

喝完咖啡，兩個人站在廚房，洗完用過的餐具時（由我洗餐具，她幫我用布巾擦乾），牆上的時鐘指著將近九點。差不多該回家了，明天一早還要工作，她說。我把她的大衣和圍巾拿來，並幫她穿上。她把直溜溜的黑長髮撩到大衣的領子裡。

「謝謝你的晚餐。」她說。「非常美味。」

「我送妳回家。」我說。

「不用，我已經是獨立的大人了，可以一個人安全地回到家。」

「我想走走路。」

「在這麼冷的夜晚？」

「所謂的冷畢竟只是相對的問題。」

「有過更冷的夜晚嗎？」她問。

「也有更冷的地方。」

她看了我的臉一下，然後點點頭。「嗯，那麼，就請你送吧。」

兩個人肩並肩，沿著河邊的路走。她靴子的後跟踩在部分結凍的地面，發出啪哩啪哩的硬質聲音。我一邊聽著那聲音，一邊不由得想起，在被牆圍繞的城裡，送圖書館的少女回家時的事。在那裡聽得到溪水潺潺流過的聲音，偶爾也聽得到夜啼鳥的聲音。川柳枝條隨風搖曳。她身上披著的舊雨衣發出乾燥的聲響。

我感覺時間交錯紛亂。兩個相異的世界，尖端部分稍微重疊了。像滿潮時的河口，海水與河水上下前後交相混合那樣。

沒有風，但夜晚確實變冷了。白天以二月底來說有幾分暖意，但天黑後氣溫似乎就驟然下降。我們把大衣包緊，圍巾捲到下巴上來。然後口中吐出白氣。好像可以在那上面寫字似的，雪白堅硬的氣息。不過我倒滿歡迎這種寒冷。那可以把我內部的混亂多少冷卻下來。

「今晚好像都是我在談自己的事。」她一邊走一邊說。「回想起來，你幾乎都沒談到你自己。」

「我到目前為止的人生，沒有什麼值得一談的。」

「不過我很有興趣。是經過什麼樣的過程，形成了現在這樣的你？我很想知道這些事。」

「不是很有趣的過程。在普通家庭長大，做普通的工作，一個人靜靜地生活。很平凡的人生。」

「不過至少在我的眼裡，你一點都不像平凡人。」她說。「想過要結婚嗎？」

「想過幾次。」我回答。「因為我是普通的人哪。像一般人一樣會有這種想法。不過每次這種可能性出現時，不知道為什麼都不順利。所以漸漸覺得一再重複同樣的事情也很麻煩。」

「覺得談戀愛麻煩？」

我答不出這個問題。沉默持續了一段時間。那沉默凝結成浮在空中白紙般氣息的形狀。

「不過總之，謝謝你。真的好久沒有像這樣，跟誰一邊用餐一邊談天了。」她說。「自從搬到這裡來，這還是第一次呢。」

「那太好了。」

「因為喝了葡萄酒，我可能話有點過多了。不過你一定很擅長聽人說話噢。」

「我一喝葡萄酒，就會很想聽人家說話。」

她吃吃地笑起來。「不過卻不太談自己的事噢。」

不知不覺間，我們已經站在她的咖啡店前。

「這裡就是我家。」她說。

「這裡嗎？」

「是啊，二樓部分是住家。雖然狹小，但簡單的設備大致都有，可以在這邊生活。我想搬到更好的房子，但不太有時間找。」

「不過方便就好。」

「是啊，沒錯。方便是很方便，因為通勤時間是零啊。雖然實在是見不得人的地方。」

她打開門鎖，走進店內。然後打開櫃檯的燈。

「可以再約妳嗎？」我站在門內側問她。這句話幾乎也是在無意識間，自然而然從我口中冒出來。好像什麼地方有個熟練的腹語師，擅自利用我的嘴巴說出來似的。

「如果妳不覺得麻煩的話。」我總算依自己的意思加上這一句。

「那你要再為我做美味的晚餐。」她以一本正經的臉色說。

「當然，我非常樂意。」

「開玩笑的。」她笑著說。「沒有晚餐也沒關係，要再約我噢。」

「妳的店星期幾休息？」

「每週三休息。」她說。「其他日子早上十點營業，開到傍晚六點。你們的圖書館呢？」

「每週一休館。其他日子從早上九點開到傍晚六點。」

「看樣子我們好像只能等天黑以後才能見面啊。」

「像兩隻貓頭鷹那樣。」

「像黑暗的森林深處，兩隻貓頭鷹那樣。」她說。

「妳把公休日改成星期一就行了。老闆是妳呀，店要星期幾休息是妳的自由。」

她歪著頭想了一下。「是啊，我要稍微考慮考慮。」

然後她一步一步走到我前面來，探出頭，快速在我的臉頰上親一下。非常自然，好像很理所當然一樣。她豐滿的嘴唇，可能因為一直圍著圍巾的關係吧，驚人地溫暖柔軟。

「謝謝你送我回家。好久沒這樣了，我很開心。好像高中生的約會。」

「高中生的第一次約會不會喝冰涼的白葡萄酒，也不會談離婚的經過。」

她笑了。「是啊，確實不會。不過還是很像。」

「晚安。」我說。然後從大衣口袋拿出毛線帽戴上。她揮揮手，從內側鎖上門。

右側臉頰上還留著些許她嘴唇的觸感。我為了保護那部分，把圍巾緊緊地圍到眼睛下方。抬頭看看天空，既看不見月亮也看不見星星。

大概因為雲出來了吧。

54

可能是一邊走一邊想事情的關係，一留神時才發現，我的腳步不是朝自己家而是朝圖書館走。手錶的指針指著九點四十分。

我有一瞬間猶豫該怎麼辦，最終還是決定繼續往圖書館走去。可能是因為好久沒像這樣跟誰長談過，也可能是因為臉頰上還殘留著柔軟的親吻觸感，我想找個地方——在還留有她的氣息的自己家以外的地方——讓心情稍微鎮定下來。仔細想想，已經很久沒有這種心情了。

好像高中生的約會，她說。被她這麼一說，就覺得或許真是這樣。對這片土地來說，她和我在很多方面都像是「新來的」。在這個新環境，心情和身體都還沒完全適應。就像身體還不習慣新衣服那樣。不管是動作或說話方式，彼此都有一點不適應。光是禮貌性地輕吻臉頰都會情緒高昂，搞錯回家的路，程度確實和高中生差不多。

我從大衣口袋掏出鑰匙串，稍微打開圖書館入口的鐵門再關上，走上和緩的上坡，打開玄關的拉門。圖書館裡陰暗而冷透。牆上緊急指示燈的綠光照著陰暗的館內。這是我第三次半夜造訪圖書館。沒有第一次緊張。在黑暗中讓眼睛習慣後，我靠著緊急指示燈的微弱光線走到櫃檯，拿起常備的手電筒，以那光線照亮腳邊，朝走廊深處的半地下室走去。

我輕輕打開半地下室的門時，裡面是暗的。但暖爐裡的火在燃燒。火焰不是燃燒得很旺，但幾根粗壯的柴薪確實稍呈橘紅色澤。而且瀰漫著平時那股蘋果老樹的香氣。房間裡白色灰泥牆受到火光的照耀，染上淡淡的橘紅色。

我環視四周。有人在暖爐裡加了柴薪，點著火了。可能是子易先生吧。而且他在這裡等著我。但房間裡卻見不到他的身影。只有無聲而安靜的火在燃燒。火似乎是在一陣子前點著的，火勢已經安定，小房間溫暖得恰到好處。我摘下圍巾，取下手套，再脫下大衣。然後站在暖爐前，讓冰冷的身體溫暖起來。

「子易先生。」我試著出聲呼喚。沒有回答。聲音不夠響亮，就被四面牆吸進去了。

子易先生是否事先知道今天夜裡，我會走錯路來到這裡呢？或者他是刻意把我引到這邊來的呢？為了傳達某種訊息嗎？死者的靈魂到底擁有多大的能力呢？活著的我也無法知道。

但在那小房間裡，再怎麼張望都沒看到子易先生的身影。房間裡毫無疑問只有我一個人。我一個人站在那裡，就只是默默地望著那橘紅色的火，溫暖身體，注視著時間經過的樣子。

橘紅色的火焰，給予我的心寧靜的溫暖和安穩。古代的祖先想必也曾經在洞窟的深處，在相同的火光前，因為不用面對刺骨嚴寒與凶猛野獸的尖牙，而感受到獲得守護的暫時安心吧。寒冷靜夜裡的火紅光輝中含有某種成分，能喚起深深刻進基因的集體記憶。

不久前，子易先生還在這個房間裡——這一點不會錯。而且還將柴薪放入暖爐、點上火，並調節供氣讓火勢不至於太弱或太強。為了讓我來到這裡時，房間的溫度正好舒適，而事先做好了準備。能為我做這種事的人，除了子易先生之外沒有別人。然而子易先生自己卻不在這裡。他留下暖爐的火，自己不知去向了。

或許他忽然有什麼急事。死者能有什麼急事呢？我當然無從知道。但總之就是有什麼事情發生了，因此他無法在這裡等我來訪。也或許是點起暖爐後，（好像電池沒電那樣）靈魂就喪失力量，無法維持人的形體了。因為他說要化成人的形體，也就是成為幽靈出現在這個世界，需要相當大的能量。

但無論如何，現在的我所能做的，只有一邊望著他留給我的暖爐的火，一邊等待什麼事情發生。所以我在等待。然後有時，有如在深沉的沉默中寫下句點那樣，或像在確認自己還有發出聲音的能力那樣，我朝向空間小聲呼喚。

「子易先生。」

但沒有回答。也沒有像回答的跡象。包圍著房間的沉默既沉重又濃密，絲毫沒有動作。簡直像隆冬盤踞在上空的厚厚雪雲那樣。我打開暖爐門，添加了新的柴薪。

我站在暖爐前，想著咖啡店女主人（對了，她叫什麼名字呢？為什麼忘記問她名字呢？又為什麼我沒有把自己的名字告訴對方呢？這表示在當下，名字不是特別重要的事情嗎？）。她苗條的身材，直直的黑髮，化淡妝的臉，有時帶有諷刺意味微笑的豐滿嘴唇。她有什麼特別的地方吸引了我的心嗎？既不算美麗，也不算年輕（當然還是比我小十歲左右）。

但不管怎麼樣，她的身影已經在我心中一角（但確實視線可及的地方）盤踞下來，在那裡不動了。她會讓我想起什麼，或哪個人嗎？但怎麼想都想不出她的身影和其他的什麼或誰有關聯。她終究只是她自己，以獨自的存在，在我心中安靜地坐定位了。

我坦白問自己——我對她懷有性的欲望嗎？

有，我想。我身為健康的（據我推測大概是健康的）有性欲的一個男性，對她懷有性的欲望。那是不會錯的。但那份性欲現在並非強到無法控制，也沒有十足的可信，能讓我遺忘表現出這份性欲可能引發的各種現實問題。可能性微幅改變著形態，停留在溫和地敲著我心門的這一步。我的耳朵聽到了敲門的聲音。是我聽過的聲音。

再問個更重要的問題吧。

我愛上她了嗎？

答案可能是No。我想，我沒有愛上那位咖啡店的女子。雖然對她懷有自然的好感，但那和戀愛不同。我的身心用來戀愛的機能——想為對方獻出自己的全部那一類綜合的衝動——似乎在很久以前就已經燃燒殆盡了。就像以前子易先生對我說過的那樣。

「您在人生的最初階段，就遇到對您來說是最佳的對象。應該說，不巧讓您遇到了。」

那應該是事實。過去的人生中幾次苦澀的經驗，明明白白地告訴我了。也可以說，是讓我認清了。沒錯，我透過親身體驗學到了……付了不少學費。希望不要再有那樣的經驗了。無心地傷害了別人，結果自己也受傷的經驗。

雖然如此，還是難免會想像和她睡覺的事。如果我真心想要她的話，她可能會回應我的要求——我覺得。我想像那個畫面。脫掉她的衣服，在床上赤裸地互相擁抱的樣子。想像她赤裸的身體，想像擁抱那身體的觸感。就像十七歲時，在電車上想像現在就要去見面的少女，脫掉她衣服的畫面一樣。而且和那時一樣，我感到同樣的罪惡感。過去的自己的性欲，和現在的自己的性欲，無法區分清楚。兩種性欲在我心中混合，交纏為一。這件事讓我十分混亂。

然後我開始想妳那對胸部的隆起，想妳的裙子裡。想像裙子裡面的東西。我的手指笨拙地一一解開妳白色襯衫的釦子，也笨拙地解開妳（應該有）穿的白色內衣背後的鉤子。我的手慢慢伸進妳的裙子裡。碰觸到妳柔軟的大腿內側，然後……

我閉上眼睛，努力想從腦裡消除再次浮現的想像。或者推到哪個看不見的地方。但那想像卻不肯輕易消失。

不，不是這樣。那不是現在的事情。那不是在這裡發生的事情。那是已經不知道消失到什麼地方的事情。我只是自己把兩個不同的想像，擅自重疊起來了而已。這並不正確。

不過**真的**是這樣嗎？我想。這真的是不正確的嗎？

手錶的指針指著將近十二點。我在無人圖書館深處的正方形半地下室，站在燒柴暖爐前，一邊暖著身體一邊落入沉思。屋裡響起柴薪燃燒崩落的喀啦聲。我望向暖爐的火焰，然後再度環顧房間裡。

「讓您久等了。」子易先生說。

55

「讓您久等了。」子易先生說。

我從沉思中忽然回神，急忙環顧四周。子易先生坐在昏暗角落的木椅上。戴著深藍色貝雷帽，身穿格紋裙、軟呢上衣，腳穿白色薄網球鞋。是他平常的打扮。沒穿外套。

「本來應該更早來的，但因為有一些阻礙，讓您久等了。」

我找不到適當的話，只默默點了點頭，背向暖爐，站在那裡看著子易先生的臉。他的臉顯得比平常更白，表情顯得有點落寞。

「已經有好長一段時間，沒能來這間圖書館了。」子易先生說。「也沒能和您見面。我漸漸不太能順利化為人形了。離開這個人世間的時期，可能已經逐漸接近了。」

聽他這麼一說，我才發現子易先生的身體好像比平常小了一點，而且看起來好像也缺乏質感。盯著看時，好像可以看透到對面似的。就像電影裡淡出的最初階段那種感覺。

「好久不見。」我說。「不能見到子易先生好寂寞。」

子易先生嘴角浮現微笑。表情的動作微弱。

「聽您這麼說非常高興，但我畢竟是已經死掉的人。能像這樣讓您看到，也只是一時的事情。

這段類似過渡時期的期間是特別給我們的。」

特別給我們的，我在腦中重複他的用詞。到底是誰給的？不過真要問起來，恐怕說來話長。我還有別的非說不可的重要事情。

我說：「您不在的時候，發生了幾件事。」

「是。我也大概知道。不過，可能還是由您口中說明比較好吧。免得有什麼誤解。」

我提到和穿著黃色潛水艇夾克的少年談過話的事。並提到少年想離開這個世界，移居到「被高牆圍繞的城」去的事。子易先生抱著雙臂，默默地聽我說。中途並沒應聲，只偶爾輕輕點頭而已。眼睛始終閉著，幾乎令人懷疑他是不是睡著了。但他當然沒有睡著。只是為了避免浪費精力而減少動作而已。

我把該說的話都說完之後，子易先生依然抱著雙臂，好像一時陷入了思考。也或許是看起來像在思考。身體絲毫沒有動，看起來好像完全沒在呼吸。但仔細想想，他是已經死掉的人了。不呼吸或許並不奇怪。

或許人可以迎接兩次死亡。在人世間一次暫時的死亡，和真正的靈魂的死亡。但當然，並不是每一個人都會這樣死去。子易先生想必是特殊的案例。

「那個少年能和您那樣談話，真是令人高興。」子易先生終於開口說。「那孩子並不是跟誰都會說話的。不如說，幾乎跟誰都不說話。」

「不過雖說是說話，我們幾乎都是透過無言的手勢和筆談對話。實際出聲說話的時候非常少。」

「那樣就很好了。他跟我的對話也大多是那樣。那是那孩子平常說話的方式。那種斷斷續續的溝通，對他來說是很自然的。至少在這個世界是這樣。」

暖爐中發出好像貓在呻吟般的呼嚕聲，我轉頭看了看。但柴薪的狀態並沒有改變。可能是供氣口的空氣在舞動或什麼的關係吧。我把目光轉回子易先生這邊。他保持同樣的姿勢，微微睜開了眼睛。

「他強烈地希望移居到那座被高牆圍繞的城裡去。」我說。「那是我過去生活過的城。但若要進入那裡，就必須先消除在這邊世界的自己才行。因為失去影子的人，最終一定會失去在這邊世界的存在。」

子易先生點點頭。「是的，這件事我知道。您在經歷過各種事情之後，才回到這邊的世界，讓影子恢復過來。但那孩子是希望整個移居到那邊的世界去。」

「好像是那樣。」

「我想您也知道，這個世界並不適合那孩子。這裡好像沒有為那孩子存在的地方。」

「那孩子可能不適合這個世界，我某種程度也可以理解。但是，因此就幫助他移居到那邊的世界去是對的嗎？說不定那孩子後來會後悔到那邊去。可能會想要是不去那種地方就好了。而且他才十六歲，要在此時此刻做出事關未來的最終決定，他真的有足夠的判斷力嗎？這也是一個疑問。」

子易先生慢慢點一下頭。好像很明白我想說的意思。

我說：「一旦進入那座城，就幾乎不可能再從那裡出來。高牆圍繞著城的四周，健壯的守門人嚴格管制出入。而且住在那座城裡的人，生活實在算不上富足。冬天寒冷而漫長，許多獸因為飢餓和寒冷而死去。那裡絕對不是樂園。」

「但您卻選擇住在那邊的世界。而且在被高牆圍繞的城裡，過著您的內心一直追求的生活。您的影子邀您離開那座城出去外面，您卻選擇獨自留在那裡。不是嗎？先不論結果怎麼樣。」

我慢慢吸入空氣，然後吐出。就像從深海底下浮上來的人那樣。

「沒錯。但自己的決定是否正確，我現在依然難以判斷。到底該留在那座城，或者該回到這裡來？不過結果和我做出的決定沒關係，就這樣被彈回這裡來了……所以，那個少年就算能夠進入那座城，也無法預測他到底能否融入那裡的生活。」

現在子易先生完全睜開了眼睛，注視著天花板的一角。好像那裡有什麼特別的東西躲藏著似的。我也看看那個地方，但並沒有看見任何特別的東西。只是天花板的一個角落而已。

「於是您難以判斷。」子易先生說。

「是的。我難以判斷到底該怎麼辦。真的該讓他如願嗎？我該幫忙讓那個少年，或者說一個人的存在，從這個世界消失嗎？」

「請聽我說。」子易先生像是要強調這段話，豎起一根手指說。「請聽好了，啊，您沒有必要煩惱該如何判斷。因為您也沒有必要下判斷。」

「但那孩子求我引導他去那座城。因為他不知道要怎麼去。」

「但您無法答應。因為，您雖然去過那座城，卻不知道是怎麼去的。」

「沒錯。」

「所以，您也不必煩惱該怎麼判斷。」子易先生以安靜的聲音重複。「也就是說，是這麼一回事。您能自己選擇自己做的夢嗎？」

「我想不能。」

「那麼，您能為別人，選擇那個人要做的夢嗎？」

「我想我不能。」

「這兩件事是一樣的。」

我說：「您是想說，那座被高牆圍繞的城，只不過是我做的夢而已，是這樣嗎？」

「不不，不是這樣。我說的，只不過是比喻的領域中的事情。被高牆圍繞的城確實是存在的，但要到達那裡卻沒有固定的路線，這就是我的意思。到達那裡的路線因人而異。所以，就算您決定要這樣做，也無法牽著他的手帶他到那裡去。只能憑那孩子自己的力量，找到屬於自己的路線。」

「也就是說，根本不用煩惱該如何判斷，其實我無法為那少年提供移動到那座城去的具體幫助。對嗎？」

「沒錯。」子易先生說。「他應該自己會去尋找通往那座城的路線。那恐怕需要您的幫助，不過那是什麼樣的幫助，應該也要靠他自己的力量去發現。不需要由您來下判斷。」

我思考一下子易先生說的這番話，但無法完全理解那是什麼意思。我看不太出來這個理論的順序。

子易先生繼續說：

「您知道嗎？您已經幫了他很多忙了。因為您已經在那少年的意識中，打造了那座『被高牆圍繞的城』。那座城現在已經在他心中活生生地扎根了。比這個世界還要活生生得多。」

我說：「也就是說，在我心中對那座城的記憶，已經整個轉移到他的意識裡去了是嗎？就好像立體地謄錄過去那樣。」

「是的，他天生下來，就具備那種正確無比的謄錄能力。在這方面我也，啊，雖然能力有限，但或許多少幫了他一些忙。」

「不過，那應該不是完全照著謄錄的。因為我對於那座城的知識既不完整，而且我的記憶也不算正確。」

子易先生點頭。「是的，他心中所打造的那座城，和您實際生活過的城，可能有許多地方稍微不同。雖然構造基本是相同的，但細部應該會重新改造為他存在的城。因為那座城就是為此存在。」

或許是這樣。回想起來，自從我在那裡生活的時候開始，圍繞著那座城的牆已經時時刻刻在改變形狀了。就像臟器的內壁那樣。

子易先生停頓了一下。然後說：

「因此無論如何，啊，對於他會選擇哪一邊的世界，您都不必煩惱。那孩子會以自己的判斷，選擇生活的方式。別看他那個樣子，他的內在是堅強的。他在適合他自己的世界，一定能強壯地生活下去。而您也只要在您所選擇的世界，過您所選擇的人生就好了。」

子易先生的雙臂再度環抱在胸前，直直看著我的臉。

「您已經為那個孩子做了非常好的事了。您給了他一個新世界的可能性。我相信，那對他是一件可喜的事情。那該怎麼說呢？或許就像是一種繼承。嗯，沒錯，就像您在這圖書館繼承了我一樣。」

我花了一些時間，在自己心中消化子易先生說的這番話。繼承？黃色潛水艇少年到底能繼承我的什麼？

子易先生把雙臂從胸前放下，放回腿上說：

「啊，差不多該告辭了。剩下的時間有限。我有我該去的地方，不得不移動到那邊去。所以，可能再也沒有機會見到您了。」

就在我眼前，子易先生的身影逐漸淡去，終於完全消失。像煙被吸進空中那樣。最後只剩下那張古老的木椅。我久久注視著那張椅子，期待子易先生再度現身，期待他再說出什麼還沒交代的事。然而再怎麼等，他都不再出現。只有古老的木椅空留在那裡。

我領悟到他確實已經永遠消失了。終究從這個世界離去了。那真是比什麼都悲哀的事。可能比其他任何活著的人死去時都更讓我悲哀。

暖爐依然發出貓呻吟般的聲音。是外頭的風在飛舞。我看著暖爐的火熄滅後，走出圖書館回家。

56

第二天早晨，穿過玄關的拉門踏進圖書館時，我就知道這地方已經變成和以前不同的圖書館了。肌膚所觸及的空氣質感變了，從窗戶照進來的光線色調也變成陌生的樣子。各種聲音響起來的感覺都不同了。因為子易先生的存在已經從這裡消失了——永遠、完全。但知道這件事情的，可能除了我沒有別人。

不，黃色潛水艇少年可能知道。他是對各種事情都能憑直覺感知的人，而且和子易先生也有親密的接觸。所以子易先生的靈魂從這個世界消失而去的事，他可能已經自然而然感覺到了。也或許子易先生——就像親自告知過我一樣——親自告知過他自己即將消失了。

不過如果我問那少年什麼，他可能也不會回答。基本上他只會在自己想說的時候，說自己想說的話，而說出來的話多半也很破碎，往往是象徵性的。和他的對話能夠成立，只限於在他希望的時候。

添田小姐好像還不知道那件事。至少她在那天早晨和我見面時，沒有表現出和平常不同的樣子。仍然和平常一樣露出安穩的淡淡微笑，向我稍微打招呼而已。而且和平常的早晨一樣，認真精確地處理著固定的職務，對兼差的女職員發出必要的指示，並應對來館的客人。

這是星期二的早晨。久違的太陽明亮地普照大地。屋簷的冰柱發出炫目光芒，結凍的雪到處開始慢慢融解。

接近中午時我到閱覽室去，環顧室內一圈。有六位使用者正面對書桌，有些在讀書、有些在寫什麼筆記。三位是銀髮族，三位好像是學生。老人以讀書來打發多餘的空閒時間，年輕人則像在與不夠用的時間賽跑，勤做筆記或猛讀參考書。其中卻沒有見到黃色潛水艇少年的身影。平常他坐的位子上，正坐著一位白髮的胖男人。

我走到櫃檯去和添田小姐談話。討論過幾件事情之後，我裝作忽然想到似地問她。

「今天好像沒有看到M××噢。」

「是啊，今天好像沒來。」添田小姐說，好像覺得這沒什麼大不了的。少年有時候也會沒來圖書館。

我本來也想問子易先生的事情，但又打消念頭。我當下有種直覺，心想他的事情以後還是最好盡量少提比較好。靈魂已經離去，不如就讓他好好休息吧。他的名字也盡量少提為妙。我也不清楚理由何在，但總有這樣的感覺。造訪墓園的事，可能也暫時緩一緩比較好。

黃色潛水艇少年第二天也沒有在圖書館出現。隔天也沒有現身。

星期四快到中午時，得知少年的身影依然沒出現在他平常的位子，我去問了添田小姐。三天都沒見到他，那孩子到底怎麼了？

「會不會又躺在床上起不來了？」添田小姐說。「可能因為太專心讀書，用腦過度了。」

「不過距離他上次電量耗盡，也才沒經過幾天啊。」

添田小姐用手指輕輕推一下眼鏡中間的鼻橋。「是啊，確實是這樣。跟平常比起來，間隔好像確實短多了。」

「可能還不到需要擔心的程度吧，不過一連幾天沒看到那孩子的身影出現，還是會令人擔心哪。」

「聽您這麼說，我也有一點擔心了。等一下我來打個電話問他母親狀況怎麼樣了。」添田小姐的嘴唇抿成一直線，考慮了四、五秒之後說。然後繼續做手頭的工作。

午休之後，添田小姐來到我正在工作的半地下室。

「中午休息時間，我打了電話到那孩子家。」她說。「跟他的母親談過話了。但關於現在的狀況，我聽得一頭霧水。」

「一頭霧水？」

「是啊，無法理解她在說什麼。她好像很混亂。大概發生了什麼事，但到底是什麼樣的事，電話上又說不清楚。可能要到家裡去問比較好。」

「是啊。」我說。「添田小姐，我想妳還是去一趟看看比較好。我可以幫妳代班一下。」

「好的，我去看一下是不是有什麼事。之後就麻煩您了。」

添田小姐回到休息室穿上大衣，快步走出圖書館。我在一樓的櫃檯，幫她代班一小時左右。但因為是空閒的平日下午，所以我幾乎沒有事做。訪客在溫暖的閱覽室，只是安靜地讀讀書、寫寫東西。

添田小姐在下午兩點前回來。她到休息室脫下大衣，臉頰泛著幾分紅潮走到我面前來。然後用帶著緊張的聲音說：

「事情是這樣的，那孩子好像在昨天夜裡失蹤了。」

「失蹤了？」

「是啊，他從星期一早上開始，就和以往一樣發高燒躺在床上，但今天早上到房間去看他時，床上卻已經空無一人，到處都沒看到他的人影。母親整個人都慌了，但總之依她的說法就是這樣。」

「夜裡他離家出走了嗎？」

添田小姐搖搖頭。「母親堅持這不可能。M××睡覺時只穿著睡衣，而且也沒有帶其他任何衣服出去。大衣、毛衣、長褲都沒拿走。換句話說，他在夜裡，只穿著一件睡衣失蹤了。昨晚很冷，他不可能穿得那麼單薄出去外面，要是真的跑出去的話，現在一定已經凍死了。而且家裡的出入口和窗戶也都從裡面上了鎖，沒有被打開。不會錯的。母親是非常謹慎的人，她說睡前都會親自檢查全家所有的門窗是否確實關好了。換句話說，無法想像他是打開門或窗，從那裡出去外面的。雖然如此，那孩子還是消失了。像煙一樣。」

我在腦子裡試著整理這些敘述的順序。「那麼，會不會躲在家裡的哪裡？」

添田小姐再度搖搖頭。「家裡每個角落，從床下到天花板都找遍了。但還是不見蹤影。」

「真奇怪。」我說。「那有沒有請警方協尋？」

「有，聽說已經立刻報警了。但因為孩子失蹤才經過幾小時而已，目前也還看不出綁架這類事關犯罪的可能性，所以警方好像只請他們再觀察一陣子，如果還是找不到的話，請再聯絡警方。還說，搞不好他不久以後就會忽然自己出現了……」

我只能抱臂沉思。

「家裡的人從早上就一直在家附近到處找，詢問鄰居有沒有看到他。但都沒有任何線索。那孩子就這樣從上了鎖的家裡，忽然消失了蹤影。而且是穿著睡衣。」

「平常穿在身上的那件黃色潛水艇連帽夾克也留下了嗎？」

「是啊，母親一口咬定除了睡衣以外，其他衣服都還在。」

少年如果離家出走的話，他一定會穿上那件黃色潛水艇的連帽夾克才對。我深信不疑。他那件穿舊了的連帽夾克，似乎具有讓他精神鎮定的某種功用。留下這件夾克，就表示他沒有從家裡走出去。換句話說，他在夜裡只穿著睡衣——或以穿什麼衣服都沒有意義的形式——不知道移動到什麼地方去了。或**被搬**走。搬到某個地方去……例如，那座**被高牆圍繞**的城。

我閉上眼睛，抿緊嘴唇，整理思緒。但內心的各種感情，似乎分別往不同的方向紛紛飛散而去，難以整合為一。

「然後，」添田小姐說：「那孩子的父親說，想跟您談一談。」

「跟我？」我驚訝地反問。

「是，他說想跟您見面，當面談一談。」

「當然沒問題，具體來說該怎麼見面？」

「他說今天三點左右，他會到這個圖書館來。這樣可以嗎？」

我看看手錶。

「我明白了。就在二樓的會客室接待他吧。」

但跟少年的父親見面，到底該談什麼？總不能跟他提起「被高牆圍繞的城」。說少年可能離開這邊的世界，移居到那座城所在的「另一個世界」去了。

我殷切地希望子易先生現在能在這裡。我迫切需要他深沉的智慧和適切的建言。但他可能已經不在這個世上的任何地方了。他已經永遠不知道消失到哪裡去了。我抬頭望著牆上的時鐘，深深嘆息。

三點多，少年的父親到圖書館來。添田小姐帶他到二樓進入房間，介紹我們兩人認識。簡單地介紹過後，我遞上名片，他也給了我名片。

他是個幾乎已經全禿的高個子男人。年齡大約五十左右，耳朵上下較長，眉毛粗黑，戴著堅固的黑框眼鏡。在我看來，臉型十分左右對稱。那是對他臉型的第一印象——端正地左右對稱。背脊挺得筆直，姿勢良好。一副意志堅強的模樣。相貌堂堂，頗適合擔任交響樂團指揮。聽說他是幼稚園和補習班的經營者，可能過去曾經自信十足地擔任過各式各樣的指揮吧。長相看不出和黃色潛水艇少年有什麼共通的地方。

父親扭過身子把大衣脫下。裡面穿著羊毛格紋上衣和黑色高領毛衣。我請他入座，他點頭在待客的椅子上坐下。我隔著小桌，坐在他對面的椅子上。

添田小姐走過來，在我們面前把茶放下，然後行一個禮退出房間。門關上之後，我們暫時在沉默中面對著面。好像在確認除了我們兩人之外，房間裡並沒有別人。然後父親才開口：

「我和在您之前一任的館長子易先生，是長年親密的舊交。我兒子從以前就常常到這間圖書館來。子易先生好像也很疼愛他。」

「子易先生過世真的讓人很遺憾。」我說。

父親好像有點疑惑地看著我。「您認識子易先生嗎？」

「不，很遺憾沒見過面。我上任時他已經去世了。只是聽很多人提到子易先生生前的事情，讓我覺得他在事業、人品各方面似乎都是非常優秀的人物。」

「沒錯，是個了不起的人。為了設立這間圖書館投入私人財產，竭盡全力。這地方沒有一個說他壞話的人。只是……」說到一半，父親稍微停頓下來。然後動一下腦筋，選擇適當的用詞。「……只是，該怎麼說呢，他那言語舉止或許有稍微獨特的一面，可以說，有一點奇怪。尤其是在兒子和妻子都意外過世之後。不過，那並沒有造成什麼實際的問題。」

我曖昧地點頭。

「今天突然造訪這裡，是為了我兒子M××的事。」他說。

我再一次曖昧地點頭。

父親說：「您應該聽添田小姐大致提過事情的經過了，我兒子是在夜裡失蹤的。最後看到他是在昨天晚上十點左右，今天早上快七點時，我太太到兒子房間去看他，發現床上沒人。棉被有人睡過，留下汗溼的痕跡。兒子在夜裡，好像一直發高燒。但沒看到人影。我太太一邊呼叫兒子的名字，一邊在屋子裡拚命尋找。我也一起找。但到處都沒見到他。」

他把黑框眼鏡摘下來，彷彿在檢查厚厚的鏡片一樣，看了一會兒之後重新戴上。

「沒有從家裡出去的痕跡。門和窗戶都從內側牢牢上鎖了。衣服也都全部留著。我太太一直仔細管理著兒子的衣服，因此她保證不會錯。不用說，外面這麼冷，很難想像他會在半夜穿著睡衣外出。」

父親好像在反芻自己口中所說的事實似的，暫時沉默了一下。

我問：「換句話說，M××在半夜不知道用什麼方法，但總之就是採取某種方法，從屋裡消失了蹤影。是這樣嗎？」

父親點點頭。「是的，我兒子簡直就像煙一般，從我們面前消失了。除此之外沒有辦法說明。」

「他以前沒有像這樣突然失蹤過嗎？」

父親搖搖頭。「M××這孩子，我想您也可能注意到了，他天生就有一點特殊的傾向。稱不上是個普通孩子，有時也會有奇特的舉動。但以前從來沒有發生過行蹤不明的問題。他是個很重視日常習慣的孩子。一旦養成一個習慣，就會確實遵守地生活下去。就像電車在固定的軌道上行駛那樣，不會脫離那習慣。如果習慣被打亂了他就會感到混亂，有時甚至會生氣。因此，他從來沒有不知去向。」

我偏著頭思考。「這件事真奇怪。實在令人費解。」

「是啊，真的很令人費解。沒穿幾件衣服，沒穿鞋子，也沒有打開鎖的痕跡，是怎麼出去的呢？而且又是嚴冬中的寒冷夜晚。我們跟警方聯絡過了，但警方幾乎沒怎麼理會，只說再觀察看看。所以我想您會不會知道什麼，就當作是抓住救命稻草，來這裡找您。」

「我？」

「是啊，聽說您跟我兒子談過話。」

我慎重地選擇用詞回答。

「是，我確實跟M××談過一次或兩次。不過過程中穿插著手勢和筆談，非常斷斷續續。沒有完整到稱得上是對話。」

「所以那時候，M××是主動過來跟您說話的嗎？」

「嗯，是的。是他來跟我說話的。」

父親嘆一口氣，就像在不存在的篝火前取暖似的，兩隻大手在身體前方摩擦。

「說來非常羞恥，我已經很久、很多年沒有好好跟那孩子說話了。我跟他說什麼，他都不回答，也不會主動跟我說話。跟母親倒是稍微會說一些，但也只限於事關實際日常生活的談話而已。

「那孩子認真說話的對象，只有子易先生而已。不知道理由是什麼，好像只對子易先生一個人敞開心房。而子易先生也把M××當成自己的孩子一般疼愛。那對我們做父母的來說真是十分感激。因為有這段關係，那孩子才勉強能跟外部的世界保持接觸。」

我點點頭。父親繼續說。

「兒子和子易先生之間到底談了些什麼話，我並不知道。也不想知道。我覺得就當成他們兩個人之間的祕密就好了。可惜子易先生前年秋天忽然去世了，結果M××失去唯一的談話對象，再度變得孤單一人。也沒升高中，就那樣每天到圖書館繼續默默讀書而已。

「我剛才也說過，M××如果要過和一般人同樣的生活，許多必要的能力都有所不足，但他擁有其他特別的能力。他能以異於常人的速度一本接著一本讀完許多書，腦中塞滿大量的知識，也是那份特殊能力帶來的吧。但經由這樣的作業，那孩子的人生在追求什麼？我無法理解，而且也不知道那樣極端的行為，對他究竟是有益還是有害。

「子易先生可能對這些問題有某種程度的了解，而且可能也適度地指導過他也不一定。但如今子易先生已去世，很遺憾無法找到人問清情況了。

「然後一段時間過去……那孩子就這樣從我們眼前消失了蹤影。在半夜裡忽然消失了。」

我默默等待他說下去。父親隔一會兒之後再繼續說。

「子易先生去世之後，由您接任這家圖書館的館長。我太太聽添田小姐說，那孩子似乎對您這位人物很感興趣。我想知道的是，您跟M××談過什麼樣的事情。內容或許和他這次的失蹤有什麼關係，或者至少對於他的失蹤，能提供我們什麼線索也不一定。」

我困惑著，不知該怎麼回答。面對（看起來）正認真擔心自己兒子安全的父親，我不能隨便說謊。但也不能把事實說出來。那實在太複雜，太脫離社會的一般常識了。什麼話我可以說、什麼話不該說，這些都得小心注意。我帶著緊張的心情，尋找適當的，至少比較接近事實的說法。

「我對M××提到的是某種寓言。我談到一座城的事情。說起來那其實是一座虛構的城。細節雖然建構得非常綿密而真實，但其實只是基於假設成立的城。正確來說，我不是直接對他說的，而是對著某人說，換句話說，他是間接聽到的。但不管怎麼樣，他對那座城似乎懷有強烈的興趣。」

這是我在此時勉強能說的「真相」。至少不是謊言。

父親深深沉思，就像把形狀難以下嚥的東西，勉強吞進喉嚨深處的人似的。然後說：

「根據他母親的說法，那孩子花了好幾天坐在書桌前，在紙上專心地畫某種畫，或者說是某種地圖。幾乎專心到廢寢忘食。這和那座城有關係嗎？」

我曖昧地點頭。「嗯，是啊。我想大概是畫那座城的地圖吧。根據我所說的話，描繪出那座城的地圖。」

「那麼，您看過那張地圖嗎？」

我猶豫了一下，點點頭。不能說謊。「是啊，他讓我看過那張地圖。」

「那是正確的地圖嗎？」

「是啊，畫得驚人正確的地圖。我只有大概描述一下那虛構的城的樣子而已。」

父親說：「Ｍ××也擁有這種才能。他能把凌亂拆散的小碎片幾乎在一瞬之間組合起來，正確地建立起全景。比如說，要把極複雜的上千片拼圖組合起來，他在短時間內就可以輕易做到。在那孩子小時候，我也看過幾次他流暢發揮這種能力的樣子。不過隨著長大，他也漸漸變得謹慎，好像會盡量不讓人看見這種特殊能力了。」

雖然如此，發揮說中誰在星期幾出生的能力，似乎是他唯一無法克制的，我想。

父親繼續說：「問您這種事情或許很失禮，老實說，您怎麼想？您所說的那座虛構的城，和Ｍ××這次突然失蹤，這兩件事您覺得有什麼關係嗎？」

「以常識來想的話，應該看不出什麼關聯。」我慎重地選擇詞語，回答父親的問題。「我告訴Ｍ××的，只不過是想像中虛構的城的樣子，因此他所描繪的，是實際上並不存在的城的詳細地圖。我們的對話是建立在虛構之上。」

以常識來想的話。

我只能這樣說。但幸好，這位父親似乎大致上是活在被「常識」所概括的世界裡，所以不會想到兒子是否實際進入了那「虛構的世界」。那對我來說或許是值得慶幸的事。

「但不管怎樣，M××對那座城懷有強烈的興趣吧？可以說非常熱衷。」父親露出困惑的神色問。

「嗯，是的，在我看來是這樣。」

「和我兒子的談話中，您跟他談到那座虛構的城。除此以外，還有提到什麼話題嗎？」

我搖搖頭。「沒有，我想並沒有提到其他話題。他關心的，只有那座虛構的城而已。」

父親沉默下來，落入更長的沉思中。但那沉思在經過迂迴曲折之後，似乎並沒有到達什麼地方。茶在我們的眼前冷掉。兩人都沒有伸手碰過茶。父親終於放棄似地垂下肩膀，嘆一口大氣。

「我在世間，似乎被視為對M××很冷淡的父親。」他表白似地說。「我並沒有打算辯解，但我並不冷淡。只是不知道該如何對待那孩子才好而已。我想接近那孩子，也試著做了我能做的努力。但無論做了什麼樣的嘗試，都沒有得到任何反應可言。簡直就像對石像說話似的。」

他伸手拿起茶杯，啜了一口涼掉的茶，稍微皺一下眉之後，放回茶碟。

「這種經驗，對我來說還是第一次。我們家有三個兒子，上面的兩個是極普通的男孩，在校成績優良，不會鬧出什麼問題，幾乎沒讓我費過什麼心思。他們平安長大，為了追求新世界到都市去了。但M××天生和他們完全不一樣。我可以理解他天生具有某種特別寶貴的資質，但身為父母卻不知該如何處理、如何教養他才好。

「我在這社會上忝為一名教育工作者，然而說來慚愧，卻不知該如何對待這孩子，深感自己無力、無能。此外更心痛的是，那孩子對我這個人的存在完全不關心。雖是同住一個屋簷下的父子，但他對我的存在，卻像完全沒看見似的。血緣的連結，對他似乎毫無意義。老實說，我也羨慕過子易先生，常常煩惱子易先生有，而我沒有的到底是什麼？」

一邊聽，我一邊忍不住同情起這位父親。我們在某種意義上，或許是同類。回想起來，黃色潛水艇少年懷有強烈興趣的，不是我這個人，而是我過去所置身的那座城。我可能只是一條通路，是被直接通過的存在而已。即使站在我面前，映在他的眼中的，也只是那座城的景象吧？

「抱歉在您忙碌中打擾了。」父親看看手錶說。「我接著打算到警察局去，再一次拜託他們展開搜索。然後我們也要再去幾個想得到的地方找看看。如果您有發現什麼的話，請跟我聯絡。我給您的名片上，印有我的手機號碼。」

他站起來，再度扭過身子穿上大衣，向我行了一個禮。

「沒能幫上什麼忙，真是抱歉。」我說。

父親無力地搖搖頭。

我送他走出玄關，然後回到會客室。眺望著窗外，有好一段時間陷入沉思。視線中，那隻消瘦的母貓慢悠悠地斜線穿越庭院。我想起黃色潛水艇少年經常看著那一窩貓咪母子，毫不厭倦地專心觀察牠們的模樣。

不久添田小姐拿著托盤到房間來，把桌上的茶杯都收走。

「談得怎麼樣？」她問。

「父親好像很擔心那個孩子，不過我沒幫上忙。」

「他可能需要跟人面對面談一談吧。因為把不安藏在自己心底，還是會很難過的。」

「如果能順利找到他的行蹤就好了。」

「不過在夜裡消失，怎麼想都很不可思議。那個晚上非常冷啊。真叫人擔心。」

我默默點頭，並感覺到添田小姐好像也和我懷有同樣的不安。少年或許永遠都不會再出現在我們眼前了……從她的言談中可以聽出這樣的想法。

57

少年還是沒有出現。

受到少年父母的一再請託，町內的警察終於也正式出動搜索，但還是沒有獲得明確的線索。在這個小地方，到處都沒找到黃色潛水艇少年的身影。圖書館裡當然也沒見到他的身影。檢查過車站的監視器所拍到的影像，也沒有發現他搭乘電車或巴士離開這裡的跡象（地方線電車和巴士，是幾乎唯一能離開這裡的公共交通工具）。借用父親的說法，他真的名副其實「像煙一般」消失了。就母親所知，少年並沒有從家裡帶走衣服和行李。就算有帶現金，也只是午餐錢程度的小錢而已。真是讓人想不通。就這樣，兩天過了，三天過了。

他到底去哪裡了？對此稍微有想法的，可能只有我了。少年獨自找到去那座「被高牆圍繞的城」的方法（是怎麼找到的，我也不知道），去那裡了。就像過去我做過的那樣，穿過自己內部的祕密通道，移動到別的世界去了。

當然那只不過是我個人的推測而已。既無法提出證據，也無法說明理論依據。但我明白，那少年已經移動到那座城去了。不會錯。考慮到他完美地消失得無影無蹤，這不就是唯一可說明的答案嗎？他一心一意希望到那座「城」去，渴求到那裡去，而他天生具備的異常專注力，讓他實現了這個願望。沒錯，換句話說，他具備了去那座「城」的資格。就像過去我自己手上應該也掌握過那樣的資格一樣。

我試著想像黃色潛水艇少年進入那座城時的模樣。

少年會在入口的門邊見到體格魁梧的守門人，在那裡被剝除影子、割傷眼睛吧。就像我受的處置一樣。城需要「夢讀」，他會成為我的繼任者，被順利接受。而且可能……不，毫無疑問對城來說，他應該能成為遠比我更有能力而有幫助的「夢讀」。他不僅擁有理解事物的構造，能瞬間掌握細節的特殊能力，還擁有不會疲勞、不知厭倦的強烈專注力。而且憑著過去注入腦裡的龐大資訊，他應該已經自成一個圖書館——也就是知識的巨大儲水池。

我試著想像穿著黃色潛水艇連帽夾克的少年，在那圖書館的深處，讀著「古夢」的景象。他旁邊是否有那位少女？她是否依然在往暖爐添加柴薪，幫他溫暖房間，為他泡濃濃的綠色藥草茶，好治療他脆弱的眼睛？想到這裡，我感到淡淡的哀傷。那哀傷像不帶溫度的無色的水那樣，靜靜地將我的心浸泡在其中。

星期一早晨較遲的時候，有電話打到家裡來。這一天是休館日，所以我還躺在床上。雖然幾個小時前已經醒來，但怎麼都還不想起床。從窗簾的縫隙照進明亮的陽光，彷彿在責備我的怠慢似的，化為一條細長的線射進房間。

我家的電話鈴聲基本上不會響。因為這地方幾乎沒有人會打電話給我。假日早晨的房間裡響起的電話鈴聲，感覺非常超現實。因此我沒有起身去拿聽筒。只是一直側耳傾聽著那即物式的鈴聲，響了十二次之後，才終於放棄似地停止。

但隔了一分鐘左右，鈴聲再度響起。我感覺到鈴聲好像比前一次更大聲、尖銳一些——或許是心理作用。響了十次左右之後，這次我放棄了，起身下床拿起聽筒。

「喂喂。」女人的聲音。

那是誰的聲音，剛開始還聽不出來。不太年輕，也不太老的女人的聲音。不高，也不低。確實是聽過的，但那聲音和聲音主人的實體卻連接不上。然而過一會兒，腦子裡混亂的記憶總算連上，我想起她是咖啡店女主人。

「早安。」我說。像從喉嚨深處擠出來的聲音。

「沒問題嗎？聲音感覺好像跟平常有一點不同。」

我輕輕乾咳一下。「沒問題呀。剛才，只是話一下子說不太出來。」

「那個啊，可能是一個人獨居太久的關係。如果有一陣子跟誰都沒講話，有時就會說不太出來喲。就像有什麼卡在喉嚨裡似的。」

「妳也會這樣嗎？」

「嗯，是啊，偶爾也會。不過我在獨居方面還是新手。」

短暫的沉默。然後她說：

「今天早上，兩個外表不錯的年輕男人走進店裡來。為了喝咖啡。」

「好像海明威的短篇小說開場白。」我說。她呵呵地笑起來。

「也沒那麼冷硬派。」她說。「這兩個人正確說來，並不是為了喝咖啡來我店裡的。目的是要跟我說話，點咖啡只是順便而已。」

「為了跟妳說話。」我說。「其中，該怎麼說呢，是否帶有異性的興趣之類的？」

「沒有，我想大概沒有。可以說很遺憾吧。不過，反正不管怎麼樣，我想那兩個人對我來說，都太年輕了。」

「那兩個人，大約幾歲？」

「一個二十五歲左右，另一個二十歲上下吧。」

「那麼也不至於說太年輕吧。」

「謝謝，你真好心。」她以幾乎不帶感情的聲音說。

「那麼，他們和妳談的是什麼樣的話題呢？除了對異性的興趣以外。」

「其實那兩個人，就是『星期三少年』的哥哥。」

「星期三少年？」

「就是你在的時候突然進到店裡來，跟我說我是星期幾出生，那個奇怪的男孩啊。」

我把手上的聽筒換另一隻手拿。並調整一下呼吸。

「那孩子的哥哥到妳的店裡來……到底為什麼？」

「他們在找失蹤弟弟的去向。站在車站前面，把印出來的那孩子的照片拿給路上行人看，到處問人有沒有看到這孩子。」

「然後進到妳的店裡，點了咖啡，也問了妳同樣的問題。」

「對，問我有沒有在哪裡看過這個少年。於是我回答有。當然。然後簡單說明了那時候發生的事。他問我出生年月日，我告訴他後，他就說那是星期三。後來我查了，真的是星期三。不過發生那件事，是在他遇到神隱之前。所以我想對搜索並沒有幫助。」

「神隱？」

「是，他們實際用了這種說法啊。弟弟從家裡失蹤了，但不是離家出走之類的。而是在夜裡，突然沒有理由就消失了蹤影。簡直就像遇到神隱似的。他們這樣說。」

「什麼神隱？好古老的說法。」

「不過在這種山區的小地方，這個詞聽起來說不定還滿適合的。」她說。「當然你一定已經知道了吧。那孩子失蹤的事。」

「知道了。」

「我提起這件事的時候，兩個人都很疑惑。說其實我弟弟非常害羞，應該不會跑到外面，進到陌生的地方去。但那一天，為什麼會進到這家店裡來呢？於是我說明，那可能是因為你，也就是町立圖書館的新館長，正坐在吧檯的座位，喝著剛泡好的美味咖啡吧。他從外面透過玻璃看見了，才會進到店裡來。因為那孩子好像有什麼事要找你。」

我不知道該說什麼才好，所以暫時沉默。

「我是不是說了什麼不該說的？」

「不，完全沒這回事。原來是因為我在那裡，那孩子看見了才會走進店裡來。」

也或許他那天早晨，本來就是跟蹤我到那裡去的。

她說：「而且順便跟我說我出生的日子是星期幾。」

「告訴對方出生的日子是星期幾，對那孩子來說，等於是對初次見面的人打招呼的方式。為了向對方表示他的友善。」

「可以說是相當特別的打招呼方式啊。」

「確實是。」

「而那兩位氣質非常好的兄弟似乎很想知道，自己那與眾不同的最小弟弟，為什麼會對你這位新來的人物如此感興趣。」

「那孩子感興趣的對象似乎不多，他們一定很意外吧，好奇為什麼會是我呢？」

「是啊。聽他們的口氣，那孩子對兩位哥哥，好像也不怎麼關心。雖然住在同一個屋簷下，好像也很少親密地交談。不過這只是我個人的感覺而已。」

「妳的觀察力好像相當敏銳。」

「稱不上觀察力。不過在做這種生意，這種感覺自然也會漸漸培養起來。有各種人進來，談到各種事情。我只是嗯嗯地應聲，默默聽著而已。話的內容會漸漸遺忘，只有印象會留下來。」

「原來如此。」

「所以，這兩位彬彬有禮的英俊青年，最近可能會去拜訪你的圖書館，跟你見面。為了獲得線索來尋找行蹤不明的弟弟。」

「那當然沒關係，我很樂意跟這兩個人談一談。不過對搜索可能幫助不大。」

「因為這是神隱嗎？」

「這個嘛，不知道。」我說。「不過聽起來，兩個哥哥好像很積極在到處找弟弟的行蹤啊。」

「那兩個人說，一知道弟弟失蹤了，他們就立刻從東京回到老家來，幫忙束手無策的父母親展開搜索。長子暫時請了假，次子也跟大學請假。他們好像還沒有獲得任何線索，但看起來非常積極認真進行搜索，兩個人同心協力。怎麼說才好呢？他們彷彿在補償什麼似的。」

彷彿在補償什麼似的。這應該是確切的形容。因為這是在和少年的父親談話時，我內心淡淡地感覺到的事。

「不過今天是星期一，所以圖書館閉館噢？」

「是啊。因此這個時間我還在家裡。」

「對了，還有一件重要的事忘記說了。」她好像忽然想到似地說。

「什麼事？」

「現烤的藍莓瑪芬才剛剛送來。」

我腦子裡浮現冒著熱氣的咖啡，和柔軟溫熱的藍莓瑪芬的模樣。那景象，為我的身體帶來確實的躍動。健全的空腹感又回到我身上來了。就像一時迷途的貓忽然走回來那樣。

「我再三十分鐘左右會到那邊去喲。」我說。「所以請幫我留兩個藍莓瑪芬好嗎？一個在那邊吃，一個帶走。」

「好啊。幫你留兩個藍莓瑪芬，其中一個帶走。」

58

推開咖啡店的門進到裡面時，店內有兩個客人。可能是把孩子送到小學或幼稚園之後，坐定下來聊天的三十幾歲女人。她們圍著靠窗的小桌子坐，面帶認真的表情小聲交談。

我坐在吧檯座位，像平常那樣點了用馬克杯裝的黑咖啡，吃了一個藍莓瑪芬。瑪芬還帶著微溫，鬆軟溼潤。就那樣，咖啡成為我的血，瑪芬成為我的肉。這是比什麼都寶貴的營養來源。

望著她很有要領地站在吧檯裡工作的模樣，感覺真愉快。她像平常那樣把頭髮整齊地綁在後面，繫著紅色方格花紋的圍裙。

「那兩兄弟，是不是還在車站前發少年的照片？」

「嗯，這個嘛，我想大概是。」她一邊洗餐具一邊說。

「不過到目前為止，還沒得到什麼線索吧。」

「還沒有找到看過少年蹤影的人。聽他們的說法，他消失的方式好像也相當奇怪噢。找不到一個合理解釋，可以說明他在夜裡要怎麼樣一個人離家出走。」

「那簡直是一個謎。」

「不過他看起來原本就像是一個充滿了謎的孩子。」

我點點頭。「那個孩子擁有的奇特能力，跟普通的孩子相當不同。他看這個世界的眼光和我們不太一樣。」

她洗東西的手停下來，抬起頭看了我的眼睛一會兒。

「嘿，今天傍晚，打烊以後我們可以談一下嗎？我是說如果你有時間的話。」

「當然有時間。」我說。我天黑以後的計畫，大概只有一邊聽著ＦＭ電臺廣播的古典音樂，一邊讀書而已。

「那麼，我跟平常一樣六點打烊，晚一點你可以到這裡來嗎？」

「可以呀。」我說。「六點多我就到這裡來。」

「謝謝。」

到了中午，店裡擁擠起來，因此我決定離開。她裝了一個藍莓瑪芬在紙袋裡，讓我帶回家。

回到家，我首先把堆積了一星期的衣服洗了。然後在洗衣機運轉的期間，打開吸塵器吸地，把浴室洗乾淨。玻璃窗擦亮，把床鋪好。衣服洗好後，拿到庭院的曬衣場把衣服晾起來。然後，用ＦＭ收音機一邊聽著亞歷山大・鮑羅定的弦樂四重奏，一邊燙了幾件襯衫和床單。用熨斗燙床單很花時間。

收音機解說員說，當時在俄國，鮑羅定的化學家身分比音樂家身分更出名，而且廣受尊敬。但就我聽起來，從那弦樂四重奏裡完全感覺不到化學家的成分。不過滑順的旋律，和優美的和聲……

或許這些也可以說是化學的要素也不一定。

燙完衣服之後，我帶著購物袋出門採購。在超市買了必要的食品，回家做了下廚前的準備。把青菜洗過分類，肉類和魚類用保鮮膜重新包好，該冷凍的東西先冷凍起來。用雞骨頭燉湯，南瓜和紅蘿蔔先燙起來。這樣做著一件又一件的家事，逐漸一點一點地恢復平常的自己。

根據我對古典音樂相當貧乏的知識，亞歷山大・鮑羅定應該是所謂「俄國五人組」中的一人。還有誰？穆索斯基，還有林姆斯基＝高沙可夫……其他的想不起來。我一邊整理冰箱一邊努力想那些名字，但實在想不起來。雖然想不起來也不礙事。

五點半我走出家門。中午的天氣還像承諾春天將至一樣安穩，到了接近黃昏時，卻好像冬天又要收復失地似的，忽然開始吹起冷風。我把手伸進大衣的口袋，走在往車站的路上。沒來由地浮現，一邊做著複雜的化學實驗，腦裡還一邊演奏著美麗旋律的鮑羅定的身影。

六點過後沒有客人了，她開始收拾整理。把綁在後面的頭髮放下來，脫下方格紋布的圍裙，露出白襯衫搭配合身的藍牛仔褲。苗條的身段相當漂亮。整體勻稱模樣俐落，手腳的動作也優美自然。

「需不需要幫忙？」我問。

「謝謝，不過不用了。一個人做習慣了，而且也不太花時間。在那邊坐一下吧。」

我依她的話在吧檯的凳子上坐下，望著她俐落工作的模樣。當中似乎已經建立起一套適當的作業流程。她把洗好的餐具擦乾收進櫃子裡，把各種機器的開關關掉。收款結算，最後把窗戶的百葉窗簾拉下。

打烊後的店裡靜悄悄的。那安靜超乎必要地深。看起來和白天店開著時好像是完全不同的場所。一切的作業都結束後，她用肥皂仔細洗手，用毛巾把手指一根一根擦乾，然後在我旁邊的凳子上坐下來。

「我可以抽根菸嗎？」

「當然可以，我都不知道妳會抽菸。」

「一天只抽一根。」她說。「打烊以後，像這樣坐在吧檯座位，只抽一根，就像一個小小的儀式一樣。」

「上次沒看到妳抽。」

「那是有顧慮。擔心你會討厭。」

她從收銀機裡拿出一盒薄荷長菸，口中含了一根，擦亮紙火柴點上火。然後瞇細眼睛，很舒服似地吸了一口煙，再吐出來。看起來像是淡菸。如果抽的量不多，應該沒什麼害處。

「要不要像上次那樣，到我家來吃飯？」

她輕輕搖頭。「不，今天不用了。肚子不餓。等一下可能隨便吃一點，現在還不用。如果方便的話，要不要在這裡聊一聊？」

「可以呀。」我說。

「喝不喝威士忌？」

「有時想喝的時候會喝。」

「剛好有美味的單一麥芽威士忌，要不要一起喝？」

「當然要。」我說。

她走進吧檯裡，從頭頂的櫃子裡拿出波摩的十二年單一麥芽威士忌的瓶子。內容物減少了一半左右。

「非常棒的威士忌。」我說。

「別人送的。」

「這也是妳儀式感的東西之一嗎？」

「沒錯。」她說。「只有我一個人的小小祕密儀式。一天一根薄荷菸，和一杯單一麥芽威士忌。不過有時候是葡萄酒。」

「單身的人有必要擁有這種小小的儀式。可以把一天一天好好地送走。」

「你也有這種儀式嗎？」

「有幾個。」我說。

「例如？」

「燙衣服。做燉湯。鍛鍊腹肌。」

她好像想對此陳述什麼意見，但結果什麼也沒說。

「關於威士忌。」她說。「我不放冰塊，只加少許水喝。你要怎麼喝？如果想加冰塊的話就幫你加。」

「跟妳一樣就好。」

她在兩個玻璃杯裡注入約兩份威士忌，加上少許礦泉水，用搗棒稍微攪拌。然後把那兩杯放在吧檯上，回到我旁邊的位子坐下。我們輕輕碰杯，各自喝了一口。

「味道好香啊。」我說。

「據說艾雷島的威士忌有泥炭和海風的氣味。」

「也許是這樣。不過我不知道什麼叫泥炭的氣味。」

她笑了。「我也不知道。」

「妳經常這樣喝嗎？只加一點水而已。」我問。

「有時候直接喝，有時候也加冰塊喝。不過這樣喝可能最多吧。因為是昂貴的威士忌，而且也不會破壞香氣。」

「都只喝一杯嗎？」

「是啊，都只喝一杯。有時候睡前再喝一杯，不會再多喝。否則可能會沒有止境。一個人獨居，這種事情很可怕。畢竟我還是獨居的新手。」

暫時繼續沉默。打烊後，店內的安靜讓人感到肩膀沉重。我為了打破那沉默而問她。

「嘿，妳知道俄國五人組嗎？」

她輕輕搖頭。然後把靜靜冒著煙的薄荷香菸，在菸灰缸裡慢慢地捻熄。「不，我不知道。和政治有關嗎？無政府主義者的團體嗎？」

「不，和政治沒有關係。是十九世紀在俄國活動的五個作曲家噢。」

她以疑惑的眼光看著我的臉。「那麼……他們怎麼了？俄國的五個作曲家。」

「沒怎麼樣。只是想問看看而已。五個人之中，我想起來其中三個，但還有兩個人的名字怎麼都想不起來。以前都記得很清楚的。今天中午過後我就一直在想。」

「俄國五人組啊！」她這樣說著，開心地笑了。「真是怪人。」

「妳中午好像說過，今天有什麼話想跟我說。」

「啊，那件事噢。」她說著，把威士忌的杯子移到嘴邊，稍微喝了一點。

「不過，過了一段時間之後，我自己也不太清楚，那種事情是不是該跟你說。」

我也喝了一口威士忌。然後我一邊品嘗那隨著食道慢慢下降的感覺，一邊默默等待她繼續說下去。

「說出來之後，你可能會對我大失所望，不想再見到我了。」

「我不知道是什麼樣的事情。」我說。「不過如果有機會能好好說的話，或許就乾脆當場說出來比較好。因為以我過去的一些小經驗來說，一旦錯過適當的機會，事情往往會變得更麻煩。」

「不過現在真的是那適當的機會嗎？」

「剛結束一天的工作，點起細長的薄荷菸，又喝了兩口上等單一麥芽威士忌，所以現在大概算得上是適當的機會吧？」

她的嘴角露出淡淡的微笑，像剛剛升上山頭的明月那樣。然後手指拂開額頭的瀏海。形狀美麗的修長手指。

「說得也是。嗯，我要想辦法試著說說看。你聽了或許會大失所望。或者完全不失望，我自己丟盡了臉，被獨自留下來。」

被獨自留下來？

不過我沒有對這句話特別表達意見。因為我知道她終究會開始說那件事。

「這件事，我以前跟誰都沒說過。」

在天花板的一角，空調的溫度控制器發出意外吵鬧的聲音。我依然保持沉默。

她說：「可以問個直接的問題嗎？」

「當然。」

「你對我，該怎麼說呢，有沒有懷著對異性的興趣之類的感覺？」

我點點頭。「嗯，這個嘛。說起來，我想確實有。」

「而且那裡面也含有性的成分。」

「或多或少。」

她稍微皺起眉頭。「所謂，或多或少，具體來說是多少，可以告訴我嗎？」

「具體來說……這個嘛。今天白天，我在換床單時，一邊伸手撫平那皺褶一邊想，說不定今天晚上，妳會躺在這張床上。只是說不定有這個可能性而已。那是個相當美好的可能性。」

她旋轉著手中拿的威士忌杯。然後說：

「能聽你這麼說，我滿高興的。」

「我才是，妳會為此高興，也讓我很高興。只是，感覺妳接下來要說，但是……」

「但是……」她說。然後花時間選擇用詞。「但是很遺憾，我無法回應你懷抱的期待，或其中存在的可能性。雖然我很希望能夠回應。」

「妳另外有喜歡的人？」

她用力搖頭。「不，沒有那樣的人。不是這樣。」

我默默等她繼續說。她再度慢慢旋轉手中的玻璃杯。「問題在性行為本身。」她輕輕嘆氣之後，放棄似地說。「簡單來說，我對做愛這件事不太行。從來沒想過要做，實際上也做不來。」

「在上一段婚姻中也那樣嗎？」

她點頭。「老實說，結婚以前，我沒有做愛過。雖然交過幾個男朋友，但都沒有到那一步。或者說，試過幾次但都不順利。也就是說，因為太痛苦了。不過我還樂觀地想，等結婚安定下來之後，應該就會順利了吧，我總會習慣吧。但是很遺憾，結婚之後，狀況也不太有改變。雖然順從丈夫的要求，定期做夫妻該做的事。嗯，過程中試過各種努力。但那對我來說只有帶來痛苦而已。漸漸地，那種行為我大多都會拒絕了。不用說，那也是我們離婚的主要原因之一。」

「有沒有想到原因是什麼？」

「沒有，沒有想到。完全不是小時候受到什麼打擊，造成精神上的沉重負擔之類的。因為我沒有這種經驗。我想我也沒有同性戀的傾向，對性方面的事情應該也沒有什麼特別的偏見。我是在非常普通的家庭，非常普通地長大的非常普通的女孩呀。父母的感情很好，也有親密的朋友，學校成績也不錯。可以說很平凡，一切都很普通的人生。只有性行為無能而已。只有這點不普通。」

我點頭。她拿起玻璃杯喝一小口威士忌。

我問：「這個問題，到目前為止有沒有跟專家討論過？」

「有。在札幌的時候，我在先生的請求下曾經到身心科面談過兩次。有一次是夫妻一起，另外一次只有我一個人。但沒有用。或者該說，沒有效果。而且，面對外人說這種私密的事情，老實說很痛苦。就算對方是專家也一樣噢。」

我忽然想起那位十六歲少女的事。那個五月的早晨她所說的話，我還記得很清楚。那時候我十七歲。她的聲音、她的氣息，還清楚地留在我的耳裡。

「我想變成你的。」那個少女這樣說。「全部都給你，我想全部都屬於你。希望每一個、每一個角落都成為你的東西。希望跟你成為一體。真的噢。」

「失望嗎？」她問我。

我急忙整理混濁的意識，設法回到眼前的現實。

「妳是說，妳對男女間的性行為沒有積極的興趣，這件事讓我失望了嗎？」

「對。」

「是吧。也許有一點。」我老實回答。「不過妳能事先跟我講明白，我很高興。」

「那麼，就算不做那種事，以後你還是會跟我見面嗎？」

「當然。」我說。「因為和妳見面，像這樣親密地談話很快樂。在這個地方，我沒有其他這樣的對象了。」

「對我來說也一樣噢。」她說。「不過，我可能什麼都不能為你做。我是說那方面的事。」

「那方面的事，我會先盡可能努力忘掉。」

「嘿。」她用坦白的語氣說。「關於那件事，我也覺得非常遺憾喏。可能比你所想像的更遺憾。」

「不過別著急喲。我的心和身體有一點分離，分別在有一點不同的地方。所以希望你稍等一下。等我準備好再說。明白嗎？很多事情要花時間。」

我閉上眼睛，思考起時間的問題。過去——比方說我十七歲時——時間真的名副其實是無窮無盡的。就像儲滿水的巨大蓄水池那樣。因此也不必考慮時間的問題。但現在不是這樣。沒錯，時間是有限的。而且隨著年齡的增長，思考時間的問題也變得越來越有重要的意義。因為時間畢竟是持續前進著，一分一秒也不休息。

「嘿，你在想什麼？」她從旁邊的座位問我。

「俄國五人組。」我毫不猶豫、幾乎反射性地這樣回答。「怎麼會想不起來？以前五個人的名字我全部都說得出來。學校的音樂課有教。」

「真是怪人。」她說。「在現在這種時候，為什麼要在意那種事情呢？」

「應該想起的事情卻想不起來，就會在意呀。妳不會這樣嗎？」

「我更在意的可能是有些事情不想回憶，卻又忘不了。」

「人各有不同。」我說。

「那俄國五人組中，有柴可夫斯基嗎？」

「沒有。他們當時對柴可夫斯基創作的西歐風格音樂反感，因此才會組成一團。」

我們暫時保持沉默。然後她打破沉默。

「我身上好像不知道有什麼卡著，所以，很多事情都不順利。」

「有可能。不過妳不會獨自一個人被留下。」

她對我所說的話想了一會兒。然後說：

「你是說以後還會見我嗎？」

「當然。」

「當然，好像是你的口頭禪噢？」

「也許是。」

她的手，疊上放在吧檯上的我的手。

五根光滑的手指，安靜地纏上我的手指。種類相異的時間在那裡互相重疊，混合為一。內心深處湧起類似悲哀，卻又與悲哀性質不同的感情，像繁茂的植物那樣把觸手伸過來。我對那感觸感到懷念。看來我的心裡，還留有少許我尚未完全了解的領域。連時間都還無法觸及的領域。

巴拉基列夫，有人在我耳邊低語。就像從鄰座悄悄傳來考題答案的好心朋友那樣。沒錯，巴拉基列夫。這樣就有四個人。五人組中的四個人。只剩下一個人。

「巴拉基列夫。」我脫口說出。好像把文字寫在空中似的清楚。然後我看看旁邊的座位。但她似乎沒聽見我的聲音。她用雙手緊緊捂住臉，不出聲地哭泣著。眼淚，從手指之間滴落下來。

我把手靜靜地放在她的肩上，久久停留在那裡。直到眼淚停止為止。

59

那個青年所遞出的名片上，印著他上班的律師事務所的地址。是一個三位律師名字並列的律師事務所。「平尾．田久保．柳原　法律事務所」。不過青年的名字不包含在內。

「我雖說是律師，但還很資淺。可以說是見習生，就類似跑腿、學徒。」青年直視著我的眼睛，微笑地這樣說明。聽起來像是他平常就說得很習慣的自我介紹，因此在我的耳裡聽來，並不顯得特別謙虛。

我請那位青年，和另一位更年輕的青年在會客室的椅子坐下。他們靜悄悄地坐了下來。就好像不信任椅子的強度似的。

「我旁邊這位是我弟弟。」青年介紹另一個人。「在東京的大學裡讀醫學。不久就要開始實習，快要忙起來了。」

「請多多指教。」弟弟有禮貌地深深一鞠躬說。教養非常好。

哥哥算是小個子，弟弟則體格魁梧。但容貌長得很像。一眼就可以推測出他們是兄弟（兩個人都從父親身上繼承了很有特色的耳朵形狀）。兩人的眼睛和鼻子都長得端莊清秀，一看起來就感覺教養良好。服裝也呈現出都會風格的洗練。哥哥穿深藍色貼身西裝，白襯衫，繫綠色和深藍色條紋的領帶，搭配黑色羊毛大衣。弟弟穿合身的灰色高領毛衣，米色卡其褲，搭配深藍色雙排釦大衣。兩人的頭髮都剪成適當長度，上了髮膠整理成自然的髮型。

咖啡店的她說他們是「兩個外表不錯的年輕男人」，確實是正確的形容。兩人都外觀整潔，看起來很聰明，但沒有驕傲神氣的模樣，想必能給初次見面的對象留下好印象。兩個人站在一起的畫面，好像都可以直接用來當男性化妝水的雜誌廣告了。

「M××好像經常受到您的照顧。」大哥首先開口。

「是啊，M××每天都到這裡來，專心地讀書。」我說。「他忽然消失蹤影，在這裡工作的我們都很擔心。希望能早一刻知道他的行蹤。」

「我們全家人都在拚命搜索。」哥哥說。「我們印了附有照片的傳單，這幾天到處發。但到今天為止，還沒得到任何線索。自稱看到我弟弟的人一個也沒出現。這件事很奇怪。這個町位在周圍環山的狹小盆地之中，他好像也幾乎沒帶什麼現金。我弟弟應該沒有走遠。如果他是離家出走的話，照理說一定會有人目擊他的身影。」

「確實很怪。」我同意。

「我父親說，簡直像遇到神隱。」哥哥說。

「神隱。」我說。

「是啊，這地方據說過去常常發生類似神隱的事情。主要是小孩子，有一天突然無緣無故地失蹤，從此再也沒有回來。有幾件這樣的事情，被當成傳說流傳下來。父親說，搞不好就是神隱。因為除了這樣想之外，沒有其他辦法可以解釋。」

「假設那真的是神隱好了，」我說：「有沒有什麼辦法可以把神隱的孩子找回來？」

「父親拜託認識的神社神主，幫忙每天祈禱。向神明祈禱，讓孩子平安回來。當然我想這種事情只是傳說而已，不過父親可能也想抓住什麼依靠，因為也沒有別的什麼可以依靠了。真的只能求神保佑了。」

「我想您可能也知道，我弟弟M××，並不是所謂普通的孩子。」讀醫學院的弟弟開口說。「要過一般的社會生活，能力可能稍嫌不足。不過或許可以說是一種補償，他天生就被賦予特別的能力。一般人難以想像的能力。因此或許也可以說，他很接近神的領域。那可能表示他被神所愛，也有可能相反，意味著他或許會在什麼地方觸犯神的禁忌。」

我說：「意思是說比起一般人，M××更接近超自然的領域嗎？」

「是啊，我想這或許也是一種思考方式。」弟弟說。「在這層意義上，父親說這是『神隱』，或許也未必有錯。當然，實際上有沒有這種事情另當別論。」

哥哥瞄了弟弟一眼，但沒有特別表達什麼意見。關於這個問題，兄弟倆的想法看來似乎有不小的差異。

哥哥說：「這種事情以假設來說很有趣味，但在這時候我想需要稍微實際一點。」

站在執業律師的立場來看的話確實是這樣。例如在法庭上，總不可能提出像「神隱」這樣的見解。因為這種事情不可能以理論證明。

他繼續說：「無論任何事情都可以，我們想找到具體的線索。只要是有助於解開這個無法說明的謎團，能解釋我弟弟失蹤事件的任何提示都好。隨著時間過去，搜索恐怕會更加困難。因此我們才想來請教您。在您百忙中這樣來打擾，真過意不去。」

「需要多少時間我都願意奉陪。只要能幫上忙，任何事情我都樂意協助。」我說。

哥哥點了幾次頭，手放到領結上。好像要確認那還在正確的位置似的。然後說：

「聽說M××好像對您懷有個人的親近感。」

我有些困惑。「那能稱為親近嗎？我跟他並沒有那麼親密地談過話。我也跟令尊報告過，他幾乎只用筆談和肢體動作來跟我溝通。」

「不，這已經很了不起了。」弟弟從旁插嘴。「M××對我們——在同一個屋簷下長大的兄弟——幾乎連這樣的溝通都沒有。對他說什麼話，他都不會好好回答。對父親也一樣。對母親也只有生活中不可避免的最低限度對答而已，其他談話則難以指望。」

哥哥點頭。「真的是這樣。他不會主動找我們談什麼。總是關在只有自己的世界裡，像海底的牡蠣那樣。但M××卻是主動向您開口說話的吧。」

「嗯，確實是這樣。」我說。「是他主動對我說話的。」

「而且聽說他看到您的身影，就跟著走進車站前商店街的咖啡店裡去。這對弟弟這種人來說，本來是不可能的事。」

「好像是這樣噢。」

兄弟暫時閉上嘴。我也沉默地等待對方繼續說。

哥哥開口：「很冒昧地請教，您到底是什麼地方、什麼特點能那麼吸引M××的興趣呢？我弟弟以前確實和子易先生很親近，好像也常常和他談話。不過子易先生是從M××小時候就認識他了，親眼看過他、疼愛過他，因此我弟弟會親近他也是可以理解的。可能有什麼對彼此有共鳴的地方吧。可是您是在子易先生過世後才從東京搬來，剛接任館長職位不久。您究竟是什麼地方吸引了弟弟的注意呢？」

「我和令尊前幾天也談過，我跟別人提過一個虛構的城的事，當時他好像碰巧聽到了。」

「是，這件事我大概聽父親提過，據說M××對那座虛構的城很感興趣，還畫出了那座城的地圖，是嗎？」

「是的，沒錯。」

弟弟問：「也就是說，那是在您的想像中創造出來的幻想的城是嗎？」

「沒錯。那是我年輕時，憑想像所創作出來的，實際上並不存在的世界。」我回答。

「那地圖在您手上嗎？」

「沒有，現在不在我這裡。M××帶走了。」那是謊話。那張地圖其實是在我家書桌的抽屜裡。不過不知道為什麼，我不想讓他們看到那張地圖。

兄弟互望一眼。

「如果方便的話，可以也告訴我們那座虛構的城的事情嗎？」哥哥說。

醫學生弟弟也從旁邊補充：「我們想了解一下，失蹤前的M××是對什麼事情強烈感興趣。」

我簡短地向兩人說明了那座被高牆圍繞的城的概要。他們很認真在尋找弟弟的行蹤，我實在無法拒絕。

關於那裡的風景、那座城的大致結構，我當作在敘述一個完全虛構的產物，向兩人述說一番（當然不是所有的一切都說了。我只有簡單地提到在圖書館負責照顧我的少女，而影子被剝除、眼睛被割傷、可怕的潭也都省略不提。因為不想給兩人留下不吉的印象）。兄弟沉默而專注地聽著我說，中途提出幾個問題。都是簡潔而恰當的問題。看來這對兄弟都很敏銳，頭腦聰明，反應很快。沒有父親那麼好應付。我講完以後，密度很高的沉默，暫時持續了一段時間。首先開口的是弟弟。

「我想，M××可能很希望自己能去那座城。聽了您的敘述，我有這種感覺。當那孩子專注某一個焦點，就能發揮平常難以想像的強烈專注力。而他的心正好被您的城的模樣強烈吸引了。」

沉默再度降臨。無處可去，沉重沉澱的沉默。我慎重選擇用詞，向弟弟說：

「不過，那怎麼說都只不過是我腦子裡虛構出的城。現實中並不存在。無論M××怎麼強烈地期望，都不可能到達那裡。」

醫學生弟弟說：「然而M××實際上已經失蹤了。在非常寒冷的冬夜穿著睡衣，幾乎一毛錢也沒帶。這種失蹤方式，也未免太超現實了，所以我腦子裡也浮現了各種超現實的假設。純粹只是當成一種可能性。」

「警方怎麼說呢？」我問。總之為了岔開話題。

律師哥哥說：「警方認為，M××可能是趁大家都睡著的深夜裡，穿好衣服，帶著一些現金離家，找到某一種手段，例如搭便車，離開這個町。十幾歲的男孩常有的離家出走。雖然母親斷言衣服一件也沒少，他也不可能帶了現金，但警方好像不太信任母親的話。母親現在，該怎麼說呢，因為受到打擊，有一點陷入歇斯底里的狀態了。」

「警方說，等他手頭的現金用完了就會聯絡家人，或者不久就會若無其事地忽然回來吧。」弟弟說。

「唉，世間一般都會這麼想吧。」哥哥說著嘆一口氣。

「不過我可不這樣想。」弟弟說。「母親是重視細節的人。性格雖然容易慌張，但對於衣服的數目、現金的有無這類現實問題，是超乎常人的正確。就算頭腦有一點混亂，在這方面還是不會錯。」

律師哥哥說：「就連母親說家裡從內側嚴密地上了鎖，警方也認為實際上八成有哪裡是開著的吧。換句話說，如果要找出合理的解釋，就只能這麼想。而且M××是個有一點怪的，不平常的孩子，這件事町內的所有人都知道。大家都認為這種孩子就是會做出無法預測的事情。因為家父在這個町頗有名氣，所以警察應對的態度很客氣，但也不會再多做什麼了。」

「如果他真能若無其事地回家來，就再好不過了。」我說。

哥哥說：「是啊，父母親也這麼說。但我們總不能什麼也不做，乖乖坐著等M××回來。他還是個缺乏社會適應力的孩子。一想到他現在不知道在哪裡、在做什麼，就擔心得不得了。」

「回到剛才說的那座被高牆圍繞的虛構的城。」弟弟插嘴說。「您覺得，我弟弟對您的那座城的什麼地方最感興趣？」

我窮於回答。到底該怎麼回答才好？

「這我也不知道。因為關於這件事，他什麼也沒說。只是非常認真地埋頭在畫那座城的地圖而已。不過就我個人的感想，M××的心之所以被那座城所吸引，可能是因為在那裡，不需要你們說的社會適應力之類的東西吧。他在那座城該做的事情，只有到圖書館去讀特別的書而已。仔細想，跟他在這個町、在這間圖書館裡每天所做的事基本上是相同的作業。除此之外什麼都不要求。而且在那座城，閱讀那種書是擁有重要意義的事情。」

「所謂特別的書到底是什麼樣的東西？」律師哥哥問。當然會出現的問題。「為什麼讀那個，對城是擁有重要意義的事呢？」

我嘆一口氣。然後不知道為什麼，忽然想起慢慢橫越圖書館庭院的母貓消瘦的身影。還有一直望著那隻貓和五隻小貓，始終不厭倦的黃色潛水艇少年。那感覺彷彿是遙遠的從前所發生的事情。

我說：「那是什麼樣的東西？讀那個有什麼意義？我自己也無法說明清楚，只能說是謎樣的書本。」

弟弟問：「不過那樣的狀況，全部都是在您的想像中創造的嗎？」

「是啊，沒錯。」我說。「我想是。不過那裡的很多事物，我都無法以理論說明。因為那些都是很久以前，在十幾歲的我的心中，很自然地逐漸形成，自己成形浮現的東西。」

要正確說的話，那座城是十七歲的我和十六歲的少女，兩個人合力創造出來的東西。不是我一個人能做到的。但這種話總不能在這裡提出來。

兄弟分別對我說的話思索了一會兒。

弟弟終於開口。「可以跟您說一個私人的假設嗎？」

「當然，請說，任何事情都可以。」

「我想，所謂包圍著城的高牆，可能是形成您這個人的意識。所以那牆才能夠和您的意思無關，自由改變那形狀姿態。人的意識就像冰山一樣，露出水面的只不過是極少的一部分而已。大部分都沉潛隱藏在我們所看不見的黑暗深處。」

我問：「聽說您正在學醫學，不知道專門主修哪方面？」

「我想當外科醫生，目前正在這個領域學習。如果可以，想專門走腦外科方面。但我同時也對精神醫學有興趣，有做一些個人的研究。因為有些領域也和腦外科重疊。」

「原來如此。」我說。「您選擇這個領域，也有受到弟弟M××的狀況影響吧？」

「嗯，是啊。我想某種程度有關係。但不是全部。」

當律師的哥哥說：「不用說，我們並不認為弟弟會實際踏進那虛構的城裡去。那是科幻世界的劇情，現實中不可能發生。因此我們不是因為這個在責備您，也不是在追究責任。只是想坦白向您報告，我們覺得您對M××提到的那座虛構的城，可能成為他這次失蹤的某種動機。」

「所謂動機，例如什麼樣的動機？」

「例如M××可能以為自己找到去那座城的通路了。因為那時候他正在發高燒。於是他從床上起來，離家出走前往那條通路。他是如何從上鎖的家中脫身的，具體方法不得而知，總之他就是出去外面了。只穿著一件睡衣。不過那種通路當然哪裡都找不到，而且那又是一個非常寒冷的夜晚……」

弟弟接著說：「於是他就那樣走進附近的山中去，可能因為寒冷在山裡失去知覺了。這是我們所能想到的最有可能的假設。」

「在山中搜尋過了嗎？」我問。

「是，我們兩個人盡可能到處找過了，但不可能找過所有的角落，一處都不遺漏。畢竟這個町四面都是山。」弟弟說。

哥哥說：「其實應該召集更多人搜山的，但現在這個階段很難做到。」

律師哥哥說：「我們打算在這個町裡再多留幾天，試著找尋弟弟的行蹤。能做什麼就盡量做。但可能很難再留更久了。雖然還是不放心，不過我們兩個差不多也該回東京，繼續工作或讀書了。」

我點點頭，光是離開東京一星期，回到這裡來，對他們來說想必已經在現實中付出很大的犧牲了。每個人都被忙碌的生活追趕著。弟弟從口袋裡拿出記事本來，用原子筆在上面寫上什麼，撕下一頁遞給我。

「這是我的手機號碼。無論任何小事都沒關係，如果想起什麼和那座被高牆圍繞的城有關的事情，可以聯絡我嗎？」

「明白了，我會的。」

他猶豫了一下後，以認真的聲音對我坦白說：「我不太清楚是比喻性、象徵性，或暗示性的，但我忍不住會想，M××可能發現了某種通路，真的進入那座城裡了。可以說是水面下深深的，無意識的黑暗領域裡。」

我當然既不肯定也不否定。只是默默地看著他的臉。

「如果能前往那裡的話，或許可以找到我弟弟。但在現實上我們去不了。」弟弟說。

假設在那裡找到了黃色潛水艇少年，他可能也不會希望回到這邊的世界來。不過我對他的哥哥當然無法說出這種事。

兄弟客氣地向我道謝後，靜靜走出房間。禮貌周到、看來十分聰明的兩位青年離開以後，我走到窗邊，久久眺望著無人的庭院。鳥兒停留在樹葉落盡的枝頭，在那裡啼叫一陣子，彷彿又想追求什麼似的不知飛往何處去了。

「我不太清楚是比喻性、象徵性，或暗示性的。」醫學生弟弟說。

不，那可能既不是比喻、不是象徵，也不是暗示，或許是不動搖的現實。我腦子裡浮現出**現實的**黃色潛水艇少年，走在**現實**的城內街頭的模樣。而我不由得憧憬。對少年也好，還有對那座城也好。

60

那一夜我做了一個非常長的夢。或類似夢的東西。

我一個人走在森林裡的小路上。陰沉的冬季午後，周遭紛紛飄著白色堅硬的雪花。我不知道，自己現在在哪裡。只是漫無目的，滿心痛切地一直在那裡走著。好像在尋找什麼，但到底在尋找什麼，自己也不知道。不過這並沒有讓我特別感到混亂。無論自己在找什麼，一旦找到了，到時自然就會知道是在找什麼了。

在蒼鬱的深深森林之中，再怎麼走都只看到粗壯的樹幹。踩在枯葉上鞋底發出低沉聲響，耳邊不時傳來頭頂高處鳥兒互相呼喚的啼叫，除此之外聽不見其他聲音。風也沒在吹。

終於我穿過樹木之間，來到豁然開朗的平坦地方。那裡有一棟像被遺棄的陳舊小屋。以前可能被當成山中小屋使用過。但似乎在長久的歲月之間都沒有使用和維護，木製屋頂已經傾斜，柱子有一半被蟲蛀而腐朽了。我踩上令人不安的三階踏板登上平臺，輕輕拉開褪色的玄關門。門扉發出一陣異響打開了。小屋裡略微昏暗，有一股灰塵的氣味。感覺沒有人在。

這裡就是我要找的地方，看一眼就能憑本能理解到。我就是為了到這小屋來，穿過深深的森林來到這裡。辛苦地穿越竹林，受到小鳥痛切的警告，跨過結冰的小河來到這裡。

安靜地踏進小屋裡，環視周遭。玻璃窗滿是塵埃，幾乎看不見外面，但玻璃一片也沒有破（以建築物的老舊來看，這幾乎接近奇蹟），外面的光線從那裡稍微照進來。這是只有一個房間的簡素山中小屋。看不出這個地方過去是誰在使用，又是用來做什麼的。我站在房子的正中央，一邊仔細觀察周遭的模樣，一邊讓眼睛習慣那昏暗。

小屋內部是名副其實的空無一物。沒有放任何家具和用具。也完全看不到任何裝飾品。不知道居民什麼時候從這個場所撤離，建築物就那樣被遺棄了。我每走一步，木製地板就翹起來，發出巨大的聲音。簡直像在對森林裡的生物發出重要警告似的。

我對那小屋的內部還有模糊的記憶。好像以前來過……但想不起那是什麼時候、在哪裡發生的事。強烈的既視感，為我全身帶來悶悶的麻痺感。彷彿在全身循環的血液，混進了什麼眼睛看不見的異物。

後面牆上只有一道木製的小門。看起來像是小儲藏室或收藏櫃。我決定打開那道門看一看。因為不知道裡面有什麼，我本來是不想開的，但還是不能不開。大老遠來到這裡，就是為了要尋找什麼。不把關著的門打開看看就回去怎麼行。我盡量不發出聲音，慢慢走到那門前，站在前方深呼吸幾次。調整好心情後，我下定決心，抓住生鏽的金屬把手，慢慢拉開門。

門發出嘰哩嘰哩的乾燥摩擦聲打開了。裡面果然是儲藏室，可能是用來存放各種用具而設的空間。形狀細長，深度很深，光線照不進去所以很暗。可能長久沒有打開的關係，空氣中有一股酸酸的悶臭味。放在裡面的只有一具人像。因為太暗了，我花了一點時間才弄清楚那原來是一個木雕人像。相當大的人像，身高超過一公尺。人像的手腳是彎曲的，好像一個疲倦的人坐在地上，身體依靠在什麼上，背靠著後面的牆。等我的眼睛稍微適應黑暗之後，才發現那個木雕人像好像穿著連帽夾克。而且那綠色夾克上還畫著黃色潛水艇的圖案。

我探出身子，仔細看那人像的臉。顏料褪色得很嚴重，但那就是M××的臉。用顏料畫在木材上的臉。雖然是M××的臉，但幾乎是誇張化的。簡直就像腹語術人偶的滑稽表情。那張臉彷彿一度開始笑起來，但立刻又改變想法不笑了似的，浮現未完成的表情。

於是那時候，我明白了。那就是我要尋找的東西。毫無疑問。我正是為了尋找這個人形雕像而來到這裡的。攀上陡峭的山壁，踏入深深的森林，逃過漆黑野獸的目光。我站定在那裡不動，凝神注視著那木雕的人像。

沒錯，那就是M××脫下的殼。我明白了這件事。M××在這深山的森林深處，拋棄了肉體，那被拋棄的肉體，則變成陳舊褪色的木製人形雕像。而從肉體這不自由的牢獄中脫身出來的他的靈魂，已移動到那座被高牆圍繞的城去了。這就是我想確認的事實。

但這留下來的木製人形雕像、少年脫下的殼，我到底該如何處理才好呢？該帶回町裡給兩個哥哥看嗎？或者該繼續放在這裡？還是該在什麼地方挖個洞埋起來呢？我無法判斷。或許繼續放在這裡是最正確的。因為說不定，少年以後還會用到。

這時我忽然發現。那個人像的嘴角稍微動了一下。因為四周很暗，剛開始我以為是錯覺。以為我看錯了，並沒有真的發生這種事。但實際上並不是錯覺。仔細看，那人像的嘴確實小小地、微微地動了。好像要說什麼似的。原來只有嘴巴部分，做成可以上下活動。和腹語師所操縱的人偶一樣。

為了能聽懂那人像要說什麼，我集中精神側耳靜聽，但能聽到的卻只有宛如損壞的舊風箱所發出的喀沙喀沙的風聲而已，然而那風聲感覺上好像逐漸帶有一點語言的形式了。

更……人像好像在這樣說。

我屏住呼吸，集中精神，等待那話語繼續下去。

更……人像以微弱嘶啞的聲音，再一次說出同樣的話語——或接近話語的曖昧聲音。

可能是我聽錯了。也許是別的發音。但在我耳裡聽來就是「更」的發音。

「更怎麼樣？」我朝著那木雕的人像——黃色潛水艇少年的殘骸——出聲問道。他希望我更怎麼樣？

更……還是一樣地重複。

或許是要我更靠近。或許有來自遙遠的世界，某種重要的祕密訊息正等著傳遞。我乾脆把耳朵湊近那謎一般的嘴邊。

更……那再一次重複，比剛才更大聲一些。

我把耳朵更湊近那嘴巴。

那個瞬間。人像以驚人的速度伸長脖子，瞬間把我的耳朵咬住。像是要把耳垂咬碎一樣，既用力又深的一咬。那是劇烈無比的疼痛。

我大聲喊叫，被自己的聲音嚇醒。周遭一片漆黑。過一會兒之後，才知道那是做夢。或接近夢的什麼。我在自己家裡，睡在自己的被窩裡。做了一個很長很真實的夢（似的東西）。那不是現實中發生的事情。然而我的右耳垂，依然留下被狠狠咬過的疼痛。不是錯覺。我的耳垂在現實中正激烈地疼痛。

我起床走到洗手間，打開燈，看看鏡子裡右耳的情況。但無論怎麼仔細檢查，都沒看到被咬的痕跡，只看見平常那光滑的耳垂。剩下的只有被咬的疼痛而已。但那是真正的痛。那木雕人像——或化身為那人像的誰——咬了我的耳垂。快速、強力、深刻。那是在我的夢中發生的事情，或者是在「意識的黑暗水面之下」發生的事情呢……

時鐘指著凌晨三點半。我脫掉汗溼的沉重睡衣和內衣，一起丟進洗衣籃裡，然後喝了幾杯冷水。用毛巾擦汗，從抽屜裡拿出新的內衣和睡衣穿上。心情總算稍微安定下來，但心臟依然還像用鐵鎚敲打板子似的，發出尖銳的聲音。強烈驚愕的記憶，讓我全身的肌肉僵硬而緊繃。我看到的是每一個細節都能想起來的極鮮明畫面，耳垂所留下的疼痛則毫無疑問是真正的痛。那刻骨的觸感隨著時間的經過也沒有變淡。

那個少年一定是想傳達某種訊息，才在我的耳朵上咬一口吧。因此才把我引到身邊來——我只能這樣想。但藉著咬耳朵，他到底想對我傳達什麼事呢？那訊息是否含有什麼不祥的內容？或者他咬我的耳朵，只是出於一種（他獨特的）親近感嗎？我無法判斷。

但我雖然感覺到耳垂嚴重的疼痛，心裡卻感覺安穩不少。我在那遠離人煙的森林深處，幾乎快倒塌的破舊山中小屋裡，終於找到了那個。黃色潛水艇少年所留下的「肉體」。或那脫下的殼。那應該是能解釋黃色潛水艇少年的失蹤（或神隱），這起謎團重重的事件的重要線索。

但這件事，又不能對他的哥哥直接報告。這只會讓他們感到困惑，把事情搞得更混亂而已。而且再怎麼說，那（可能）只是夢中所發生的事情。雖然如此，他們還是有權當成一種情報聽一聽吧。我幾次拿出醫學生弟弟遞給我的手機號碼便條來看，猶豫著不知該如何是好。但終究沒有打電話。

那天的午休時間，我來到車站前面，走進咖啡店。店裡客人比平常多。我在平常習慣的吧檯座位坐下，點了黑咖啡和瑪芬。她和平常一樣把頭髮在後面綁成一束，站在吧檯裡勤快地工作。

耳垂的痛已經好相當多了，但我還是可以感覺到夢所留下的影響。那就像配合我心臟跳動的節奏似的，微小，但確實持續疼痛。

店裡的小型喇叭正播出傑瑞·穆利根的獨奏。這是我從很久以前就常聽的演奏。我一邊喝著熱的黑咖啡，一邊探尋著記憶的底層，回想起那首曲子叫《Walkin' Shoes》，我想不會錯。沒有鋼琴的四重奏演奏，小喇叭是查特·貝克。

過一會兒忙完所有客人了，她終於有空，走到我面前來。穿著窄管的牛仔褲，圍著白色素面的圍裙。

「看起來很忙的樣子。」我說。

「嗯，很難得。」她微笑地說。「很高興你來了。現在是休息時間嗎？」

「是啊，所以不能待太久。」我說。「有一件事想拜託妳。」

「什麼樣的事？」

我指著右側的耳垂。「幫我看看這個耳垂好嗎？有沒有留下什麼痕跡？因為自己看不到。」

她兩肘撐在吧檯上，探出身子，從各種角度仔細查看我的耳垂。就像在食品店檢查花椰菜的主婦那樣。然後直起身體說：

「好像沒有留下任何痕跡，到底會是什麼樣的痕跡呢？」

「例如被什麼咬到。」

她露出警戒的表情把眉頭皺起來。「被誰咬到？」

「不。」我說著搖搖頭。「沒有被誰咬到，不過早晨起床後，耳垂覺得很痛。可能夜裡睡覺時被大蟲子螫了，或咬到了也不一定。」

「是穿裙子的蟲子嗎？」

「不，沒這回事。」

「那還好。」她微笑地說。

「如果方便的話，幫我用手指摸一下耳垂好嗎？」

「當然，很樂意。」她說。然後伸出手越過吧檯，用手指抓住我的右耳垂，溫柔地摩擦幾次。

「又大、又柔軟的耳垂。」她佩服似地說。「好羨慕噢，我的耳垂又小、又硬，一副窮酸相。」

「謝謝妳。」我說。「妳幫我摸了之後，感覺輕鬆多了。」

這沒有說謊。她的手指很溫柔，被摸過之後我耳朵的痛——那夢所殘留的輕微刺痛——已經完全消失了。就像被初昇的朝陽照射之下朝露迅速消失那樣。

「還想一起吃飯嗎？」

「很樂意。」她說。「想約的時候，隨時說一聲。」

我走路回到圖書館，一邊在館長室的書桌前處理著日常的工作，一邊回想夢中的始末。雖然努力不去想，但也不可能不想。因為那記憶已經鮮明地附著在我的意識之牆上，不肯離開了。

為什麼黃色潛水艇少年，要那樣用力咬我的耳朵呢？

我一直集中思考這個問題。那疑問從早上開始就不斷地動搖我的心，用尖銳的針不斷刺著我的神經。為什麼黃色潛水艇少年，要那樣用力咬我的耳朵呢？那一定是某種訊息。而他為了傳遞那訊息，把我引導到那個森林深處去。

或許那個少年，想把自己曾存在於這個世界的事實，以確實的痕跡，牢牢印在我的意識之中，和我的肉體之上。伴隨著物理性疼痛的難忘痕跡，像蓋下刻印那樣。疼痛就是那麼激烈。

但那到底為了什麼？何必做到這個地步，他曾存在於這個世界的事，不是早已清清楚楚印在我的意識裡了嗎？我不可能忘記他的存在。就算他的身影永遠從這裡消失也一樣。

這個世界，我想。

然後我抬起頭，重新環視一圈自己周圍的風景。我在圖書館二樓的館長室裡。這裡有熟悉的天花板、有牆壁、有地板。牆上設有幾扇縱形窗，從那裡射進眩目的午後陽光。

這個世界。

但繼續注視著這些時，我發現，那整體的比例稍微有一點不同了。對，天花板太寬了，地板變窄了。結果，導致牆壁承受壓力彎曲了。而且仔細看，房間整體簡直像臟器的內壁那樣，正在蠢動著。窗框伸伸縮縮、玻璃起伏波動。

起初，我以為發生大地震了。但那並不是地震。那是從我的內部帶來的震動。只是我內心的動搖直接反映在外在的世界而已。我雙肘支撐著書桌，雙手把臉捂住閉上眼睛。然後花一段時間，在腦子裡慢慢數著數字，耐心地等待，讓錯覺平靜下來。

過一會兒——大約兩分鐘或三分鐘——我雙手放下、眼睛睜開時，那種感覺已經過去了。房間恢復原樣，安定靜止的房間。既不搖也不動。比例也沒問題。

雖然如此，我還是注意觀察了一下，發現房間的形狀感覺好像和以前稍微不同。各部分的布置，好像有一點變更。就好像暫時移動到其他地方的家具，又被重新擺回同樣的位置那樣。放回去的時候很仔細恢復原狀，但細節有了些許的改變。不是很大的變化，一般人可能不會注意到差異。但我知道。

不過那可能是我的心理作用。可能我太敏感了。昨天晚上做了一個很清楚的夢（或類似的東西），可能讓我的精神脫離正常狀態，一時分不清夢裡、夢外的界線。

我用手指輕輕摸右耳垂，柔軟、溫暖，已經不痛了。痛只留在我的意識中。而且那痛、那鮮明的殘存記憶可能不會從那裡消失。我有這種感覺。對，那就好像擁有實在熱度的刻印一般。可以超越一個世界和另一個世界的境界，伴隨著具體疼痛的刻印。我可能會把那當成自己存在的一部分留下來，在往後的人生繼續活下去。

61

那天下午稍晚我打電話到咖啡店，邀她共進晚餐。

「耳朵沒問題了嗎？」她問。

「託妳的福，耳朵好像沒問題了。」

「別再讓壞蟲子咬到噢。」她說。

「如果方便的話，今天稍晚可以見面嗎？」

「可以呀。反正沒事。打烊後，等時間差不多了，就到我店裡來好嗎？」

我掛上電話，把冰箱裡的東西列個清單，在腦子裡盤算能做什麼菜。太複雜的做不來，但馬上要吃的晚餐可以準備。蛤蜊醬已經做好了，夏布利酒也冰著。

腦子裡一一想著料理的細節順序之間，我的心似乎多少鎮靜下來了。無論如何，腦子裡有這些實際的東西在運轉時，其他問題都可以暫時忘記。就像想起傑瑞．穆利根四重奏所演奏的曲名時一樣。

傍晚前和添田小姐碰面時，她告訴我黃色潛水艇少年的兩個哥哥，明天都預定要回東京去了。

「還無法掌握M××的行蹤，兩個人都相當氣餒。不過還得顧及工作和學業，沒辦法一直留在這裡。」

「真遺憾，但也沒辦法。」我說。「警方的搜索有什麼進展嗎？」

添田小姐搖搖頭。「雖然不會說這裡的警察無能，但到目前為止，也不能說有什麼幫助。這是一個少有人進出的小地方，要說有什麼事件發生，頂多就是夫妻吵架或交通意外之類的。人手不足，辦什麼事也不得要領。」

「我忽然想到，」我說：「如果那孩子離家出走，到哪個遠方去的話，無論去哪裡，我想都會穿上那件黃色潛水艇連帽夾克的。說起來，那等於是他的第二層皮膚。他應該不會留下那件衣服吧？」

「是啊，我也這麼想。如果他要去遠方，一定會穿上那件夾克吧。好像要穿上那件衣服，他的心才能鎮定。」

「可是那件夾克卻留下了。」

「是啊，他母親這樣說。說那件黃色潛水艇的夾克留在家裡。這件事我也覺得奇怪，確認了好幾次。但他確實沒穿走。」

圖書館的工作結束，到車站前的咖啡店時，時刻是稍過六點半。漫長的冬天即將結束，天黑明顯比以前更遲，寒意也緩和了一些。結凍的路邊雪塊，也因為白天的日照而融解成小塊。而聚集了那些融雪水流的河川，水量明顯增加了。

咖啡店的玻璃門上掛著「打烊」的牌子，窗戶的百葉簾也拉下了。我推開門，走進店裡。她一個人坐在吧檯的椅子上看書。不是文庫本，而是厚厚的單行本。她把書闔上，對我微笑。書上夾的書籤，顯示書已經快要讀完了。

「妳在讀什麼？」我把大衣脫下，掛在大衣掛架上一邊問。

「《愛在瘟疫蔓延時》。」她說。

「妳喜歡賈西亞・馬奎斯嗎？」

「對，我應該算喜歡。因為他的作品我大多讀了。其中尤其喜歡這一本，這是第二次讀。你呢？」

「以前讀過，剛出版的時候。」我說。

「我喜歡這種地方。」她翻開夾了書籤的那一頁，為我讀出那個部分。

費米娜・達薩和弗洛雷提諾・阿里薩一直在艦橋待到午餐時間。就快準備用午餐時，他們經過卡拉馬爾村。不過幾年前，這裡的港口每天都像過節一樣熱鬧，如今路上卻是一個人影都沒有，已沒落衰敗。一名白衣女子揮舞著手帕向他們示意。費米娜・達薩不明白，她看起來是如此悲傷，為什麼不能讓她上船？於是船長向她說明，那是一名溺斃女子的亡靈，她想引誘通過的船隻進入對岸的危險漩渦。船從女子的面前駛過，因此費米娜・達薩能清清楚楚看見陽光下那名女子的每一個細節。那名女子毫無疑問不屬於人世間，而她的容貌似曾相識。

「他所說的故事中，現實和非現實，生者和死者，都混在一起。」她說。「好像在日常生活中理所當然會發生的事一樣。」

「很多人把這種稱為魔幻寫實。」我說。

「是啊。不過我覺得，這種故事的形式，就評論的角度來說也許是魔幻寫實沒錯，但對賈西亞·馬奎斯自己來說，可能只是極普通的寫實。在他所生活的世界，現實和非現實是極日常地混合在一起的。他可能只是把他看見的情景照實寫下來而已吧。」

我在她旁邊的凳子上坐下，說道：

「換句話說，在他所住的世界，真實和非真實基本上是相鄰等價的存在，賈西亞·馬奎斯只是把那誠實記錄下來而已。」

「沒錯，可能是這樣。我最喜歡他的小說這種地方。」

她把工作時在後腦勺綁成一束的頭髮放下來，頭髮筆直垂在肩膀下。她撩起頭髮時，可以看見耳垂上戴著銀色的小耳環。工作時會拿下的耳環。耳垂看來確實小而硬。

談到賈西亞·馬奎斯的小說，讓我想起子易先生。如果是她的話，即使見到子易先生，或許也能坦然接受他是已死的人了。和魔幻寫實或後現代主義之類的無關。

「妳喜歡讀書嗎？」我問。

「是啊，從小就常常讀。現在工作忙，沒辦法讀很多書，不過有空的時候多少還是會讀一些。到這裡來以後，找不到人聊讀過的書，感覺有點寂寞。」

「我也許可以當妳聊書的對象。」

她微笑。「因為是館長啊。」

「日課的一根菸，一杯單一麥芽威士忌呢？」我問。

「菸已經抽過了，威士忌還沒有噢。因為在等你來呀。」

「現在要不要到我家吃東西？立刻就可以做好一些簡單的東西。」

她輕輕歪著頭，瞇細眼睛考慮。然後說：「如果你可以的話，今天要不要在這裡叫披薩外送，喝啤酒？我想這樣，好嗎？」

「可以呀。披薩不錯。」

「瑪格莉特好嗎？」

「什麼都行，點妳想吃的東西就好。」

她按了設定在電話中的快速撥號代碼，以熟練的樣子點了披薩。加上三種菇類。

「三十分鐘後送來。」她說。然後看一看牆上的掛鐘。

在等披薩送來的三十分鐘之間，我和她並排坐在吧檯的座位，談自己最近看的書。一邊喝著單一麥芽威士忌。

「想不想看看我住的房間？」吃完披薩之後，她說。

「這裡二樓的房間？」

「是啊，很小，天花板很低，家具便宜，最不起眼的房間，不過總之我在這裡過著平平凡凡的生活。如果不嫌棄的話。」

「很想看看。」我說。

她把披薩的空盒和餐具整理好，把店裡的燈關掉。然後走在我前面，登上廚房後方的狹小階梯。我跟著她上了二樓的房間一看，覺得並沒有她說的那麼糟糕。雖然確實狹小，天花板也低，但整理得很乾淨，有小閣樓的氣氛。屋內有兼做床用的沙發（現在是當成沙發），有小型的料理電器，窗邊有可以做簡單工作的桌椅，桌上放著筆記型電腦。有衣櫥和衣櫃，小書架上排列著書。沒看到電視和收音機。洗手間大約只有比較寬的電話亭那麼大，但也可以用來沖澡（不過身體移動時可能要非常小心）。

「家具幾乎都是這裡本來就有的，以前的房客留下來的東西。不過只有寢具當然還是換成新買的。所以我才能兩手空空搬到這裡，直接開始生活，這對我是很值得感謝的事。洗衣服和煮菜方面可以在一樓店裡解決，如果想舒舒服服洗個澡，也可以到附近的公共澡堂去。生活品質當然會有一些不滿，不過想到狀況的話也不能奢求了。」

「再怎麼說，工作地點離家很近嘛。」

「是啊。方便是非常方便。有些購物透過網購就可以解決，店裡進貨幾乎都可以直接請人送貨到家，日常生活必需品到商店街上附近的店就能買到，所以也不太需要外出。只是一直在這裡過日子，難免會想起電影《安妮日記》。她在阿姆斯特丹生活的那個隱藏房間。天花板低、窗戶又小……」

「妳又沒有被誰追捕，也不是在躲避誰的眼光。妳只是在過自己積極選擇的人生而已。」

「可是在這麼狹小的地方，過著只在一樓和二樓之間往來的生活，不知不覺就會有這種感受。就像是一種被跟蹤妄想，覺得好像自己被誰、被某種東西緊追不放，只得隱藏起來躲避危險那樣。」

她從小冰箱拿出兩罐啤酒，注入玻璃杯。我們並排坐在沙發上喝啤酒。坐起來不算舒服，但我也坐過幾次更糟糕的沙發。

「如果有音樂就好了，但這裡沒有這種東西。」她說。

「沒關係。靜靜的很好。」我說。

我抱住她親吻是自然的趨勢。她沒有抗拒，身體還自然地靠到我身上。但她並不想要進一步的行為，這件事我也知道。只是抱著她的身體，嘴唇重疊而已。不過仔細想想，跟人接吻已經是很久沒有的事了。她的嘴唇柔軟而溫暖，有一點溼潤。人的身體有著確實的溫暖，可以將那溫暖傳給對方，這種真實感也好久沒有了。

我們在沙發上長時間保持那樣的姿勢互相擁抱著。可能各自沉溺在自己的思緒中。我的手掌撫摸著她的背，她的手掌撫摸著我的背。

但在這樣做時，我不得不注意到，她苗條的身體，整體好像很不自然地被什麼緊密地綁住。尤其是她的胸前兩個隆起，好像被圓弧狀的人造物質牢牢保護著。那半球形「物質」的材質雖然不是金屬製，但要以衣物稱呼又似乎有點過於硬質。有彈性，但那是能將對方堅定彈回的強大彈力。我忍不住問道：

「妳的身體為什麼感覺這麼硬呢？好像身上穿著合身的特製鎧甲似的。」

她笑著回答：「那個啊，是特別的內衣，把身體沒有間隙地固定住。」

「我不知道是什麼樣的東西，穿起來不會難受嗎？」

「雖然不是完全不難受，不過身體某種程度已經習慣了，所以可能不太有感覺。」

「也就是說，妳平常隨時都要這樣緊緊綁住身體？用那特別的內衣嗎？」

「是啊，牢牢裹住身體的半身塑衣。放鬆的時候，或睡覺的時候當然還是會脫掉，但要出現在人前時都會穿著。」

「妳夠瘦，而且身材也很好，我覺得好像沒有必要勉強綁著身體。」

「是啊，也許沒有必要。已經不是亂世佳人的時代了。不過穿著比較心安。感覺自己好像被緊緊保護著，受到防禦似的。」

「防禦……例如防禦我嗎？」

她笑了。「不是。這樣說也許不太好，不過你，我倒不那麼擔心。因為我想你好像不會勉強對方去做討厭的事情。我想保護自己，只是在更整體性的事物方面。」

「更整體性的事物方面？」

「該怎麼說呢？更假設性的事物。」

「『假設性的事物』對抗『特別的內衣』。」

她笑了，在我的臂彎中聳了聳肩。

「用更簡單、更平常的說法來說，要脫掉那個不是那麼容易的事情，是這樣嗎？」我問。

「這個嘛。還沒有人試過，我想應該沒那麼容易吧。」

「妳穿著特別的鎧甲，防禦著假設性的事物？」

「沒錯。」

沉默暫時繼續，在那之間，我的意識被拉回到十七歲的時候，而我無從抗拒。我像被一陣強烈的浪潮沖走的漂流者，周遭的情景在我的內側旋轉變換。

我思考起妳的身體。想妳那對胸部的隆起，想妳的裙子裡。想像裙子裡面的東西。不過在各種想像之間，我的身體的一部分不知何時已經變硬。像造型下流的大理石擺飾物那樣。在合身的牛仔褲裡，我勃起的性器非常不舒服。不快點恢復一般狀態的話，我可能連要從座位上站起來都有困難了。

但那一旦硬起來之後，就無法依照我的意志恢復原狀。無論怎麼拉繩子，那都不肯聽話，就像精力十足的大型狗那樣。

「喂！你在想什麼？」她在我耳邊細語。

我的意識被拉回現在這裡的現實。這裡是咖啡店的二樓，她的小小住宅。我們正在沙發上互相擁抱著。她的身體被緊身內衣綁住，不懈怠地防禦著「假設性的事物」。

「沒幫上忙，很抱歉。」她說。「我喜歡你呦。所以可能的話希望能幫上忙。真的噢。可是怎麼樣都沒有那種心情。」

在接下來的沉默中，我對這件事思考了一番。然後對那時所產生的自己的想法，做了一番驗證。

「可以讓我等嗎？」我說。

「等……等我對那方面的心態變積極嗎？」

「不積極也沒關係。」

「或者心態上變得比較能接受，是嗎？」

我點頭。對於我這個提案，她認真考慮了一下。然後抬起頭來說：

「你能這樣說，我很高興，不過那可能要花很長的時間。或者說，無論是積極也好寬容也好，我可能都不會再有那種心情。因為我這邊還有幾個必須解決的問題。」

「我很習慣等待。」

她又再稍微思考了一下。然後說：

「我有讓你耐心等待的價值嗎？」

「這個嗎？」我說。「不過就算花很長時間也願意等的話，自然是有價值吧。」

她什麼也沒說，把嘴唇貼上我的嘴唇。那嘴唇依然溫暖而柔軟，而且和身體的其他部分不同，沒有被什麼牢牢防禦著。

我一邊分別回想她身體溫暖柔軟的部分，和堅固的防禦性部分的觸感，一邊走路回家。月色美好的夜晚，身體還殘留著一些威士忌和啤酒的微醺。

我對她說「我很習慣等待」，不過真的是這樣嗎？我反問自己。吐出的氣息化成堅硬的問號，白白地浮上空中。

我不是習慣等待，只是除了等待之外，我別無選擇的餘地而已吧？

而且，我到目前為止**到底**一直在等待什麼？我真的能正確掌握自己在等待什麼嗎？或者我只是為了弄清楚自己在等待什麼，一直耐心地在等待而已嗎？就像一個木箱裡放進一個更小的木箱，那裡面又放進更小的木箱，無限精細越變越小的連續木箱。箱子變得越來越小——在箱子中心的那個東西也一樣。這豈不是我這四十幾年人生的實像嗎？

到底哪裡是出發點？哪裡可以稱為到達點？或者到達點根本不存在？越想越無法判斷。不，該說是一籌莫展更正確。澄清、靜冷的月光，照亮聚集了融雪的水發出輕響的河面。世界上有各種水，而那些水都由上往下流去。基於不證自明的道理，沒有任何迷惘。

或許我在等待著她也不一定。

這種想法忽然浮現在我的腦海。一個人經營著沒有名字的「咖啡店」，身上包著沒有縫隙的特別內衣，防禦（可能）潛伏在周圍的各種假設性事物。不知怎麼，無法接受性行為。年約三十五歲的一個女性。

我對她懷有好感，她也對我懷有好感。這件事不會錯。我們在這個群山環繞的小町裡（可能）互相需求。雖然如此，我們中間還是有什麼阻隔——某種具有堅硬實體的東西。沒錯，例如高高的磚牆般的東西。

我一直在等待著，這種對象出現在自己眼前嗎？那是賦予我的新木箱嗎？

不用說，我尋求她的感情，和十七歲時尋求那個少女的感情是不同的性質。當時那種壓倒性的，焦點集中在一點，彷彿會燒掉什麼似的強烈感情，可能再也不會回來了（假設回來了，現在的我也無法承受那樣的熱度了吧）。我對那咖啡店的女子懷抱的，是範圍更廣的感情，被更穩當更柔軟的外衣包裹著，被適當的智慧和經驗抑制著的感情。而且是該在更長的時間性中掌握的感情。

而且還有一件重要的事實——我所求的並不是她的一切。她的一切現在可能無法收進我手頭的小木箱裡。我已經不是十七歲的少年。那時候的我，手上握有全世界的所有時間。但現在不一樣。我手上的時間，那能使用的可能性，變得相當有限。現在的我所求的，是她身上所穿的防禦牆內側存在的安穩的溫暖。還有在那特殊材質圓形罩杯下跳動的心臟，那確實的脈動。

那個，對於我一直到了現在才展開的尋求來說，是太過於微小的東西嗎？或者是過於龐大的東西嗎？

我忍不住懷念子易先生，忍不住想念他。如果子易先生在這裡的話，我就能對他說很多話，跟他商量很多事情了。他想必可以給我有益的建議。與失去肉體的靈魂相符的，多義性的神祕建言。而我想必會像瘦狗啃食人家給的骨頭那樣，長久珍惜地不斷品味他的建言。

仔細一想，我只認識身為死者的子易先生。但儘管已經喪失生命，子易先生依然擁有豐富的生命力，我依然能夠鮮明地回想起他的存在、他的為人。不知道子易先生現在怎麼樣？他還在什麼地方——雖然我無法想像那會是什麼地方——嗎？或者已經完全回歸虛無了？

費米娜．達薩不明白，她看起來是如此悲傷，爲什麼不能讓她上船？於是船長向她說明，那是一名溺斃女子的亡靈，她想引誘通過的船隻進入對岸的危險漩渦。

賈西亞．馬奎斯，認為沒有必要將生者與死者區分開來的哥倫比亞小說家。

什麼是現實，什麼不是現實？不，甚至該問隔開現實與非現實的牆，真的存在於這個世界上嗎？

牆或許存在，我想。不對，那無疑是存在的。但那是一道完全不確定的牆。會根據情況、根據對象改變硬度，改變形狀。就像生物一樣。

62

那一夜，我好像越過了那道不確定的牆。或者應該說是穿過——像穿過黏稠的果凍狀物質，半游泳地穿過那樣。

一留神時我已經在牆的另一側。或牆的這一側了。

那並不是夢。在那裡的情景非常具有理論性、持續性、整合性。每一個細節我都能一一看清、識別出來。我站在那個世界，以我所能想得到的方法，確認過幾次那不是夢（在做夢的人應該就不會這樣做）。沒錯，那不是夢。如果要下定義的話，那應該稱為存在於現實的最遠端的觀念。

季節是夏天。陽光強烈，周遭充滿了熱鬧的蟬鳴聲。正是盛夏時分。可能是八月吧。我在河裡走著。把長褲捲到膝蓋上，白色運動鞋脫下來提在手上，腳泡在水裡。從山上直接流下來的水冷冷的，清澈而澄淨。腳踝可以感覺到水的流動。是一條淺淺的河。也有一些地方比較深，但只要避開那裡就可以一直在河裡走。深的地方看得見銀色的小魚成群游著。偶爾，也會看見低飛的鳶那黑色的影子快速地飛過河面。四周都是夏草濃烈的氣息。

我見過這條河。小時候經常玩耍的河邊。有時抓抓魚、有時只是愉快地享受水的觸感。不過現在的我已經不是小孩。已超過四十五歲的**現在的我**。我一個人獨自走在那河裡。強烈的太陽照在沒戴帽子的頸背，曬得我十分灼熱，但完全沒流汗，也不覺得口渴。我一邊注意腳踏在長青苔的石頭上不要滑倒，一邊穩穩地移動腳步。沒有什麼好急的。風平滑地吹過河面。接近遠方地平線的地方看得見雪白的雲塊，但頭頂的藍天遼闊，沒有一絲遮蔽。

我朝上游，逆著河的流向走著。那樣走好像沒有特定的目的，也沒有朝向某個特定場所前進。只是想赤腳走在水裡，想看看周圍懷念的光景，就這樣走著而已。可以說，走路這行為本身就是我當時的目的。

但這樣走著走著，我忽然留意到**一件事情**。沿著河流往上游前進時，自己好像慢慢有了一點變化。不是意識的變化，或認知或觀點的轉換，這類感覺性、抽象性的變化。而是眼睛可以看得見的，手實際可以觸摸到的具體變化。物理性的，恐怕是肉體的變化。

我正在進行**肉體的變化**。

一步一步，腳每踏出一步，我就繼續變化下去。那不是錯覺。也沒有誤會。那確實發生的變化律動，全身都可以實際感受到。

那是什麼種類的變化，我剛開始還不太明白。但是用手摸摸自己的臉，我就發現明顯變了。臉上的肌膚從來沒有這樣光滑過，下顎底下鬆弛的肉也不見了，整張臉的輪廓好像都收緊了。再看看手腳，皮膚恢復了健康的彈性。皺紋也減少了許多。原本有的傷痕，大部分也消失了。

不會錯。跟以前比起來——所謂以前也只不過是幾個小時之前的事——我的皮膚明顯恢復年輕了。而且身體也覺得像移除了秤錘似的變輕了。肩胛骨深處長久以來持續疼痛的頑固痛點也完全消失，肩膀可以滑順輕快地活動了。連吸進肺裡的空氣，感覺都變得更新鮮而充滿活力。傳進耳朵裡的各種自然的聲音，也變得更生動鮮活而悅耳。

如果有鏡子就好了，我想。如果有鏡子，我應該就能具體看到自己臉的變化了。鏡子裡的我，大概變回年輕時候的臉了吧。應該是二十幾歲後半的容貌。頭髮會比現在濃密，下顎變尖，臉頰也瘦一點。健康而沒有陰影，而且（現在看起來）顯得有幾分愚蠢吧（可能實際上也很愚蠢）。不過我當然沒有鏡子。

自己的身體現在到底發生了什麼事？不用說，事態的進展超出了我的理解力之外。目前我的腦裡頂多浮現一個假設：越朝這條河的上游走，自己就會越變越年輕——大概只有這樣。

當然不用說，這是很奇特的假設。但除了這樣想之外，無法說明現在我身上所發生的事情。我轉身看看周圍的風景，抬頭看看沒有雲的藍天，看看腳下澄清的流水。看不見任何一點異樣，任何一點異質。全都是到處都有的，平凡無奇的盛夏的午後風景。但看起來即使平凡無奇，或許這其實是帶有某種特殊意義的河川也不一定。我或許在不知不覺之間踏進了這樣的河川。

我決定再往上游走去。我如果因此變年輕的話，就可以證明假設是正確的。

不過接下來會怎麼樣呢？走到適當的地方再回頭，也就是沿河往下游走，就能再一次回到本來的年齡嗎？或者這是不容許回頭的流向嗎？這就不知道了。不過總之現在，只能試著往上游前進。好奇心牽動我的腳往前走。

我從河上架的幾座橋下鑽過，通過幾處水流較淺的地方繼續往前走。在那之間沒有遇到任何人。只在途中看到幾隻小青蛙，和一隻靜靜佇立在石頭上的白鷺而已。那隻鳥單腳站立著不動，不懈怠地監視著河面。

橋上有幾個走路過橋的人，但人數不多，誰都沒有停下腳步往下看我。過路人或撐傘、或把帽子壓得低低的，遮擋盛夏午後強烈的日照。他們身上穿的衣服，或戴的帽子，看起來都有點古老奇怪。也或許是我的心理作用。畢竟我只是在眩目的陽光下，從遠處往上看。

只有一次有一個小男孩，從水泥欄杆探出身體來，對著走在下面的我，張大嘴巴大聲呼叫，但聽不清楚他在說什麼。看起來他好像想傳達什麼重要訊息給我，但只傳來微弱的聲音。不久一個像母親的胖女人從背後出現，把不斷叫著的那孩子從欄杆硬拉走。她的視線完全沒有轉向我，好像根本沒看到我在這裡。除了那個小男孩之外，沒有人注意到赤腳走在河裡的我。

我不時站定下來仔細檢查自己當時的狀態，一邊繼續在河裡走著。沒錯。我的肉體隨著在這條河中逆流而上，以微小的幅度，確實地變年輕了。我一步一步逆流穿過二十幾歲的年紀，逐漸接近二十歲這個分歧點。摸摸手臂，只覺肌膚細緻，變得更光滑。因為長年讀書而受損的視野像迷霧散去一般變清楚，身體各處的贅肉也一點一點地消除。我平常對體重的增加相當注意，但原來在自己不知不覺之間，身體各處還是難免多出許多贅肉。伸手摸摸頭，發現頭髮明顯變粗、變濃。而現在，我的腰腿充滿健康的活力，走多遠都不覺得累。

隨著往上游前進，周圍的風景也明顯出現變化。好像已經從平地上到接近山區的地方了。橋的數目減少了，周圍的綠意則明顯增濃。連人影都已經見不到了。河川也變得更陡峭。有些地方還有攔沙壩形成的小流瀑，必須跨越過去。

再往更上游前進，好像越過二十歲的分歧點（回想起來，我的二十歲前後絕不算幸福），踏進十幾歲的領域了。越前進，身體變得越纖細，下顎的線條更加銳利。腰圍縮小，皮帶必須重新調緊。伸手摸摸臉，那感覺已經不像自己的臉。好像是別人的臉。或者過去的我，事實上確實是不同的人也不一定。

不過像這樣隨著時間的逆行產生變化的，似乎只有我的肉體而已。我所擁有的意識和記憶，毫無疑問屬於現在的我。我還保持年過四十五歲的心和記憶的累積，另一方面只有身體變回十幾歲的青年，或少年。

往前走看得見沙洲。美麗的沙洲。由白沙所形成，生著茂盛的夏草。而且她就在那裡。她依然還是十六歲。而我則再一次回到十七歲。

妳將紅色低跟涼鞋隨意塞進黃色塑膠單肩包，在我稍前方，不斷從一個沙洲走向下一個沙洲。濡溼的草葉黏在濡溼的小腿肚上，形成美麗的綠色逗點。

她走在前面，在我前方不停走著。對於我會跟上好像沒有絲毫懷疑，一次都沒有回頭看背後。

在流水中移動腳步，她的意識好像只集中在這件事。有時口中一邊斷斷續續地小聲哼著什麼歌（沒聽過的歌），繼續往前走。

從山上流下來的冰冷澄清的水，流過我們赤裸而年輕的腳，我們安靜地走著。我一邊緊跟在她後面走，一邊瞇細眼睛注視著她那筆直的黑髮，在肩膀上像鐘擺般左右搖擺——有如注視著光芒眩目的精緻工藝品般。就像被施加催眠術似的，無法從那生動美麗而纖細的動作中，移開目光。

她終於像想到什麼似的，突然站定腳步，環視周圍。然後離開水中，赤腳走在白色的沙洲上。她把淺綠色洋裝的裙襬仔細地摺起來，在一片夏草圍繞的開闊地方坐下來。我也默默地，同樣在她旁邊坐下。一隻綠色的蚱蜢，從旁邊的草叢裡慌忙地飛起來，發出尖銳的振翅聲，猛然飛走。我們的目光一時追蹤著那個方向。

是的，就這樣我們兩人在那個地點站定，停留在十七歲和十六歲的世界裡。在被河流圍繞的白色沙洲的，綠色夏草之間，不再往前進。無論對我或對她來說，都沒有必要繼續在時間中逆行。

我的記憶，和我的現實在那裡重疊，連結混合為一。我以目光追蹤那個模樣。

妳在夏草中坐了下來，什麼也沒說，抬頭望著天。兩隻小鳥並排快速飛過天空。我在妳身邊坐下時，心情變得有點不可思議。簡直像有幾千條眼睛看不見的絲線，把妳的身體和我的心細密地綁在一起似的。

我想跟妳說些什麼，但話沒說出口。舌頭彷彿被蜜蜂刺到，腫起來麻痺了似的。在這現實邊緣的世界，我的身體和心還沒有結合為一。

但我知道。我會像現在這樣，一直繼續留在這裡。既不從這裡往前進，也不往後退。時鐘的指針停止了。或者指針就那樣消失了。時間在這裡完全停止。不久我的舌頭就會恢復正常的動作，一句又一句，找出正確的話語吧。

我閉上眼睛。暫時停留在那中間性的黑暗中，然後再度睜開眼睛。希望不要因為一時的錯誤而破壞了什麼，安靜而小心地睜眼。然後重新環視周遭，確認那個世界還沒消失。清涼的水聲傳進耳裡，濃烈的夏草氣息依舊。無數的蟬鳴聲，彷彿在用全力向世界訴求著什麼。妳的紅色涼鞋，和我的白色運動鞋並排放在沙上。好像靜靜靠在一起休息的小動物那樣。我們的腳，從腳踝以下沾滿了細細的白沙。天空的色調告訴我們，夏天的夕暮即將降臨。

我伸出手，碰觸到身旁妳的手，然後握住那手，妳也回握我的手。我們連結成一體。我年輕的心臟在胸腔深處發出乾澀的聲音。我的思緒化為擁有鮮明銳角的楔子，被木槌牢牢敲進正確空隙裡去。

然後就在那時，我發現一件事。我的影子不知道什麼時候不見了。西斜的夏季陽光把一切東西的影子拉長，鮮明地延伸在地表，但無論怎麼找都沒看到我的影子。到底是什麼時候，我的影子不見了呢？他到哪裡去了？

不過奇怪的是，我對這件事並沒有感到特別不安，也沒有感到害怕，或困惑。我想我的影子可能依自己的意思，消失蹤影了。或者因為某種原因而暫時移動到什麼地方去了。不過一定還會回到我的身邊來，因為我們是一體的啊。

風安靜地吹過河面。她修長的手指，悄悄地對我的手指述說著什麼。某種重要的，言語無法表達的什麼。

在那樣的時刻，無論妳我都沒有名字。只是十七歲和十六歲的夏天黃昏，河邊草地上色彩鮮明的想念——就只是這樣。不久後，我們頭上可能會逐漸開始有星星閃爍，但星星也沒有名字。

妳筆直看著我的臉。非常認真的眼神，好像在窺探深沉而澄清的泉水底下似的。然後像在訴說祕密一樣，悄聲對我說。我們的手依然緊緊相握。

「嘿，你懂了嗎？我們兩人，都只是別人的影子而已喲。」

然後我忽然醒過來。或被拉回毫不含糊的現實的臺地上。她的聲音還鮮明地留在我的耳裡。

嘿，你懂了嗎？我們兩人，都只是別人的影子而已喲。

第三部

63

傍晚時分，我像平常那樣走向圖書館的途中，看見一個奇妙的少年的身影。

他一個人獨自站在橋對面。河面薄薄地罩著一層黃昏的霧氣。初春季節經常會起這種霧，是水溫和氣溫的差異所產生的。霧讓我無法看清楚少年的模樣。不過他穿的衣服相當有特色，因此引起我的注意。少年穿著很像是綠色連帽夾克的衣服，胸口印著黃色的圖案。此時一陣風吹來，一瞬之間，部分的霧被吹散，我看清楚了那個圖案。是一艘帶著圓弧曲線的潛水艇的圖。是《黃色潛水艇》，披頭四那部動畫電影中出現的黃色潛水艇。

在這樣的地方，街上的行人（不過也沒多少人）幾乎都是穿著黯淡老舊的衣服，所以顏色鮮豔的連帽夾克難免引人注目。而且我也是第一次見到那個少年。如果以前看過他的話，我肯定會記得。

那個少年也一樣，好像一直在看著我這邊。不過並不能確定。因為他站的地方是隔著河流的橋對面，而且風停之後，河面又被霧籠罩了。況且在進入這座城時，我的眼睛所受的傷還沒完全康復。那種感覺——一直被看著的感覺——我只是憑著身體感應到的。那個少年可能想對我傳達什麼。也許我應該走過橋到對岸去，問他是不是有話要跟我說。

但因為我是在前往圖書館的途中，如果沒有特別的理由，不想改變平常固定的路線。所以我還是照常走在河這邊的路上，繼續往上游方向前進。

河中的沙洲還到處留有白色雪塊，隨著春天的接近開始融解。因為雪融解的關係，河川的水量比平常更多。獨角獸本能地感受到春天即將來臨，一邊以做夢般的眼神環視著四周，一邊耐心等待植物冒出綠芽。在長久持續的嚴冬期間，牠們喪失了許多生命。大半是老的一輩，和體力還沒十分成熟的幼小孩子。好不容易存活下來的獸也因為慢性的飢餓而消瘦，毛色失去秋天時的光澤和金黃色光輝。

我把手插進大衣口袋，繼續沿著河邊的道路走。像平常那樣維持規則而不亂的步調。但我的心卻很稀奇地難以鎮定，因為穿著黃色潛水艇連帽夾克的少年身影一直在我腦中揮之不去。

我腦中浮現幾個疑問。在這色調黯淡的城裡，為什麼只有那個少年一個人穿著那樣光鮮亮眼的服裝呢？還有他為什麼一直盯著我看呢？這座城的人都是低著頭，彷彿要逃離令人不安的什麼——例如高高盤旋在上空，色調黯沉的大型食肉鳥的——眼光那樣，快步走過街道。不會特地停下腳步，盯著別人的臉看。

來到這座被牆圍繞的城以前，也就是在那邊的世界的時候，我看過那部動畫電影。《黃色潛水艇》。所以對那個圖案很熟悉，也記得音樂。但電影的內容想不起來了。我們都生活在黃色潛水艇裡……在那裡有意義，同時也沒有意義。

少年可能是不知道在哪裡——雖然不知道是哪裡——碰巧得到那件二手的連帽夾克吧。不過他應該不知道上面的圖案是什麼意思。因為在這座高牆圍繞的城裡，誰都聽不到披頭四的音樂。不，不僅限於披頭四而已，任何音樂都一樣。還有他應該也不知道「潛水艇」又是什麼樣的東西。

我一邊漫不經心地思考這些事情，一邊走在黃昏的路上。然後通過鐘塔前面。在通過時，我習慣性地抬頭看看時鐘。時鐘像平常那樣沒有指針。那不是告知時間的鐘，而是顯示時間沒有意義的鐘。時間並沒有停止，只是失去意義。

在這座城除了這裡之外，鐘並不存在。早晨來了太陽升起，黃昏到了太陽下山。有誰會需要更加細分的時間呢？某一天和接下來的一天之間的差別——如果其中有不同的話——又有誰會想知道呢？

我也是那樣，覺得測量時間沒有必要的居民之一。黃昏接近時，就換穿衣服，走出家門，用一樣的方式走在一樣的路上，到工作的圖書館去。每天的步數都大致相同。然後在圖書館深處的書庫讀「古夢」。直到指尖和眼睛感覺疲勞，無法再讀為止。

在那裡，時間沒有意義。就像季節的循環一樣，時間也在循環。一圈又一圈地循環。在同樣的地方嗎？不，不清楚。時間可能會以一定的做法，一點一點地前進。但老實說，我只能以「一圈一圈地循環」來表現。其他的事就只能交給時間了。

不過那個黃昏，在河的對岸看到穿著黃色潛水艇連帽夾克的少年時，對我來說的時間就和平常的狀態不同了，變得有一些混亂。我的鞋子踏在石板路上的聲響，聽起來和平常稍微不同。生長在沙洲的川柳枝條搖動的方式，感覺也和平常稍有不同。

少女和平常一樣在圖書館等我。她先去到那裡，為我做好準備。如果是在寒冷的季節，就先把暖爐的火點上，面向櫃檯煮起藥草茶。用來療癒我的眼睛的特別的茶。藥草茶雖然無法完全治好我的眼睛，但可以緩和那所帶來的痛。我身為「夢讀」，必須一直帶著那雙傷眼。

而且只要我還是「夢讀」，就可以每天和那少女見面，共同度過數小時。她十六歲，對她來說，時間靜止在那裡。

「剛才我看見一個男孩在河的對岸。」我對她說。「穿著黃色潛水艇連帽夾克的男孩，和妳差不多年紀。妳認識那個男孩嗎？」

「連帽夾克？潛水艇？」

我簡單說明連帽夾克是什麼樣的東西。還有潛水艇。雖然不知道她能理解多少，不過好像多少能把外觀傳達給她。

「我想我沒看到那樣的男孩。」少女說。「如果看到了，應該會記得。」

「可能是新到這地方來的人。」

她搖搖頭。「沒有新到這地方來的人。」

「妳確定？」

她一邊把綠葉磨細搗碎，一邊點頭。「沒錯，在你之後沒有人進來這座城，一個也沒有。」

城裡的人，似乎認識每一個在這座城裡生活的其他人。如果真有其他人在城裡出現，不可能沒看到。而且城唯一的出入口，由能幹而健壯的守門人堅守著。

我真不明白。因為，我確實看到那個黃色潛水艇少年的身影，沒有看錯，不是錯覺。不過我要暫且把那神祕少年的事擱在一邊，不去想它。我還有別的事情要做。

我把她為我準備的濃濃藥草茶喝乾到最後一滴，然後移動到後面的書庫去。雙手捧著她為我從書架上選的古夢，安靜地開始讀。

「耳朵怎麼了？」少女突然這樣問我。「右側的耳垂。」

我伸手摸摸自己的右耳垂，那個瞬間感到明確的疼痛。痛得我的臉都稍微歪了。

「那個地方變得又黑又紅了呢。簡直像被什麼用力咬過似的。」

「沒有那種記憶呀。」我說。

真的沒有那種記憶。在她那樣說之前，連痛都沒有感覺。但現在，隨著心臟的脈動，我的耳垂確實感到痛。彷彿因為她指出這件事，耳朵忽然想起來被咬的事似的。

她走到我身旁來，從各個角度仔細觀察耳垂，用手指輕輕摸那部分。能這樣和她接觸，我感到很高興。就算只是小指尖和耳垂之間的接觸。

「好像擦一點什麼藥比較好。我幫你調一點擦的藥，請等一下。」於是她快步從書庫走出去。

我閉上眼睛，安靜地等她回來。我的心臟堅定而規律地跳動著。就像啄木鳥在林間發出聲音那樣。我的耳垂到底發生什麼事了？完全沒有概念。我真的被什麼咬到了嗎？不，如果是用力到會留下痕跡的一咬，再怎麼樣，被咬的時候應該會發現哪。

但若是被咬的話，又是被什麼咬？動物嗎？或昆蟲嗎？但在這裡，我什麼樣的動物和昆蟲都沒看過（獨角獸例外，但實在難以想像牠們會在夜裡偷偷來咬我的耳垂）。難以理解。

終於少女拿著陶器小缽回來了。邊緣有小缺口，看起來很樸素的陶器。缽中裝著暗黃色的黏糊糊軟膏。

「因為是當場做的東西，效果可能不怎麼樣，不過我想總比什麼都不擦要好。」

她這樣說著，用手指沾上軟膏，溫柔地塗在我的耳垂上。有涼涼的觸感。

「這是妳做的嗎？」我問。

「嗯，是啊。我從後院的藥草田裡選了看起來有用的藥草。」

「滿厲害的嘛！」

她客氣地搖搖頭。「這一點小事情，這座城裡的人大多都會。因為這裡沒有賣藥的店。只能靠自己想辦法啊。」

塗上軟膏過了一會兒之後，耳垂的痛多少平復下來。涼涼的感覺還留在那裡，似乎能抑制住疼痛。我這樣說之後，她很高興地微笑了。

「太好了！」她說。「工作完之後，再塗一次吧。」

我重新面對書桌，集中意識開始讀古夢。放在桌上的菜籽油燈，火焰搖曳著。但我們的影子並沒有映在牆壁上。

在這座城裡，每個人都沒有影子。當然我也沒有。

64

第二天，我又看見少年的身影。穿著黃色潛水艇的連帽夾克，身材瘦小的少年。戴著金屬框的圓形眼鏡。頭髮長度蓋過耳朵，手腳細長身材纖弱。簡直令人擔心他是否有好好吃飯。少年依然和昨天一樣站在橋對面，直直注視著我。好像要訴說什麼。看不見其他人。

那天河面沒有起霧，所以他的模樣比前一天看得更清楚。我對少年的外表依然沒有印象。不過在這座城裡，我本來就從沒見過十幾歲男孩的身影。除了在圖書館工作的少女以外，我在這座城裡見過的人，全都只有中年到老年的成人男女而已（我想應該是這樣。因為人人走在路上都低著頭，好像要把臉藏起來一樣，因此只能從身上的穿著和體態推測年齡）。

有一瞬間，我湧起一股想過橋去和他談話的衝動（比前一天更強烈），但還是打消念頭。在這座城裡除非有相當重要的事情，否則大家是不會向陌生人攀談的——尤其是在路上，也不會目光相接。這好像是很重要的禮儀。自從在這座城生活之後，我也自然而然染上這種習性。街道就是該用來走的，而且要盡可能快速而簡潔地通過。

因此那個少年在橋對面站定下來，哪裡都不去，只是筆直地注視著我，是一件**不尋常**的事，通常是不會發生的。而且不只一次，而是兩天連續。他難道是在那裡一直等著我經過嗎？為什麼？我想不到任何理由。我的心，因此出現了不可思議的動搖。

雖然如此，我還是沒有停住腳步。就那樣沿著河邊的路繼續往圖書館的方向走。

我在圖書館把那一夜「夢讀」的工作做完，像平常那樣把少女送回到她家門口（我們肩並肩沿著河邊的石板路走。彼此鞋聲的節奏保持一致，幾乎沒有交談）。但回到自己的住處之後，那個黃色潛水艇少年的身影，依然在我腦裡揮之不去。他在我記憶的殘像中，一直注視著我。甚至在我上床睡著之後，他還在夢中出現。在夢中，他依然隔著河川站在橋對面注視著我。不過並沒有發生任何事情。他只是站在那邊注視著我而已。身體動也沒動一下。

夜裡，彷彿配合著心臟的脈動般，右耳垂持續一陣陣疼痛。看到那奇妙少年的身影出現在河對岸，和耳垂開始痛起來，這兩件事發生的時間幾乎相同，我難免想到會不會有什麼關聯。兩件事的發生都是難以說明的不尋常事件。而這兩件事不知道為什麼幾乎同時發生。

那一夜，我醒過來好幾次。很稀奇。自從我在這座城生活以來，從來沒有半夜醒來過。一旦上了床之後，什麼事情都不會讓我心煩，身體和心總能好好休息，一覺到天亮。但那一夜，有少年出現的夢，和耳垂的疼痛，卻讓我無法好好安眠。而且在幾度中斷的睡眠中，也無法睡得安心。我調整過幾次枕頭的位置，拉齊凌亂的棉被，還不得不用毛巾擦掉身上的汗。頻繁地輾轉翻身，在不安定的淺眠之間，迎接黎明來臨。

到底會發生什麼事？

我不希望發生什麼事。我所需要的，是什麼都不要發生。維持現狀，永遠繼續這樣下去。不過已經開始的變化——無論是什麼種類的變化——可能都無法阻止了，我有這種預感。

第二天，相同時刻——我想可能是相同時刻，但在沒有時鐘的這座城，是無法知道正確時刻的——我經過橋前。但那一天，黃色潛水艇少年的身影卻沒出現。而且他的不在，使我的心感受到更深的混亂。

為什麼今天，他不在那裡呢？

那是相反的感情。我並不尋求他的存在。雖然如此，他不在又讓我大感困惑。為什麼呢？但我覺得還是別再去想少年的事了。盡量讓腦袋空白，只管繼續往圖書館走。但我無法像平常那樣讓腦袋完全空白。穿著黃色潛水艇連帽夾克的小個子少年，在記憶的殘像中一直注視著我。

在燃燒得紅紅的暖爐前，少女以不安的眼神看著我的臉。她走近我身旁，仔細注視著我的右耳，用指尖輕輕觸摸耳垂。然後說：

「好像比昨天腫得更大了噢。」

「夜裡一直很痛啊。所以也沒睡好。」

「沒睡好嗎？」她抬起頭來，皺著眉說。在這座城那可能是不容許的事。

「是啊，夜裡醒來好幾次。」

她搖搖頭。「關於耳垂的這種腫脹，我跟周圍的人問過了，但好像沒有人看過這種症狀。所以目前還不知道原因，也不知道怎麼治療。不過我帶來別種藥膏了，今天就擦擦看吧。」

她打開沒貼標籤的小瓶子的瓶蓋，用指尖掏出一些深褐色的黏稠軟膏，揉捏塗抹在我的耳垂上。皮膚感覺到疼痛。跟她一開始幫我做的藥大不相同。

「塗了這個再看看狀況，但願有效。」

她臉上露出不安的表情，這好像是第一次。少女向來經常保持鎮定的態度，不慌張不困惑，總是淡然地安靜處理著圖書館的日常業務。而她那種擔心的表情，更加深了我所感覺到的模糊不安。我耳垂的腫脹或許不是單純的昆蟲螫傷，而是什麼惡性疾病的症狀。

可能是因為這樣。那一夜，我沒辦法好好專心讀「古夢」。那些古夢不像平常那樣在我手上乖乖地把自己託付給我。它們從睡夢中醒來，現出身形往我走過來，但來到眼前時又猶豫起來，終於不知消失到哪裡去了。可能又回到原來的殼裡了吧。

「今天不知怎麼好像不太順利。」試了幾次之後，我對少女這樣說。

她點點頭。「可能因為耳垂腫痛的關係吧，害你的精神無法集中。所以先消腫最重要。」

「可是誰也不知道腫脹的原因，也不知道治療的方法。」

她再度點頭。臉上露出淡淡的擔憂表情，讓她看起來比平常增加了幾歲。不是少女，像一個成年的女人。這件事讓我感到相當困惑。對於她和過去的印象有一點改變的事。

我們比平常提早一點關閉圖書館，因為目前在這裡沒有任何可做的事了。我像平常那樣準備走路送她回她的住處，但被她拒絕了。

「今天我想一個人走回家。」

聽她這麼一說，我瞬間胸口揪緊，無法順利呼吸。從第一次造訪圖書館的幾天後開始，我都會在工作結束後送她到家，沒有一天漏掉。兩個人肩並肩沿著河邊的道路，一直走到職工地區古老的集合住宅。那對我來說，已經成了日常生活中比什麼都更有意義的一部分。長久安定的日常，今天第一次被打破了。就像梯子的一段被拆走了似的。

我問她：「是因為我無法讀古夢的關係？還是因為耳垂腫脹的關係？」

她沒有回答這個問題。然後說：

「因為我有一點事情需要考慮。」

她的聲音中，聽得出不想接受更多問題的完結意味。因此我們沒有繼續對話，就在那裡告別了。她朝向河的上游走，我朝下游，自己所住的宿舍方向走。她的鞋聲逐漸遠去，終於聽不見了。傳進耳裡的，只剩下河水流動的聲音。夜晚河川的流水聲非常孤獨。

我懷著無處可去的黯淡心情，在夜深的街道上一個人獨自走回家。和她以不同於平常的方式告別，自己竟然這樣孤單，那感受尤其深刻入骨。彷彿配合著這份感受，右邊耳垂的疼痛開始變得更嚴重。

必須想辦法恢復原來的生活。必須重新回到該有的日常生活。為此，首先必須治癒耳朵的傷。而且必須要把黃色潛水艇少年的身影從腦裡趕走。

但是該怎麼做？

我回到自己的房間，換過衣服，吹熄燈火上了床。然後努力把頭腦清空。但耳朵的疼痛依然沒有停止，黃色潛水艇少年的身影也留在視野中沒有消失。這兩件不可解的事情，彷彿已經成為一對切割不開的存在，盤踞在我的內在。

65

那一夜的睡眠依然不安穩。

忽然醒過來時，我發現枕邊有一個人。那個人不知道是誰，好像一直默默低頭看著我的臉。好像能刺穿我似的筆直視線，讓我的肌膚感覺到火辣辣的痛。當然不知道現在的時刻，不過總之是夜最深的部分。沒有比那更深的地方。

我躺在床上微微睜開眼睛，想看清楚是誰在那裡。但眼睛花了一些時間適應房間的黑暗。從百葉窗的縫隙透進來的月光是唯一的光源。我小心不讓對方發現，一面用鼻子慢慢安靜地呼吸，一面花時間讓眼睛習慣黑暗。

但在那樣黑暗的房間裡，毫無防備的狀態下，和不明底細的人在一起，我卻絲毫沒有感覺到不安或恐懼。心臟的跳動也大致維持平靜。那安定的搏動聲，讓我保持鎮定。

為什麼呢？我心裡覺得奇怪。深夜醒來，不知是誰坐在我的枕邊，俯視著我的臉。我應該會有點心慌才對吧。應該感到恐怖吧。那是一般的反應。但我卻這樣不可思議地保持平靜。為什麼呢？

那個不知是誰的人，好像能讀出我的想法。

「您是星期三出生的。」那個誰說。年輕男人的聲音，音調有一點高。變聲之後還沒經過多少年月的樣子。

我是星期三出生的？

「您是星期三出生的。」那個誰說。

我試著從床上起身，但身體卻使不上力。好像被鬼壓床似的，手腳不聽使喚。耳垂的疼痛也沒感覺了。可能神經出現了什麼異狀。我沒辦法，只好就那樣繼續躺在床上。

生在星期三這件事，對我是否具有什麼意義？

「不，那只不過是一個單純的事實而已。星期三只是一星期之間的一天。」那個年輕男子說。就像在解說沒有變更餘地的數學定理那樣，簡潔而不帶感情。

在黑暗中還看不清楚對方的臉，不過在那裡的應該是穿著黃色潛水艇連帽夾克的少年。除此之外我想不到其他的可能性。他在夜晚最深的時刻，來到這裡見我。把我是星期三出生的這個「單純的事實」，當成代替打招呼的伴手禮似的。

「不用怕我。」少年說。「我不會害您。」

我輕輕點一下頭。只微微動一下下顎。想說什麼話，也無法開口。

「半夜突然出現在枕邊，一定嚇到您了。但只有這樣，才有機會和您兩個人單獨談話。」

我眨了幾次眼。可以眨眼。下顎可以稍微動動。但除此之外身體的其他部分卻不聽使喚。

「我有事情想拜託您。」少年說。「我因此來到這裡。穿過那道牆。」

沒有經過守門人的許可嗎？

「是的，沒錯。」少年讀取我的思考回答。這個少年有這個本事。

「沒有讓守門人知道，眼睛也沒有受傷，就進入這座城了。我身在城裡這件事沒有得到正式認可，因此才選擇不被人看到的這個時刻來這裡。」

你有影子嗎？我問。有影子的人不能進入這座城。

「沒有，我沒有影子。我把自己脫下來的殼留在那邊的世界了。那個可能就是被稱為我的影子的東西吧。也或許要反過來，這個我可能是影子，那邊才是本體也不一定。無論怎麼樣，總之我把那個脫下來的殼，藏到了森林深處，以免被人找到。為了進入這座城。」

然後他有事拜託我。

「是的，我有事拜託您。我必須成為『夢讀』。擔任讀古夢的工作，是我唯一的願望。但我不是這座城的居民，無法正式獲得這個職位。因此我想和您成為一體。如果能和您合為一體，我就能以您的身分，每天在這裡繼續讀古夢。」

和我成為一體？

「是的，沒錯。您可能覺得荒謬，但其實不然。您和我成為一體，反而是很自然的事。因為我本來就是您，您本來就是我。」

我難免感到困惑。怎麼會我本來就是他，他本來就是我？

「是啊，沒錯。請相信我。我們本來就是一體的。因為某種原因，才分開成不同的個體。但在這座城，我們可以再一次成為一體。然後我可以成為您的一部分，成為『夢讀』，繼續讀古夢。」

他讀古夢……這表示我可以不用再讀古夢了嗎？

少年說：「不，不是這樣。您還是會和現在一樣讀古夢，在那圖書館的深處繼續讀。因為我就是您，您就是我。我的力量會成為您自己的力量，就像水和水混合那樣。和我成為一體，絕不會讓您的人格和日常發生變化。您的自由也不會受到束縛。」

我努力試著稍微整理了一下腦袋。然後在心中問他。

為什麼你那麼想讀古夢呢？

「為什麼嗎？因為讀古夢，是我的天職。我是為了成為『夢讀』，而生在這個世上的。但是要成為『夢讀』的方法，在我所屬的世界卻找不到。然而我卻碰巧遇見您。請相信我的話，和我成為一體。讓我可以在這座城繼續生活下去。我可以成為您這位『夢讀』的助手。如果您希望的話，可以一直每夜到圖書館上班，繼續和那位少女見面。」

如果我希望的話。

但具體上，要怎麼樣才能和你「一體化」呢？

「非常簡單。請把您的左耳垂讓我咬一口。這樣我們就可以成為一體。」

這麼說來，我的右耳垂在什麼地方被人咬過，就是你呀？

「是的，那就是我咬的。我在那邊的世界咬了您的右耳垂，所以我才能進入這座城。然後在這邊的世界咬了左側，就可以和您一體化。」

要判斷這麼做是否正確，需要一段時間。我困惑的頭腦需要整理。麻痺的身體必須恢復到正常狀態才行。要不要和黃色潛水艇少年成為一體，那對我而言顯然將成為重要的決定。這或許會使我這個人的狀態產生巨大的變化。這個來路不明的少年所說的話，我真的應該信任嗎？我是不是漏看了什麼重要的事情？

「很抱歉，並沒有時間讓您慢慢考慮。我在這座城是非法入侵者。我的存在要是讓守門人知道了，會非常麻煩。城裡如果有人看到我，可能會去向守門人報告，然後他可能立刻就會來逮捕我。他有這樣的權力。因此，有必要盡早和您化為一體。」

我還是不明白。為什麼這個少年是我，我是這個少年？這到底是什麼意思？

但不知道為什麼，這個來路不明的少年以沉著的聲音所說的事情，儘管我聽不懂是什麼道理，心情上卻已經開始逐漸完全接受了。

「是的，請相信我說的話。和我成為一體，您會更自然地成為本來的自己。絕不會讓您後悔。而且時候到了，您也可以離開，像鳥飛上青天一樣自由。」

像鳥飛上青天一樣自由？

但再怎麼絞盡腦汁思考，都無法得到一個結論。意識逐漸開始模糊，終於什麼都無法再想。我似乎差點再次進入睡眠之中。

「不要睡！」少年語氣尖銳地在我耳邊說。「再稍微撐一下，請給我認證。准許我咬您左耳垂的認證。只有現在才有那機會。而我無論如何都需要那個。」

我非常睏。不管怎麼樣都無所謂了，覺得什麼都不想理會了。只想早一刻沉進睡眠，沉進這個身心舒服的休息世界。誰都別再來煩我。

好啊，沒關係。我在半夢半醒之中喃喃自語。那麼想咬的話就咬吧。

少年即刻在我的左耳垂咬下去。用力到留下齒痕的地步。

於是我就那樣陷入深深的睡眠世界。

66

第二天早晨稍遲的時刻，我和平常一樣醒來，我依然是那個再平常不過的我。昨夜全身的麻痺消失了。手腳可以自由活動。白天的光從百葉簾的縫隙微微射進房間，周遭安靜無聲。和平常的早晨一樣。

醒來的同時，我想起昨夜黃色潛水艇少年的事，馬上就先伸出手指觸摸耳垂。先是右耳垂，然後左耳垂。但兩邊的耳垂都沒有腫起，也沒感覺痛。像平常一樣柔軟而健康的一對耳垂。

少年昨夜那樣用力地咬了我的左耳垂，那是可能留下齒痕的用力深咬。那種疼痛我還記得很清楚。然而現在耳垂既不痛，好像也完全沒留下齒痕。真是奇怪。

我一一回想在昨夜的黑暗中，和黃色潛水艇少年交談過的話。我可以逐一正確地想起那些話來。簡直像用文字記錄下來的那樣。

他得到我的認證在我的左耳上用力咬，透過那個行為（可能）和我完成一體化。然而我自己的身體和意識卻完全沒有感覺到任何異樣。我緊緊閉上眼睛，在那黑暗中盡量試著深入探尋自己的意識。大大地深呼吸，試著用力伸展雙臂和雙腳，用力到關節都痛了。用玻璃杯喝了幾杯水，解了很長的尿。但怎麼看，今天早晨的我和昨天的我都沒有任何不同。那個少年和我真的完成一體化了嗎？難道我，只是做了一個很生動的夢而已嗎？

不，沒有這個道理。他在我左耳上咬下時的激烈疼痛，我現在還清清楚楚記得（雖然那麼痛，但我接著就馬上睡著了），和他交談的對話，也能從頭到尾、一字一句記得無比詳細。那不可能是夢。那樣清楚的夢，怎麼想都不可能。

但是，我想，現實可能不只有一個。所謂的現實是要從幾個選擇中，選出自己想要的才行。

冬季即將結束的美麗晴朗的一天。接近傍晚的午後時間，我在放下了百葉簾而略暗的房間裡，漫無邊際地恍惚想著自己這個存在的種種。

如果黃色潛水艇少年和我真的「一體化」了，那麼我這個人——的感覺方式和思考方式——應該看得出有什麼改變。因為一種新人格進入我之中了。但無論怎麼仔細地、注意地觀察，都沒有發現自己的內在有什麼改變。也沒有哪裡覺得不太對。在這裡的我還是平常的我。我還是我一直認知的自己。

但我也不認為少年說了沒有根據的、隨隨便便的話。他在我枕邊所說的話，應該是沒有虛假的真實。他盡了全力想說服我，那眼中的光輝是真摯的表現。他主張咬了我的左耳，自己和我可以一體化，而且也實行了。我給予他認證，准許他這麼做。而那咬法也非常認真。他所說的「一體化」在那時應該已經完成了。我找不到任何懷疑的理由。

是的，就這樣，在深深的暗夜的睡眠之中，我和黃色潛水艇少年混合為一了。就像水和水混合在一起那樣。或者以另一種說法，就是我們「還原」成本來的樣子了。

需要等一段時間過去，身體才能感受到一體化所帶來的變化嗎？我只能靜靜地等待那變化出現嗎？還是說「一體化」的結果所建立的新主體（也就是現在的我），是完全感知不到自己的內在變化嗎？也就是說，對於我這個新主體來說，新的我自己，從頭到腳都是理所當然的存在。

少年斷言道，我就是他，他就是我。我們成為一體是再自然不過的事，而這麼做，可以讓我成為更本來的我。

我是否已經成為更本來的我？這個——現在在這裡的我——是本來的我嗎？可是自己是不是本來的自己，到底能由誰來判斷呢？立即混合的主體和客體，要如何區別分明呢？越想越分不清，自己到底是什麼了。

接近黃昏時刻，我換過衣服，離開住處往圖書館走。我從陰暗的河邊道路走到廣場。在那裡停下腳步，抬頭看看沒有指針的鐘塔，確認不存在的時刻。橋對面看不見任何人的身影。也沒見到獨角獸。除了川柳在風中輕輕搖擺之外，沒有任何東西在動。我閉上眼睛，對自己發問。對著應該在自己裡面的黃色潛水艇少年發問。

「你在嗎？」

但沒有回答。只有深深的沉默。我再問一次。

「如果在的話，可以回話嗎？只出個聲也可以。」

還是沒有回應。我放棄了，再度沿著河邊的道路朝圖書館走。

我們可能已經完全一體化了。或者「還原為一」了。也就是說，我只是在呼喚我自己而已。如果是這樣的話，就不可能得到回應了。就算有回應，那也只是回聲而已。

圖書館的少女一看到我就走過來，什麼也沒說就先檢視我的耳垂。她仔細觀察原本腫脹的右側耳垂，用手指輕輕抓住撫摸。為了小心起見，也同樣仔細檢查左側的耳垂。接著再看一次右側的耳垂，好像這件事具有非常重大的意義一般。她顯得有點疑惑。

「真不可思議，昨天的腫脹完全消了，顏色也恢復正常了。簡直像什麼都沒發生過。本來還那麼腫，顏色也變了。疼痛怎麼樣了？還會痛嗎？」

我回答一點都不痛了。

「睡一覺醒來，腫也消了，也不會痛了嗎？」

「可能是因為妳昨晚幫我擦的新藥膏有效。」

「也許。」她說。但聽起來好像沒那麼信服。

不過我不能告訴她，黃色潛水艇少年昨夜到我房間來的事。還有他在我的左耳垂咬了一口，於是我們一體化了的事也一樣。少年進入這座城並沒有得到許可。現在因為與我一體化了，或許解除了那「非法滯留」的狀態，不過他對這座城而言依然是個「異物」。如果他的存在被發現的話，可能會被健壯的守門人嚴格排除。而且和他成為一體的我，可能也會同時被排除——不，毫無疑問會被排除。所以昨夜發生的事，不可以告訴任何人。

我對這個少女有了一個祕密。而且是意義重大的祕密。過去我對她從來沒有任何必須隱藏的祕密……這件事讓我的心感到相當不安。

她和平常一樣，為我做了溫熱的綠色藥草茶。我花了時間把那杯茶喝完，心情逐漸鎮定下來。然後和平常一樣，望著她在室內安靜移動，把必要的作業俐落地處理好的優美動作，享受能和她兩人單獨相處的這段短暫時光。沒有任何改變。那平穩的寂靜，溫暖的舒適感……今天總是昨天的重複，明天也將是今天的重複吧。

這件事讓我感到安心。我周圍的一切，看起來沒有任何變化。那裡的空氣是和平常一樣的空氣，光線是一樣的光線，水壺的水開始沸騰的聲音，走過地板時發出的微小雜音，菜籽油的氣味，一切事物都正確放在該有的地方。沒有任何東西破壞那和諧。

喝完藥草茶，我與少女和平常一樣無言地移到後方的書庫去，開始進行古夢的閱讀工作。我在舊書桌前坐下，把她送過來的一個古夢，用雙手的手掌覆蓋住，小心輕柔地把夢引導出來。我長期從事這項作業已經很熟練了，所以可以巧妙地解除它們的警戒心。夢自己安靜地脫殼而出。夢發出陰暗的微光，我的手掌可以感覺到那溫暖。

我可以感覺到，它們正處在放鬆的舒服狀態。它們很安心，放鬆戒備委身在我的手掌上，開始述說它們自己的故事。在漫長的歲月中——那到底有多長呢——在硬殼裡度過的故事。

但不可思議的是，不知為何那一天，古夢述說了故事，那聲音我卻聽不見。我只能透過手掌感覺到，它們在開始述說時所引起的特有的微幅震動。它們確實開口了，但我聽不見聲音。

我推測，在讀它們的夢的可能是那個少年。我把那些夢喚醒，讓它們述說自己的故事。但實際聽到那聲音的，是黃色潛水艇少年。換句話說我們在「夢讀」的作業上採取了分工合作。不，不是這樣啊。我和少年已經一體化，成為同一個存在了，稱為「分工」可能不正確。我只是把自己的身體的幾個部分，依適合的方式分開使用而已吧。

老實說，我本來就一直沒有充分理解古夢所說的故事。它們的聲音太小，說得太快，大多數情況下都難以聽清楚，說的順序也沒有經過整理，它們說了什麼我大半都無法理解。因此它們所說的話，我大多只是就那樣聽過去而已。我本來還想，我身為「夢讀」的職務應該是把它們的心打開，讓它們自由自在地述說，而不在於正確讀出那內容。就算沒能理解那內容，既不會造成什麼妨礙，也不會覺得遺憾。所以如果少年能理解它們所說的話，那當然是好事。少年或許能夠正確地聽清楚並理解它們所說的話的細節，逐步儲存到自己心中。我只是在手掌中溫暖古夢，把它們從硬殼裡引導出來而已。

一個夢終於完全自我述說完畢，安詳地獲得解放。夢淡淡地浮上空中，終於無聲消失。我手上只剩下變成空殼的夢。

「今天的工作進行得相當順利。」少女從對面的座位注視著我的眼睛，很佩服似地說。

我只是點點頭。口中說不出話來。

「你已經很熟悉夢讀的作業了啊。」少女說著，溫柔地微笑。「真是值得高興。對這座城、對你，還有對我，都是可喜的事。」

「那真好。」我說。真好。在我裡面的黃色潛水艇少年也輕聲說。至少我好像聽見了那樣的低語。簡直像從洞窟深處傳來的回聲似的。

我們那一夜，總共讀完五個古夢。平常只能讀兩個，頂多也只能讀三個，所以這對我來說可以說進展很大，這件事似乎讓少女感到很滿足。而那少女開心愉快的笑臉，不用說也讓我感到很滿足。

圖書館關門後，我和以前一樣，走路送少女回她的住處。她的鞋子走在河邊道路的石板上發出的聲音，聽起來也比平常輕鬆愉快。我和她並肩走著，沒有多說什麼，只入迷地聽著她鞋跟的聲音。

「夢讀並不是簡單的工作。」少女似乎是對我說出了內心話。「這不是誰都能做的事。不過知道你適合這個工作，我覺得很高興。」

看到她被吸進住家的門口之後，我一邊沿著河邊的道路一個人走著，一邊試著對黃色潛水艇少年，也就是對自己的內部發問。嗨！你在裡面嗎？

但沒有回答。也沒有回聲。

67

那一夜，黃色潛水艇少年在我的睡夢中出現。

場所是小正方形房間。四面圍繞著平板的牆壁，一扇窗也沒有。房間正中央擺著一張老舊的木製書桌。少年和我隔著書桌，面對面坐著。書桌上有一個小碟子，裡面插著一根細小的蠟燭，隨著我們的吐氣，燭光一閃一閃地搖擺。

「這裡是哪裡？」我環顧一圈之後問他。

「您內部的房間。」黃色潛水艇少年說。「意識底層的深處。不是多豪華的地方，不過我和您暫時只能在這裡見面談話。」

「除了這裡之外，沒有地方可以見你嗎？」

「是的。因為我們已經成為一體了，沒有辦法輕易分隔開來。這裡是適合我們兩人見面的唯一場所。」

「不過總之到這裡來的話，就可以見到你嗎？」

「沒錯，到這個特別的地方來，我們就可以這樣見面、談話。直到這根小蠟燭燒完為止。」

我點點頭。然後說：

「那太好了。因為我正好有事，必須跟你再談一次。」

「是啊。我想我們之間，有幾件事情必須商量。雖然語言只不過是語言而已。」

我看一眼蠟燭，確認那長度，吸一口氣後說：

「那麼……你今天晚上在那個圖書館，代替我讀古夢了對嗎？總共五個夢。」

少年直直盯著我的眼睛看。然後說：「是的，沒錯。我代替您讀了古夢。好像搶了您平常的工作，希望沒有惹您不高興。」

我搖了幾次頭。「不，我沒有不高興。反而覺得很感謝。我過去一直把古夢叫出來，讓它們通過我的內側，但它們所說的話我只聽懂一部分而已。就好像在聽外國話一樣。」

黃色潛水艇少年默默地看著我的眼睛。

「可是，你聽得懂它們說的話吧？」

「是，它們說的話，我都聽得懂。它們話中的意思，一一通過我的內部，清清楚楚，就像書裡的字那樣明白。但另一方面，我卻還無法把它們從殼裡巧妙地引到外面來。這件事，目前就只有您才辦得到。」

「只有我才辦得到？」

「是的，您的手掌能帶給它們安心，溫暖它們的體溫，溫柔而自然地把它們引導出來。就像從蛹羽化成蝶那樣。」

「結果，你和我互相補足了欠缺的部分。是這樣嗎？」

少年點點頭。「我和您合為一體，互相補足了欠缺的部分、不足的部分。」

「我在手中溫暖古夢，把它們從殼裡引導出來。你則負責讀它們所述說的故事。我們今後也會以這樣的共同體進行這樣的作業。」

「是的，我就是為了這個而來到這座城的。我們可以藉著合為一體達成這件事。」

小蠟燭在小碟子上逐漸變短，不久就將燒盡了。

黃色潛水艇少年說：

「閱讀是我天生被賦予的任務，而且堆積在這裡的古夢，可能是只有我才能讀懂的特別的書。所以我必須讀。那是我被賦予的責任，也是對我來說比什麼都自然的行為。」

「這件事，也就是我們的共同作業，要繼續到什麼時候呢？」

「什麼時候？」少年以缺乏抑揚的聲音反問。「這是沒有意義的問題。因為，這座城的時鐘是沒有指針的。」

「在這裡，時間不會向前進。」

「沒錯。在這裡，時間是停留在同一個位置的。」

對這一點我想了一下，然後說：

「沒有時間的話，也就沒有蓄積之類的嗎？」

「是的，沒有時間的話，也就沒有蓄積可言。看起來像蓄積的東西，只不過是現在所投射出的虛幻影子。請想像一下，就像翻書那樣。書翻到新的一頁，但頁碼並沒有改變。新的一頁和前面一頁之間並沒有相連。周圍的風景雖然改變了，但我們一直停留在同樣的位置。」

「一直只有現在？」

「沒錯。這座城只存在著現在這個時間。沒有蓄積。一切都會被覆蓋、被更新。這就是我們所屬的世界。」

在思考他這段話的意思之間，蠟燭的火大幅搖晃幾下，然後熄滅。完全的黑暗降臨房間，隨即時間也消失了。

68

冬去春來。時間即使停頓，季節依舊循環。我們眼中所見到的一切，只不過是現在所映出的虛幻影子。無論翻過多少頁，頁碼也不會改變。即使如此，日子總是一天一天過去。

地表四處堅硬的積雪逐漸融解，河川的水量也因雪水匯聚而增加。枯葉落盡的樹木紛紛冒出嫩綠的新芽，獸的毛色也一天天恢復原有的光澤。牠們不久將迎接繁殖期，雄獸會以尖銳的獨角激烈地傷害彼此。將有大量鮮血流淌，染黑大地，灌溉出無數絢爛的花朵。

每天去圖書館時終於可以脫下沉重如鎧甲的大衣，換上輕柔的毛衣。好像是別人長年穿舊的上衣，卻合身得不可思議。

我感謝春回大地。漫長的冬天終於過去了。長得離奇的冬天。住在這座沒有時間的城裡，自然無從測量時間的長短，但至少我個人感覺起來，這一年的冬天無比漫長，長得甚至讓人疑惑起這座城裡是否沒有除此以外的季節。所以春天總算真正來臨，讓我滿心感激。

那時候我和黃色潛水艇少年已相當習慣成為一體，當中不存在絲毫異樣。我們成了一個緊密相連——用少年的說法就是「沒有分隔」——的存在，一同行動，沒有任何不自然。圖書館的少女應該沒有注意到這樣的變化。

每到傍晚，我們就沿著河邊道路走向圖書館。我在書庫的桌上以雙手溫暖古夢，引導它們來到殼外，而少年專注著迷地細細閱讀。這是化為一體的我們唯一的——會意識到彼此存在的——「分工」，而這樣的分工十分流暢順利，從不停滯。

我們現在一個晚上可以讀完六到七個古夢。這樣出色的進度，令少女感到佩服、歡喜，好幾度用蘋果做成點心酬謝我們——應該可以算是酬謝吧——我們津津有味地吃了。

「您讀過《帕帕拉吉》這本書嗎？」

黃色潛水艇少年這樣問我。在地下深深的小房間，我和他隔著燭火對坐。

我說：「年輕時讀過。因為是很久以前讀的，細節已經記不清了。內容好像是薩摩亞地方一個島上的酋長，把自己在二十世紀初到歐洲旅行的經驗，講給故鄉的同胞聽吧。」

「沒錯。不過到了今天，已經確認作者是德國人，這本書假託酋長述說的形式，其實純粹是虛構作品。也就是所謂的偽作。但在這本書有很多人接觸到、閱讀過的時代，它被認為是真正的手記。也難怪，寫得很好，而且富有幽默感，充滿智慧，是一本傑出的近代文明評論書。」

「我也一直以為那是真正的紀錄。」我說。

「無論是真的或假的，其實都無所謂。事實與真實是不同的兩件事。不過這本書中出現了很多關於椰子樹的記述。在這位酋長住的島上，椰子樹對島上居民的生活具有重大意義，一有事就常以椰子樹來打比方。因為近在身邊，容易了解。

「其中有這樣的記述。酋長對聚集的村民說：『誰都可以用腳爬上椰子樹，但還沒有一個人登上比椰子樹更高的地方。』這可能是在諷刺歐洲人把都市的建築物建設得一棟比一棟高吧。『誰都可以用腳爬上椰子樹，但還沒有一個人登上比椰子樹更高的地方。』非常具體也容易了解的形容。誰聽了都可以理解這個比喻，而且富含深意。聽到酋長這句發言的周圍聽眾——當然只是假設實際上有聽眾在旁邊聽——肯定會紛紛點頭吧。因為無論多麼擅長爬樹的人，都不可能爬上比那樹更高的地方。」

我默默等他繼續說下去。就像正在等著聽新知識的薩摩亞島的居民那樣。

「不過，也許像在和酋長唱反調吧，我們難道不能這樣想嗎？也就是說，能爬得比椰子樹的高度還要更高的人，並不是不存在。例如在這裡的我和你，就是那樣的人，不是嗎？」

我試著想像那樣的光景。我爬上薩摩亞某個島上最高的椰子樹頂端（大約有五層樓高），而且想再爬得更高。但當然樹長到那裡就停止了，前方只有蔚藍的南國天空。或者，只有一整片廣闊的無。我看得見天空，卻看不見無。所謂的無，終究只是概念而已。

「換句話說，我們離開了樹木，處在虛空之中是嗎？身在一個無處可抓的地方嗎？」

少年微微但堅定地點頭。「沒錯。可以說我們正浮游在虛空之中。這裡沒有可以抓住的東西。不過還不會墜落。開始墜落需要時間的流動。時間如果停止的話，我們會一直處在浮空的狀態。」

「而在這座城，時間是不存在的。」

少年搖搖頭。「在這座城裡時間也是存在的，只是沒有意義而已。雖然結果是一樣的。」

「換句話說只要留在這座城的話，就可以一直浮在虛空之中嗎？」

「理論上是這樣。」

我說：「那麼，如果因為什麼因素讓時間再度開始動起來的話，我們就會從高處掉下來，而且那可能會是致命的墜落。」

「恐怕是。」黃色潛水艇少年乾脆地說。

「也就是說，我們要維持自己的存在，就不能離開這座城。是這樣嗎？」

「恐怕找不到防止墜落的方法。」少年說。「但是要化解致命傷害的方法，並不是沒有。」

「例如什麼樣的方法？」

「相信。」

「相信什麼？」

「相信地面上有人會接住你。打從心底這樣相信。毫不保留，完全無條件地。」

我的腦海中浮現那情景。某個擁有強壯雙臂的人等在椰子樹下，穩穩接住墜落的我。但那會是誰呢？看不見長相。可能是哪裡都不存在的虛構的人吧。我問少年：

「你有那樣的人嗎？會接住你的人？」

少年斷然搖頭。「沒有，我沒有那樣的人。至少活著的人裡面一個都沒有。所以我可能會永遠留在這座時間停止的城裡。」

這樣說完後，少年把嘴唇抿成一直線。

我思考他所說的話。當我從那樣的高度激烈墜落，能夠接住我的人（如果有的話）到底會是誰？在我空虛的想像之間，蠟燭的火忽然熄滅。漆黑的陰暗籠罩住四周。

69

和黃色潛水艇少年面對面談起椰子樹的事情之後不久，我發現自己心中產生了某種微小的變化。身體有一種難以說明的異樣感。喉嚨深處好像有一小團堅硬的空氣，怎麼樣都無法消除。每次吞嚥時，就會帶給我一陣輕微的焦躁。也有輕微耳鳴的感覺。結果，原本極自然圓滑的日常行為，整體上都變得有點滯澀不順了。

這種前所未有的現象，是隨著季節變換所帶來的影響，或是因為我和黃色潛水艇少年一體化所造成的，還是其他原因所引起的，我難以判斷。

那種異樣感，到底該如何形容才好？硬要說的話，就像心擅自想朝和自己的意思完全不同的方向前進。我的心似乎和我的意志相反，像一隻年輕的兔子初次踏出春天的原野時那樣，想要做無法說明、無法預測的放縱躍動。而我又無法控制那任性的本能性躍動。我無法理解，為什麼那從未見過的兔子會在自己內部突然出現，而那又意味著什麼？也不明白為什麼我的意志和我的心，會往完全相反的方向分別移動。

另一方面我所度過的日子，表面上非常平穩，毫不紊亂。

在前往圖書館之前的下午自由時間，我閱讀黃色潛水艇少年在外面的世界所蓄積的浩瀚書籍。

那是專為我提供的個人圖書館。少年為了我，完全開放他內在的圖書館。

那高大寬闊的書架，一望無際地排列著古今東西所有種類的書籍。雖然我受傷的兩眼還沒完全康復，但閱讀意識內部所蓄積的書籍並沒有感覺不便。因為我可以不用眼睛，而是用心閱讀這些書。從農業年鑑到荷馬，從谷崎潤一郎到伊恩・佛萊明，在一本書都不存在的這座城，這些因為無形，所以肉眼看不見的書，我可以不受任何人干涉，自由地閱讀下去，對我來說正是無盡的喜悅。

他把自己內在的圖書館對我開放，我在讀這些書的時候，少年自己則似乎落入深深的睡眠，或暫時將意識的開關關閉。無論如何，只有我一個人在那裡，那裡有著只有我一個人的時間。在午後讀書的這段時間，「我們」變成「我」。

雖然如此，我內在的春天原野的兔子，活潑的動作一刻也沒停止過。那不知疲勞的生命力似乎完全不需要休息。那有時候會粗暴地妨礙我讀書的專注，以強力的後腳擾亂我的神經，夜復一夜使我的睡眠不得安寧。

我內在似乎有什麼不尋常的事情正在發生。但我卻不知道那「不尋常的事情」到底意味著什麼。我一點辦法都沒有。

我和黃色潛水艇少年偶爾會在我的意識底層的正方形小房間見面，隔著小蠟燭的火光，悄悄談著各種事情。在深深的黑夜時刻。但那樣的碰面次數正逐漸減少。或許是因為，我們的結合隨著時間的經過變成理所當然的極自然的事，越來越沒有必要靠言語溝通了吧。

但是有一天，黃色潛水艇少年以平常所沒有的認真眼神，筆直注視著我。他的薄唇緊緊抿起，金屬框的圓眼鏡反映著蠟燭的火焰，閃閃發光。

我對少年談起自己最近所感覺到的異樣感。我身上到底發生了什麼事？

「那個時間似乎已經接近了。」少年打破持續了一會兒的沉默，這樣對我說。

我無法理解他在說什麼。

「那個時間？」

少年攤開雙手朝上。好像在等待正確的語言從天上掉下來似的。然後說：「您從這裡離去的時間。」

「我從這裡離去？」

「是的，您心裡應該也感覺到了。」穿著黃色潛水艇連帽夾克的小個子少年說。

那跟在我內側活躍的兔子有關係嗎？

「是的，沒錯，那是在您內側活躍的兔子，親身告訴您的事。」少年讀出我心中的想法說。

「告訴我要離開這座城？」

「是的，沒錯。您的心想離開這座城。或者說，有必要離開這裡。不久以前我就稍微感覺到了。而且一直在注意觀察您心的動靜。」

我細細咀嚼少年所說的話。

「但我自己還沒能理解對那動向的意思，是這樣嗎？」

少年稍稍歪著頭。「是的。因為心和意識分別位在不同的地方。」

我默默看著少年的臉。

「我會離開這座城？」我問。

少年點頭。「是的，沒錯。您以前曾讓您的影子逃到牆外去，對嗎？然後這次，您要留下我，自己從這座城離去。您要離開我，到牆外去和您的影子再度合為一體。」

我用了一段時間整理腦袋。我問少年：

「但是這種事情真的做得到嗎？再一次和自己的影子結合在一起。」

「可以，做得到。如果您打從心底這樣希望的話。」

「但是我無從知道，我的影子現在在哪裡？在做什麼？況且根本不知道他跟我分開後，在外面的世界是否能一個人活下去？」

隔著小蠟燭的火光，少年安靜地告訴我。「沒問題。不用擔心。您的影子在外面的世界平安無事，活得好好的，而且爭氣地代替您執行任務。」

我一時失去語言，默默看著少年的臉。然後終於說：「你在外面的世界，見過我的影子嗎？」

「見過幾次。」他短短地點頭說。

少年的發言讓我驚訝、困惑。他在外面的世界見過我的影子好幾次？

「是啊，您的影子在那邊活得好好的。」

我說：「而且我也希望能再一次，和那影子成為一體。」

「是的。您的心追求、需要新的活動。但您的意識對這件事還沒有充分的理解。人的心，是沒那麼容易掌握的。」

簡直就像春天原野的年輕兔子那樣，我想。

「是的，就是這樣。」少年讀出我的心聲說。「就像春天原野的年輕兔子那樣，靠著緩慢的意識的手是難以捕捉的。」

「從這裡逃出去的我的影子，在外面的世界，擔任我的代理角色做得很好——你是這樣說的噢。」

「是的，沒錯。他代替您完成任務，沒有任何缺漏。」

「那麼，我們可能已經交換各自的任務了。也就是說現在他成了我的本體活躍運作著，而我就好像變成他的影子，也就是成為從屬的存在了。這樣想也不奇怪吧。怎麼樣，本體和影子可以這樣交換嗎？」

少年想了一下。然後說：

「這方面我也很難說。再怎麼說，那都是您自己的問題。不過就我自己來說，我會覺得好像怎麼樣都行。無論自己是自己的本體，或是自己的影子，都沒有關係。現在在這裡的我、我所認知的我，就是我。除此之外我什麼都不知道。您可能也應該這樣想。」

「哪邊是本體、哪邊是影子，這種事情不是什麼大問題？」

「是的，沒錯。影子和本體可能有時候會替換，角色也會交換。但不管是本體也好，影子也好，無論是哪個，您就是您。這不會錯。與其問哪一邊是本體，哪一邊是影子，不如想成各自都是彼此的重要分身，這樣或許比較正確。」

像要確認什麼似的，我長久之間一直注視著自己的手。好像要重新確認那肉體的實體一般。然後坦白開口：

「我沒有自信。再一次回歸外面的世界，我真的有辦法在那裡生活下去嗎？我長久住在這座城裡，已經太習慣這裡的生活了。」

「不需要擔心。只要跟隨自己心的動向就行了。只要不迷失那動向，很多事情一定都會順利。而且您重要的分身肯定會大力支持您回歸。」

真的是這樣嗎？事情會這麼簡單嗎？我還是沒辦法擁有這樣的確信。我問他：

「那麼，如果我離開這座城的話，只有你留下來嗎？」

「是的。我會留在這座城裡。就算您從這裡離開了，我想我還是可以背負起『夢讀』的任務。我早已體認到您總有一天會離開這裡，因此一直在逐步做準備。殼中的古夢，現在已經有某種程度向我敞開心了。我正在一點一點學著怎麼去理解、去同情他人。這對我來說並不簡單，但我會慢慢進步。我從您這裡學到了很多。」

「而且你將成為我的繼任者。」

「是的，我將成為『夢讀』，繼承您的任務。不必為我擔心。之前也說過，持續讀古夢，是我被賦予的天職。除了在這個世界之外，我都無法順利生存下去。這是比什麼都難以動搖的事實。」

少年的聲音充滿了確信。

「但是有一天『夢讀』突然從我換成你，城是否能接受呢？因為，你並沒有取得住在這座城的資格啊。」

「不，不用擔心。就像我需要這座城一樣，城也需要我。因為沒有『夢讀』的存在，這座城也無法成立。他們不會趕我走。城，還有那道牆，都會配合我產生細微的變化。」

「你能肯定？」

少年堅定點頭。

我說：「但是，就算我真的想從這裡離開，實際上又該怎麼做？要離開這座被高牆嚴密包圍的城，絕不是簡單的事。」

「只要心裡這樣希望就行了。」少年以安靜的聲音告訴我。「在這個房間的這支短蠟燭的火光熄滅前，心裡這樣希望，然後一口氣把燭火吹熄就行了。用力一口氣吹。下一個瞬間，你就會移動到外面的世界了。很簡單。你的心就像天上飛的鳥一樣，高牆也無法阻礙你的心振翅飛去。也不用像上次那樣，特地去那座潭邊跳入水中。並且你要打從心底相信，你那勇氣可嘉的墜落，會有你的分身在外面的世界穩穩接住你。」

我安靜地搖頭。然後深呼吸幾次。到底該說什麼才好？一時無法浮現任何言語。我還無法完全理解自己現在所處的狀況。

我的意識和我的心之間有一道深深的鴻溝。我的心有時是出現在春天原野的年輕兔子，有時是在天空自由飛翔的鳥。但我還無法控制自己的心。沒錯，所謂心是難以掌握的東西，難以掌握的東西是心。

「我想我需要一點時間考慮。」我終於這樣說。

「當然。請好好考慮。」少年注視著我的眼睛說。「請慢慢考慮。您也知道，在這裡有很多思考的時間。換句話說，因為時間不存在，所以有無限的時間。」

這時燭火搖晃幾下之後熄滅了，深深的黑暗降臨四周。

70

送那個少女到住處前向她告別時，我總是說「明天見」。但想想那是沒有意義的話。因為在那座城，就正確意義而言明天並不存在。但就算知道這件事，我每天晚上還是一定會這樣對她說。

「明天見。」

她每次聽到都會淡淡微笑。但什麼也沒說。有時候也會想說什麼似的，嘴唇微微張開，但最終話還是沒說出口。然後一轉身背向我，裙襬飄起，像是被吸進貧窮的集合住宅入口般消失而去。

然後，我回想著和她之間的沉默（沒錯，沉默才是我們兩人沿著河邊的夜路並肩走著，同時密切共享的東西），在喉嚨深處悄悄品味著那養分，一個人走回家。就這樣，我在城裡的一天便結束了。我常常對自己出聲說「明天見」，一邊走在沿河的道路上，一邊這樣說。明知道在這裡明天並不存在。

不過在那最後一夜，我卻說不出那一句話。因為無論這具有什麼樣的意思，那裡都已經沒有「明天」存在了。

所以從我口中說出的告別語是「再見了」。我這樣說時，少女好像這輩子第一次聽見這句話似的，臉上露出困惑的表情，一直注視著我。和平常不同的告別語，好像讓她迷惑不解。

我也從正面，筆直地注視她的臉。

於是我注意到。不可能不注意到。她臉上的表情，整體上稍微改變了。我無法明確指出哪裡變了，但明顯看得出有幾個細節的改變。那臉型的輪廓和深度，簡直像掀起微小的波浪似的，形狀開始和以前變得有點不同了。就好像因為震動，照描的畫像微微走樣，偏離了原形一樣。那只是極微小的，普通人可能會忽略沒發現的微小改變。

或許是我這句「再見了」——和平常不同的告別語——帶來她相貌的變化。不，不是這樣，改變的，細微變化的，可能不是她的容貌，而是我的。可能是我這個人的心變了樣子。

「再見了。」我再向她道別一次。

「再見了。」她也說。好像第一次吃到從來沒見過的食物的人那樣，慢慢小心而用心地品嘗，然後，嘴角露出常見的淡淡微笑，但那微笑也和以往的不同了。至少我這樣感覺。

到了第二天，當她知道我已經從這座城消失時，她到底會有什麼樣的感覺？不，我想，當我從這裡消失時，那個少女或許也從這裡消失了。她或許是城為了我一個人而準備的存在也不一定。因此我從這裡消失的話，她可能也會消失——這是有可能發生的事。之後可能會有別的誰幫忙黃色潛水艇少年做「夢讀」的工作。想到這裡，我的心情變得非常悲哀。好像自己的身體有一半變透明了。有些什麼重要的東西，逐漸一一離我遠去。而我將漸漸永遠失去它們。

儘管如此，我的決心依然沒有動搖。我還是必須離開這座城。必須進入下一個階段才行。那是已經注定的流向。現在我已經可以理解這件事了。這座城已經沒有我居住的場所。在各種意義上，我已失去容身的空間。

少女終於不再注視我的臉。並像平常那樣，轉身背向我，裙襬翻飛，身影消失在集合住宅的入口。彷彿以黑夜掩護身影的夜鳥一般，敏捷而俐落，沒有一絲多餘。

我一個人獨自留下，長久注視著她所留下的存在痕跡。那優美的形象逐漸淡去，終於消失，直到無所留下的空白被埋沒為止。

我一個人獨自走在回家的路上時，夜啼鳥孤獨地唱著夜之歌。沙洲的川柳宛如配合著那旋律，輕輕搖曳著枝條。河水的聲音比平常更響。春天已經來到。

那天深夜，我和黃色潛水艇少年，在我意識最底層的黑暗小房間裡碰面。我們隔著小桌坐著，桌上同樣點著那支小蠟燭。一時之間，我們沉默地注視著那蠟燭的光。隨著我們無聲的呼吸，那燭光微微搖曳。

「那麼，想夠了嗎？」

我點頭。

「不再迷惘了嗎？」

「我想沒有。」我說。我想沒有。

少年說：「那麼就在這裡，和您道別了。」

「以後不會再見到你了嗎？」

「也許是這樣。我們可能不會再見面了。不過，我不知道。又有誰能斷言呢？」

我再一次仔細注視穿著黃色潛水艇連帽夾克的少年。少年摘下眼鏡，用指尖輕輕壓一下眼瞼，然後再把眼鏡戴上。每當他重新戴上眼鏡，我就覺得他好像變成和之前有點不同的人。換句話說，他或許時時刻刻都在成長。

「很抱歉，我無法感覺到悲哀。」他坦白說。「天生就是這樣。不過假如我不是這個樣子，假如我是個普通人的話，我一定會對這樣和您告別感到悲哀吧。當然這只不過是我的想像而已，因為我無從知道悲哀是什麼樣的感受。」

「謝謝。」我說。「你能這樣說我就很高興了。」

黃色潛水艇少年接下來暫時保持沉默。然後說：

「我們可能真的不會再見面了。」

「也許。」我說。

「請相信您的分身確實存在。」黃色潛水艇少年這樣說。

「那會成為我的救命繩。」

「沒錯。他會接住您。請相信這件事。相信您的分身，就等於相信您自己。」

「差不多該走了。」我說。「在這蠟燭的火熄滅之前。」

後記

我本來並不喜歡為自己的小說加上「後記」之類的東西（很多情況下，或多或少都會感覺像在辯解什麼），但關於這部作品，某種程度上還是需要說明吧。

這本小說《城與不確定的牆》的核心，是一九八〇年在藝文雜誌《文學界》發表的中篇小說（或稍長的短篇小說）〈城，與不確定的牆〉。四百字稿紙大約寫了一百五十多頁的長度。雖然在雜誌上刊登過，但對內容不是很滿意（由於前後有各種因素，感覺還沒考慮周全就交稿了），所以沒有出版。我寫的小說幾乎都會出版成書，只有這篇作品，無論在日本，或在任何國家都從來沒有出版過。

但我從最初就一直感覺到，這篇作品對我自己來說，包含著某種重要的要素。只是很遺憾，當時的我還沒有足夠的筆力能把那個完全傳達出來。我當時是個才剛出道的小說家，還無法充分掌握自己能寫什麼、不能寫什麼。因此這篇小說發表後就感到後悔，但都發表出去了，也沒辦法。我想只好等待適當時機再好好改寫，於是稿子就那樣塵封起來了。

寫這篇作品的當時，我在東京經營爵士樂喫茶店，因為同時做兩份工作，生活過得相當匆忙，不太能集中精神執筆。經營一家店很愉快（因為喜歡音樂，店的生意也相當不錯），但是在寫了幾本小說之後，我想靠一支筆營生的念頭逐漸增強，於是把店收起來，成為專職作家。

專心投入寫作之後，最先完成的是一九八二年的第一本長篇小說《尋羊冒險記》。接下來想把〈城，與不確定的牆〉大幅重寫。但只靠那個故事要完成長篇小說感覺有點勉強，於是想到加上另一個完全不同的故事，寫成「兩個主線」的故事。

我的計畫是讓兩個故事交互進行，最後合而為一。與其說是計畫，不如說是心裡大概的想法。但要如何合體，其實我這個作者自己在寫的時候，心裡也完全沒底。因為我並沒有事先做好規畫，想到什麼就寫什麼……

仔細想想真的是太沒有計畫了，但這股「不會有問題吧」的樂觀（或者是不知天高地厚的）態度始終沒有從我心中消失。我有一種最後應該可以順利完成的自信。結果寫到接近尾聲時，真的跟我預期的一樣，兩個故事順利連結在一起了。就像從兩邊各自挖掘的長隧道，終於在中央相會，隧道成功貫通一樣。

對我來說，寫《世界末日與冷酷異境》的過程極為刺激，也非常愉快。這本小說寫好出版是在一九八五年。當時我三十六歲。很多事情都擅自往前進的時代。

但歲月流逝，隨著寫作經驗累積以及年齡增長，我漸漸覺得〈城，與不確定的牆〉這未完成的作品——或作品的不成熟——沒有獲得正確的解決。《世界末日與冷酷異境》雖然是一個對應，但也不妨考慮另一種形式的對應。不是把它「覆蓋」過去，而是並列的，希望還能互補的形式。

不過那「另一種對應」能採取什麼樣的形式，我一直很難確定一個構想。

到了前年（二〇二〇年）初（現在是二〇二二年十二月），我才終於感覺到或許有辦法把〈城，與不確定的牆〉從頭開始全部重寫。從第一次發表時算起，正好經過四十年了。在這之間我從三十一歲變成七十一歲。從擁有兩份工作的新手作家，到累積了一定資歷的專職作家（這樣說有點不好意思），在各種意義上，兩者之間有很大的差別。但對「寫小說」這行為自然的愛，應該都沒有多大的差異。

此外再補充一點，二〇二〇年是「新型冠狀病毒」爆發的那年。我在疫情在日本開始猛烈爆發的三月初，正好開始寫這作品，花了將近三年時間完成。在那之間幾乎沒有外出，也沒有長期旅行，我就在那相當異樣，而且頗為緊繃的環境之下（儘管中間夾著相當長的中斷＝冷卻期間），每天持續寫著這部小說（簡直像「夢讀」在圖書館讀「古夢」那樣）。那樣的狀況可能意味著什麼，或者什麼也不意味。不過應該有意味著什麼吧。我對此有深刻的體會。

最初完成第一部時，我想原先設定的目標已經大致完成了，不過為了慎重起見，寫完後先把原稿擱置了半年多，在這之間開始感覺到「只有這樣還是不夠。這個故事應該要再繼續下去」，於是繼續寫第二部、第三部。因此花了超出預料的漫長時間，才終於完成這本書。

但無論如何，〈城，與不確定的牆〉這個作品，現在能這樣再一次，以新的形式重新改寫（或真正完成），老實說我鬆了一口氣。這部作品對我來說，一直像是卡在喉嚨裡的小魚刺，長久不能忘懷。

這對我來說（對我這個作家來說，同時對我這個人來說），確實是個擁有重要意義的小刺。在事隔四十多年後重新改寫，再一次回到「那座城」，讓我再次深刻體認到了這個事實。

就像波赫士說的那樣，一個作家一生中能真摯地說出的故事，基本上數量有限。我們只是在那有限的創作主題中，用盡各種方法以各種形式不斷改寫而已——或許可以這麼說。

換句話說，所謂的真實並不是存在於一個固定的靜止狀態中，而是在不斷遷移＝移動的諸相中。這豈不正是所謂故事的神髓嗎？我是這樣想的。

村上春樹

二〇二二年十二月

參考文獻

ガブリエル・ガルシア＝マルケス（賈西亞・馬奎斯）著　木村榮一譯
《コレラの時代の愛》（《愛在瘟疫蔓延時》）新潮社

作者簡介

村上春樹

一九四九年生於日本京都府。早稻田大學戲劇系畢業。

一九七九年以《聽風的歌》獲得「群像新人賞」，新穎的文風被譽為日本「八〇年代文學旗手」，一九八七年代表作《挪威的森林》出版，奠定村上在日本多年不墜的名聲，除了暢銷，也屢獲「野間文藝賞」、「谷崎潤一郎賞」等文壇肯定，三部曲《發條鳥年代記》更受到「讀賣文學賞」的高度肯定。此外，並獲得桐山獎、卡夫卡獎、耶路撒冷獎和安徒生文學獎。除了暢銷，村上獨特的都市感及寫作風格也成了世界年輕人認同的標誌。

作品中譯本至今已有六十幾本，包括長篇小說、短篇小說、散文及採訪報導等。

長篇小說有《聽風的歌》、《1973年的彈珠玩具》、《尋羊冒險記》、《世界末日與冷酷異境》、《挪威的森林》、《舞・舞・舞》、《國境之南、太陽之西》、《發條鳥年代記》三部曲、《人造衛星情人》、《海邊的卡夫卡》、《黑夜之後》、《1Q84 Book1》、《1Q84 Book2》、《1Q84 Book3》、《沒有色彩的多崎作和他的巡禮之年》、《刺殺騎士團長》、《城與不確定的牆》。

短篇小說有《開往中國的慢船》、《遇見100%的女孩》、《螢火蟲》、《迴轉木馬的終端》、《麵包店再襲擊》、《電視人》、《夜之蜘蛛猴》、《萊辛頓的幽靈》、《神的孩子都在跳舞》、《東京奇譚集》、《沒有女人的男人們》、《第一人稱單數》。

紀行文集、海外滯居記、散文、隨筆及其他有《遠方的鼓聲》、《雨天炎天》、《邊境・近境》、《終於悲哀的外國語》、《尋找漩渦貓的方法》、《雪梨！》、《如果我們的語言是威士忌》、《象工廠的HAPPY END》、《羊男的聖誕節》、《蘭格漢斯島的午後》、《懷念的一九八〇年代》、《日出國的工場》、《爵士群像》、《地下鐵事件》、《約束的場所》、《爵士群像2》、《村上收音機》、《村上朝日堂》系列三本、《給我搖擺，其餘免談》、《關於跑步，我說的其實是……》、《村上春樹雜文集》、《村上收音機2：大蕪菁、難挑的酪梨》、《村上收音機3：喜歡吃沙拉的獅子》、《身為職業小說家》、《你說，寮國到底有什麼？》、《棄貓 關於父親，我想說的事》、《村上T 我愛的那些T恤》、《村上私藏 懷舊美好的古典樂唱片》、《村上私藏 懷舊美好的古典樂唱片2》。

譯者簡介

賴明珠

一九四七年生於台灣苗栗，中興大學農經系畢業，日本千葉大學深造。回國從事廣告企畫撰文，喜歡文學、藝術、電影欣賞及旅行，並選擇性翻譯日文作品，包括村上春樹的多本著作。

AI01007

城與不確定的牆

作　者—村上春樹
譯　者—賴明珠
編　輯—邱淑鈴
協力編輯—陳姿瑄
校　對—邱淑鈴、蕭淑芳
責任企劃—林昱豪、林欣梅、洪晟庭、張瑋之
封面設計—朱疋
內頁排版—綠貝殼資訊有限公司

副總編輯—羅珊珊
總 編 輯—胡金倫
董 事 長—趙政岷
出 版 者—時報文化出版企業股份有限公司
108019 台北市和平西路三段二四〇號七樓
發行專線—（〇二）二三〇六六八四二
讀者服務專線—〇八〇〇二三一七〇五
（〇二）二三〇四七一〇三
讀者服務傳真—（〇二）二三〇四六八五八
郵撥—一九三四四七二四時報文化出版公司
信箱—一〇八九九台北華江橋郵局第九九信箱
時報悅讀網—http://www.readingtimes.com.tw
思潮線臉書—https://www.facebook.com/trendage
法律顧問—理律法律事務所　陳長文律師、李念祖律師
印　刷—勁達印刷有限公司
初版一刷—二〇二四年十一月二十二日
初版四刷—二〇二五年二月十四日
平裝本定價—新台幣六八〇元
精裝本定價—新台幣八八〇元
（缺頁或破損的書，請寄回更換）

時報文化出版公司成立於一九七五年，
並於一九九九年股票上櫃公開發行，於二〇〇八年脫離中時集團非屬旺中，
以「尊重智慧與創意的文化事業」為信念。

城與不確定的牆／村上春樹著；賴明珠譯 . -- 初版 . --
臺北市：時報文化出版企業股份有限公司，2024.11
560 面；14.8×21 公分 . --（村上春樹作品集；1007）
譯自：街とその不確かな壁

ISBN 978-626-396-913-1（精裝）
ISBN 978-626-396-912-4（平裝）

861.57　　113015423

MACHI TO SONO FUTASHIKANA KABE
by Haruki Murakami

Originally published in Japan by SHINCHOSHA Publishing Co., Ltd., Tokyo.
Chinese (in complex character only) translation rights arranged with
Harukimurakami Archival Labyrinth, Japan
through THE SAKAI AGENCY and BARDON-CHINESE MEDIA AGENCY.

ISBN 978-626-396-913-1（精裝）
ISBN 978-626-396-912-4（平裝）
Printed in Taiwan